दर्शनशास्त्र और भविष्य

दर्शनशास्त्र : पूर्व और पश्चिम ग्रंथमाला-8
संपादक : देवीप्रसाद चट्टोपाध्याय

दर्शनशास्त्र और भविष्य

लेखक
देवीप्रसाद चट्टोपाध्याय

अनुवाद
पंकज

राजकमल पेपरबैक्स

पहला पुस्तकालय संस्करण
राजकमल प्रकाशन प्राइवेट लिमिटेड द्वारा
1992 में प्रकाशित

राजकमल पेपरबैक्स में
पहला संस्करण : 2022
दूसरा संस्करण : 2024

राजकमल पेपरबैक्स : उत्कृष्ट साहित्य के जनसुलभ संस्करण

राजकमल प्रकाशन प्रा.लि.
1-बी, नेताजी सुभाष मार्ग, दरियागंज
नई दिल्ली-110 002
द्वारा प्रकाशित

शाखाएँ : अशोक राजपथ, साइंस कॉलेज के सामने, पटना-800 006
पहली मंजिल, दरबारी बिल्डिंग, महात्मा गांधी मार्ग, प्रयागराज-211 001
1, अनमोल सोराबजी संतुक लेन, धोबी तलाव, मरीन लाइंस, मुम्बई-400 002

वेबसाइट : www.rajkamalprakashan.com
ई-मेल : info@rajkamalprakashan.com

बी.के. ऑफसेट
नवीन शाहदरा, दिल्ली-110 032
द्वारा मुद्रित

मूल्य : ₹250

DARSHANSHASTRA AUR BHAVISHYA
by D.P. Chattopadhyaya

ISBN : 978-93-94902-99-2

संपादक की प्रस्तावना

यह बड़े दुख की बात है कि आज जब दर्शन की सबसे अधिक आवश्यकता है तब उसके प्रति व्यापक उपेक्षा देखने को मिलती है। देश का नैतिक और बौद्धिक वातावरण बुरी तरह विषाक्त हो चुका है जिसके कारण बढ़ती हुई असहिष्णुता और हत्याओं के दर्शन हो रहे हैं और इनके पीछे वे विचार कार्यरत हैं जो बुद्धि और मानवता दोनों की कसौटी पर खरे नहीं उतरते हैं। यह बात कहने की नहीं है कि विचारशीलता की जगह पाशविकता, प्रेम की जगह उत्पीड़न, और शुभता की जगह लोभ ने ले ली है। कोई यह दावा नहीं करता कि दर्शन अकेले इन तमाम बुराइयों का हल हो सकता है। मगर हमारा यह दावा अवश्य है कि दर्शन के बिना न तो इनका उन्मूलन हो सकता है और न ही विचारशीलता की पुनर्स्थापना हो सकती है। लगभग ढाई हजार वर्षों से अधिक समय तक कुछ योग्यतम और श्रेष्ठतम मनुष्यों ने दर्शन की समस्याओं में अपना सर खपाया है। उनके जो भी विचार और उपदेश रहे हों, आवश्यक नहीं कि वे सब के सब आज की आवश्यकताओं के लिए प्रासंगिक हों, फिर भी जो कुछ अन्य लोगों ने कहा है वह अधिकाधिक बिगड़ती जा रही वर्तमान स्थिति से निबटने के लिए विचारों के एक महान भंडार का काम अवश्य दे सकता है। साथ ही यह भी आवश्यक है कि उनके विचारों को अभिजात वर्गों के एक छोटे-से दायरे तक सीमित न रहने दिया जाए। आज जो विषाक्त वातावरण हमारे चारों ओर है, उसकी जगह एक नए प्रकार के बौद्धिक वातावरण के निर्माण के लिए आवश्यक है कि इन विचारों को जनता तक ले जाया जाए और ये जनता के लिए प्रेरणा के स्रोत बनें। लोकप्रिय विश्व-दर्शन शृंखला के रूप में एक लघु पुस्तकालय तैयार करने के इस प्रयास के मूल में यही विचार है।

देवीप्रसाद चट्टोपाध्याय
3, शंभुनाथ पंडित स्ट्रीट, कलकत्ता
पिन : 700020

1 मई, 1990

लेखक की भूमिका

एक अंधेरी और बेरहम दुनिया में भोजन और सुरक्षा की तलाश में बेचैनी के साथ भटकते हुए, केवल टूटी डालों या पत्थर के टुकड़ों से लैस भूखे और नंगे जंगलियों के झुंड। उनके विचारों की टूटी-फूटी झलक मिलती है तो उन तस्वीरों में जो वे पीछे छोड़ गए हैं—आश्चर्यजनक रूप से विविधतापूर्ण और प्राचीन गुफाओं में सुरक्षित। हताशा के साथ वे अपने लिए अपनी आदिम इच्छाओं की पूर्ति की, शिकार में, वर्षा बुलाने में और दुश्मन को मार भगाने में सफलता की भ्रांतियों का सृजन करते हैं। इस तरह की फंतासी उनको उन्माद की अवस्था तक पहुंचाती है; यह एक ऐसी मानसिक अवस्था है जो उन्हें मदद पहुंचाती है और यथार्थ तकनीक के पूरक-रूप में एक प्रकार की काल्पनिक तकनीक है। इससे मामूली ही सही, जीवन-रक्षा में मदद मिलती है। जीवन-रक्षा ही प्रमुख और कष्टसाध्य लक्ष्य है। बहुत सारे तो मर ही जाते हैं।

सचमुच यह हृदय-विदारक दृश्य है। फिर भी हमारे पूर्वजों की तस्वीर यही है।

जिस चांद का दूसरा पक्ष अभी हाल तक एक रहस्य बना रहा उसी चांद का चक्कर लगाने के लिए छोटे-छोटे यानों में बैठकर जानेवाले प्राणी। वे वास्तव में चांद की सतह पर उतरते हैं और फिर उसकी मिट्टी के नमूने लेकर धरती पर वापस आते हैं। अजीबोगरीब वस्त्र और चश्मे पहने वे कुछ-कुछ अलौकिक लगते हैं। लेकिन जब वे इन यानों से बाहर आकर अपने प्रियजन से गले लगते हैं तो हम देखते हैं कि ये तो हमारे ही समकालीन लोग हैं—बीसवीं सदी के लोग जो इक्कीसवीं सदी की ओर कदम बढ़ा रहे हैं।

ये हैं मनुष्य की दो तस्वीरें जिनमें एक-दूसरे से कुछ हजार वर्ष का अंतर है। इन दोनों से एक बात स्पष्ट हो जाती है : प्रगति, मानव-प्रगति एक स्वतःसिद्ध तथ्य है। इसे समझने के लिए कालक्रम की एक समझ निःसंदेह आवश्यक है। इसके बिना गुमराह होने की संभावना है। आप खुद को ईसाई धार्मिक न्यायाधिकरणों के दिनों तक या फिर हिटलर के दिनों तक सीमित रखकर देखें

जिससे आगे चलकर मैकार्थी ने बहुत-कुछ सीखा था। तब आप यह जानकर स्तब्ध रह जाएंगे कि मनुष्य निर्ममता की किन सीमाओं तक जा सकता है। इससे प्रगति का भाव धुंधलाता है। काल की चेतना में, पीछे छूट गए विशाल कालखंड और आगे मौजूद उससे भी विशालतर कालखंड की चेतना में ये सब बातें मात्र क्षणिक घटनाओं की तरह दिखाई देती हैं जो निःसंदेह भयावह हैं मगर फिर भी मनुष्यजाति की प्रगति की महान कथा का अंग हैं।

इसलिए मनुष्य को दुश्चिंता के जिन क्षणों से अक्सर समय-समय पर गुजरना पड़ा है उनके बावजूद प्रगति का मूलभूत तथ्य अपनी जगह रहता है। हां, इसके बारे में रोमानी दृष्टिकोण अपनाने का कोई फायदा नहीं है। यह आकाश में सीधे ऊपर उठनेवाले राकेट की तरह नहीं है, बल्कि अनेक अंतर्विरोधों के जाल से होकर गुजरती है। कभी रुक-सी जाती है और ठोकरें खाकर गिरती है, मगर फिर भी आगे बढ़ती रहती है। इससे भी कहीं ज्यादा अहम बात तो यह है कि इन अंतर्विरोधों की व्याख्या संभव है। हां, इनकी व्याख्या के लिए कार्ल मार्क्स जैसी प्रतिभा और भारी विद्वत्ता की आवश्यकता थी।

इन अंतर्विरोधों की व्याख्या करने के प्रयास में मार्क्स ने ऐतिहासिक विकास के कुछ बुनियादी नियमों का अन्वेषण किया जो अतीत पर से ही पर्दा नहीं उठाते, बल्कि भविष्य के दर्शन भी कराते हैं। चूंकि वर्तमान पुस्तिका में हमारा सरोकार मूलतः भविष्य और दर्शनशास्त्र से है, इसलिए हम इन नियमों को फिर से जोर देकर सामने रखना चाहेंगे।

मुझे पता है कि इस वक्तव्य पर फौरन ही किस प्रकार सनकीपन से भरी प्रतिक्रिया होगी। लेकिन मैं इस सनकीपन को भी हम सबके सामने मौजूद भारी संकट का एक लक्षण मानता हूं। लेकिन पिछले संकटों की तरह इसको भी समझा, व्याख्यायित किया और अंततः पार किया जा सकता है। इस भूमिका में मैं अपनी बात समझाने के लिए कुछ शब्द कहूंगा।

प्रथम, वर्तमान निराशा का कारण क्या है?

दूसरे, क्या हमारे पास मार्क्सवाद का कोई ऐसा व्यावहारिक दार्शनिक विकल्प है जो इससे निकलने का रास्ता सुझा सके?

पहले प्रश्न को समझने के लिए बेहतर है कि हम इसे दो भागों में बांट दें। पिछले कई दशकों में भारी पैमाने पर इसके प्रयोग किए गए कि शोषण पर आधारित समाज को अंततः ऐसे समाज से विस्थापित किया जाए जिसमें उत्पादन के साधनों पर निजी स्वामित्व न हो। इसके चलते महती आशाएं उत्पन्न हुईं जिनमें एक नई चेतना या नए जीवन-मूल्यों के साथ आगे बढ़ते हुए नवमानव के निर्माण की आशा भी शामिल थी। लेकिन पिछले कुछ वर्षों में शोषण पर आधारित समाज की पुरानी प्रेरणाएं भगोड़े मुजरिमों की तरह फिर से अपना सर उठाने लगी हैं। यह बात

मार्क्सवाद द्वारा प्रगति के बारे में दिलाई गई आशाओं का मखौल है ।

समाज और मानव को बुनियादी रूप से परिवर्तित करने के इस प्रयोग की असफलता को स्वीकार कर लें (यह परिवर्तन इतना पूर्ण नहीं जितना अक्सर बतलाया जाता रहा है), तो भी प्रश्न यह है कि क्या यह मार्क्सवाद का दिवालियापन साबित करने के लिए पर्याप्त है ? हमारी मान्यता है कि नहीं । अगर यह असफलता सचमुच असफलता है तो इसका कारण संभवतः वे पूरी तरह नियंत्रित दशाएं हैं जिनमें यह प्रयोग किया गया, या फिर इसका कारण मार्क्सवाद के मूलभूत सिद्धांतों की समझ की कोई गड़बड़ी है । यह मान्यता इस कारण उचित लगती है कि प्राकृतिक और सामाजिक, दोनों तरह की अनेक संवृत्तियों की व्याख्या में इन्हीं मूलभूत सिद्धांतों ने सफलता पाई है । इसलिए मार्क्सवाद के सिद्धांतों पर पुनर्विचार करना, उनको फिर से समझना, उन पर फिर से जोर देना जरूरी हो जाता है ।

दार्शनिक दृष्टि से इस विश्वास से एक और बात भी जुड़ी हुई है । क्या ऐसा कोई व्यावहारिक वैकल्पिक दार्शनिक दृष्टिकोण है जो मनुष्य को उसके भविष्य के बारे में निश्चिंत करे ? वर्तमान शृंखला की पांचवीं पुस्तिका में मार्क्सवादी दर्शनशास्त्र के विकास के बारे में कुछ संकेत देने के बाद हमने आगे की दो पुस्तिकाओं में जान-बूझकर इसकी गुंजाइश छोड़ी कि ऐसे किसी विकल्प की ईमानदारी से तलाश की जा सके । अनेक विचारकों की बौद्धिक प्रतिभा के बावजूद मनुष्य के खुशहाल भविष्य के बारे में उनमें से कोई न तो आशा का संदेश देता है और न ही इसकी कोई तकनीक सुझाता है । उनसे जो पुराना संदेश मिला वह एक बियाबान का संदेश था । मार्क्सवाद का मखौल उड़ाना तो आसान है लेकिन उसका कोई सकारात्मक विकल्प निकाल सकना कठिन है ।

साथ ही, अपार महत्व की एक बात और है जिससे हम आंखें नहीं चुरा सकते । मार्क्सवाद हमें भविष्य की जो आशा दिलाता है वह आधुनिक विज्ञान को जन्म देनेवाले आंदोलन के चरमोत्कर्ष का सूचक है । वे विज्ञान और प्रगति के बारे में अनंत आशावाद के दिन थे । लेकिन आज विज्ञान किधर जा रहा है ? अभी निकट अतीत में हिरोसिमा में 60,000 तथा नागासाकी में 30,000 स्त्री-पुरुषों और बच्चों को पलक झपकते मौत की नींद सुला दिया गया और उसके कुछ दशक बाद आज नाभिकीय, जैविक और अन्य प्रौद्योगिकियां पृथ्वी पर से मानव-जीवन को ही समाप्त कर देने की क्षमता रखती हैं । तो फिर कौन मूर्ख होगा जो मनुष्य के लिए विज्ञान के द्वारा एक बेहतर भविष्य के सुनिश्चय की बात करेगा ? यह प्रश्न हमारे समय के लिए इतना महत्वपूर्ण है कि इसे अनदेखा नहीं किया जा सकता । इसे उठाए बिना हमारी वर्तमान पुस्तिका का मूल विषय विश्वासोत्पादक नहीं होगा ।

सौभाग्य से न्यूयार्क के नगरीय विश्वविद्यालय में प्रोफेसर एमेरिटस श्री जान सोमरविले इस प्रश्न का उत्तर पहले ही दे चुके हैं। जिन सुयोग्यतम मार्क्सवादियों से मैं मिला हूं वे उनमें से एक हैं। उनकी हालिया पुस्तक *दि पीस रिवाल्यूशन : इथोस एंड सोशल प्रोग्रेस* ('कंट्रीब्यूशंस टु फिलासफी' ग्रंथमाला, खंड 7, ग्रीनवुड प्रेस, वेस्टपोर्ट, 1975) मानव-प्रगति पर विज्ञान और प्रौद्योगिकी की समकालीन क्रांति के प्रभावों का एक सिद्धहस्त विश्लेषण प्रस्तुत करती है। अपनी पुस्तिका के परिशिष्ट में इस कृति के कुछ अंशों को प्रस्तुत करना ही मुझे वर्तमान शृंखला के समापन का सबसे अच्छा ढंग लगा, हालांकि मुझे सचमुच नहीं पता कि इस उद्धरण को जिस रूप में मैंने प्रस्तुत किया है उस रूप में उसकी प्रस्तुति की सहर्ष अनुमति देकर उन्होंने जो उपकार किया है उसके लिए मैं किस प्रकार आभार व्यक्त करूं।

देवीप्रसाद चट्टोपाध्याय

विषय-सूची

प्रस्तावना

अब तक हमने दुनिया के दर्शनशास्त्र के इतिहास के मुख्य लक्षणों पर समीक्षात्मक दृष्टि डाली है। अब हम 'दर्शनशास्त्र पूर्व और पश्चिम' ग्रंथमाला के इस अंतिम खंड में अपनी विवेचना के प्रमुख फलितार्थों का सार-संक्षेप प्रस्तुत करने की स्थिति में हैं।

सबसे पहले उल्लेखनीय बात यह है कि दर्शनशास्त्र की जो कहानी अब तक कही गई है, वह कोई खत्म होने को नहीं आ पहुंची है। इसके विपरीत, संभावना यह है कि हम अब एक नए युग की दहलीज पर हैं। इस युग में आदमी द्वारा सत्य की खोज का एक अधिक उत्तेजक दौर सामने है। हालांकि यह बात अपनी जगह है कि क्या इस नये दौर में पुराना शब्द 'दर्शनशास्त्र' ही प्रयोग में रहेगा या सत्य की इस खोज के लिए वह शब्द पुराना मानकर तज दिया जाएगा।

हम यह मानते हैं कि मनुष्य के विचारों और भावों के विकास का क्षेत्र सामाजिक विकास से एक सीमा तक स्वायत्त रहा है। पर सापेक्ष स्वायत्तता की यह मान्यता इस बुनियादी तथ्य को कतई नहीं काटती कि विचारों और भावों तथा वैचारिक प्रवृत्तियों का स्वरूप-निर्धारण बड़ी मात्रा में समाज द्वारा ही नियंत्रित-निर्देशित होता है। इसीलिए प्रस्तुत खंड में हमने आरंभ में ही सामाजिक विकास की द्वंद्वात्मकता (द्वंद्ववाद) की संक्षेप में चर्चा की है। मानवीय विकास की प्रचंड प्रगति का तथ्य अपनी जगह है। पर यह भी तथ्य है कि दार्शनिक क्रियाशीलता के पिछले ढाई हजार वर्षों में दर्शनशास्त्र पर कुछ सीमाएं आरोपित रही हैं, जिनके कारण भ्रांति की स्थिति रही है। दर्शनशास्त्र के क्षेत्र में यह भ्रांति समाज की वर्ग-संरचना द्वारा आरोपित रही है। इस पर हमने इस खंड के अगले दो अध्यायों में विमर्श किया है। उस क्रम में हम एक अन्य अनुशासन तक पहुंचे हैं जिसे 'विज्ञान' कहा जाता है। पर खुद विज्ञान के बारे में गलत धारणाएं पनपती रही हैं। यह संभावना भी रही है कि वर्ग-समाज की बुनियादी भ्रांति खुद विज्ञान को भी अपनी चपेट में ले ले। अतः आगे के दो अध्यायों में इस पर विचार हुआ है कि यह सब उस गलत समझ का नतीजा है, जिस पर ऐसा भ्रांत बोध टिका है। अंतिम, समापन-अध्याय में इस पर विचार किया गया है कि हमारे समय में कैसे वे वस्तुगत स्थितियां रची जा रही हैं, जो खुद समाज की वर्ग-संरचना को पूरी तौर पर उखाड़ फेंकनेवाली हैं। ये वस्तुगत स्थितियां ही दर्शनशास्त्र को भी उस बुनियादी भ्रांति से मुक्त करेंगी जो अब तक मनुष्य द्वारा सत्य की खोज की प्रगति में अवरोधक बनती रही है। ये स्थितियां दर्शनशास्त्र के लिए एक पूरी तरह

नया क्षितिज उद्घाटित करनेवाली हैं ।

आगे यह दिखाया गया है कि इस सबके चलते दर्शनशास्त्रियों को एक सर्वथा नई भूमिका निभानी होगी । यह विचारों और कर्म दोनों में सक्रिय हस्तक्षेप की भूमिका है ।

निस्संदेह हम इन दिनों कुतूहल और विभ्रम के कठोर समय से गुजर रहे हैं । उसकी अनदेखी का सवाल ही नहीं । परंतु यह पुस्तक इस मूलभूत विश्वास (संप्रत्यय) से प्रेरित है कि उपस्थित समस्याओं का समाधान, कुछेक समकालीन चिंतकों में प्रबलता से परिलक्षित हताशावाद के समक्ष क्लीव समर्पण में नहीं है । संकट मनुष्य के समक्ष आते रहे हैं । उन पर काबू पाने की ताकत भी आदमी दिखाता रहा है ।

मौजूदा संकट का फैलाव इतना बड़ा, इतना व्यापक है कि शायद उसकी पहले कभी कल्पना नहीं की गई हो । पर जो मानवीय ज्ञान और शक्ति आज अर्जित कर ली गई है वह भी तो पहले अकल्पित थी । हताशा कदापि कोई समाधान नहीं होती । बर्बरता से चलकर जब आदमी आज की दशा तक आ पहुंचा है, तब यह कैसे मान बैठा जाय कि आज हम जिस मूलतः मान्व-निर्मित संकट के बरक्स हैं, उसके सामने हम असहाय रहने को ही मजबूर हैं ?

अध्याय 1

सामाजिक विकास की द्वंद्वात्मकता

1. आरंभिक टिप्पणियां

सामाजिक विकास के तीन मुख्य चरणों का सुबोध सार-संक्षेप पहले स्मरण कर लें। इसके लिए जार्ज थामसन की संक्षिप्त तथा सशक्त पुस्तिका *एन एस्से आन रेलिजन* के ये अंश मननीय हैं :

''मानव-समाज का विकास इतना अधिक विस्तृत है कि उसके तीन मुख्य चरणों का, जोकि उत्पादन-पद्धति में क्रमशः प्रगति से जुड़े हुए हैं, लेखाजोखा काफी मुश्किल है। ये हैं—वर्गपूर्व समाज, वर्ग-समाज और भावी वर्ग-रहित समाज।

''वर्गपूर्व समाज या आदिम साम्यवाद में, उत्पादन-स्तर इतना नीचा था कि समूचे समुदाय के अधिकतम प्रयास अस्तित्व का न्यूनतम स्तर बनाए रखने में ही खप जाते थे। कोई 'अधिमूल्य' नहीं था। कोई व्यक्ति किसी अन्य व्यक्ति के श्रम पर जिए, यह असंभव था। कोई आर्थिक विषमता नहीं थी और व्यक्तिगत गुणों द्वारा अर्जित प्रतिष्ठा (इज्जत) के सिवाय और कोई सामाजिक विषमता नहीं थी।

''जब उत्पादन की तकनीक पर्याप्त आगे बढ़ गई और समुदाय की रोजाना की जरूरतों के अतिरिक्त भी उत्पादन होने लगा, तब विविध समूहों के लिए भिन्न-भिन्न शिल्पों में विशेष दक्षता अर्जित करना संभव हुआ। शेष समाज इन समूहों को खाद्य पदार्थों की पूर्ति करता। ऐसे 'श्रम-विभाजन' से तकनीक में और सुधार होता गया। आगे चलकर अपेक्षाकृत एक नया श्रम-विभाजन सामने आया। यह विभाजन वास्तविक उत्पादकों और उत्पादन के प्रबंधकों के बीच था। उत्पादन के ये प्रबंधक मुखिया और पुरोहित थे, जो खेती के विकास के लिए जरूरी विज्ञानों जैसे खगोलशास्त्र और गणित के प्रवर्तक या अग्रणी लोग थे। इन लोगों के काम की प्रकृति ही ऐसी थी कि वे अधिकारवाले पदों पर विराजे और समय पाकर उत्पादन-पद्धति के ये अभिरक्षक स्वयं उत्पादन-तंत्र के स्वामी बन बैठे। समुदाय श्रमिक वर्ग एवं शासक वर्ग में बंट गया।

''इस तरह हम देखते हैं कि उत्पादन-पद्धति में तरक्की से वर्ग-समाज उभरा। यही बात वर्ग-समाज की आगे की दशाओं या चरणों के बारे में भी सच है। खासकर,

पूंजीवाद ने श्रम की उत्पादकता को इतने उच्च स्तर तक बढ़ा दिया है कि समाज का वर्गों में बंटा होना अब उत्पादक शक्तियों के आगे के विकास में अवरोधक बन रहा है। ··· इस टकराव का एक ही समाधान है—समाजवादी क्रांति। पूंजीवादी राज्य को नष्ट करने के बाद, कामगारों को एक नयी राज्यसत्ता की रचना करनी होगी, जोकि उत्पादन के साधनों पर स्वामित्व पाने में उन्हें समर्थ बनाए। इस तरह निजी मुनाफे की पद्धति खत्म करनी होगी। ··· आदमी द्वारा आदमी के शोषण को खत्म करने पर टकराव का समाधान हो जाता है और नए साम्यवाद के लिए, अर्थात् भविष्य के वर्गरहित समाज के लिए वांछित दशाएं तैयार हो जाती हैं।"[1]

हमने आरंभ में यह उद्धरण सकारण दिया है। सामाजिक विकास की द्वंद्वात्मकता (द्वंद्ववाद) का कोई भी सार-संक्षेप इससे अधिक संश्लिष्ट और प्रांजल रूप में, हमारी जानकारी में नहीं है। जार्ज थामसन के वे पाठक जिन्होंने उनकी पुस्तकें *एस्किलस एंड एथेंस* तथा दो खंडोंवाली *स्टडीज इन एंशिएंट ग्रीक सोसाइटी* पढ़ी हैं, जानते हैं कि उनमें चकित कर देनेवाली विद्वत्ता की सामर्थ्य है। परंतु यहां चर्चित अपनी इस टिप्पणी में, जो कामगारों के लिए एक भाषण की भूमिकास्वरूप है, वे विद्वत्ता का तनिक भी ठाट नहीं साजते। प्रस्तुत उद्धरण में वे कुछ मुद्दों को बड़ी निगूढ़ रीति से सामने रख सके हैं। साथ ही सामाजिक विकास की द्वंद्वात्मकता की समूची दृष्टि के इतिहास के कई महत्वपूर्ण विवरणों को भी उन्हें छोड़ देना पड़ा है। संक्षेप में यह कि प्रस्तुत उद्धरण को व्याख्याओं और टीकाओं की जरूरत है। यहां वही प्रयास है। आगे हमारा प्रयास होगा कि सामाजिक विकास की द्वंद्वात्मकता के इस विशेष महत्व की विवेचना उपस्थित करें।

2. निषेध का निषेध

हेगेलीय तर्कशास्त्र की पदावली में कहें तो सामाजिक विकास की द्वंद्वात्मकता केवल 'निषेध का निषेध' नियम का एक दृष्टांत है। आदिम वर्गपूर्व समाज का निषेध करता है वर्ग-समाज; और फिर वर्ग-समाज का निषेध कर भविष्य का वर्गरहित समाज सामने आता है। निषेध के निषेध की यह प्रक्रिया आगे, गुणात्मक दृष्टि से नए समाज-रूप तक ले जाती है। क्योंकि भविष्य का वर्गरहित समाज कोई आदिम वर्गपूर्व समाज की ओर लौटना नहीं है। वह जंगलीपन और बर्बरता की उस दशा में वापस जाना नहीं है, जहां सब लोग समान रूप से गरीब होने के कारण आपस में समान हैं और अनगढ़ प्रौद्योगिकी के जरिए बस जिंदा रहने लायक उत्पादन कर पाते हैं; बल्कि वह एक अभूतपूर्व उच्चतर स्तर पर, समानता की दशा में फिर से पहुंचना है, जहां भव्य प्रौद्योगिक उपलब्धियों के फलस्वरूप समाज के हर सदस्य के समान रूप से समृद्ध होने की आशा है। एल. एच. मार्गन ने, जिनके प्रति मार्क्स और एंगेल्स के ऋणी होने पर हम विचार करने जा रहे हैं, उस भविष्य का वर्णन अपने ढंग से इस प्रकार किया है :

"शासन में लोकतंत्र, समाज में भाईचारा, अधिकारों और विशेष सुविधाओं में समानता और शिक्षा की सार्वभौमता—ये समाज के अगले उच्चतर स्तर के पूर्वलक्षण

हैं। अनुभव, बुद्धिमत्ता तथा ज्ञान उसी दिशा में तेजी से प्रवृत्त हैं। पुरातन भद्र समाज की स्वाधीनता, समता और बंधुता की एक उच्चतर रूप में वह वापसी होगी।''[2]

यहां तत्काल यह स्मरणीय है कि हेगेलीय तर्कशास्त्र के 'निषेध का निषेध' नियम के दृष्टांत के द्वारा हम जिस सामाजिक विकास की द्वंद्वात्मकता पर विचार कर उसे स्पष्ट कर रहे हैं, वह स्वयं हेगेल के दृष्टिकोण से सर्वथा भिन्न प्रकार की द्वंद्वात्मकता है। हेगेल हमें जिस द्वंद्वात्मक विकास के बारे में समझाना चाहते थे, वह द्वंद्वात्मक विकास, उसके आराध्य ईश्वर (गॉड) की आत्माभिव्यक्ति का ही एक रूप था। उसी आराध्य ईश्वर के लिए उन्होंने अन्य विविध पदों का भी सहर्ष प्रयोग किया था, जैसे विचार, आत्मा, प्रत्यय, धारणा आदि। पर सामाजिक विकास की जिस द्वंद्वात्मकता पर हम यहां विमर्श कर रहे हैं, वह ऐसी तमाम आध्यात्मिक (अभौतिक) कोटियों को बिलकुल रद्द कर देती है और उसकी जगह एक स्पष्ट भौतिक दृष्टिकोण अपनाती है। जिस वास्तविक शक्ति ने वर्गपूर्व समाज का निषेध कर वर्ग-समाज को संभव बनाया और जो फिर से वर्ग-समाज का निषेध कर वर्गरहित समाज बनाने जा रही है, वह शक्ति है तकनीकी में या उत्पादन-पद्धति में वृद्धि की। संक्षेप में, यहां सामाजिक विकास के इतिहास को भौतिक द्वंद्वात्मकता की दृष्टि से विवेचित किया जा रहा है। सर्वविदित है कि हेगेल की दृष्टि से मार्क्स और एंगेल्स की दृष्टि की भिन्नता का यही बिंदु है। हेगेल के प्रति अपना समुचित आभार उन दोनों ने सदा सोत्साह व्यक्त किया था।

3. समूचे काल के पैमाने पर वर्ग-समाज का जीवन-काल

आगे बढ़ें, इससे पहले एक स्पष्टता अपेक्षित है।

बेशक यह सच्चाई है कि यह एक बहुत निष्ठुर और शोचनीय कालखंड है। ऐसा मुख्यतः व्यापक विध्वंसकारी ताप-नाभिकीय और जैविक शस्त्रास्त्रों के कारण है। समूची मानवजाति का अस्तित्व दांव पर है। शायद, बस कुछेक बटन इधर-उधर दबाते ही हमारा यह ग्रह राख का ढेर बन सकता है। वैज्ञानिकों और प्रौद्योगिकीविदों की भी उल्लेखनीय संख्या ऐसी है, जो एक नपुंसक निराशावाद की भावना के सम्मुख समर्पण करती जा रही है। अपने इस अध्ययन के क्रम में हम इस प्रश्न पर आएंगे। विशेषतः 'स्वतंत्रता तथा विज्ञान का भविष्य' अध्याय में। वहां हम देखेंगे कि यह प्रश्न कैसे इस कृति की मूल विषय-वस्तु 'ज्ञान और हस्तक्षेप' से जुड़ा है। यानी मौजूदा स्थिति में सक्रिय हस्तक्षेप के मुद्दे से। न केवल करोड़ों कामगार नर-नारियों का सक्रिय हस्तक्षेप वरन दर्शनशास्त्रियों और वैज्ञानिकों का भी। दर्शनशास्त्रियों पर जिम्मेदारी है कि वे मौजूदा संकट के असली कारणों को स्पष्ट रूप से समझाएं। वैज्ञानिकों पर जिम्मेदारी है कि वे अपने विज्ञान का मानव-वध के लिए दुरुपयोग न होने दें। उत्साह की एक ही बात है कि इस हस्तक्षेप की जरूरत के प्रति जागरूकता बढ़ रही है। इसी से एक सजग आशा का आधार बनता है कि मौजूदा शोचनीय दशा के बावजूद, पृथ्वी पर सामान्यतः एक गणनातीत अवधि तक मानव-जीवन कायम रहनेवाला है। उसी प्रकार भविष्य के वर्गरहित समाज के भी लंबे समय तक के लिए कायम होने की उम्मीद बंधती है।

पीछे देखने पर भी हम पर यही प्रभाव पड़ेगा कि समूचे काल-विस्तार को देखते हुए वर्ग-समाज की जीवन-अवधि नगण्य-सी है। आदिम वर्गपूर्व समाज का कालखंड वर्ग-समाज की अवधि की तुलना में असंख्य गुना बड़ा है। गोर्डन चाइल्ड ने एक मोटा हिसाब यूं लगाया है कि वर्ग-समाज की व्याप्ति "हमारे इस ग्रह पर मानवीय सक्रियता की अवधि का अधिकतम सौवां भाग ही है।"[3]

अगर समूचे समय के पैमाने पर देखें तो पीछे छूट गए आदिम वर्गपूर्व समाज की अवधि और साथ ही मौजूदा धुंधलके के बावजूद उज्ज्वल संभावनावाले भावी वर्गरहित समाज की अवधि की तुलना में वर्ग-समाज के जीवन का समय नगण्य-सा है। हालांकि वर्गरहित समाज की ओर बढ़ने की हमारी मौजूदा समस्या बेहद जटिल है। एल. एच. मार्गन ने इसे अपने ढंग से यों कहा : "जबसे सभ्यता शुरू हुई तबसे अब तक गुजरा समय उस पूरे समय का एक टुकड़ाभर है जबसे मनुष्य का अस्तित्व यहां है और यह उन युगों का भी एक अंश ही है जो भविष्य में आनेवाले हैं। समाज का विघटन वैसी जीवन-विधि की समाप्ति है जिसका साध्य और लक्ष्य है धन-संपत्ति। क्योंकि ऐसी जीवन-विधि में आत्मध्वंस के तत्व मौजूद होते हैं।"[4]

यहां यह तर्क उभरता है कि समूचे काल-विस्तार की दृष्टि से वर्ग-समाज का काल नगण्य है। यह सच्चाई तो है परन्तु वर्ग-समाज का महत्व जांचने की यह कोई सही कसौटी नहीं। मानव इतिहास में असल महत्व उन उपलब्धियों का है, जो इस काल में अर्जित की गईं। यह सत्य है, पर सम्पूर्ण सत्य नहीं है।

पहली बात यह है कि वर्ग-समाज के निषेध का मतलब उसकी सकारात्मक उपलब्धियों का निषेध नहीं है। इसके विपरीत इस अवधि में अर्जित सकारात्मक उपलब्धियों का प्रत्येक अंश दाय-रूप में बिना किसी अवरोध के तभी प्राप्त हो सकेगा, जबकि मनुष्य वर्गरहित समाज की ओर बढ़े, क्योंकि केवल ऐसा समाज ही, अल्पसंख्यकों की मुनाफाखोरी की प्रवृत्ति से मुक्त रहकर, व्यापक जनगण के लिए सुखकर हो सकता है।

दूसरी बात यह कि वर्ग-समाज के इस नगण्य-से कालखंड की मानवीय उपलब्धियां चाहे जितनी शानदार लगें, इनसे इतना चकाचौंध होने की जरूरत नहीं कि हम भावी युगों की उन अतुलनीय और भव्यतर मानवीय उपलब्धियों की सजीव कल्पना में ही असमर्थ हो जाएं, जोकि प्राप्त की जानी हैं और जिनके बारे में एंगेल्स ने कहा है कि 'तब मनुष्य जरूरतों के राज्य से स्वाधीनता के राज्य की ओर' बढ़ेगा।

इस संदर्भ में एक तीसरा कारक भी मनन योग्य है। दार्शनिक दृष्टि से इसमें हमारी सबसे ज्यादा दिलचस्पी है। वर्ग-समाज का अपना एक विभ्रम होता है और मुख्यतः वह उसी पर पलता है। पर है तो वह आखिर एक भ्रांति ही। अतः वह वस्तुनिष्ठ सत्य की खोज में दखलंदाजी करता है, जबकि दर्शनशास्त्र का लक्ष्य ही है—ऐसी खोज। इसलिए सच्ची दार्शनिक क्रियाशीलता के लिए इस भ्रांति से मुक्ति आवश्यक है। यह तो वर्ग-समाज के कुछेक अनिवार्य लक्षणों पर ही टिकी है। इनमें से प्रमुख अनिवार्य लक्षण है मानसिक श्रम का शारीरिक श्रम से विलगाव। परंतु

दार्शनिक क्रियाशीलता की मुक्ति के लिए समाज की वर्ग-संरचना को दूर हटाना जरूरी है। यह भ्रांति, कर्म से विलग, शुद्ध बुद्धि की उपज है। अतः इस भ्रांति को स्वयं शुद्ध बुद्धि या केवल बौद्धिक क्रियाशीलता दूर नहीं कर सकती, भले ही दर्शनशास्त्री आत्मगत स्तर पर कितनी भी तीव्रता से ऐसा चाहें। इसीलिए मार्क्स का आग्रह कर्म की आवश्यकता पर है—सक्रिय हस्तक्षेप की आवश्यकता पर। यह स्वयं दर्शनशास्त्र के हित में है। परंतु यहां प्रस्तुत अध्ययन की समूची विषयवस्तु का पूर्वानुमान क्यों किया जाए। इसकी जगह हम सामाजिक विकास की द्वंद्वात्मकता के ही बारे में ज्यादा स्पष्टता की दिशा में कोशिश करें।

4. आदिम वर्गपूर्व समाज : नृतत्वशास्त्र

एक महत्वपूर्ण अर्थ में, सामाजिक विकास की द्वंद्वात्मकता मार्क्सवादी दृष्टि की समग्र रचना के लिए निर्णायक है। यह उल्लेखनीय है कि जब मार्क्स और एंगेल्स ने *कम्युनिस्ट मेनिफेस्टो* लिखा, तब भी उसमें एक खास रिक्तता रह गई थी। आदिम वर्गपूर्व समाज का कोई स्पष्ट और सुसंगत विचार उसमें नहीं था। न ही उसके खंडहरों पर वर्ग-समाज के उभार के बारे में स्पष्ट विवेचना थी। अपने जीवनकाल में ही, मार्क्स और एंगेल्स ने इस रिक्तता को भरने की कोशिश तब शुरू की जब उन्होंने पहली बार क्रियात्मक नृतत्वशास्त्र के उत्कृष्ट ग्रंथ लेविस हेनरी मार्गन लिखित *एंशिएंट सोसायटी* को पढ़ा। दिलचस्प तथ्य यह है कि मार्क्स और एंगेल्स की मृत्यु के बाद भी इस खालीपन को भरने की प्रक्रिया जारी रही, विशेषकर पुरातत्वशास्त्र नामक नए विद्यानुशासन के विकास के साथ। इस काम को अपने ढंग से करनेवालों में सबसे पहला नाम याद आता है वी. गोर्डन चाइल्ड का। मार्क्स और एंगेल्स के आर्थिक विश्लेषणों के साथ नृतत्वशास्त्र और पुरातत्वशास्त्र द्वारा प्राप्त सकारात्मक परिणामों को समाकलित करने से आज हमें सामाजिक विकास की द्वंद्वात्मकता की पूरी समझ उपलब्ध है।

यह उचित होगा कि पहले उस अंतराल को याद कर लिया जाए जो मार्क्स और एंगेल्स की आरंभिक कृतियों में रह गया था तथा जिसे इन दोनों ने माना कि वह अंतराल मार्गन की नृतत्वशास्त्रीय शोधों से प्राप्त तथ्यों द्वारा भरा जा सका है और इस प्रकार सामाजिक विकास की द्वंद्वात्मकता का पूरा रूप रचा जा सका।[5] मार्गन की *एंशिएंट सोसायटी* के ताजा पुनर्मुद्रण की भूमिका में हमने स्वयं उसकी संक्षिप्त रूपरेखा प्रस्तुत करने की कोशिश की है। यहां अपने प्रयोजन के लिए हम उस भूमिका में विवेचित मुद्दों में से कुछ प्रमुख मुद्दों को फिर से पाठकों के सामने रखेंगे।

वर्षों के अपूर्व शोध-कार्य एवं मर्मस्पर्शी आर्थिक विश्लेषण के उपरांत मार्क्स और एंगेल्स पूंजीवाद का आसन्न अंत अपनी बुद्धि से देख सके। उल्लेखनीय है कि उनकी दृष्टि में इसका अर्थ था वर्ग-समाज की जीवन-अवधि का अंत। इसी विशेषता के कारण तो कम्युनिस्ट क्रांति सभी प्रकार की पूर्ववर्ती सामाजिक क्रांतियों से भिन्न है। जब दास-प्रथा पर आधारित समाज के स्थान पर सामंतवाद आया तब वह आखिरकार एक प्रकार के वर्ग-समाज के स्थान पर दूसरे प्रकार के वर्ग-समाज का आना था। यही बात

सामंतवाद को उखाड़ फेंकनेवाले पूंजीवाद के आगमन के बारे में सही है । हालांकि पूंजीवादी क्रांति की व्याप्ति अपूर्व रूप में बहुत अधिक रही है । पूंजीवादी व्यवस्था के भीतरी अंतर्विरोधों को गहराते देखकर मार्क्स और एंगेल्स ने एक बिलकुल नई परिघटना का पूर्वानुमान किया । उन्हें 'वर्ग-विरोधों के संपूर्ण विलोप' के लिए, 'पारंपरिक संपत्ति संबंधों के मूलभूत संबंध-भंग' के लिए स्थितियां तैयार होती दिखीं, क्योंकि एक नया संपत्तिरहित वर्ग उत्पन्न हुआ था । यह वर्ग स्वयं पूंजीवाद की उपज था । यह संपत्तिरहित वर्ग आगामी कम्युनिस्ट क्रांति के नेतृत्व के लिए अग्रसर था । जैसाकि उन्होंने *कम्युनिस्ट मेनिफेस्टो* में लिखा, "अब तक के वे सभी वर्ग जो प्रभावशाली होते रहे हैं, व्यापक समाज को अपने हिसाब से विनियोजित करते हुए उसे अपने अधीन रखकर, अपनी हैसियत को और ज्यादा पक्की तथा सुरक्षित करने में जुटे रहे हैं । परंतु सर्वहारा वर्ग तो एक ही प्रकार से समाज की उत्पादक शक्तियों का मालिक बन सकता है । उसे विनियोजन का उन वर्गों का चालू ढांचा तोड़ डालना होगा और इस प्रकार व्यापक समाज को वर्ग-विशेष की अधीनता में विनियोजित रखनेवाले अब तक के सारे ही रूपों को नष्ट कर डालना होगा । उसके पास सुरक्षित रखने और पुष्ट करते रहने के लिए कुछ भी नहीं है । उसका एक ही मिशन है—निजी संपत्ति की समस्त पूर्ववर्ती सुरक्षा-व्यवस्थाओं और हर तरह के बीमा-प्रबंधों (इंश्योरेंस) को विनष्ट करना ।"[6]

इस तरह *मेनिफेस्टो* में मार्क्स और एंगेल्स ने वर्ग-समाज के विलोप के पूर्वानुमान की कोशिश की थी, या कह सकते हैं कि उसे व्यापक ऐतिहासिक परिदृश्य में रखकर देखा था, अथवा उसमें अंतर्निहित अस्थायित्व को समझा था । वर्ग-समाज के जीवनकाल के बारे में ऐसी समझ निश्चय ही द्वंद्वात्मक दृष्टि का परिणाम है । कारण यह है कि जैसाकि एंगेल्स ने लगातार स्पष्ट किया था, हर तरह की रहस्यात्मकता के आवरणों से रहित कर देने पर, द्वंद्वात्मकता का वास्तविक अर्थ यही होता है—वस्तुओं के अनिवार्य अस्थायित्व और परिवर्तनशीलता को समझना और उसी रूप में उन्हें देखना । यह देखना कि वस्तु-जगत में निरंतर परिवर्तन की एक अनंत प्रक्रिया चल रही है । इस दृष्टि के अनुसार "कुछ भी वही, वैसा और वहीं नहीं रहता, जैसा, जो और जहां वह था, बल्कि हर एक वस्तु गतिशील है, बदल रही है ।"[7] किंतु सतत अस्थायित्व और बदलाव का मतलब क्या है ? निस्संदेह, इसका मतलब है अस्तित्व के परे जाना अथवा होने की समाप्ति । किंतु अस्तित्व से परे तो वही जाता है जो अस्तित्व में आता है । जिसका आरंभ नहीं, वह अस्थायी या परिवर्तनशील कैसे होगा ? संक्षेप में, अस्थायित्व का अर्थ है अस्तित्व में आना और अस्तित्व से परे जाना ।

दूसरे शब्दों में, वर्ग-समाज की द्वंद्वात्मक दृष्टि का अर्थ केवल वर्ग-समाज के अंत या विलोप को बौद्धिक-मानसिक रूप से देख पाना-भर नहीं है । उसके लिए यह मानना भी जरूरी है कि वर्ग-समाज एक समय में आरंभ हुआ और उसका एक निश्चित आरंभ-काल है । जब तक यह आरंभ खोज या जान नहीं लिया जाता, तब तक भविष्य में वर्ग-समाज के विलुप्त होने की बात जाननेवाली द्वंद्वात्मक दृष्टि को कम से कम अस्पष्ट या अव्याख्यायित दृष्टि तो कहा ही जाएगा । मार्क्स और एंगेल्स ने 1847-48

में जब *कम्युनिस्ट मेनिफ़ेस्टो* लिखा, तब तक उनकी यही स्थिति थी। वे यह तो देख रहे थे कि उनके पूंजीवाद के आर्थिक और राजनीतिक विश्लेषणों से भविष्य की किस संभावना का अनुमान होता है, यानी यह कि वर्ग-समाज का जीवनकाल खत्म होने जा रहा है। परंतु उन्हें यह स्पष्ट नहीं था कि आदिम वर्गपूर्व समाज में से वर्ग-समाज का उदय हुआ कैसे ? इसीलिए मार्गन की कृति के प्रति उनका उत्साह प्रबल था, क्योंकि इस पुस्तक के सहारे उन्हें पहली बार यह समझ में आया कि वर्ग-समाज के उदय से अब तक जो समय गुजर चुका है वह तो मानव-अस्तित्व के अतीत का एक खंड-भर है।

यह महत्वपूर्ण तथ्य है कि मार्गन की पुस्तक के अध्ययन से पहले, मार्क्स और एंगेल्स वर्गपूर्व समाज या आदिम साम्यवाद के बारे में जहां से जो कुछ जानकारी पा सकते थे वह तत्परता से ग्रहण करते थे ताकि सामाजिक विकास की द्वंद्वात्मकता का पूरा स्वरूप गढ़ने में वे समर्थ हो सकें।

मार्क्स ने 25 मार्च 1868 को एंगेल्स को एक पत्र लिखा था। उसमें हम इसके दो प्रमुख साक्ष्य पाते हैं : 1. जी. मोरेर (1790-1872) की कृतियों की चर्चा जिनमें जर्मन 'मार्क' या कम्यून में आदिम साम्यवाद की दशाओं के लक्षण जीवित बचने के बारे में विचार था, और 2. रोमन इतिहासकार टेसिटस (लगभग 55-120) की कुछ टिप्पणियां। इस पत्र की भाषा बहुत गूढ़-सी है, कहीं-कहीं वे सूत्र-से लिखते दिखते हैं, तब भी यह बहुत महत्वपूर्ण पत्र है, क्योंकि इससे पता चलता है कि वे तब किस प्रकार आदिम साम्यवाद के बारे में प्राप्त छिटपुट तथ्यों पर निर्भर होते हुए भी, सामाजिक विकास की द्वंद्वात्मक दृष्टि का पूरा रूप स्पष्ट करने के लिए प्रयास कर रहे थे। पूरा पत्र पठनीय है और कई बार पढ़ने लायक है जिसका यहां हम एक अंश ही दे सकेंगे :

"मानव इतिहास में भी स्थिति वही है, जो जीवाश्मविज्ञान में। सर्वोत्तम बुद्धिवाले भी कई बार अपनी किन्हीं न्यायिक पूर्वधारणाओं के बंदी बने रहते हैं और सिद्धांत के स्तर पर, वह तक नहीं देख पाते जो बिलकुल सामने मौजूद है। बाद में, यह देखकर चकित रह जाना पड़ता है कि उस वस्तु के साक्ष्य हर कहीं मौजूद हैं जिसे पहले देखा ही नहीं जा सका। फ्रांसीसी क्रांति और उससे जुड़ी प्रबुद्धता के खिलाफ पहली प्रतिक्रिया यह उभरी थी कि मध्यकाल की हर बात को रोमैंटिक माना जाए। ग्रिम जैसे लोग तक इसकी गिरफ्त में रहे। प्रतिक्रिया के दूसरे दौर में *मध्यकाल से परे, हर राष्ट्र के आदिम युग में इन बातों की जड़ें खोजी जाने लगीं और समाजवादी प्रवाह के बारे में भी यही बात हुई,* यद्यपि इन खोजी विद्वानों को ऐसा बौद्धिक अनुमान तक नहीं था कि आदिम युग से इन बातों का कोई संबंध भी है। फिर, यह देखकर वे चकित रह गए कि *जो सर्वाधिक पुरातन है, उसी में नवीनतम भी मौजूद है।* सामंतवादी भी इसी कोटि में आते हैं। प्रूधों यह जानकर थोड़े थरथरा उठते।"[8]

मार्क्स ने हड़बड़ी में जो नोट्स लिखे, उनकी कुछ विशेषताएं हैं। वे यहां इस उद्धृत पत्र में भी हैं। अनेक विचारों और टिप्पणियों का यहां मेला-सा जुट गया है—इस छोटे-से

पत्रांश में। तब भी मुख्य बात साफ दिख सकती है। वही बात उनके विचारों और टिप्पणियों की केंद्रीय विषयवस्तु है। वे पाते हैं कि जर्मन और रोमन इतिहास में आदिम साम्यवाद होने या उसके जीवित बच रहने के कतिपय छिटपुट साक्ष्य हैं। उनके आधार पर वे सामाजिक विकास की द्वंद्वात्मकता की झलक इस घटिया ढंग से हमें देते हैं : "हर राष्ट्र के आदिम युग में इनकी जड़ें खोजना ··· समाजवादी प्रवाह ··· की भी ··· वे चकित रह गए कि जो सर्वाधिक पुरातन है, उसी में नवीनतम भी मौजूद है, ··· समतावादी भी ··· प्रूधों यह जानकर थोड़े थरथरा उठते।" मार्क्स के आशय के साथ अनाचार किए बिना हम कह सकते हैं कि 'जो नवीनतम है' वह निश्चय ही कम्युनिज्म है और 'जो सर्वाधिक पुरातन है' वह 'आदिम साम्यवाद' है। इसीलिए, नवीनतम को प्राचीनतम में देखना, 'समाजवादी प्रवृत्ति' है। इसी बात को मार्गन भी अपने ढंग से यों रखते हैं : "पुरातन भद्र समाज की, स्वाधीनता, समता और बंधुता की, वह एक उच्चतर रूप में वापसी होगी।" बहरहाल, जब मार्क्स 1868 में सामाजिक विकास की द्वंद्वात्मकता के सार का सुंदर प्रतिपादन कर रहे थे, तब तक मार्गन की *एंशिएंट सोसाइटी* सामने नहीं आई थी। उस पुस्तक के बारे में मार्क्स का उत्साह स्वाभाविक दिखता है क्योंकि उसमें 'सर्वाधिक पुरातन' यानी आदिम वर्गपूर्व समाज का विशद और गहन अध्ययन किया गया था। स्मरण रहे, "मार्गन अपनी अध्येय सामग्री पर चालीस वर्षों तक ऊहापोह तथा मनन करते रहे, तब कहीं जाकर वे उस पर अधिकारपूर्वक लिख सके। इसीलिए उनकी पुस्तक हमारे समय के कुछेक युगसर्जक ग्रंथों में से एक है।"[9]

5. मार्गन और उनकी पद्धति

मार्गन न्यूयार्क में एक पेशेवर वकील थे। पर उन्हें याद क्रियात्मक नृतत्वशास्त्र के संस्थापक के नाते ही किया जाता है। उनके पेशे ने ही पहले-पहल उन्हें नृतत्वशास्त्र की ओर उन्मुख किया। एक व्यापारिक संगठन उन दिनों सेनेका (इराकुइस समुदाय की एक उपजाति) नामक अमरीकी इंडियन कबीले की जमीन धोखे से हड़पने के चक्कर में था। कंपनी के खिलाफ मुकदमे में मार्गन उस कबीले के पक्ष में वकील बने और कामयाबी पाई। उसी दौरान उस कबीले में तथा उनके सामाजिक संगठन में उनकी रुचि जगी। कबीलेवाले भी उन पर भरोसा करने लगे और उनसे प्यार करने लगे, यहां तक कि उन्हें अपने कबीले में ही शामिल कर लिया, जोकि एक असामान्य घटना थी।

1851 में कबीला-संगठन पर उनकी पहली महत्वपूर्ण पुस्तक *लीग आफ दि इराकुइस* छपी। 1870 में उनकी दूसरी महत्वपूर्ण कृति *सिस्टम आफ कंसैंग्विनिटी ऐंड एफिनिटी आफ दि ह्यूमन फैमिली* प्रकाशित हुई। इस पुस्तक में उन्होंने कोशिश की कि जहां तक अध्ययन कर पाना उनके लिए मुमकिन हो सका उस सीमा तक, विश्व के विविध जनगण में प्रचलित संबंधों (रिश्तों) की पदावली का विशद संग्रह किया जाए। इनके आधार पर उन्होंने प्रतिपादित किया कि रिश्तोंवाली पदावली का समाजशास्त्रीय महत्व है। अक्सर वे वास्तविक सामाजिक रिश्तों की पूर्ववर्ती दशाओं की संकेतक होती हैं। "नृतत्वशास्त्रियों के बीच इस पर तीखी बहसें छिड़ीं। हाल के साक्ष्य मार्गन के मत की

पुष्टि करते हैं ।''[10]

कई वर्षों तक लगातार अनुसंधान करने के बाद, 1877 में मार्गन ने अपनी भव्य कृति *एंशिएंट सोसाइटी* प्रकाशित की । इस ग्रंथ में, जैसाकि एंगेल्स ने कहा है, ''मार्गन हमारे लिखित इतिहास के प्रागैतिहासिक आधार के मुख्य लक्षणों''[11] की पुनर्रचना की दिशा में आगे बढ़े ।

यहां पहले हम उनकी कार्य-पद्धति का संक्षिप्त स्मरण कर लें । प्रस्थान-बिंदु है विश्व के विविध जनगण के विषम विकास का निरीक्षित तथ्य । मार्गन इसे सामाजिक विकास के अनुक्रम को बतानेवाला तथ्य मानते हैं । वे कहते हैं कि : ''यह निर्विवाद है कि मानव-समाज के कुछ अंश जंगलीपन की दशा में रहे हैं, कुछ अर्धसभ्य दशा में और कुछ अन्य अंश सभ्यता की दशा में । उसी प्रकार यह भी दिखता है कि ये तीनों विशेष दशाएं *प्रगति के स्वाभाविक और अनिवार्य क्रम* के रूप में एक-दूसरे से जुड़ी हुई हैं । साथ ही, यह क्रम *ऐतिहासिक दृष्टि से संपूर्ण मानव-समाज के लिए सच* है । मानव-समाज के हर एक हिस्से ने प्रगति के अनुरूप दशाओं के अंतर्गत भिन्न-भिन्न दशाओं को प्राप्त किया । इनमें से दो या अधिक दशाओं के द्वारा मानवजाति की अनेक शाखाओं ने प्रगति की है, यह सुविदित है ।''[12]

अतः ''आर्य जातियों के प्राचीन पुरखे अनुमानतः वैसे ही कुछ अनुभवों से गुजरे होंगे जिनसे वर्तमान अर्द्धसभ्य और जंगली कबीले गुजर रहे हैं । इन पुरानी और आधुनिक दोनों प्रकार की, सभ्य तथा अर्द्धसभ्य भी, जातियों-राष्ट्रों के अनुभवों में वे सभी सूचनाएं संचित हैं जो सभ्यता के कालखंडों की द्योतक हैं । तब भी, उनके पूर्ववर्ती अनुभव मुख्यतः इस आधार पर ही निगम्य हैं कि उनकी वर्तमान संस्थाओं और खोजों में वे कौन-से तत्व मौजूद हैं जो जंगली और अर्द्धसभ्य कबीलों में अब भी पाए जाते हैं ।''[13]

अतः उनका निष्कर्ष है : ''इस प्रकार इन विविध नृजातीय कालखंडों में रह रहे कबीलों और जातियों (राष्ट्रों) की दशा के अध्ययन के द्वारा वस्तुतः हम अपने ही प्राचीन पूर्वजों के प्राचीन इतिहास और अवस्था को जान-समझ रहे होते हैं ।''[14]

दिलचस्प बात यह है कि विवेकवान यूनानियों के भी पहले ऐसे ही विचार थे । बाद में, दास-प्रथा के पक्ष में तर्क की राजनीतिक जरूरत की दृष्टि से उन विचारों को छोड़ दिया गया । यहां जार्ज थामसन के शब्द उल्लेखनीय हैं : ''यूनानी लोग कभी वैसे ही रहते थे, जैसे आज बर्बर अर्द्धसभ्य समाज रहते हैं ।'' इन स्मरणीय शब्दों में थूसीडाइड्स ने अपनी अंतर्दृष्टि के साथ सामाजिक नृतत्वशास्त्र की तुलनात्मक पद्धति का सिद्धांत प्रस्तुत किया था । एस्किलस और हिप्पोक्रेट्स की रचनाओं में भी यही सचाई निहित है । वह भौतिकवादी परंपरा थी । पर, थूसीडाइड्स के ही समय में प्रतिक्रिया का प्रवेश हो चुका था । सामाजिक विकास की भौतिकवादी दृष्टि के साथ इस सिद्धांत का तालमेल बैठ नहीं सकता था कि यूनानी और बर्बर प्रकृति से ही अलग-अलग हैं । यह सिद्धांत दास-प्रथा के बढ़ने के साथ उपजा था । यदि यूनानी सभ्यता के आरम्भ में आदिम साम्यवाद, समूह-विवाह और मातृ-सत्तात्मक व्यवस्था जैसी चीजों को स्वीकार

कर लिया जाता तो फिर उस मतवाद का क्या होता, जिस पर नगर-राज्य के पतन के दौर में, शासक वर्ग ज्यादा से ज्यादा निर्भर होता चला गया ? वह यह कि निजी संपत्ति, दासों के श्रम का भोग, तथा स्त्रियों को अधीन बनाकर रखने की आर्थिक व्यवस्था प्राकृतिक न्याय पर टिकी है।"[15]

6. मार्गन का विरोध

पर आइए, अब फिर मार्गन की बात करें। उन्होंने ये तर्क सौ वर्ष पूर्व दिए थे।

तब से अब तक मानवशास्त्रियों तथा अन्य लोगों ने नई सामग्री संचित की है। इससे आदिम समाज के बारे में हमारी जानकारी बढ़ी है। इनके कारण मार्गन की पथप्रदर्शक कृति में व्यक्त कुछ विचारों के परिष्कार की जरूरत पैदा हुई है। वैज्ञानिक खोज की प्रत्येक शाखा में यह स्वभावतः होता रहता है। पर मूल प्रतिपादन बना रहता है। जैसेकि जैविक विकास का डार्विन का सिद्धांत उनके बाद से जीवविज्ञान के क्षेत्र में हुई प्रचंड प्रगति के बावजूद यथावत् है। एंगेल्स ने 1891 में लिखा था : "मानवशास्त्रियों, यात्रियों और पेशेवर प्रागैतिहासिक अध्ययन के विद्वानों के साथ-साथ तुलनात्मक विधिशास्त्र के विद्यार्थियों ने भी इस क्षेत्र में काफी काम किया है और नई सामग्री तथा नए दृष्टिकोण सामने आए हैं। फलतः, मार्गन की सैद्धांतिक परिकल्पनाओं के कुछ मुद्दे कमजोर पड़ गए हैं बल्कि आधारहीन हो गए हैं। परन्तु नवसंचित सामग्री ने किसी भी प्रकार उनकी सैद्धांतिक धारणाओं की जगह किन्हीं अन्य सैद्धांतिक धारणाओं को प्रस्तुत नहीं किया है। आदिम समाज के इतिहास के अध्ययन में जो व्यवस्था उन्होंने स्थापित की उसके मुख्य तत्व आज भी अर्थवान हैं। बल्कि कहा जा सकता है कि उसकी आम स्वीकृति का दायरा बढ़ रहा है।"[16]

खासकर आस्ट्रेलिया के शास्त्रीय क्रियात्मक नृतत्वशास्त्रियों के बारे में यह बात सच है, जैसे फिजों, होविट, स्पेन्सर और गिलन के लिए। ये लोग मार्गन के निष्कर्षों के प्रखर समर्थक तो हैं ही, उनकी पुष्टि के लिए उन्होंने नई सामग्री भी एकत्र की है। अन्य लोगों में, अमरीका के बेंडेलिएर और पावेल तथा इंग्लैंड के ब्रिफाल्ट मार्गन के निष्कर्षों और कार्यपद्धति के आधार पर आगे बढ़ना चाहते थे।

पर बात इतनी ही नहीं है। मार्गन के विरोध में भी एक सशक्त वर्ग खड़ा हुआ। इन दिनों कुछेक मानवशास्त्री इस मत के भी हैं कि मार्गन को बिलकुल रद्द कर दिया जाए। इस प्रवृत्ति के कुछेक प्रमुख प्रतिनिधि लोवी, रेडक्लिफ-ब्राउन, क्रोबर और मैलिनोवस्की हैं। पर उन पर भरोसा करने से पहले पाठक जार्ज थामसन की भी कृतियां देख लें तो अच्छा है। थामसन ने स्पष्ट किया है कि मार्गन के विरोध की वजह क्या है और उसके नतीजे क्या होंगे। यहां हम उनके बताए मुद्दों से कुछ पर ध्यान देंगे।

मार्गन पर एक आक्षेप यह है कि वे सामाजिक विकास और ऐतिहासिक प्रगति के नियमों के प्रति बहुत ज्यादा प्रतिबद्ध हैं। दूसरे शब्दों में, अभियोग यह है कि वे चाहते हैं कि समाजशास्त्री कठोर रूप में वैज्ञानिक प्रवृत्ति वाले बनें जबकि ये विरोधी लोग वस्तुतः पतनशील पूंजीवाद और उसके आसन्न अंत की असलियतों से बचने के आसान तरीके

खोज रहे हैं। एक उदाहरण लें—

"मार्गन के इधर के विरोधियों में से एक हैं लोवी। वे कहते हैं कि सामाजिक प्रगति में मार्गन का विश्वास 'ऐतिहासिक नियमों में विश्वास का स्वाभाविक सहवर्ती है। खासकर, तब जब वह सत्तर के दशक के विकासवादी आशावाद से रंगा हो।' अतः लोवी ऐतिहासिक नियमों में विश्वास नहीं करते। दूसरे शब्दों में, वे स्वीकार करते हैं कि उनकी अपनी इतिहास-दृष्टि अवैज्ञानिक है। तब वे अपनी दृष्टि पर हमारे विश्वास की कामना क्यों करते हैं? यहां वे जो कह रहे हैं वह इस अर्थ में बिलकुल सही है कि मार्गन की रचना पूंजीवाद का एक बौद्धिक गौरवग्रंथ है। (मार्गन की कृति की तुलना डार्विन की कृति से करना बहुत ही उचित है।) यह भी सही है कि सामाजिक प्रगति में लोवी का अविश्वास इस मर्मभेदी सूत्र में व्यक्त हुआ है कि 'सभ्यता नामक योजनाविहीन खिचड़ी—थिगलों और पैबंदों वाली वस्तु' भी पतनशील पूंजीवाद का उतना ही महत्वपूर्ण उत्पादन है।"[17]

कामचलाऊ निष्कर्षों को उचित ठहराने के लिए कामचलाऊ विधियों का ही प्रयोग किया जाता है। आदिवासी परिवेश में आदिवासी लोगों के जीवन का अध्ययन करने के स्थान पर पूंजीवाद के व्यावसायिक हस्तक्षेप और घुसपैठ से पतित होकर यहां-वहां भटक रहे कुछ लोगों का अध्ययन करके ही निष्कर्ष निकाल लेना पर्याप्त मान लिया जाता है। होविट ने आजीवन आस्ट्रेलिया के कबीलों के बीच काम किया और अपने शोधों के आधार पर वे मार्गन के एक उत्साही अनुयायी बन गए। उनकी रेडक्लिफ-ब्राउन द्वारा की गई आलोचना ऐसी ही छिछोरी पद्धति का एक उदाहरण कही जा सकती है। खुद रेडक्लिफ-ब्राउन ने भेड़ चरानेवालों के ठिकानों के आसपास भटक रहे कुछेक दर्जन रह गए अंग्रेजीभाषी घुमंतू लोगों का अध्ययन करते हुए करेरा कबीले के बारे में जानकारी प्राप्त की। फिर इसी के आधार पर वे होविट की खोजों को रद्द करने योग्य बताने लगे। अगर उन्होंने होविट की चेतावनी की ओर ध्यान दिया होता तो बेहतर होता : "जब तक कोई खोजकर्ता उन बदली हुई दशाओं के बारे में सजग नहीं रहता जिनमें किसी कबीले के बचे हुए लोग रहने को विवश हुए हैं ··· तब तक उसके बयान पहले के ऐसे खोजकर्ताओं के निष्कर्षों से जरूर टकराएंगे जिन्होंने एक आदिम जीवन जी रहे कबीलाई लोगों का अध्ययन करके उनके जीवन के नियमों के बारे में जानकारी एकत्र की है और निष्कर्ष निकाले हैं।"[18]

इन दिनों मार्गन की इस पद्धति के विरुद्ध काफी कुछ लिखा जा रहा है कि नातेदारियों की शब्दावली के अध्ययन के द्वारा अतीत के सामाजिक संबंधों के बारे में जाना जा सकता है। पहले हम उस मुद्दे पर ही विचार कर लें जिसको लेकर ऐसी आलोचना हो रही है। "ऐतिहासिक भाषाशास्त्र की यह एक मूलभूत मान्यता है ··· कि शब्द अपने से जुड़े अर्थों की तुलना में बहुत धीरे बदलते हैं। इन शब्दावलियों का परीक्षण लगभग सदा ही उस विसंगति को सामने लाता है जोकि वास्तव में मौजूद संबंधों और रिश्ते-नाते की नामावली के बीच मौजूद होती है। ये विसंगतियां इस बात का सबूत हैं कि वह नामावली किसी पुरानी सामाजिक दशा की विरासत है जबकि उनके

वे अर्थ यथार्थ में मौजूद थे। यह सिद्धांत मार्गन ने उन दिनों प्रस्तुत किया था जब विज्ञान, भाषाशास्त्र और मानवशास्त्र शैशवावस्था में थे। भौतिक और सामाजिक विकास के संपूर्ण अध्ययन से यह सही ठहरा है। जिस प्रकार जीवित प्राणियों की संरचना का अध्ययन करनेवाला जीवविज्ञान जीवाश्मों का अध्ययन करनेवाले जीवाश्म विज्ञान से बल प्राप्त करता है, उसी तरह आदिम लोगों के बारे में भाषाशास्त्रीय तरीके का इस्तेमाल करके हम उनके उस अतीत के बारे में जान सकते हैं जिसका इतिहास अन्यथा अज्ञात है।"[19]

अपने समय में मार्गन ने लगभग डेढ़ सौ भाषाओं के साक्ष्यों का विश्लेषण किया। जार्ज थामसन ने उसमें 130 और नई भाषाओं का अध्ययन जोड़ा और इनके आधार पर उन्होंने मार्गन के निष्कर्षों के सामान्य औचित्य से सहमति व्यक्त की।[20] फिर भी दूसरे लोग पहले के इन ज्ञात निष्कर्षों को झुठलाने के लिए सक्रिय हैं। इसका कारण यह है कि मार्गन के निष्कर्ष यदि गंभीरता से लिए जाएं तो वे उन मानवीय दशाओं के संकेतक हैं जो निजी संपत्ति, आधुनिक विवाह-प्रथा, पुलिस तथा जेल के बिना ही विद्यमान थी। जैसाकि जे. डी. बरनाल ने कहा है, "मार्गन के पथ के अनुसरण का अर्थ होता—अकादमीय मानवशास्त्रियों तथा उनके सूचना के प्रमुख स्रोतों अर्थात् मिशनरियों और व्यापारियों आदि लोगों के लिए खतरा पैदा होना, क्योंकि ये निष्कर्ष शासन, नैतिकता और संपत्ति के आधारों पर ही चोट करते हैं।"[21] इसलिए अनेक अकादमीय मानवशास्त्रियों ने आसान रास्ते तलाशने की कोशिश की। ये आसान रास्ते कहां ले जाते हैं, इसके बारे में जार्ज थामसन की बात सुनें :

"बुर्जुवा चिंतकों ने यह मानकर कि निजी संपत्ति 'बिलकुल प्रारंभ से विद्यमान रही है', अपनी सहज बुद्धि से यह समझ लिया कि मार्गन का भरपूर विरोध करना आवश्यक है। इस विरोध में तो वे सब एकमत हैं लेकिन उनके मोर्चे में एकता नहीं है क्योंकि वे किसी एक विकल्प पर सहमत होने में असमर्थ रहे हैं।"[22]

यहां इसके कुछ उदाहरण ही दिए जा रहे हैं।

मार्गन के विरुद्ध रेडक्लिफ-ब्राउन का तर्क है : "यह मानने का कोई कारण नहीं है कि नातेदारी की शब्दावली किसी काल्पनिक अतीत में एक भिन्न रूप में मौजूद सामाजिक संगठन का अवशेष है।" तब हम इन शब्दावलियों की क्या व्याख्या करें ? उनका तर्क है : "मार्गन और उनके अनुयायियों के विपरीत यह दिखाया जा सकता है कि किसी कबीले की नातेदारी की शब्दावली और वर्तमान में विद्यमान उसके सामाजिक संगठन के बीच एक ठोस कार्यात्मक संबंध है।"[23]

किंतु मार्गन के एक अन्य विरोधी ने इस सुझाव को पूरी तरह रद्द कर दिया है। क्रोबर ने नातेदारी की शब्दावलियों को सामाजिक संगठन के प्रकाश में व्याख्यायित करने की समस्त संभावनाओं से इनकार किया है। इसके विपरीत उनका तर्क है कि "नातेदारी की शब्दावलियां प्रधानतः भाषाशास्त्रीय कारकों से निर्धारित होती हैं ··· और फिर सामाजिक परिवेश से परोक्षतः जुड़ी रहती हैं।"[24]

इस प्रकार क्रोबर के दृष्टिकोण से रेडक्लिफ-ब्राउन का यह दृष्टिकोण कि नातेदारी

की शब्दावली और मौजूद सामाजिक संगठन के बीच कार्यात्मक संबंध है, पूरी तरह गलत है। यह उतना ही गलत है जितना कि क्रोबर के अनुसार मार्गन का यह मत गलत है कि ये शब्दावलियां अतीत के सामाजिक संगठन के अवशेष हैं।

परंतु मैलिनोवस्की ने इस संपूर्ण विवाद से निकलने का एक इतना आसान तरीका सुझाया है कि आश्चर्य होता है। वह जार्ज थामसन के शब्दों में यह है : "इस संपूर्ण समस्या को यथार्थ के क्षेत्र से बाहर निकालकर देखा जाए।"

मैलिनोवस्की का दावा है कि उन्होंने यह पता लगा लिया है कि नातेदारी की ये शब्दावलियां जो मुश्किलात पैदा कर रही हैं, यथार्थ में "न कभी थीं और न आज हैं"। इस प्रकार तथ्यों का इतना विशाल भंडार जो मार्गन और अन्य लोगों ने संचित किया और जिसे वे लोग समझना और समझाना चाहते थे उस सबको सपाट ढंग से अस्वीकार करके मैलिनोवस्की ने समस्या का एक अद्‌भुत हल निकाला।

बहरहाल सामाजिक मानवशास्त्र के आंग्ल-अमरीकी संप्रदाय में मार्गन के विरोध का यही पूरा किस्सा नहीं है। असल में मैलिनोवस्की ने तो यह भी स्वीकार किया है कि इस नए संप्रदाय के प्रतिनिधि वास्तव में जानते ही नहीं कि वे किस विषय पर बातें कर रहे हैं। उनके ही शब्दों में :

"मैं 'इनर रिंग' के सदस्य के रूप में कह सकता हूं कि जब भी मैं श्रीमती सेलिगमैन या डाक्टर लोवी से मिला हूं अथवा रेडक्लिफ-ब्राउन या क्रोबर से इस पर चर्चा की है, मुझे यह एहसास हुआ है कि हमारा वह साथी इस विषय के बारे में कुछ नहीं समझता और अक्सर मैं अंत में इस एहसास से भर उठता हूं कि यह बात खुद मेरे बारे में भी लागू होती है। यह बात नातेदारी संबंधी हमारी सारी रचनाओं के बारे में लागू होती है और पूरी तरह अन्योन्याश्रित है।"[25]

तब फिर इस विषय पर कोई लिखे ही क्यों ? लगता है कि उत्तर यह है कि किसी न किसी तरह मार्गन का प्रतिकार करना है। पर मार्गन को रद्द करने का इतना जोश क्यों ? एक ही उत्तर नजर आता है—यह कि गंभीरता से लेने पर मार्गन के अनुसंधान यह सिद्ध करते हैं कि परिवार, निजी संपत्ति और राज्य मानवीय अस्तित्व की सनातन संस्थाएं नहीं हैं। या इन अनुसंधानों के आधार पर जैसाकि एंगेल्स ने कहा था : "जिस प्रकार वे अपरिहार्य रूप से कभी उत्पन्न हुए उसी तरह अंततः वे समाप्त हो जाएंगे।"[26] मार्गन के प्रति मार्क्स और एंगेल्स के उत्साह का यही कारण था जिसके कारण एंगेल्स ने 1884 में अपनी कृति *दि ओरिजन आफ दि फैमिली, प्राइवेट प्रापर्टी एंड दि स्टेट इन दि लाइट आफ दि रिसर्चेज आफ लेविस एच. मार्गन* प्रकाशित की। एक अर्थ में यह "एक कर्तव्य की पूर्ति" थी। "स्वयं मार्क्स ने मार्गन के अनुसंधानों के परिणामों को अपने निष्कर्षों के संदर्भ में प्रस्तुत करने का निश्चय किया था जिन्हें मैं कह सकता हूं कि वे एक अर्थ में हमारे अपने निष्कर्ष थे। वह है इतिहास की भौतिकवादी खोज। इस प्रकार वे उसके संपूर्ण महत्व को स्पष्ट करना चाहते थे। ... मेरे दिवंगत मित्र मार्क्स ने जो करना चाहा था, मेरी कृति उसका एक कमजोर विकल्प है। तथापि उन्होंने मार्गन के बारे में समीक्षात्मक टिप्पणियां लिखते हुए बहुत विस्तार से उन्हें उद्धृत किया था जिन्हें मैं यहां

जब भी जहां भी संभव होगा, प्रस्तुत करूंगा।[27]

7 मानवशास्त्र का पूरक पुरातत्व : गोर्डन चाइल्ड

मार्क्स की मृत्यु 1883 में हुई और एंगेल्स की 1895 में। इनकी मृत्यु के पहले तक विज्ञान की उस आधुनिक शाखा का जन्म नहीं हुआ था जो समाप्त हो चुके समाजों के भौतिक अवशेषों के अध्ययन के आधार पर आदिम दशाओं के बारे में जानकारी एकत्र करती है। यानी पुरातत्व का। चंपोलियन ने 1822 में मिस्री अभिलेखों को पढ़ लिया था और श्लीमन ने 1870 के दशक में ट्रॉय और माइसेनाय में यूनानी सभ्यता के उदय के बारे में खोज कर ली थी। फिर भी 19वीं शताब्दी के उत्तरार्ध में विशेषकर नीनेवेह, नीरमुड़, निप्पर और लागाश में की गई उन खुदाइयों को बड़े सही तौर पर "पुरातात्विक लूट के लिए अशोभनीय छीनझपट" ही कहा गया था। पुरातत्व की खुदाई की व्यवस्थित पद्धति वास्तव में पेट्री ने विकसित की जिनकी पुस्तक *मेथड्स एंड एम्स इन आर्कियोलोजी* 1904 में प्रकाशित हुई। उनके दस साल बाद ब्रीस्टेड ने शिकागो विश्वविद्यालय में 1894 में मिस्र-विद्या पढ़ानी शुरू की। उन्होंने ही 'उर्वर आरोहण' की अवधारणा प्रस्तुत की। उनकी पहली उल्लेखनीय कृति *एंशिएंट रिकार्ड्स आफ इजिप्ट* पहली बार 1906 में छपी। सुमेरियाई सभ्यता संबंधी खुदाई के बारे में पहली महत्वपूर्ण रचना लियोनार्ड वूली ने 1926 में प्रस्तुत की जो उर के शाही मकबरों की खुदाई के बारे में थी। 1924 में जान मार्शल ने हड़प्पा के बारे में दयाराम साहनी और मोअन-जो-दड़ो के बारे में आर.डी. बनर्जी के काम के आधार पर प्राचीन सिंधु घाटी सभ्यता की खोज घोषित की।

आधुनिक पुरातत्व या सच्चे अर्थों में पुरातत्वविज्ञान के क्षेत्र में महत्वपूर्ण कामों में से कुछ का हमने किसी कारणवश ही उल्लेख किया है—यह बताने के लिए कि मार्क्स और एंगेल्स के समय इसका स्वरूप नहीं बना था। फिर भी समाप्त हो चुके समाजों के भौतिक साक्ष्यों का विश्लेषण करनेवाले शास्त्र के रूप में पुरातत्व आदिम लोगों और सभ्यता की ओर उनकी प्रगति के बारे में हमारे यथार्थ ज्ञान के लिए अत्यधिक महत्वपूर्ण है।

स्वाभाविक रूप से हमारा प्रश्न यह है : अभी तक हम मार्क्स, एंगेल्स और मार्गन द्वारा किए गए अनुसंधानों पर निर्भर रहकर सामाजिक विकास की द्वंद्वात्मकता की जो सामान्य रूपरेखा प्रस्तुत करते आए हैं उसको आज उपलब्ध पुरातात्विक ज्ञान किस सीमा तक प्रमाणित करता है। पुरातत्व साफ तौर पर केवल मानवीय अतीत से संबंधित है। अतः वह सीधे तौर पर भविष्य के सामाजिक संगठन के बारे में अथवा वर्ग-समाज के निषेध द्वारा भविष्य में हमारे सामने साकार होनेवाले वर्गरहित समाज के बारे में कुछ नहीं बताता। लेकिन स्वयं इस दृष्टि से भी पुरातात्विक साक्ष्य पूरी तरह अप्रासंगिक नहीं हो सकते, क्योंकि, जैसाकि उचित ही कहा गया है, अतीत का घूंघट उठाने पर भविष्य भी नजर आता है।

पर हम मुख्यतः इस प्रश्न तक ही अपने को सीमित रखेंगे कि क्या पुरातत्व आदिम वर्गपूर्व समाज का वर्ग-समाज द्वारा निषेध किए जाने के बारे में हमें निश्चित रूप से

कुछ बता सकता है ?

प्रारंभ में ही हमें एक बात याद रखनी होगी। पिछले कुछ दशकों में पुरातत्व पर विशाल साहित्य संगृहीत हो गया है, जिसमें तथाकथित नीरस पुरातात्विक आंकड़े और ब्योरे तो हैं ही, इनसे निकाले गए उचित-अनुचित तमाम तरह के निष्कर्ष भी हैं।

संक्षेप में, आज हमारे सामने आदिम लोगों और उनके सामाजिक संगठनों के बारे में अनुमानों का एक बीहड़ जंगल उपस्थित है। इनमें से प्रत्येक अनुमान का दावा है कि उसकी पुष्टि अतीत की पुरातात्विक खोज से हुई है। इनके द्वारा प्रस्तुत चित्र कुल मिलाकर निश्चय ही अराजकतापूर्ण है।

अनुमानों के इस जंगल में से एक विद्वान का काम बिलकुल अलग उभरता है जो सक्रिय पुरातत्वशास्त्री के रूप में तो बहुत बड़ी हैसियत रखते ही हैं, साथ ही अतीत के बारे में जो एक सुसंगत चित्र देने में भी समर्थ हुए हैं। उनके इस काम का आधार भी विश्वव्यापी पुरातत्वशास्त्र का अधिकाधिक सर्वेक्षण है। वे हैं—वी. गोर्डन चाइल्ड। दुनिया के अधिकांश प्रमुख पुरातत्वशास्त्री उनके प्रति कृतज्ञ हैं जो एक स्वीकृत तथ्य है। हम यहां मुख्यतः उन्हीं की कृतियों पर आश्रित रहेंगे।

उनके द्वारा विकसित एक महत्वपूर्ण अवधारणा 'शहरी क्रांति' है। इस अवधारणा को उन्होंने सबसे पहले 1936 में अपनी पुस्तक *मैन मेक्स हिमसेल्फ* में प्रस्तुत किया था। फिर उसे 1942 में छपी अपनी *ह्वाट हैपेंड इन हिस्ट्री* में आगे विकसित किया और 1950 में अपने निष्कर्षों का सारांश 'शहरी क्रांति' शीर्षक एक संक्षिप्त लेख में प्रस्तुत किया जो पहली बार पत्रिका *टाउन प्लानिंग रिव्यू,* वर्ष 21, अंक 1 में पृष्ठ 3–17 में छपा है। 'शहरी क्रांति' की इस अवधारणा में वह संपूर्ण उल्लेखनीय पुरातात्विक विवरण है जो आदिम वर्गपूर्व समाज का वर्ग-समाज द्वारा निषेध किए जाने पर प्रकाश डालता है।

गोर्डन चाइल्ड मनुष्य के उदय से अपनी कथा शुरू करते हैं और औजारों के पहली बार बनने के बारे में बताते हैं, "जिसे संभवतः पांच लाख वर्ष पहले" की बात माना जा सकता है। नुकीले पत्थरों अथवा पेड़ों से तोड़ी गई शाखाओं के रूप में प्रयुक्त किए गए प्रारंभिक औजार निश्चय ही बड़े सीधे-सादे थे। उनकी मदद से मनुष्य केवल खाद्य संग्रह करनेवाले समुदाय ही रच पाया था। लेकिन वह केवल शुरुआत थी। हजारों साल के सतत प्रयास के बाद—कितने हजार साल बाद, यह ठीक-ठीक बताना असंभव है—मनुष्य ने अपनी तकनीक सुधारी और गोर्डन चाइल्ड के शब्दों में 'नवपाषाण' क्रांति संभव हुई। हिमयुग के विस्तृत कालखंड में मनुष्य बाह्य प्रकृति के प्रति अपने रवैये में कोई बुनियादी परिवर्तन नहीं ला पाया। वह जो पाता उसी से संतुष्ट रहता। हां, अर्जन के तरीके उसने बहुत अधिक विकसित कर लिए थे और क्या ग्रहण करना है, क्या नहीं, इसका विवेक भी। हिमयुग के अंत के तुरंत बाद अपने परिवेश के प्रति मनुष्य के (अथवा कुछेक समुदायों के) रवैये में क्रांतिकारी बदलाव आया, जिसकी परिणति संपूर्ण मानवजाति के लिए क्रांतिकारी सिद्ध हुई। कुल मिलाकर देखें तो हिमयुग के बाद का यह कालखंड पृथ्वी पर मनुष्य या

मनुष्य-सदृश प्राणियों की सक्रियता के संपूर्ण काल का एक छोटा-सा अंश ही है। हिमयुग के बाद के काल के बारे में एक उदार अनुमान यह है कि वह 15 हजार वर्षों का था जबकि एक अनुदार अनुमान के अनुसार पूर्ववर्ती युग कम से कम ढाई लाख वर्षों का था। तब भी इतिहास की 20वीं सदी के अंत में मनुष्य ने प्रकृति पर नियंत्रण प्रारंभ कर दिया था, अथवा कम से कम प्रकृति के साथ सहयोग करते हुए उस पर नियंत्रण पाने में तो वह सफल ही हुआ है।''[28]

गोर्डन चाइल्ड के शब्दों में नवपाषाण क्रांति के बाद दूसरी क्रांति के पहले का दौर आया। इस मध्यवर्ती काल का वर्णन वे यों करते हैं :

''ऊपर वर्णित नवपाषाण क्रांति एक लंबी प्रक्रिया का चर्मोत्कर्ष थी। उसे ऐक घटना के रूप में इसलिए प्रस्तुत किया जाता है कि पुरातत्व केवल परिणामों को देखता है और वहां तक पहुंचानेवाले विविध चरण प्रत्यक्ष निरीक्षण के दायरे से बाहर होते हैं। एक दूसरी क्रांति ने कुछेक छोटे गांवों को जहां आत्मनिर्भर किसान रहते थे, घनी आबादी वाले शहरों में रूपांतरित कर दिया, जहां मध्यवर्ती उद्योग और विदेशी व्यापार तथा राज्य जैसी नियामक संस्थाएं थीं। इस रूपांतरण की प्रक्रिया के कुछेक दृश्यों को प्रागितिहास द्वारा, धुंधले रूप में ही सही, पहचाना जा सकता है। नाटक का यह दृश्य नील नदी और गंगा नदी के बीच के अर्धशुष्क प्रदेशों में घटित हुआ। लगता है कि यहां बहुत तेजी से एक के बाद एक युगसर्जक आविष्कार हुए, जिनकी गति देखकर सांस थम जाती है, खासकर तब जब हम इनकी तुलना पहली क्रांति के पहले की सहस्राब्दी से करते हैं अथवा इस दूसरी क्रांति और आधुनिक काल की औद्योगिक क्रांति के बीच की चार सहस्राब्दियों से करते हैं।

ईसापूर्व 6000 से 3000 के बीच मनुष्य ने बैलों और हवा की शक्ति का उपयोग करना सीख लिया था और उसने हल का आविष्कार कर लिया था। साथ ही पहिएदार गाड़ी और पतवार से चलनेवाली नावें खोज निकाली थीं। उसने कच्चे तांबे को पिघलाकर ढालनेवाली रासायनिक प्रक्रिया खोज ली थी और धातुओं के भौतिक गुणों की पहचान कर ली थी। साथ ही उसने एक सटीक सौर पंचांग भी रच लिया था। इस प्रकार एक शहरी जीवन के लिए आवश्यक तैयारी उसने कर ली थी और एक ऐसी सभ्यता का रास्ता रच डाला था जिसमें लेखन की, गिनती या हिसाब के ज्ञान की और समुचित विज्ञानों की जरूरत होती है। उसने माप के प्रतिमान भी खोज लिए थे। गैलिलियो के समय तक के किसी भी कालखंड में ज्ञान की प्रवृत्ति इतनी तेजरफ्तार नहीं थी और कभी इतने दूरगामी और त्वरित आविष्कार नहीं हुए थे।''[29]

इससे हम यह देख सकते हैं कि 'शहरी क्रांति' से उनका आशय क्या था। इसकी एक अनिवार्य शर्त है कुछेक केन्द्रों में एक सामाजिक अधिशेष का *संचय* जो ऐसे निवासी विशेषज्ञों की एक उल्लेखनीय संख्या को सहारा दे जो खाद्य उत्पादन की जिम्मेदारी से मुक्त कर दिए गए थे।''[30]

'शहरी क्रांति' को समझने के लिए यह महत्वपूर्ण है। इसके तीन प्रमुख केंद्र थे—मिस्र, मैसोपोटामिया और सिंधु घाटी, जहां आरंभिक शहरों के पाए जाने के

पुरातात्विक प्रमाण मिले हैं।

अतः सबसे पहले हमें शहरी क्रांति के बारे में दो बातें समझनी होंगी। पहली है सामाजिक अधिशेष की जरूरत और दूसरी है कुछेक केंद्रों अर्थात् आरंभिक नगरों में उसे केंद्रित रखने का तंत्र।

'दि अरबन रिवाल्यूशन' (शहरी क्रांति) नामक निबंध में चाइल्ड बात को यों समेटते हैं : "इसके दस अपेक्षाकृत अमूर्त प्रतिमान हैं जो सभी पुरातात्विक साक्ष्यों पर आधारित हैं और जो किसी भी पुराने या समकालीन गांव से इन आरंभिक शहरों को अलग करते हैं।" इनमें से दूसरा प्रतिमान है—"संरचना और कार्यलाप में शहरी लोग किसान भी थे और शहर से लगी भूमि और जल का उपयोग करते थे। तब भी सभी शहरों में ऐसे अतिरिक्त वर्गों का निश्चय ही निवास था जो स्वयं खेती, पशुपालन, मत्स्यपालन अथवा भोजन संग्रह द्वारा अपने लिए अनाज नहीं संगृहीत करते थे बल्कि जो पूर्णकालिक विशेषज्ञ शिल्पी (कारीगर), परिवहन कर्मी, व्यापारी, राजकर्मचारी और पुरोहित थे। निश्चय ही उन सबको शहरों में रहनेवाले किसानों द्वारा उत्पन्न अधिशेष से सहारा मिलता था और शहर पर निर्भर गांवों से भी। परंतु उन्हें खाद्य सामग्री पाने के लिए व्यक्तिगत स्तर पर किसानों से अनाज या मछली आदि के बदले अपनी सेवाओं अथवा उत्पादन का सीधा विनिमय नहीं करना पड़ता था।"[31] इसका अर्थ है कि विशेषज्ञ कारीगर और शहरी आबादी के अन्य लोग जिस अधिशेष पर आश्रित थे वह किसी तरह की केंद्रीय सत्ता के द्वारा आया जिसे सामाजिक अधिशेष भेजा जाता था और जिसके माध्यम से गैरउत्पादक नागरिकों को खाद्यान्न आदि वितरित किया जाता था। चाइल्ड के विश्लेषण में शहरी क्रांति के तीसरे, चौथे और पांचवें मुख्य लक्षण इसी से जुड़े हैं। हम उन्हें कुछ विस्तार से उद्धृत करते हैं :

"प्रत्येक मूल उत्पादक अपने सीमित तकनीकी उपकरणों के द्वारा जमीन से जो थोड़ा-बहुत अधिशेष उपजा सकता था उसे वह किसी काल्पनिक देवता या दैवी नरेश को देय अंश या कर के रूप में अर्पित करता था जो इस प्रकार अधिशेष का केंद्रीयकरण करते हैं।...

"भव्य सार्वजनिक भवन न केवल प्रत्येक प्रसिद्ध शहर को किसी भी गांव से अलग करते हैं बल्कि वे सामाजिक अधिशेष के केंद्रीयकरण के भी प्रतीक हैं। प्रत्येक सुमेरी शहर प्रारंभ से ही एक या अधिक राजकीय मंदिरों के आधिपत्य में था। ये मंदिर शहर के केंद्र में ईंटों के चबूतरे पर स्थित होते थे। यह ऊंचा चबूतरा आसपास के मकानों से घिरा होता था और सामान्यतः किसी कृत्रिम पहाड़ अथवा ऊंची मीनार या जिगुरट (पिरामिडाकार बेबिलोनियाई मंदिर की मीनार) से जुड़ा होता था। लेकिन कारखाने और शस्त्रागार भी इन मंदिरों से जुड़े होते थे और प्रत्येक प्रमुख मंदिर का महत्वपूर्ण अंग एक भव्य अनाज-भंडार होता था।

"सिंधु घाटी में स्थित हड़प्पा एक कृत्रिम उन्नत पीठ पर बसा था जहां एक पक्की ईंटों वाला भवन और विशाल दुर्ग थे। भव्य महल था और कारीगरों के कमरे और विशाल अन्नभंडार थे।

''मिस्र में कोई पुराने मंदिर या महल नहीं मिले हैं लेकिन समूची नील घाटी में विशालकाय पिरामिड हैं जो दैवी फराओ शासकों के मकबरे हैं। साथ ही लिखित दस्तावेजों से पता जलता है कि शाही अन्नभंडार भी इनसे जुड़े रहते थे···

''खाद्य उत्पादन से असंबद्ध सभी लोग निश्चय ही मंदिर या शाही अन्नभंडार में संगृहीत अधिशेष पर जीवित रहते थे और इस प्रकार वे मंदिर या राजदरबार पर निर्भर थे। पर साथ ही स्वाभाविक रूप से पुरोहित एवं नागरिक तथा सैनिक नेतागण और अधिकारी संगृहीत अधिशेष के बड़े हिस्से का उपभोग करते थे और इस प्रकार वे 'शासक वर्ग' थे। पुरापाषाण काल के किसी जादूगर अथवा नवपाषाण काल के किसी मुखिया से भिन्न ये शासक लोग वस्तुतः, जैसाकि एक मिस्रवासी ने लिखा है, 'सारे शारीरिक श्रम से मुक्त थे।' दूसरी ओर निम्न वर्गों के लोग थे जिन्हें शांति और सुरक्षा की जमानत तो थी ही, साथ ही वे बौद्धिक कामों से भी मुक्त रखे गए थे जिनको बहुत-से लोग शारीरिक श्रम की तुलना में अधिक ऊबाऊ मानते हैं। शासक वर्ग व्यापक जनगण को यह आश्वासन तो देता ही था कि अगले दिन फिर से सूरज उगनेवाला है और नदियां अगले साल बाढ़ से भरी-पूरी होंगी (जिन लोगों को प्रकृति की समरूपताओं का पांच हजार वर्षों का लिखित-संग्रहित अनुभव न हो वे सचमुच ऐसी बातों पर चिंतित हो सकते हैं), इसके साथ ही नियोजन और संगठन के द्वारा भी ये शासक प्रजा पर उपकार करते थे।''[32]

'शहरी क्रांति' की चाइल्ड की अवधारणा की अधिक ब्योरेवार समझ के लिए हमें उनकी रचना *मैन मेक्स हिमसेल्फ* पर नजर डालनी होगी। इसके कुछ अंश उद्धृत हैं : ''और, इस प्रकार ईसापूर्व तीन हजार वर्ष तक मिस्र (इजिप्ट), मैसोपोटामिया और सिंधु घाटी का पुरातात्विक चित्र केवल सीधे-सादे किसानों वाले समुदायों का नहीं रह जाता बल्कि विविध व्यवसायों और वर्गों वाले राज्यों का बनता है। इनमें प्रमुख स्थान पुरोहित, राजाओं, लेखकों और कर्मचारियों का और साथ ही दक्ष कारीगरों, पेशेवर सैनिकों और विविध प्रकार के अन्य श्रमिकों की एक पूरी फौज का है, जिन्हें खाद्य उत्पादन के प्राथमिक काम से मुक्त कर दिया गया है। अब खुदाई में मिली प्रमुख वस्तुएं खेती और शिकार के औजार तथा घरेलू उद्योग के मुख्य उत्पादन नहीं हैं, बल्कि मंदिर, साज-सामान, हथियार, चाक से बने बर्तन, गहने-जेवर, और अन्य ऐसे ही उत्पादन प्रमुख हैं जो हुनरमंद कारीगरों द्वारा बड़े पैमाने पर निर्मित होते हैं। झोंपड़ियों और किसानों के घरों की जगह हम भव्य मंदिरों, मकबरों, राजमहलों और कारखानों को देखते हैं। और, वहां विविध प्रकार की भोग-विलास की सामग्री उन्हें दुर्लभ नहीं थी बल्कि रोजमर्रा की जिंदगी में उपभोग की जाती थी और उन्हें हम दूर देशों से नियमित तौर पर आयातित होते देखते हैं।

''स्पष्ट है कि पुरातात्विक सामग्री का यह परिवर्तन सामग्री को उत्पादित करनेवाले अर्थतंत्र के रूपांतरण पर प्रकाश डालता है।''[33]

''परंतु ऐसे कीर्तिस्तम्भों का निर्माण केवल श्रमिकों और उनके लिए भोजन के अतिरिक्त भी बहुत मांगता है। संपूर्ण निर्माण की योजना सावधानी से बनाई जाती

थी। कृत्रिम पहाड़ का निर्माण ऐसे किया जाता था कि उसके कोने प्रमुख बिंदुओं तक पहुंचते थे। इसके लिए एक केंद्रीय निर्देशक सत्ता आवश्यक थी। चूंकि ईश्वर या इष्टदेव सामुदायिक इच्छा का एक काल्पनिक प्रक्षेप ही होता है, अतः उसका बल वस्तुतः उसके सेवकों का बल ही होता था अथवा उसके द्वारा पुष्ट होता था। स्वाभाविक रूप से इस काल्पनिक इष्टदेव को दुनियावी प्रतिनिधि और व्याख्याकार प्राप्त थे जो अपनी आमदनी का एक छोटा-सा अंश देकर उसके बदले में उसके दुनियावी स्वामित्व को और अधिक फैलाते जाते थे तथा उसकी देखरेख करते रहते थे।''[34]

''मकबरों के स्तंभों के लिए नींव खोदने, ईंटों और तख्तों को तैयार करने तथा ढोने और मकबरों और मस्तबों के निर्माण के लिए बहुत बड़ी तादाद में मजदूरों को लगाना जरूरी था। इन मकबरों और मस्तबों में बहुत ही बारीक काम वाले जो जेवरात और सामग्री जमा किए जाते थे वे निश्चय ही बहुत ही दक्ष एवं प्रशिक्षित बढ़इयों, लोहारों, संगतराशों और नक्काशों तथा सुनारों और जौहरियों का उत्पादन होते होंगे। ये मजदूर और हुनरमंद कारीगर मूल खाद्य उत्पादन से मुक्त थे और इन्हें संचित अधिशेष में से पारिश्रमिक दिया जाता था और राजाओं-बादशाहों द्वारा युद्ध की लूट से और नियमित तौर पर मिलनेवाले नजराने द्वारा संगृहीत होता था।''[35]

यह सब शहरी क्रांति के द्वारा समाज में विकसित अंतर्विरोधों के संकेत देता है। यह क्रांति न केवल बड़ी मात्रा में सामाजिक अधिशेष के उत्पादन बल्कि साथ ही उसके संग्रह की और काल्पनिक देवताओं के हाथों में यानी उनके वास्तविक नश्वर प्रतिनिधियों—पुरोहितों, राजाओं और सेवा में लगे लोगों के एक छोटे वर्ग—के हाथों में केंद्रीयकरण की भी मांग करती थी। दूसरी ओर प्रत्यक्ष उत्पादक थे जो संभवतः अपने पवित्र अंधविश्वासों से प्रेरित थे जिनके साथ कभी-कभी बलप्रयोग के साधन भी जुड़े होते थे और कभी नहीं होते थे। ये प्रत्यक्ष उत्पादक अपने अतिरिक्त उत्पादन से वंचित कर दिए जाते थे और उसे शहर के अनाज-भंडारों में चले जाने देते थे। ऐतिहासिक दृष्टि से कहें तो शहरी क्रांति के लिए ऐसा अंतर्विरोध आवश्यक या अपरिहार्य था। यह शहरी क्रांति आदिम वर्गपूर्व समता की कीमत पर शहरी जीवन की दिशा में मनुष्य के पहले उल्लेखनीय कदम के रूप में आवश्यक थी। जैसाकि गोर्डन चाइल्ड अंत में लिखते हैं :

''इस नए अधिशेष का एक महदपूर्ण अंश राजाओं, पुरोहितों, उनके रिश्तेदारों और प्रियजनों के हाथों में रहता था। समाज अब विविध आर्थिक वर्गों में विभाजित हो चुका था। राजाओं, पुरोहितों और कर्मचारियों का एक 'शासक वर्ग' किसानों और मजदूरों के 'निम्नवर्ग' के विरोध में खड़ा हो चुका था। इस विभाजन को पुरातत्वशास्त्रियों द्वारा मिस्र के शाही पिरामिडों के शक्तिशाली ऐश्वर्य और निजी साधारण कब्रों की सादगी के भेद द्वारा या फिर सिंधु घाटी के व्यापारियों के ऐश्वर्यशाली भवनों और कारीगरों के छोटे मकानों के भेद द्वारा निरूपित किया जाता है। इसकी तुलना में राजवंशों से पहले के दौर की कब्रों की समानता अथवा किसी नवपाषाणकालीन गांव की झोंपड़ियों की समानता,

वस्तुतः समता की बल्कि अभावपूर्ण समता की सूचक है।"[36]

इस प्रकार ये पुरातात्विक ब्योरे आदिम वर्गपूर्व समाज का वर्ग-समाज द्वारा निषेध किए जाने के ब्योरे हैं। ये ब्योरे वर्ग-समाज के उनके विचारों के लिए अरोचक सिद्ध हुए हैं जो अनेक नवकल्पित शब्दावलियों के प्रस्ताव रखकर इस भद्दी सच्चाई को ढंकने की कोशिश करते हैं कि उभरते हुए शासक वर्ग ने सामाजिक अधिशेष का अपने पक्ष में इस्तेमाल किया। ऐसे नवकल्पित सिद्धांतों के साथ किसी विवाद में उलझे बिना हम यहां आर. एस. शर्मा को उद्धृत करते हैं जिन्होंने इस विषय में कुछ बुनियादी बातें कही हैं :

"वर्ग और अधिशेष को विलुप्त करने के प्रयास ने 'अभिजन', 'पदस्थिति', 'सोपान', निर्णय की प्रक्रिया इत्यादि पदों को जन्म दिया है। अधिशेष के सिद्धांत को इस आधार पर रद्द किया जाता है कि लोग स्वयं अधिक उत्पादन नहीं करते बल्कि अधिक काम के लिए विवश किए जाते हैं अथवा काम पर अधिक लोगों को लगाया जाता है। अधिक उत्पादन के लिए जो भी प्रेरणाएं बताई जाएं, और ये प्रेरणाएं प्रत्येक समाज में अलग-अलग होंगी, लेकिन लगभग सभी प्रकार के गंभीर खोजकर्ताओं का मानना है कि केवल अतिरिक्त उत्पादन द्वारा ही पूर्णकालिक प्रशासक, पेशेवर सैनिक, पूर्णकालिक पुरोहित, कारीगर और ऐसे ही अन्य विशेषज्ञों का जीवनयापन संभव है जो अपना भोजन स्वयं नहीं उत्पादित करते। यह तर्क कि लोगों को अधिक उत्पादन के लिए विवश किया गया, इस तथ्य को सूचित करता है कि एक संगठित उत्पीड़क सत्ता जैसेकि राज्य अथवा किसी शक्तिशाली मुखिया की अगुवाई वाली एक आद्यराजसत्ता का अस्तित्व था। लेकिन इससे अधिशेष के विचार का निषेध नहीं होता। उत्पादन में वृद्धि के साथ किसी निम्न उत्पादकता वाले कबीलाई ढांचे में स्वेच्छा से अथवा आपसी अदल-बदल के रूप में नातेदारों द्वारा दी गई भेंटों के स्थान पर अनिवार्य अथवा एकपक्षीय अदायगी का प्रचलन होता है क्योंकि उत्पादकों को अपने उत्पादन के एक हिस्से से वंचित रहने को विवश किया जाता है। लोगों को अदायगी करने के लिए चाहे जिस विधि से प्रेरित या विवश किया जाए, इतना तो स्पष्ट है कि यह सफल तभी होगा जब अदायगी की क्षमता हो। वर्ग के निर्माण में अधिशेष की मुख्य भूमिका होती है और वह एक पूरी तरह नई शक्ति-संरचना के निर्माण की ओर ले जाता है जिसे राज्य कहते हैं।"[37]

8. प्रगति की द्वंद्वात्मकता

जार्ज थामसन लिखते हैं : "यह याद करना महत्वपूर्ण है, जैसाकि गोर्डन चाइल्ड ने बताया है, कि मैसोपोटामिया के सबसे कम वेतन पानेवाले कामगार भी किसी नवपाषाणकालीन गांव के स्वतंत्र और समतापूर्ण सदस्य से अधिक बेहतर दशा में थे। शहरी क्रांति ने जीवनस्तर में एक परम उत्कर्ष ला दिया था। दूसरी ओर यदि हम श्रम की उत्पादकता में प्रभूत उत्कर्ष का हिसाब करें तो स्पष्ट हो जाता है कि सापेक्ष अर्थ में उनकी हालत बदतर थी। क्रांति के लाभ बहुत बिषम रूप में वितरित हुए थे। इसके कारण ही नई अर्थव्यवस्था का प्रसार अंततः एक जगह आकर रुक गया।"[38]

गोर्डन चाइल्ड[39] शहरी क्रांति के पहले और बाद में अर्जित मानवीय उपलब्धियों की एक सूची देते हुए कहते हैं : ''शहरी क्रांति के पहले अपेक्षाकृत गरीब और निरक्षर समुदायों ने मानवीय प्रगति में अनेक बहुत ही प्रभावपूर्ण योगदान किए थे जो ईसापूर्व 3000 के तुरंत पहले दो सहस्राब्दियों में संपन्न हुई थी।'' इन दूरगामी परिणामों वाले आविष्कारों में से चाइल्ड 15 का उल्लेख करते हैं जो कृत्रिम सिंचाई से शुरू होकर सौर पंचांग, लेखन, अंकगणना और कांसे की खोज में जाकर समाप्त होते हैं जिन्हें 'क्रांति के प्रारंभिक चरण' कहा गया है।

''क्रांति के दो हजार वर्ष बाद यानी यूं कह लें कि ईसापूर्व 2600 से 600 तक ऐसे बहुत कम योगदान हुए जो मानवीय प्रगति के लिए महत्वपूर्ण हैं। संभवतः चार उल्लेखनीय योगदान हैं जोकि ऊपर गिनाए गए 15 योगदानों की श्रेणी के हैं। ये हैं—बेबीलोनिया की दशमलव अंकपद्धति, औद्योगिक पैमाने पर लौह खनिज को पिघलाने का कम खर्चीला तरीका, एक सही अर्थों में वर्णमाला वाली लिपि और शहर को पानी की आपूर्ति करनेवाली प्रणाली।''

इस प्रकार शहरी क्रांति के पहले और बाद के दौर की प्रगति का अंतर देखकर हमें यह मानना होगा कि बाद वाला युग ''तीव्र प्रगति के किसी नए युग का आरंभ नहीं है बल्कि पहले वाली संवृद्धि के चरमोत्कर्ष पर पहुंचने और फिर अवरुद्ध हो जाने का दौर है।'' परंतु यह अवरोध आखिर आया क्यों ? दिलचस्प बात यह है कि इस अवरोध का एक सर्वाधिक महत्वपूर्ण कारण क्रांति के मुख्य कारकों में ही निहित है। क्रांति केवल अतिरिक्त उत्पादन की मानवीय क्षमता के द्वारा नहीं हुई, बल्कि इस उत्पादन के उन केन्द्रों तक ले जाए जाने के द्वारा भी हुई थी जो शहरों के रूप में विकसित हुए और जहां देवताओं की छत्रछाया में यानी देवताओं के दुनियावी प्रतिनिधियों—पुरोहितों और पुरोहिती संगठनों की छत्रछाया में अधिशेष संगृहीत हुआ। लेकिन यह सब हुआ कैसे और इसके परिणाम क्या रहे ? यह जिज्ञासा हमें गोर्डन चाइल्ड द्वारा 'प्रगति की द्वंद्वात्मकता' के निरूपण तक ले जाती है और जिसे हमें वैचारिक विकास के बाद के दौर को समझने के लिए बार-बार पढ़ना होगा।

''ऐसा लगता है कि अपने जीवन के आरंभ से ही मनुष्य ने अपनी विशिष्ट मानवीय क्षमताओं का उपयोग यथार्थ विश्व में प्रयोग के लिए आवश्यक औजार बनाने के लिए तो किया ही, साथ ही काल्पनिक प्राकृतिक शक्तियों की कल्पना करने के लिए भी किया जिनका उपयोग वह यथार्थ विश्व पर करता। तात्पर्य यह कि वह एक तरफ तो प्राकृतिक प्रक्रिया को समझने और उसका उपयोग करने की कोशिश कर रहा था और साथ ही दूसरी तरफ इस प्राकृतिक विश्व में काल्पनिक सत्ताओं को भी आबाद कर रहा था जिनको उसने अपनी रूपरेखा के अनुरूप गढ़े थे और जिनको वह बलप्रयोग या प्रलोभन के लिए उपयोग कर सकता था। इस तरह वह विज्ञान और अंधविश्वास की संरचना साथ-साथ कर रहा था।

''जिन अंधविश्वासों को मनुष्य ने अपनाया और जिन काल्पनिक सत्ताओं को उसने गढ़ा वे संभवतः परिवेश को सुखकर बनाने के लिए और जीवन को सहनीय बनाने के

लिए आवश्यक थे। फिर भी जादू और धर्म ने जिन मिथ्या आशाओं और भ्रांतिपूर्ण आसान रास्तों के सुझाव उसे दिए उनके कारण मनुष्य बार-बार समझ के द्वारा प्रकृति पर नियंत्रण पाने के कठिनतर रास्ते से विमुख होता रहा है। विज्ञान की तुलना में जादू आसान लगता है वैसे ही जैसे साक्ष्यों और प्रमाणों को संगृहीत करने के बजाय यंत्रणा देना आसान है।

''जादू और धर्म उस मचान की तरह हैं जो सामाजिक संगठन और विज्ञान की इमारत को खड़ी करने के लिए जरूरी है। लेकिन दुर्भाग्यवश इस ढांचे ने बार-बार इस इमारत की रचना को अवरुद्ध रखा या जकड़ लिया और स्थायी इमारत की प्रगति में बाधा खड़ी की। यहां तक कि उसने एक नकली अग्रभाग का भ्रम पैदा किया जिसके पीछे वास्तविक इमारत के क्षय का खतरा बढ़ता रहा। विज्ञान के द्वारा संभव हुई शहरी क्रांति का दुरुपयोग अंधविश्वास ने किया। किसानों और कारीगरों की उपलब्धियों का असली लाभ पुरोहितों और राजाओं ने उठाया। अतः विज्ञान की जगह जादू को गद्दीनशीन किया गया और उसे ही सत्ता सौंपी गई।

''अतीत के अंधविश्वासों की निंदा उतनी ही व्यर्थ है जितना किसी खूबसूरत इमारत के निर्माण के लिए आवश्यक बदसूरत मचान के बारे में शिकायत करना। यह बचकाना सवाल है कि मनुष्य ने 'वर्गपूर्व' समाज की दुर्दशाओं से सीधे उस वर्गरहित समाज के स्वर्ग तक प्रगति क्यों नहीं की जो अभी तक कहीं भी पूरी तरह साकार नहीं हो पाया है। संभवतः ऊपर विवेचित टकराव और अंतर्विरोध प्रगति की द्वंद्वात्मकता के अंग हैं, और कुछ भी हो वे इतिहास के तथ्य हैं। वे हमें नापसंद हैं तो इसका अर्थ यह नहीं कि प्रगति भ्रांति है, बल्कि केवल यह है कि हमने न तो इन तथ्यों को समझा है, न प्रगति को और न ही मनुष्य को। मनुष्य ने अंधविश्वासों का और शोषण की संस्थाओं का वैसे ही निर्माण किया जैसेकि उसने विज्ञान का और उत्पादन के औजारों का निर्माण किया। दोनों के द्वारा वह स्वयं को अभिव्यक्त कर रहा था, स्वयं को खोज रहा था, स्वयं को रच रहा था।''[40]

किंतु वर्ग-समाज की रचना और उसकी भव्य उपलब्धियों के लिए आवश्यक 'अंधविश्वास और उत्पीड़क संस्थाएं', जैसेकि स्वयं वर्ग-समाज, मानवीय अस्तित्व के सनातन तत्व नहीं हैं। वे अस्तित्व में उसी प्रकार आए जैसेकि उन्हें अनिवार्यतः विलुप्त हो जाना है।

यही सामाजिक विकास की द्वंद्वात्मकता है। आदिम वर्गपूर्व समाज का निषेध करते हुए वर्ग-समाज जन्म लेता है और फिर अपनी बारी में वर्ग-समाज का निषेध कर भविष्य का वर्गरहित समाज सामने आनेवाला है। अतीत का अन्वेषी होने के नाते गोर्डन चाइल्ड की रुचि मुख्यतः प्रथमोक्त में है, जबकि अर्थशास्त्रियों और सामाजिक क्रांतिकारियों के रूप में मार्क्स और एंगेल्स द्वितीयोक्त के शिल्पी हैं। ऐसा करते हुए उन्हें प्रारंभिक शहरों के 'अंधविश्वासों' के वैचारिक उत्तराधिकारियों यानी 'यथार्थ का आध्यात्मिक रहस्यमंडन' करनेवालों का भी पर्दाफाश करना और खंडन करना पड़ा है क्योंकि यही रहस्यमंडन वर्ग-समाज के समूचे जीवन में छाया रहा है।

संदर्भ एवं टिप्पणियां

1. जी. थामसन, 'एन एस्से आन रेलिजन', लन्दन, 1950, पृ. 7-8.
2. मार्गन, एल. एच., *एंशिएंट सोसाइटी,* कलकत्ता, 1982, पृ. 561-562.
3. गोर्डन चाइल्ड, *ह्वाट हैपेंड इन हिस्ट्री,* लंदन, 1957.
4. मार्गन, एल. एच., पूर्वोद्धृत, पृ. 67.
5. *एंशिएंट सोसाइटी,* के. पी. बागची एंड कं., कलकत्ता, 1982.
6. मार्क्स और एंगेल्स, *सेलेक्टेड वर्क्स,* मास्को, 1977, पृ. 118.
7. एंगेल्स, *ऐंटी-ड्यूहरिंग,* मास्को, 1969, पृ. 30.
8. मार्क्स और एंगेल्स, *सेलेक्टेड कारेस्पांडेंस,* मास्को, 1975, पृ. 189 ; शब्दों और पंक्तियों पर बल लेखक का.
9. एंगेल्स, *दि ओरिजिन आफ दि फैमिली,* इत्यादि, मास्को, 1952, पृ. 10.
10. बी.बी. स्टर्न, *एनसाइक्लोपीडिया आफ सोशल साइंसेज,* 1954, खंड 2, पृ. 30.
11. एंगेल्स, *दि ओरिजिन आफ फैमिली* इत्यादि, पृष्ठ 10.
12. मार्गन, *एंशिएंट सोसाइटी,* पृ. 3.
13. उपरोक्त, पृ. 7-8.
14. उपरोक्त, पृ. 18.
15. जी. थामसन, *स्टडीज इन एंशिएंट ग्रीक सोसाइटी,* लंदन, 1949, पृ. 142-43.
16. एंगेल्स, *दि ओरिजिन आफ दि फैमिली* ... पृ. 32-33.
17. जी. थामसन, पूर्वोक्त, पृ. 70.
18. उपरोक्त, पृ. 85 की टिप्पणी.
19. उपरोक्त, पृ. 59.
20. उपरोक्त, पृ. 59-60.
21. बरनाल, जे. डी., *साइंस इन हिस्ट्री,* पेंग्विन, 1969 का संस्करण. पृ. 1083.
22. थामसन, पूर्वोक्त, पृ. 85.
23. उपरोक्त, 85.
24. उपरोक्त, 86.
25. उपरोक्त, पृ. 86.
26. एंगिल्स, *दि ओरिजिन आफ दि फैमिली,* पृ. 284.
27. उपरोक्त, पृ. 7-8.
28. चाइल्ड, *मैन मेक्स हिमसेल्फ,* 1951 का संस्करण, पृ. 66.
29. उपरोक्त, पृ. 105.
30. चाइल्ड 'दि अरबन रिवाल्यूशन' पृ. 14; जी. एल. पोशेल द्वारा संपादित *एंशिएंट सिटीज आफ दि इंडस* (1979 का संकरण), पुनर्मुद्रित। हमारे संदर्भों की पृष्ठ संख्याएं पोशेल के पुनर्मुद्रण से ही ली गई हैं.
31. उपरोक्त, पृ. 15.
32. उपरोक्त, पृ. 15-16.

33. चाइल्ड, *मैन मेक्स हिमसेल्फ,* पृ. 142.
34. उपरोक्त, पृ. 145.
35. उपरोक्त, पृ. 162.
36. उपरोक्त, पृ. 229-30.
37. आर. एस. शर्मा, *मैटीरियल कल्चर एंड सोशल फार्मेशंस इन एंशिएंट इंडिया,* दिल्ली, 1983, भूमिका, पृ. 15.
38. जी. थामसन, *स्टडीज इन एंशिएंट ग्रीक सोसाइटी,* लंदन, 1949, पृ. 24.
39. गोर्डन चाइल्ड, *मैन मेक्स हिमसेल्फ,* पृ. 227.
40. उपरोक्त, पृ. 236-237.

अध्याय 2

एक भ्रांति का भविष्य

हेराक्लाइटस और हेगेल

परंपरागत मार्क्सवादियों में यह स्वीकार करने की एक दार्शनिक सहजवृत्ति पाई जाती है कि हेराक्लाइटस के विचारों के बिखरे हुए अवशेषों में हमें हेगेलीय विचारों के ठीक उसी पक्ष का एक प्रतिभापूर्ण पूर्वानुमान मिलता है जो उसे आज हमारे लिए महत्वपूर्ण बना देता है। यह पक्ष है संभवन (बिकमिंग) पर, प्रत्येक वस्तु के सतत प्रवाहपूर्ण होने पर इसमें दिया जानेवाला बल, इस प्रकार विपरीतों की एकता के तर्क की स्वीकृति भी मिलती है क्योंकि संभवन का स्पष्टीकरण उसी के द्वारा संभव है। संक्षेप में, द्वंद्वात्मकता के मूलभूत तत्व वहां दिखाई देते हैं। हम सभी जानते हैं कि हेराक्लाइटस ने इन विचारों को किस प्रकार व्यक्त किया है। अतः उनका उद्धरण यहां आवश्यक नहीं। यहां स्मरणीय यह है कि हेगेल ने अपनी कृति *लेक्चर्स आन दि हिस्ट्री आफ फिलासफी* में यह स्पष्ट करना चाहा है कि हेराक्लाइटस ने दर्शनशास्त्र के क्षेत्र में क्या अर्जित किया और हेगेल ने खुद हेराक्लाइटस से क्या प्राप्त किया :

''दार्शनिक भूमि यहां है। हेराक्लाइटस की ऐसी एक भी प्रस्थापना नहीं है, जो मैंने अपने तर्कशास्त्र में न अपनाई हो।''[1]

''हेराक्लाइटस ने कहा है : 'प्रत्येक वस्तु प्रवाह की दशा में है। कुछ भी टिकाऊ नहीं है और न ही कोई भी वस्तु सदा एक जैसी रहती है।'··· इस सार्वभौम सिद्धांत को संभवन अर्थात् सत्ता का सत्य कहकर अधिक अच्छी तरह व्यक्त किया जा सकता है। चूंकि प्रत्येक वस्तु अस्तित्ववान है और नहीं है, अतः हेराक्लाइटस कहते हैं कि वस्तु संभवन है। केवल सृष्टि या उदय ही अस्तित्व का अंग नहीं है, वस्तुसत्ता का समाप्त हो जाना भी उसी का अंग है। *होना* और *न होना* दोनों परस्पर स्वतंत्र (या निरपेक्ष) नहीं बल्कि समरूप हैं। अस्तित्व से संभवन तक की विचार-यात्रा बहुत बड़ी प्रगति है, भले ही वह विपरीतों की एकता का प्रथम निर्धारण होने के नाते अभी भी अमूर्त हो। कारण कि इस संबंध में अस्तित्व के दोनों ही रूप अशांत या विकल

होते हैं और इसलिए उनके भीतर जीवन का सिद्धांत अंतर्निहित होता है। पूर्ववर्ती दर्शनशास्त्रियों में गति का जो अभाव अरस्तू ने दिखाया है, उसकी यहां पूर्ति कर दी गई है और उसे मूलतत्व तक का रूप दे दिया गया है। फलतः यह दर्शनशास्त्र अतीत का और बीता हुआ नहीं है। उसका सिद्धांत सारभूत है और मेरे *तर्कशास्त्र* के प्रारंभ में ही, 'अस्तित्व और शून्यता' के तुरंत बाद वह मौजूद मिलेगा। इस तथ्य की स्वीकृति बहुत बड़ी वैचारिक प्रगति है कि होना और न होना सत्य से रहित अमूर्तीकरण है तथा यह कि सत्ता संभवन में निहित है।"[2]

अब हम देखेंगे कि प्रारंभिक दर्शनशास्त्रों में गति के अभाव के बारे में अरस्तू ने जो टिप्पणी की है, उसमें गंभीर शर्तें जोड़ना जरूरी है। तथापि पहले हम द्वंद्ववाद के इतिहास के बुनियादी तत्वों को संक्षेप में स्मरण कर लें हालांकि वे सुविदित हैं।

पश्चिमी दर्शनशास्त्र के इतिहास में सबसे पहले हेराक्लाइटस ने प्रकृति और विचार, दोनों के द्वंद्व का *प्रतिपादन* किया। हेगेल ने अतुलनीय रूप से समृद्ध ऐतिहासिक-दार्शनिक सामग्री के द्वारा उसकी स्पष्ट अभिव्यक्ति की, लेकिन द्वंद्ववाद की यह हेगेलीय संपुष्टि उनकी आदर्शवादी भ्रांतियों के सामान्य ढांचे के तले दबी हुई थी। नतीजा यह हुआ कि वह अपनी संपूर्ण संभावनाओं को साकार नहीं कर सका। जैसाकि एंगेल्स ने कहा है : "हेगेल की रचनाओं में द्वंद्ववाद का एक व्यापक सार-संग्रह उपलब्ध है यद्यपि वह बहुत ही भ्रांतिपूर्ण प्रस्थान-बिन्दु से विकसित हुआ है।"[3]

इस प्रकार हेगेलीय भ्रांति से द्वंद्ववाद को मुक्त कर उसे भौतिकवाद की सुरक्षित आधारशिला पर फिर से प्रतिष्ठित करने का काम मार्क्स और एंगेल्स के ऊपर आ पड़ा। उनके द्वारा प्रतिपादित द्वंद्ववाद इतिहास की व्याख्या का सर्वाधिक शक्तिशाली हथियार तो बना ही, वह इतिहास के सृजन का आधार भी बना—ऐसी स्थितियों की रचना का जिनके लिए किसी भ्रांति की आवश्यकता नहीं है, निश्चय ही परमतत्व या 'परम आत्मा' की हेगेलीय भ्रांति का भी नहीं।

संक्षेप में, पश्चिमी विचारों में द्वंद्ववाद का इतिहास यही है। वर्तमान निबंध इस इतिहास के केवल एक पहलू तक केंद्रित रहेगा—हेराक्लाइटस और हेगेल के संबंधों तक। फिर भी इस संबंध की कुछ अपनी समस्याएं हैं।

यह कैसे हुआ कि हेगेल के लगभग दो हजार वर्ष पहले हेराक्लाइटस को हेगेलीय विचार के क्रांतिकारी मर्म का पूर्वज्ञान हो गया था, विशेषकर जब हम यह देखते हैं कि हेगेलकालीन जर्मनी की सामाजिक-आर्थिक दशाएं हेराक्लाइटस के यूनान की दशाओं से सर्वथा भिन्न थीं? साथ ही हेगेल के तत्काल पहले हुए दर्शनशास्त्रियों में हम कांट, जैकोबी, फिख्टे और शेलिंग जैसे महान आदर्शवादी पाते हैं, जबकि, जैसाकि हम देखेंगे, हेराक्लाइटस को केवल भौतिकवादियों और अर्धभौतिकवादियों की ही विरासत प्राप्त थी। इस प्रकार दोनों के बीच भौतिक अथवा बौद्धिक दशाओं की समानता नहीं के बराबर थी। इसीलिए द्वंद्वात्मक दृष्टि अपनाने के बारे में दोनों के बीच जो बुनियादी साम्य है, वह एक महत्वपूर्ण बात है, इतनी महत्वपूर्ण कि उस पर विचार किए बिना नहीं रहा जा सकता।

इसी प्रकार हेराक्लाइटस और हेगेल के बीच के काल में यूरोप के किसी बड़े दर्शनशास्त्री ने वस्तुतः यह चिंता ही नहीं की[4] कि वह *संभवन* के मूलभूत महत्व का प्रतिपादन करे, या कम से कम हेराक्लाइटस और हेगेल जितनी गंभीरता से करे और इस प्रकार विपरीतों की एकता को मान्यता दे, यानी यह बताए कि सत् साथ ही साथ असत् भी है। यह कैसे हुआ ? दूसरे शब्दों में, हेराक्लाइटस से लेकर हेगेल तक की अवधि में किसी दर्शनशास्त्री ने द्वंद्वात्मक दृष्टि के प्रति अनुकूल उत्साह नहीं दिखाया। यह एक बड़ी समस्या है। क्या हम इसे कुछ इस तरह से देखें कि मानो समुद्र में कोई *व्हेल* सहसा सिर उठाती है, फिर लंबे समय तक डुबकी मारकर अतल समुद्र में गुम रहती है और फिर अचानक किसी अकल्पित स्थान में किसी अकल्पित समय सिर को फिर बाहर निकालती है ? हम ऐसा नहीं मान सकते। कारण कि इसका अर्थ होगा यदृच्छावाद या विज्ञान और इतिहासविधा का समर्पण।

अतः स्वाभाविक ही हमारा पहला प्रश्न है—खुद हेगेल ने इन समस्याओं के समाधान के लिए कितनी सहायता हमें पहुंचाई है, विशेषकर अपनी कृति *लेक्चर्स आन दि हिस्ट्री आफ फिलासफी* में ? उत्तर यह है कि हेगेल से इसमें कोई सहायता नहीं मिलती। अधिक बुरी बात तो यह है कि उन्होंने परमसत् या आत्मा की आत्माभिव्यक्ति की अपनी कल्पना के अनुकूल दार्शनिक विकास के वास्तविक इतिहास को ढालने की कोशिश की और इस क्रम में हमें यह भ्रामक आभास दिया कि वे प्राचीन यूनानी विचारों का विकास कर रहे हैं। फलस्वरूप वे हमें एक तरह के काल-दोष में फंसा देते हैं जिसे लेनिन ने पहचाना था।

यों खुद हेगेल को दार्शनिक विकास के इतिहास का स्पष्ट बोध था : "पहले की विविध दर्शन-प्रणालियां अपने समय का कोई फैशनेबुल सिद्धांत नहीं हैं। न ही वे संयोगवश उत्पन्न हुईं और न ही वे किसी घास-फूस के ढेर में अचानक जल उठी आग हैं। न ही वे यहां-वहां होनेवाले आकस्मिक उद्‌गार हैं। इसके बजाय वे एक आध्यात्मिक, बुद्धिसंगत और अग्रमुखी प्रगति हैं। वे दर्शनशास्त्र के विकास के अनिवार्य चरण हैं। *वे ईश्वर का आत्मोद्‌घाटन या आत्मप्रकाशन हैं जैसाकि वह स्वयं को जानता है*।"[5]

जाहिर है कि ईश्वर मनमानी नहीं कर सकता और इसलिए उसकी आत्माभिव्यक्ति का कोई एक निश्चित तरीका, नियत प्रक्रिया होनी चाहिए। इसके अलावा यह प्रक्रिया हेगेलीय प्रणाली के अनुरूप होनी चाहिए। कारण कि हेगेल का मानना था कि ईश्वर या परम सत्ता की सर्वोत्कृष्ट आत्माभिव्यक्ति उन्हीं के दर्शनशास्त्र में हुई है। हेगेल ने कहा है कि प्राचीन यूनानी दर्शनशास्त्र "इसी पवित्र शृंखला की एक कड़ी" है।[6] अतः परम सत्ता की अभिव्यक्ति के विविध चरण एक निश्चित प्रक्रिया में होने चाहिए। चूंकि इस प्रणाली के अनुसार परम सत्ता *संभवन के चरण में प्रवेश* करने से पहले शुद्ध सत् का रूप धारण करती है, अतः हेगेल को *संभवन* के दर्शनशास्त्री हेराक्लाइटस की चर्चा से पहले शुद्ध अस्तित्व के दर्शनशास्त्रियों जैसे पार्मेनाइडीज और जेनो की चर्चा जरूरी लगती है। अतः हेगेल ने प्राचीन यूनानी दर्शनशास्त्र के विकास के क्रम को निम्न प्रकार

से देखा था :

"यदि हम आयोनियाई दर्शनशास्त्रियों को जो परम सत्ता को विचार-रूप में नहीं समझते, और पाइथागोरस के अनुयायियों को भी किनारे कर दें तो हमें एलियाई दर्शनशास्त्रियों की शुद्ध सत्ता नजर आती है और वह द्वंद्वात्मकता दिखती है, जो समस्त सांत संबंधों को अस्वीकार करती है। द्वितीयोक्त दर्शनशास्त्रियों के लिए विचार ऐसी अभिव्यक्ति की एक प्रक्रिया है, यह संसार आभासी है और शुद्ध सत्ता (सत्) ही एकमात्र सत्य है। जेनो की द्वंद्वात्मकता वस्तुतः आत्मनिष्ठ द्वंद्वात्मकता है। वह ऐसे निर्धारणों पर बल देती है जो स्वयं विषयवस्तु में निहित हैं। लेकिन वह मननशील कर्ता में निहित द्वंद्वात्मकता है और द्वंद्वात्मकता की इस गति के बिना वह एक अमूर्त इकाई मात्र है। कर्ता में गति-रूप में निहित द्वंद्वात्मकता से आगे का चरण है स्वयं द्वंद्वात्मकता का वस्तुनिष्ठ बन जाना। ··· कम से कम हेराक्लाइटस परम सत्ता को द्वंद्वात्मक प्रक्रिया के रूप में ही देखते हैं। जो प्रगति आवश्यक थी और जो हेराक्लाइटस के हाथों संभव हुई, वह यह है कि वे विचार के प्रथम क्षण अर्थात् अस्तित्व के क्षण से दूसरे क्षण अर्थात् संभवन के क्षण तक पहुंचे। यह विपरीतों की एकता वाला प्रथम मूर्त परम तत्व है। इस प्रकार हेराक्लाइटस का दार्शनिक विचार पार्मेनाइडीज के तर्कों और जेनो के अमूर्त चिंतन से आगे बढ़ता है। इस कारण हेराक्लाइटस को सर्वत्र एक गंभीर दर्शनशास्त्री माना और कहा भी जाता था।"[7]

इस प्रकार हेगेलीय प्रणाली में शुद्ध सत्ता संभवन के पहले आती है। अतः हेगेल ने जेनो को हेराक्लाइटस से पहले रखा। यह काल-दोष है। लेनिन ने अपनी पुस्तक *फिलासाफिकल नोटबुक्स*[8] में इसकी तीखी आलोचना की। ऐतिहासिक तथ्य यह है कि जेनो, पार्मेनाइडीज का शिष्य था और खुद पार्मेनाइडीज, हेराक्लाइटस का परवर्ती और आलोचक था। यह कालक्रम एक ऐतिहासिक तथ्य है और दुबारा साक्ष्यों के परीक्षण की जरूरत नहीं रखता।[9] यहां हम इस विवाद में नहीं पड़ेंगे कि क्या हेगेल को उनके समय में जो ऐतिहासिक विवरण प्राप्त थे, उनके कारण कुछ भ्रम हुआ अथवा उन्होंने जान-बूझकर इन दर्शनशास्त्रियों के क्रम को उलटकर प्रस्तुत किया। इसके बजाय हेगेलीय प्रणाली की उस बाध्यता को स्वीकार करना अधिक महत्वपूर्ण है जिसने उनको ऐसा क्रम प्रस्तुत करने के लिए विवश किया। उन्होंने कहा था कि "इतिहास के दर्शनशास्त्र का विकास तर्क-दर्शनशास्त्र के विकास के अनुरूप ही *होना चाहिए*।" भौतिकवादी दृष्टि से लेनिन ने इसी वाक्यांश 'होना चाहिए' पर आश्चर्य व्यक्त किया था। इसके विपरीत लेनिन का कहना है : "वास्तविक इतिहास आधार है, नींव है, वह सत्ता है *जिसके बाद* चेतना *आती* है।"[10]

तर्क-दर्शनशास्त्र के विकास की चाहे जो मांग हो, वास्तविक इतिहास में पार्मेनाइडीज और जेनो, हेराक्लाइटस के बाद हुए हैं और वह दोनों को हेराक्लाइटस से पहले बताने वाले हेगेलीय प्रतिपादन की पुष्टि नहीं करता।

हेगेल चाहते थे कि वास्तविक इतिहास उनकी इच्छा के विकास के अनुरूप हो। इस उत्साह में वे यह बताना भूल ही जाते हैं कि पार्मेनाइडीज और जेनो ने प्राचीन यूनानी

विचार-परंपरा में जबरदस्त उलट-पुलट की थी । इसके लिए हेगेल ने मुख्यतः हेराक्लाइटस की स्थिति को पूरी तरह बदलकर पेश किया । जैसाकि हम देखेंगे, हेराक्लाइटस की स्थिति प्राचीन यूनानी दर्शनशास्त्र को समझने की दृष्टि से महत्वपूर्ण है । लेकिन जेनो के जिस आत्मनिष्ठ द्वंद्ववाद को हेराक्लाइटस ने वस्तुनिष्ठ द्वंद्ववाद के दर्जे तक पहुंचा दिया उसके बारे में हेगेल के वर्णन में यही बात पूरी तरह गायब है ।

तथ्य यह है कि हेगेल ने जेनो की द्वंद्वात्मकता का जो निरूपण किया है वह भ्रामक है । लेनिन ने लक्ष्य किया है कि एक जगह हेगेल ने इस द्वंद्वात्मकता को वस्तुनिष्ठ बताया है, जबकि दूसरी जगह उसे आत्मनिष्ठ बताया है ।[11] जेनो की द्वंद्वात्मकता को समझने के रास्ते में हेगेल द्वारा प्रस्तुत मुख्य कठिनाई यह है कि हेगेल ने परिवर्तन के मौलिक यथार्थ के संबंध में हेराक्लाइटस के मत के बारे में, जिसे जेनो ने पूरी तरह रद्द कर दिया था, हमें सही-सही नहीं बताया । हेगेल हमें बताते हैं कि जेनो की द्वंद्वात्मकता का वास्तविक प्रयोजन यह सिद्ध करना नहीं है कि गति का अस्तित्व है ही नहीं बल्कि यह सिद्ध करना है कि गति असत्य है ।

''यदि अरस्तू ने कहा कि जेनो ने गति को अस्वीकार किया क्योंकि उसमें एक भीतरी अंतर्विरोध है, तो इसका अर्थ यह नहीं है कि गति का अस्तित्व ही नहीं है । मुद्दा यह नहीं है कि गति है और उसका अस्तित्व है बल्कि महत्वपूर्ण तथ्य यह है कि जेनो सामान्य अर्थ में गति को अस्वीकार नहीं करते । ऐंद्रिक स्तर पर गति वैसे ही स्पष्ट है जैसेकि हाथी स्पष्ट है । मुद्दा इसकी सत्यता का है । जेनो कहना यह चाहते हैं कि गति सत्य नहीं है क्योंकि उसकी धारणा में एक अंतर्निहित आत्मविरोध है । कोई भी सच्ची सत्ता गति द्वारा व्याख्यायित नहीं की जा सकती । जेनो के प्रतिपादन को इसी दृष्टि से देखना चाहिए, न कि गति के यथार्थ को अस्वीकार करने के रूप में । जेनो यह बताना चाहते हैं कि गति का निर्धारण किस प्रकार होना चाहिए और उसकी दिशा क्या होनी चाहिए ।''[12]

लेकिन इससे हम यह तो जान ही नहीं पाते कि पार्मेनाइडीज ने और फिर उसी क्रम में जेनो ने प्राचीन यूनानी विचारों में कितने बड़े परिवर्तन किए, जबकि इसे समझना इस निबंध में उठाई गई समस्याओं को समझने की दृष्टि से आवश्यक है । इसीलिए यहां हम इस मुद्दे पर कुछ विस्तार से विचार करेंगे ।

हेराक्लाइटस की संभवन की धारणा को सीधे रद्द करते हुए पार्मेनाइडीज ने सत्ता के पक्ष में तर्क दिए । जेनो इसी स्थिति की परिपुष्टि करना चाहते थे । इसीलिए उन्होंने यह दिखाने की कोशिश की कि गति या परिवर्तन वास्तविक नहीं हो सकता क्योंकि उसमें एक भीतरी अंतर्विरोध निहित है । जेनो की द्वंद्वात्मकता का सार यह है : खरगोश कभी भी कछुए से आगे नहीं जा सकता, निशाने की ओर बढ़ रहा तीर स्थिर है, इत्यादि ।

सार यह कि 'है' और 'नहीं है' की यानी विपरीतों की उस एकता को जेनो ने अमान्य कर दिया जिसे हेराक्लाइटस ने दृढ़तापूर्वक प्रतिपादित किया था और यथार्थ का सारतत्व बताया था । जेनो ने इसे अयथार्थ या भ्रांति बताया । हेगेल की विशिष्ट

शब्दावली में जेनो की आत्मनिष्ठ द्वंद्वात्मकता को इस रूप में देखना चाहिए कि उनके द्वारा यह बहुत अच्छी तरह दिखाया गया है कि परिवर्तन या गति की अवधारणा में ही एक अंतर्विरोध निहित है। बस, इससे अधिक कुछ नहीं। स्वयं जेनो के लिए यह भीतरी अंतर्विरोध एक तरह की विकृति का लक्षण था। वह यथार्थ के विपरीत आभास मात्र था। यही कारण है कि लेनिन ने उसकी तीखी आलोचना की है। जेनो की स्थिति के बारे में टिप्पणी करते हुए वे लिखते हैं : "इसे बिलकुल *उलटा जा सकता है* और *उलटा जाना चाहिए*। प्रश्न यह नहीं है कि गति है या नहीं, बल्कि यह है कि अवधारणाओं के तर्कशास्त्र में उसे अभिव्यक्त किस प्रकार किया जाए।"[13]

तथ्य यह है कि जेनो से पहले ही हेराक्लाइटस ने यह काम कर दिया था कि परिवर्तन या गति को अवधारणाओं के तर्कशास्त्र में विपरीतों की एकता के तर्क द्वारा अभिव्यक्त किया जा सकता है। ऐसा नहीं है कि परिवर्तन के यथार्थ पर हेराक्लाइटस से पहले किसी ने बल न दिया हो। उनके सभी महत्वपूर्ण पूर्ववर्ती दर्शनशास्त्रियों ने अपने-अपने ढंग से यह काम किया था। हेराक्लाइटस की विशेषता यह है कि उन्होंने "अवधारणाओं के तर्कशास्त्र में" पहली बार परिवर्तन के यथार्थ को प्रस्तुत एवं प्रतिपादित किया। इसी कारण हेराक्लाइटस पश्चिमी विचार-परंपरा में द्वंद्वात्मकता के पहले विचारक बने। उनकी द्वंद्वात्मकता में उन सब बातों को अस्वीकार कर सकने की सामर्थ्य निहित है जो बाद में औपचारिक तर्कशास्त्र के रूप में जानी गई और जो तादात्म्य के नियम की अमूर्त कलाबाजियों का तर्कशास्त्र बनीं। यह ऐसा तर्कशास्त्र था जिसका खंडन अंततः हेगेल ने ही किया। पर यह सोचना काल-दोष होगा कि हेराक्लांइटस ने भी औपचारिक तर्कशास्त्र का खंडन किया था। वस्तुतः औपचारिक तर्कशास्त्र के सिद्धांत हेराक्लाइटस के *बाद* रचे गए और उनका एक बड़ा अंश तो हेराक्लाइटस के मुख्य सिद्धांतों का खंडन करते हुए ही विकसित हुआ है। और पश्चिमी दर्शनशास्त्र में उस आंदोलन का आरंभ किसने किया जो अंततः औपचारिक तर्कशास्त्र के रूप में सामने आया ? वह व्यक्ति था पार्मेनाइडीज और साथ में निश्चित ही उनका सुयोग्य शिष्य जेनो।

प्रारंभिक यूनानी विचारों के विकास को पार्मेनाइडीज और जेनो ने किस प्रकार एक निर्णायक मोड़ दिया, इस पर विचार करना बहुत महत्वपूर्ण है। प्रथम दर्शनशास्त्री थेल्स से लेकर हेराक्लाइटस तक विचारों की एक निरंतरता है। कारण कि इन सभी दर्शनशास्त्रियों ने परिवर्तन के यथार्थ को मान्यता दी। उन्होंने अस्तित्व के संभव होने और फिर व्यतीत हो जाने के यथार्थ को माना और इसीलिए विपरीतों की एकता को भी माना, भले ही अस्पष्ट रूप में। पाइथागोरस ने भी माना कि "माध्य में विपरीतों का समेकन" होता है। इस दृष्टि से मानना होगा कि आरंभिक यूनानी विचारक द्वंद्वात्मक दृष्टि को मानते थे यद्यपि पहली बार उसकी स्पष्ट व्याख्या हेराक्लाइटस ने की।

अतः हेराक्लाइटस तक के आरंभिक यूनानी विचारकों के बारे में उल्लेखनीय बात यही है। वे सभी द्वंद्ववाद के पक्के समर्थक थे हालांकि उनमें से हेराक्लाइटस ने ही इस

दृष्टि को एक सुपरिभाषित रूप दिया। अरस्तू में इसकी स्वीकृति अनुपस्थित है और हेगेल में भी। अरस्तू का अनुसरण करते हुए हेगेल भी हेराक्लाइटस से पहले के दर्शनशास्त्रियों द्वारा प्रतिपादित यथार्थ की रूप-योजना में गति या परिवर्तन के अभाव की शिकायत करते हैं।

इन दर्शनशास्त्रियों के बारे में दूसरी उल्लेखनीय बात यह है कि वे भौतिकवादी दृष्टि वाले हैं। जब हम उन पर दृष्टिपात करते हैं तो उनके भौतिकवादी प्रतिपादन से अवश्य प्रभावित होते हैं। सामान्यतः इस भौतिकवाद को उनका प्रकृतिवाद कहा जा सकता है। उनका भौतिकवाद बहुत साधारण किस्म का था और वैज्ञानिक तथ्यों के संचित भंडार तथा ज्ञानमीमांसी विवेचना की दृष्टि से देखने पर वह बहुत कमजोर किस्म का भौतिकवाद दिखता है। वे सभी प्रकृति की व्याख्या के लिए मूलभूत सिद्धांतों की खोज में थे—उन मूलतत्वों की खोज में जिनसे सबकुछ की सृष्टि होती है और जिनमें अंततः सभी कुछ विलीन हो जाता है।

हेराक्लाइटस तक ने और हेराक्लाइटस सहित सभी यूनानी दर्शनशास्त्रियों ने इस मूलतत्व को भौतिक माना। हेगेल के शब्दों में : "अधिकांश प्रारंभिक दर्शनशास्त्रियों ने सबकुछ मूलभूत तत्वों को पदार्थ का रूप ही माना था।"[14]

हेगेल को खुद यह दृष्टि पसंद नहीं थी। उन्होंने बताया कि "एनेक्सागोरस पहले यूनानी दर्शनशास्त्री थे जिन्होंने बुद्धि को सर्वोच्च तत्व के स्तर तक पहुंचा दिया।"[15]

इन भौतिकवादियों के बारे में हेगेल के अपने निष्कर्ष चाहे जो हों, परन्तु भौतिकवाद के ये साक्ष्य हमारे लिए महत्वपूर्ण हैं। थेल्स के अनुसार सृष्टि का मूलतत्व पानी था। एनेक्सिमेंडर के अनुसार वह एक अव्यवस्थित आदिम पदार्थ था। एनेक्सिमेंस के अनुसार यह मूलतत्व हवा थी। पाइथागोरस के अनुसार यह मूलतत्व संख्या थी। दर्शनशास्त्र के हेगेलवादी इतिहासकारों में श्वेग्लर अन्यतम हैं। उन्होंने लिखा : "पाइथागोरस के अनुसार मूलतत्व ऐंद्रिक स्तर का पदार्थ नहीं है बल्कि आकारगत संबंधों और आयामों वाला पदार्थ है। वही अस्तित्व का मूल आधार है। ··· संख्या और अनुपात, ये मूलतत्व हैं। ये दोनों जहां तक काल और दिक् में फैले और बंटे हुए हैं, वहीं तक ये पदार्थ हैं। पदार्थ के बिना कोई गणना और कोई माप संभव नहीं है। पदार्थ का यही उन्नत रूप, जो साथ ही साथ उसका विभाजन भी है, पाइथागोरस के अनुसार मूलतत्व है और वही उसके सिद्धांत का बुनियादी प्रतिपादन है।"[16]

हेराक्लाइटस के अनुसार सृष्टि का मूलतत्व आग है, जो एक भौतिक तत्व ही है। इसीलिए लेनिन हेराक्लाइटस के "भौतिकवाद और भौतिकवादी प्रवृत्तियों" की बातें करते हैं।[17] वे हेराक्लाइटस का एक प्रसिद्ध अंश उद्धृत करते हैं :

"जिस सृष्टि से सभी कुछ का सृजन हुआ है उसकी रचना देवताओं या मनुष्यों ने नहीं की। वह तो सनातन धधकती आग थी, है और रहेगी जो निरंतर प्रकट और निरंतर विलुप्त होती रहती है।" इस पर लेनिन की टिप्पणी थी : "(यह) द्वंद्वात्मक भौतिकवाद के सिद्धांतों का बहुत अच्छा प्रतिपादन (है)।"[18]

साथ ही इन आरंभिक चिंतकों के बारे में सावधानी से हमें एक तीसरी बात पर

भी ध्यान देना चाहिए। उनकी जो द्वंद्ववादी दृष्टि है, वह तब तक अधिभूतवादी दृष्टि के विरोध में प्रस्तुत नहीं की गई थी और न ही सचेत रूप में उस पर विजय पाने की चेतना इसमें थी। यहां हमारा अभिप्राय मार्क्सवादी धारणा के अधिभूतवाद से है जो द्वंद्ववाद की विरोधी है। इसका कारण सीधा-सा है पर है वह बड़े महत्व का। ऐतिहासिक दृष्टि से पश्चिमी दर्शनशास्त्र में अधिभूतवादी विचार-पद्धति का विकास इन आरंभिक चिंतकों के समय तक हुआ ही नहीं था। उनके लिए वस्तुओं को ''गति में नहीं बल्कि विराम या स्थिरता में, अनिवार्यतः परिवर्तनशील वस्तु के रूप में नहीं बल्कि स्थिर वस्तुसत्ता के रूप में, जीवंत रूप में नहीं बल्कि जीवनरहित सत्ता के रूप में'' देखना तक असंभव था।

यही कारण है कि सतत प्रवाह का उनका दृष्टिकोण स्थिर यथार्थ के दृष्टिकोण से खुलकर नहीं टकराया। इसी कारण से इन भौतिकवादी दर्शनशास्त्रियों का भौतिकवाद विचारवादी दृष्टिकोण से नहीं टकराया और न ही उस पर उसने विजय प्राप्त की।

संक्षेप में यह कि इन आरंभिक दर्शनशास्त्रियों के समय न तो द्वंद्ववादी और अधिभूतवादी विचार-पद्धतियों में कोई भेद विकसित हुआ था और न ही भौतिकवादी और विचारवादी दृष्टिकोणों के बीच स्पष्ट मतभेद उभरकर आया था। यही कारण है कि उनके भौतिकवाद और उनके द्वंद्ववाद, दोनों को उनकी सीमाओं के साथ ही समझना होगा। शायद यही कारण है कि, जैसाकि हम इस विवेचना में आगे चलकर देखेंगे, एंगेल्स ने उनके दृष्टिकोण को *'सहज बुद्धिरूपेण सही'* और उनके द्वंद्ववाद को एक *शानदार अंतर्दृष्टि* कहा है। जब अधिभूतवादी विचार-पद्धति और विचारवादी दृष्टि अपनी-अपनी ऐतिहासिक-दार्शनिक भूमिका पूरी तरह संपन्न कर चुकीं, तभी द्वंद्वात्मक भौतिकवाद का पुनर्प्रतिपादन वैज्ञानिक महत्व पा सका, जैसाकि मार्क्स और एंगेल्स की द्वंद्वात्मक दृष्टि को प्राप्त है। दूसरे शब्दों में, अधिभूतवाद से पहले की सहज द्वंद्वात्मकता और अधिभूतवादी विचार-पद्धति को परास्त करनेवाली द्वंद्वात्मकता में एक गुणात्मक अंतर है। यही अंतर सहज विचारवादपूर्व भौतिकवाद और एक परिपक्व विचारवादी दृष्टिकोण को परास्त करके उभरनेवाले भौतिकवाद के बीच है।

हम इस गुणात्मक अंतर की तुलना आदिम वर्गपूर्व समाज और हमारे सामने बन रहे वर्गरहित समाज के अंतर से कर सकते हैं। दोनों ही मामलों में निषेध के निषेध का नियम लागू होता है। आदिम भौतिकवाद की द्वंद्वात्मकता का निषेध अधिभूतवाद और विचारवाद करते हैं। फिर अधिभूतवाद और विचारवाद का निषेध करके मार्क्स और एंगेल्स का द्वंद्वात्मक भौतिकवाद उच्चतर स्तर पर प्रतिष्ठित होता है। इसी तरह आदिम वर्गपूर्व समाज का निषेध करके वर्ग-समाज उभरता है और फिर वर्ग-समाज का निषेध करके उभरनेवाला वर्गरहित समाज एक महत्वपूर्ण नए गुण के साथ प्रतिष्ठित होता है। दरअसल स्वयं एंगेल्स ने इन दोनों ही प्रक्रियाओं को निषेध के निषेध के नियम के उदाहरण के तौर पर पेश किया है। ये उदाहरण समाज और दर्शनशास्त्र, दोनों के इतिहास की हमारी समझ के लिए महत्वपूर्ण हैं। इसीलिए हम यहां एंगेल्स को पूरा-पूरा उद्धृत करते हैं :

''इतिहास में भी यही होता है। सभी सभ्य जनगण भूमि के साझा स्वामित्व से शुरू करते हैं। एक सीमा तक आदिम चरण के बीत जाने के बाद प्रत्येक समाज में खेती के विकास के लिए यह साझा स्वामित्व उत्पादन के लिए एक बंधन सिद्ध होने लगता है। तब उसे समाप्त किया जाता है, उसका निषेध किया जाता है और अनेक सुदीर्घ अथवा संक्षिप्त मध्यवर्ती दशाओं के बाद साझा स्वामित्व का रूपांतरण निजी संपत्ति में हो जाता है। फिर भूमि में इस निजी संपत्ति के कारण खेती का उचित स्तर तक विकास हो चुकने के बाद, निजी संपत्ति भी उत्पादन में बाधक सिद्ध होने लगती है, जैसेकि वह आज भूस्वामित्व के छोटे-बड़े, दोनों तरह के रूपों में बाधक है। अतः उसके भी निषेध की और इस निजी स्वामित्व को फिर से साझा संपत्ति में रूपांतरित करने की मांग लाजिमी तौर पर उभरती है। लेकिन इस मांग का अर्थ पुराने मूल साझा स्वामित्व की पुनर्प्रतिष्ठा नहीं है, बल्कि एक अधिक विकसित और बेहतर साझा स्वामित्व के ढांचे की स्थापना है जो उत्पादन में बाधक बनने की जगह पहली बार उत्पादन को सभी बाधाओं से मुक्त कर देता है और आधुनिक मशीनी आविष्कारों तथा रासायनिक खोजों के भरपूर उपयोग की संभावनाएं प्रस्तुत करता है।

''या हम एक अन्य उदाहरण लें। प्राचीन दर्शनशास्त्र आदिम सहज भौतिकवाद था और इसलिए वह विचार और पदार्थ के बीच के रिश्ते को स्पष्ट कर पाने में असमर्थ था। लेकिन इस मुद्दे पर स्पष्टता पाने की जरूरत से आत्मा का एक सिद्धांत निकला जो आत्मा को शरीर से पृथक हो सकनेवाली सत्ता मानता है। फिर उसमें से इस आत्मा की अमरता का सिद्धांत निकला और फिर अंततः एकेश्वरवाद का उदय हुआ। इस प्रकार पुराने भौतिकवाद का निषेध विचारवाद ने किया किंतु दर्शनशास्त्र के परवर्ती विकास में विचारवाद भी अयुक्तियुक्त हो गया और उसका निषेध करके आधुनिक भौतिकवाद उभरा। यह आधुनिक भौतिकवाद निषेध का निषेध है। यह पुराने की पुनर्प्रतिष्ठा मात्र नहीं है बल्कि पुराने भौतिकवाद की स्थायी नींव में दो हजार वर्षों के दार्शनिक एवं वैज्ञानिक विकास का संपूर्ण विचारतत्व जोड़ता है और साथ ही इन दो हजार वर्षों के ऐतिहासिक विकास को भी उसी प्राचीन आधार पर प्रतिष्ठित करता है।''[19]

ऊपर के पहले उदाहरण में एंगेल्स स्पष्ट रूप से वर्ग-समाज द्वारा आदिम वर्गपूर्व समाज के निषेध की और फिर वर्गरहित समाज द्वारा वर्ग-समाज के निषेध की बात करते हैं। इसी प्रकार दूसरा उदाहरण दर्शनशास्त्र का है। और, उसका महत्व इसमें है कि वह अधिभूतवाद द्वारा आदिम द्वंद्वात्मकता के निषेध और फिर आधुनिक द्वंद्वात्मकता द्वारा अधिभूतवाद के निषेध की विकास-प्रक्रिया है। दर्शनशास्त्र के इतिहास को समाज के इतिहास से अलग करके समझना अवास्तविक है। इसीलिए ऊपर के दोनों दृष्टांतों को साथ-साथ समझना चाहिए। बाद वाला उदाहरण पहले वाले उदाहरण की पृष्ठभूमि में ही भली-भांति समझा जा सकता है। अब हम देखेंगे कि ये दो उदाहरण उस मुख्य प्रश्न के विचार में कहां तक सहायक हो सकते हैं जिसे हमने इस निबंध में विचार के लिए उठाया है। लेकिन पहले हम आरंभिक यूनानी दर्शनशास्त्र की ओर लौटेंगे।

प्रारंभिक भौतिकवादियों की आदिम द्वंद्वात्मकता का निषेध अधिभूतवादी विचार-पद्धति द्वारा किया गया और उनके भौतिकवाद का निषेध विचारवादी दृष्टिकोण द्वारा किया गया। और यह निषेध सचमुच हुआ। किंतु यूनानी दर्शनशास्त्र के इतिहास में निषेध की इस प्रक्रिया को प्रारंभ किसने किया? इसका केवल एक ही उत्तर है। सबसे पहले इलियावादी दर्शनशास्त्रियों ने आरंभिक भौतिकवादियों की सहज द्वंद्वात्मकता का निषेध किया। इन इलियावादियों में सर्वाधिक महत्वपूर्ण दर्शनशास्त्री पार्मेनाइडीज और उनके शिष्य जेनो थे। अतः हम पार्मेनाइडीज में आरंभिक विचार-परंपरा से पहला स्पष्ट संबंध-विच्छेद देखते हैं। वे शुद्ध बुद्धि के पहले दर्शनशास्त्री थे जिन्होंने द्वंद्वात्मक दृष्टि को रद्द किया और अधिभूतवादी विचार-पद्धति को प्रतिष्ठित किया। इस प्रकार भौतिकवाद पर विचारवाद की विजय को संभव बनानेवाले वे पहले दर्शनशास्त्री थे। इसीलिए पश्चिमी दर्शनशास्त्र के विकास को समझने के लिए यह जरूरी है कि हम पार्मेनाइडीज की स्थिति के बारे में सही समझ रखें। पार्मेनाइडीज की दार्शनिक रचनाएं दो प्रमुख कोटियों में हैं—*दि वे आफ सीमिंग* और *दि वे आफ ट्रुथ* (प्रतीति-पथ एवं सत्य-पथ)। जार्ज थामसन ने दोनों के मुख्य निष्कर्षों का सारांश इस प्रकार प्रस्तुत किया है :

"प्रतीति-पथ के अनुसार यह विश्व दो परस्पर विपरीत और असंगत तत्वों से, प्रकाश और अंधकार से बना है ··· यह इंद्रियों की भ्रांति है। सत्य यह है कि केवल प्रकाश की ही सत्ता है। प्रकाश अस्तित्व या सत्ता का यानी जो है उसका ही एक और नाम-भर है। इस प्रकार प्रतीति के मार्ग को सत्य के मार्ग की तैयारी समझा जा सकता है। यह इंद्रिय जगत का सर्वोत्तम विवरण है क्योंकि यही वह सर्वोत्तम तरीका है जिसके द्वारा जिज्ञासु इस बोध तक पहुंच सकता है कि यह केवल भ्रांति है और इस प्रकार वह सत्य के बोध-प्रकाश के लिए तैयार होता है ···

"पार्मेनाइडीज के अनुसार परस्पर विपरीत वस्तुतः एक-दूसरे के व्यावर्तक हैं। जहां प्रकाश है वहां अंधकार नहीं हो सकता। जहां सद् है वहां असद् नहीं, जहां अच्छाई है वहां बुराई नहीं ··· प्रतीति का मार्ग झूठा है। अतः यथार्थ में उसकी सत्ता नहीं है। स्पष्ट है कि पश्चिमी दर्शनशास्त्र के इतिहास में पहली बार पार्मेनाइडीज में ही हम सत्ता (बीइंग) की एक ऐसी विशुद्ध अधिभूतवादी अवधारणा पाते हैं जो अभी तक वहां निर्विवाद रूप से मान्य रही संभवन की द्वंद्वात्मक अवधारणा का निषेध करती है। इस प्रकार वे सत्य के मार्ग का अपना प्रतिपादन प्रस्तुत करते हैं जिसमें वे *है* को स्वीकार और *नहीं है* का निषेध करते हैं। पार्मेनाइडीज ने कहा : 'आओ, मैं तुम्हें बताता हूं। मेरे शब्द ध्यान से सुनो। जिज्ञासा के केवल दो मार्ग हैं। एक यह है कि *यह है* और *यह नहीं है* नहीं हो सकता। यही सही मार्ग है क्योंकि सत्य इस मार्ग का साथी है। एक अन्य मार्ग है जो मानता है कि *यह नहीं है* और इसका *नहीं होना* ही अनिवार्य है। मेरा कहना है कि इस मार्ग पर नहीं चलना चाहिए। उसके बारे में तुम कुछ नहीं कह सकते और तुम उसे जान भी नहीं सकते। उसे जानना असंभव है। जिसे जाना या विचारा जा सकता है, वही है। ··· 'होना' और

'जाना जा सकना', दोनों एक ही चीजें हैं ।' असद् पर इस आक्रमण का लक्ष्यं इस मत का निराकरण है कि सद् और असद् साथ-साथ संभव हैं ।

''उन्होंने कहा—'मैं तुम्हें जिज्ञासा के पहले रास्ते पर चलते देखना चाहता हूं। दूसरा रास्ता लोगों द्वारा कल्पित रास्ता है। ऐसे दोमुंहे लोग अज्ञान में डूबे रहते हैं। असहायता उनके भटके हुए विचारों का मार्गदर्शन करती है और वे बहरों और अंधों की तरह भटकते रहते हैं। वे मानते हैं कि वह 'है' भी और 'नहीं' भी है। और सभी वस्तुएं उनसे दूर-दूर रहती हैं। ··· यह कभी सिद्ध नहीं होगा कि जो नहीं है, वह है। इसलिए अपने विचारों को जिज्ञासा के इस रास्ते से दूर रखो और इस रास्ते में अपनी देखने, सुनने और बोलने की शक्ति बरबाद मत करो। बुद्धि से विचार कर निर्णय लो। मैंने तुम्हें सही रास्ता बता दिया है, यही प्रमाणित पथ है।'···

''यह दूसरा रास्ता हेराक्लाइटस का था जिनका कहना था कि 'है' भी और 'नहीं' भी है। वे विपरीतों की परस्पर-व्याप्ति में विश्वास करते थे। साथ ही यह दूसरा रास्ता पाइथागोरस का भी था जो माध्य में विपरीतों का विलयन या समेकन संभव मानते थे। और साथ ही यह दूसरा रास्ता उनके सभी पूर्ववर्ती दर्शनशास्त्रियों का था जो यह मानते थे कि वस्तुएं अस्तित्व में आती हैं और विलीन हो जाती हैं, जो इंद्रियों द्वारा प्रस्तुत प्रमाण को स्वीकार करते थे। पार्मेनाइडीज के अनुसार सत्य को कभी भी इंद्रियों से नहीं जाना जा सकता। 'लक्ष्यरहित आंखों और निरंतर बजते कानों और जीभ से' सत्य को नहीं जाना जा सकता। केवल बुद्धि, शुद्ध बुद्धि द्वारा ही सत्य को जाना जा सकता है। इस प्रकार वे 'शुद्ध बुद्धि' के पहले दर्शनशास्त्री और पहले अधिभूतवादी होने का दावा करते हैं। वे सत्य का एक ही मार्ग सुझाते हैं। वे कहते हैं—'एक ही मार्ग है, वह यह कहने का कि 'यह है'। इसके अनेक चिह्न (लक्षण) हैं कि जो है वह अजन्मा है, अविनाशी है, निराकार है, गतिहीन है और अनंत है। वह न कभी था, न वह होगा, क्योंकि वह *है*, सतत रूप से विद्यमान है।'

''सत्य के मार्ग का उपसंहार इन्हीं बातों को दोहराते हुए होता है : 'किसी वस्तु के बारे में विचार और वह विचारित वस्तु एक ही है क्योंकि जो है उसके बिना कोई विचार संभव नहीं है। सत्ता में ही विचार व्यक्त होता है। विचार सत्ता को ही नाम देता है। अतः नश्वर लोगों द्वारा प्रतिपादित सभी वस्तुएं, जिन्हें वे सत्य मानते हैं, वस्तुतः केवल नाम हैं। जैसेकि अस्तित्व में आना और विनष्ट होना, सद् और असद्, स्थान और रंग का परिवर्तन, इत्यादि'।''[20]

पार्मेनाइडीज का अंतिम उद्धरण पश्चिमी विचारों के इतिहास में विचारवादी दृष्टिकोण के बुनियादी स्वरूप का पहला स्पष्ट प्रतिपादन है। पार्मेनाइडीज कहते हैं कि ''किसी वस्तु के बारे में विचार और वह विचारित वस्तु एक ही है।'' इस प्रकार वे पहली बार अधिभूतवादी विचार-पद्धति और विचारवादी दृष्टिकोण, दोनों को प्रस्तुत करते हैं। ऐसा करते हुए उन्होंने अपने सभी पूर्ववर्तियों की स्थापनाओं का खुला खंडन किया और इसलिए हम पश्चिमी विचारों के विकास को *आदिम भौतिकवादी द्वंद्वात्मकता से आधिभौतिक विचारवादी दृष्टि के उन्मेष* के रूप में रेखांकित कर सकते हैं।

इसके महत्व को अनदेखा नहीं करना चाहिए। कारण कि विचारों के विकास की यह दिशा उससे विपरीत है, जो वर्ग-समाज की समाप्ति के काल में सामने आ रही है। *विचारों का आधुनिक विकास आधिभौतिक से द्वंद्वात्मक दृष्टि की ओर और विचारवाद से भौतिकवाद की ओर है।*

यदि हम इन दो विपरीत दिशाओं में दर्शनशास्त्र के विकास का ध्यान रखें तो फिर हम हेराक्लाइटस और हेगेल के संबंध को ठीक से समझ सकेंगे। इसके लिए पहले यह जरूरी है कि हम आधिभौतिक विचारवादी दृष्टिकोण की वैचारिक स्थिति के बारे में ठीक-ठीक जानें। यह तभी संभव है जब हम उसे वास्तविक सामाजिक संदर्भ में परखें।

आधिभौतिक विचारवादी दृष्टि के बारे में पहली उल्लेखनीय बात यह है कि यह *शुद्ध बुद्धि* का उत्पादन है—मनुष्य की ऐंद्रिक क्रियाशीलता या *व्यवहार* से पूरी तरह कटी हुई शुद्ध बुद्धि का उत्पादन, शारीरिक श्रम से बिलकुल असंबद्ध मानसिक श्रम का उत्पादन। यदि ऐसा है तो मार्क्सवादी दृष्टि से हम *इसे सामान्य रूप में मिथ्या चेतना अथवा यथार्थ के आधिभौतिक रहस्यमंडन की अभिव्यक्ति के रूप में देख सकते हैं। ऐसी दृष्टि वर्गों में बंटे हुए समाज की अथवा अधिक सही कहें तो वर्ग-समाज के शासक विचारों की खास बौद्धिक उपज हुआ करती है।* हेराक्लाइटस और हेगेल को समझने के लिए यह बात महत्वपूर्ण है। कारण कि हेराक्लाइटस वर्ग-समाज के प्रारंभ में कार्यरत रहे और इसीलिए वे वर्ग-समाज की विशिष्ट भ्रांति से पूरी तरह आक्रांत नहीं हुए। दूसरी ओर हेगेल वर्ग-समाज के आसन्न अंत के पास कार्यरत रहे और लगातार गहरी होती जा रही भ्रांति को पहचान नहीं सके। इस भ्रांति को पहली बार मार्क्स और एंगेल्स ने ठीक से समझा और उस पर विजय पाई। परंतु पहले तो हम यह देखें कि वर्ग-समाज के शासक विचारों के बारे में कुल मिलाकर मार्क्स और एंगेल्स ने क्या कहा है और व्यवहार से कटी हुई शुद्ध बुद्धि के बौद्धिक उत्पादन के उन्होंने क्या लक्षण गिनाए हैं। *कम्युनिस्ट घोषणापत्र* में उन्होंने लिखा है :

''अतीत के सभी समाजों का इतिहास उन वर्ग-विरोधों के विकास से भरा रहा है जो हर युग में अलग-अलग रूपों में व्यक्त होते रहे हैं। लेकिन उनका रूप चाहे जो रहा हो, अतीत के हर युग में एक बात सामान्य रही है। वह यह है कि समाज के एक भाग का दूसरे भाग ने शोषण किया। यही कारण है कि समस्त विविधताओं और विभेदों के बावजूद सामाजिक चेतना विगत युगों में कुछेक निश्चित रूपों या कुछ सामान्य विचारों के रूप में व्यक्त होती रही है। वर्ग-विरोध के संपूर्ण विलोप के बाद ही विरोध के ये रूप समाप्त हो सकते हैं। कम्युनिस्ट क्रांति परंपरागत संपत्ति-संबंधों से सर्वाधिक मूलगामी संबंध-भंग है। अतः उसके विकास में पारंपरिक विचारों से सर्वाधिक मूलगामी संबंध-विच्छेद भी निहित है।''[21]

यह सभी जानते हैं कि जब मार्क्स और एंगेल्स ने *घोषणापत्र* लिखा, तब तक ''लिखित इतिहास से पहले के समय का सामाजिक संगठन लगभग अज्ञात था'' (एंगेल्स)। इसलिए ऊपर के उद्धरणों में हमें आदिम वर्गपूर्व समाज की सामाजिक

चेतना की प्रकृति के बारे में कोई संकेत नहीं मिलता। यहाँ हमारा प्रयोजन यह देखना है कि मानवीय चेतना का कौन-सा सामान्य स्वरूप वर्ग-समाज के पूरे जीवन-इतिहास में व्यक्त होता है और वर्ग-विरोधों के संपूर्ण विलोप के बाद वह भी विलुप्त हो जाता है। टुकड़ों-टुकड़ों में उसके कई तरह के विवरण मिल सकते हैं, जैसेकि संपत्ति-संबंधों के सनातन होने का परंपरागत विचार, अथवा किसी सनातन मूल्य को व्यक्त करनेवाली परंपरागत नैतिकता का अथवा शाश्वत सत्य को व्यक्त करनेवाले परंपरागत धर्म का विचार। तथापि यह सबकुछ बुनियादी और आधारभूत तत्वों की अभिव्यक्ति है जिन्हें दार्शनिक शब्दावली में आधिभौतिक विचारवादी दृष्टिकोण कहा जा सकता है। यह दृष्टिकोण वर्ग-विरोध के संपूर्ण विलोप के बाद ही समाप्त होगा। यही कारण है कि मार्क्स ने इस बात पर बल दिया है कि दर्शनशास्त्री का सबसे प्रमुख काम दुनिया को बदलना यानी वर्गरहित समाज को संभव बनाना है। कारण कि ऐसे वर्गरहित समाज के साकार होने के बाद ही कोई भी दर्शनशास्त्री स्वयं को उस भ्रांति से मुक्त कर सकता है जिसका वह अन्यथा शिकार बना रहता है।

इसीलिए दार्शनिक मुक्ति के लिए सर्वहारा क्रांति की प्रासंगिकता है। युवा मार्क्स ने 1843 में ही, जबकि वे अभी मार्क्सवाद का दरवाजा खटखटा ही रहे थे और खोल नहीं पाए थे, अपने निबंध 'कांट्रिब्यूशन टु दि क्रिटिक आफ हेगेल्स फिलासफी आफ राइट' में लिखा था :

"जिस प्रकार दर्शनशास्त्र का भौतिक अस्त्र सर्वहारा है, उसी तरह सर्वहारा का आध्यात्मिक अस्त्र दर्शनशास्त्र है और एक बार जब विचारों की बिजली जनता की सीधी सच्ची जमीन पर भली-भांति कौंधेगी, जर्मन लोग मुक्त होकर मनुष्य बन सकेंगे। ... जर्मन की मुक्ति मनुष्य की मुक्ति है। इस मुक्ति का मस्तक दर्शनशास्त्र है और उसका हृदय सर्वहारा है। सर्वहारा के विलोप के बिना दर्शनशास्त्र यथार्थ नहीं बन सकता। दर्शनशास्त्र को यथार्थ बनाए बिना सर्वहारा का लोप नहीं हो सकता।"[22]

सर्वहारा के लोप से युवा मार्क्स का आशय निश्चय ही वर्गरहित समाज की स्थापना से है। किन्तु *दर्शनशास्त्र को यथार्थ बनाने* से उनका क्या अभिप्राय है? अपनी परिपक्व रचनाओं में वे यह बात स्पष्ट करते हैं और समाज की जीवन-प्रक्रिया पर से *रहस्य का आवरण* उतार फेंकने का आह्वान करते हैं।

"समाज की जीवन-प्रक्रिया जो भौतिक उत्पादन-प्रक्रिया पर आधारित होती है, अपना रहस्यमय आवरण तब तक उतार नहीं फेंकती जब तक यह मुक्त रूप से आपस में जुड़े लोगों का उत्पादन नहीं माना जाती और उसके अनुरूप एक व्यवस्थित योजना द्वारा उसका सचेत नियमन नहीं किया जाता।"[23]

पूर्ण विकसित वर्ग-समाज का चिह्न है मालों के उत्पादन की वह अवस्था जहां उत्पादन पूरी शक्ति से हो रहा हो। उसी तरह मालों के उत्पादन से जुड़े सामाजिक संबंधों द्वारा उत्पन्न चेतना का मुख्य लक्षण वह प्रवृत्ति है जिसे मार्क्स ने मालों की जड़पूजा की संज्ञा दी है। इस सिलसिले में *पूंजी* का 'मालों की जड़पूजा और उसका रहस्य' वाला खंड पूरी तरह सावधानी से पढ़ना चाहिए। साथ ही हम मार्क्स और एंगेल्स के

कुछेक अन्य उद्धरण भी यहां प्रस्तुत करना चाहेंगे, जो इस रहस्यावरण की ओर हमारा ध्यान खींचते हैं। यह रहस्यावरण वर्गों में बंटे हुए समाज के संपूर्ण काल में मानवीय चेतना पर छाया रहता है और इसलिए उसे वर्ग-समाज के उस लक्षण की दृष्टि से ही समझना होगा जो उसके शासक विचारों को निर्णायक रूप में प्रभावित करता है।

मार्क्स और एंगेल्स हमारा ध्यान बार-बार उस दशा की ओर ले जाते हैं जहां सिद्धांत और व्यवहार में तथा मानसिक श्रम और शारीरिक श्रम में पूर्ण विलगाव है और जहां मानसिक श्रम को स्वायत्तता प्राप्त है तथा शारीरिक श्रम के प्रति अपमान या हीनता का भाव पाया जाता है। इसीलिए वर्गरहित समाज की एक प्रमुख उपलब्धि सिद्धांत और व्यवहार की एकता की पुनर्प्रतिष्ठा है। यह बात *जर्मन आइडियोलाजी* में साफ तौर पर समझाई गई है। इस रचना में मार्क्सवादी दर्शनशास्त्र का पहला संपूर्ण वक्तव्य मिलता है।

''श्रम का विभाजन सचमुच श्रम का विभाजन तभी होता है जब भौतिक और मानसिक श्रम का विभाजन प्रकट होता है। तब से निरंतर चेतना स्वयं की यों चाटुकारिता करती रह *सकती है* कि वह मौजूदा व्यवहारों की चेतना से अलग है और यह कि वह सचमुच किसी *यथार्थ* वस्तु का प्रतिनिधित्व न करते हुए भी किसी वस्तु का यथार्थतः प्रतिनिधित्व करती है। इसके बाद से चेतना स्वयं को विश्व से मुक्त करने की दशा में पहुंच जाती है और 'विशुद्ध' सिद्धांत, विशुद्ध धर्मशास्त्र, विशुद्ध दर्शनशास्त्र, विशुद्ध नीतिशास्त्र इत्यादि की रचना में रत हो सकती है।''[24]

डायलेक्टिक्स आफ नेचर में एंगेल्स भी यही बात कहते हैं :

''कबीलों से राष्ट्र और राज्य विकसित हुए। कानून और राजनीति का उदय हुआ और उनके साथ मानव-मस्तिष्क में मानवीय वस्तुओं के विलक्षण प्रतिबिंबन अर्थात् धर्म का उदय हुआ। यह समस्त सृजन मस्तिष्क का उत्पादन दिखता है और मानवीय समाजों को अभिभूत रखता है, और उनके समक्ष कार्यकारी हाथों का अधिक साधारण उत्पादन पृष्ठभूमि में चला जाता है—विशेषकर तब जबकि वह मस्तिष्क जिसने सामाजिक विकास की आरंभिक दशा में श्रम की प्रक्रिया का नियोजन किया था, इस नियोजित श्रम को अपने अतिरिक्त दूसरों के हाथों से करवाने में सफल होता है। उस स्थिति में सभ्यता के विकास का सारा श्रेय मन को दिया जाने लगता है, मस्तिष्क के विकास और उसकी क्रियाशीलता को दिया जाने लगता है। उस समय के बाद से मनुष्य अपने कार्यों की व्याख्या अपनी जरूरतों के स्थान पर अपने विचारों से करने लगते हैं। इस प्रकार कालांतर में विश्व के बारे में वह विचारवादी दृष्टिकोण उभरता है जिसने प्राचीन विश्व के पतन के बाद से मनुष्य के मस्तिष्क पर अपना एकाधिपत्य बनाए रखा है। अभी भी वही दृष्टिकोण मनुष्य को अभिभूत किए हुए है।''[25]

अन्यत्र मेहरिंग को लिखी एक चिट्ठी में *दुखी चेतना* की हेगेलीय शब्दावली को खारिज करते हुए एंगेल्स वर्ग-समाज की भ्रांति को *मिथ्या चेतना* बताते हैं :

''आइडियोलाजी (विचारपथ) तथाकथित विचारक द्वारा सचेत रूप से संपन्न प्रक्रिया है, यह सच है। परंतु वह मिथ्या चेतना से युक्त है। जो शक्तियां सचमुच उसकी प्रेरक

होती हैं, उनके प्रति वह अनजान बना रहता है। ऐसा न हो तो यह विचारपंथी प्रक्रिया ही न रहे। इसीलिए वह झूठे अथवा प्रतीयमान प्रेरक तत्वों की कल्पना कर लेता है। यह एक विचार की प्रक्रिया है, अतः वह उसके रूप और अंतर्वस्तु, दोनों को विशुद्ध विचार से प्राप्त करता है, चाहे वे विचार उसके हों अथवा उसके पूर्ववर्तियों के। वह केवल विचार-साम्रगी के द्वारा काम करता है। बिना जांच-परख के वह उसे विचारों का उत्पादन मान लेता है और विचारों से स्वतंत्र किसी अन्य सुदूरस्थ प्रेरक स्रोत की और ज्यादा खोजबीन नहीं करता। वह इसे सचमुच सुस्वीकृत मानता है। चूंकि सभी कार्य विचारों की *मध्यस्थता* द्वारा ही संपन्न होते हैं, इसलिए वह इस विचार-सामग्री को अंततः विचारों पर *आधारित* मान लेता है।''[26]

संक्षेप में, आधिभौतिक विचारवादी दृष्टिकोण को वर्ग-समाज की विशिष्ट मिथ्या चेतना के रूप में देखना चाहिए। पश्चिमी विचारों के इतिहास में इस दृष्टिकोण को पार्मेनाइडीज ने पहली बार स्पष्ट रूप दिया और उन्होंने यह कार्य आदिम भौतिकवादियों, विशेषकर हेराक्लाइटस और उनके पूर्वजों की द्वंद्वात्मकता का निषेध करते हुए किया। बाद में उनके दृष्टिकोण के निषेध की बारी आई। मार्क्स और एंगेल्स के द्वंद्वात्मक भौतिकवाद द्वारा उसका अंतिम तौर पर निषेध हुआ। यह द्वंद्वात्मक भौतिकवाद आरंभिक भौतिकवादियों की आदिम द्वंद्वात्मकता की अपेक्षा अंतर्वस्तु में तो अतिसमृद्ध था ही, यह समाज की वर्ग-संरचना को उखाड़ फेंकने के लिए सर्वाधिक शक्तिशाली वैचारिक अस्त्र भी बना। इसी प्रक्रिया में ऐसी दशाएं रची जाएंगी जिनमें मिथ्या चेतना की आवश्यकता नहीं रह जाएगी। जार्ज थामसन निम्नांकित साहसिक कथन के साथ इसे व्यक्त करते हैं :

''शास्त्रीय विद्वानों ने अपने वैज्ञानिक साथियों से इस पर अक्सर बहस की है कि आधुनिक विज्ञान की खोजों के पूर्वानुमान के लिए यूनानी दर्शनशास्त्रियों को किस सीमा तक श्रेय देना चाहिए। यह बहस कभी पूरी नहीं हो सकती क्योंकि यह सवाल ही गलत है। सच्चाई यह है कि प्राचीन यूनानियों ने आधुनिक विज्ञान के परिणामों का पूर्वानुमान नहीं किया बल्कि आधुनिक वैज्ञानिकों ने कुछ मूलभूत किन्तु विस्तृत सत्यों की फिर से पुष्टि करने और प्रायोगिक प्रमाणों के आधार पर उन्हें भली-भांति प्रतिष्ठित करने में सफलता प्राप्त की है। आरंभिक यूनानी दर्शनशास्त्री वर्ग-समाज के लगभग आरंभ में हुए थे, जबकि आधुनिक बुर्जुवा वैज्ञानिक उसके अंतिम दिनों में हुए हैं। एनाक्सिमेंडर की रचना में आदिम साम्यवाद की मिथकीय सृष्टिमीमांसा नये शासक वर्ग की 'शुद्ध बुद्धि' के द्वारा रूपांतरित होने की प्रक्रिया में है, जबकि उसका द्वंद्वात्मक अंतर्तत्व अभी भी अक्षुण्ण है। इधर कांट और विशेषकर हेगेल की रचनाओं में एक नया द्वंद्वात्मक अंतर्तत्व है जो पहले वाले से बहुत अधिक समृद्ध है और बुर्जुवा समाज की 'शुद्ध बुद्धि' द्वारा आरोपित सीमाओं को तोड़ने के लिए उद्यत है। आरंभिक यूनानी भौतिकवादियों का आदिम द्वंद्वात्मक दृष्टिकोण आज के द्वंद्वात्मक भौतिकवाद के सामने वैसा ही है जैसाकि आदिम साम्यवाद आधुनिक साम्यवाद के सामने है।''[27]

स्वयं हेराक्लाइटस और उनके पूर्वज आरंभिक वर्गसमाज के विशेषाधिकार-संपन्न

वर्ग के अंग थे। तो हम उनके सहज द्वंद्वात्मक दृष्टिकोण को किस रूप में देखें ? थामसन का तर्क है कि उनके दृष्टिकोण में आदिम विचारों की विरासत मौजूद है। वे कहते हैं कि हेराक्लाइटस को "आदिम विचार के सर्वाधिक सकारात्मक तत्व को परिपक्वता प्रदान करने का श्रेय दिया जा सकता है।"[28] आदिम वर्गपूर्व समाज में तब तक मानसिक और शारीरिक श्रम का वास्तविक विभाजन नहीं हुआ था और पूरे समुदाय का सामूहिक श्रम उसके जीवन की बुनियादी शर्त था। इसलिए तब तक यथार्थ के आध्यात्मिक रहस्यमंडन का कोई प्रश्न नहीं था और आदिम मनुष्य की चेतना आज हमें बुनियादी तौर पर द्वंद्वात्मक ही दिखाई देती है।

साथ ही उत्पादन की तकनीक के बिलकुल निम्न स्तर के कारण आदिम समाज अपने सदस्यों के हिस्से को केवल अमूर्त चिंतन के लिए समर्पित करने का भार नहीं उठा सकता था। इसीलिए उस स्तर पर कोई दर्शनशास्त्र नहीं था क्योंकि दार्शनिकीकरण के लिए कोई था ही नहीं। थामसन कहते हैं कि आदिम समाज में "प्रकृति की आरंभिक अवधारणा एक ओर जादू के रूप में व्यक्त होती थी जो वास्तविक तकनीक की कमी को उत्पादन की काल्पनिक तकनीक के द्वारा पूरा करने की कोशिश करती थी। दूसरी ओर वह मिथकों में व्यक्त होती थी जो जादुई कर्म के मौखिक सहवर्ती के रूप में ही शुरू में व्यक्त हुए पर बाद में क्रमशः यथार्थ के आरंभिक सिद्धांत के रूप में विकसित हुए।"[29]

"मिलेशस के दर्शनशास्त्रियों का महत्व मुख्यतः इस बात में है कि उन्होंने नए अमूर्त और वस्तुनिष्ठ रूपों में उन बुनियादी सत्यों की अभिव्यक्ति की जो आदिम मनुष्य की चेतना में प्रकट हुए थे और प्रारंभ में जिन्हें मिथकों के मूर्त आत्मनिष्ठ रूपों में अभिव्यक्ति मिली थी।"[30]

यहां हम थामसन के तर्कों के इस पहलू पर अधिक विस्तार से विचार नहीं कर पाएंगे। हेराक्लाइटस और हेगेल के संबंधों को समझने के लिए हम अभी उन्हीं बातों पर टिके रहेंगे जो बहुत स्पष्ट हैं।

आधिभौतिक विचारवादी दृष्टिकोण वस्तुतः व्यवहार से असंबद्ध शुद्ध बुद्धि की उपज है और सामान्य रूप में उसे समाज की वर्ग संरचना की मिथ्या चेतना की अभिव्यक्ति मानना चाहिए। जैसाकि पश्चिमी विचारों के विकास के इतिहास से प्रकट है, हमें यह स्वीकार करना होगा कि आदिम वर्गपूर्व समाज से वर्गसमाज में संक्रमण के दौर में मिथ्या चेतना की यह खाई बहुत धीमी गति से लंबे समय तक बढ़ती रही। उसकी समाज पर पकड़ गहरी नहीं हुई थी क्योंकि तब के दर्शनशास्त्री आदिम समाज से हाल ही में अलग हुए थे। शुरू के दर्शनशास्त्री वर्ग-समाज के बिलकुल आरंभ के दौर में हुए थे और वे तब तक मिथ्या चेतना से उतने अभिभूत नहीं हुए थे जितने बाद में उनके उत्तराधिकारी हुए। इसीलिए वे एक अंतर्दृष्टि-संपन्न अथवा सहजबोध-संपन्न और मुक्त विश्व-दृष्टि अपना सके। इसका एक महत्वपूर्ण कारण बेंजामिन फैरिंगटन ने सुझाया है :

"तब तक गुलामी की संस्था इस सीमा तक विकसित नहीं हुई थी कि शासक

वर्ग तकनीक को हिकारत से देखने लगते। बुद्धि अभी भी व्यावहारिक और परिणामकारी थी। मिलेशस यूनानी दुनिया का सबसे अग्रगामी शहर था और प्राकृतिक दर्शनशास्त्र का जन्म वहीं हुआ था ··· जो सूचनाएं हमें उपलब्ध हैं, उनसे स्पष्ट होता है कि प्रारंभिक दर्शनशास्त्री बहुत ही सक्रिय लोग थे और वे उन सभी मामलों में रुचि रखते थे जो ऐसे छोटे शहरों के कार्यकलाप के अंग हों।''[31]

किन्तु ये दर्शनशास्त्री अब बहुत दिनों तक सक्रिय व्यक्ति नहीं रह सकते थे। गुलामी की प्रथा बढ़ती गई। श्रम को अपमान का चिन्ह माने जाने लगा और श्रम करना गुलाम होने जैसा माना जाने लगा।[32] इसके बाद दर्शनशास्त्री विशुद्ध निष्क्रिय मनन-चिंतन को समर्पित होकर एकांत जीवन जीने लगे। इससे दर्शनशास्त्र में एक निर्णायक मोड़ आया। पार्मेनाइडीज ने इसकी पहल की और प्लेटो (अफलातून) के यहां यह पराकाष्ठा को जा पहुंचा। फैरिंगटन दिखाते हैं कि प्लेटो के प्रत्येक विचार में स्वामी-दास संबंध बुनियादी संबंध के रूप में निहित है।[33]

इस प्रकार वर्गपूर्व समाज से वर्ग-समाज में संक्रमण के दौर में दार्शनिक क्रांति सामाजिक क्रांति के *पीछे-पीछे* चलती है। इसका कारण इस संक्रमण के विशेष स्वरूप के भीतर निहित है। यह संक्रमण एक धीमी, दीर्घकालिक और *अचेत* प्रक्रिया है। इसके विपरीत वर्ग-समाज से वर्गरहित समाज के संक्रमण के दौर में जो विशेषतः पूंजीवाद से साम्यवाद में संक्रमण है, दार्शनिक क्रांति सामाजिक क्रांति का *अग्रदूत*[34] बनती है। पूंजीवाद के जन्म में ही इसकी मृत्यु की घोषणा कर दी गई थी और उसका अर्थ था समाज की वर्ग-संरचना का विनाश। वर्ग-समाज के पूरे इतिहास में पहले कभी ऐसा कुछ घटित नहीं हुआ था। यहां भी कारण स्वयं इस प्रक्रिया की विशेष प्रकृति में खोजा जाना चाहिए। निश्चित ही दास-समाज के भीतरी अंतर्विरोधों के गहराते जाने पर अंततः दास-प्रथा को उखाड़ फेंकनेवाली दशाओं का जन्म हुआ। लेकिन इसका अर्थ समाज की वर्ग-संरचना का उच्छेद नहीं था। इसके बजाय उसका अर्थ था एक वर्ग-संरचना की जगह दूसरी वर्ग-संरचना का आ जाना—दास-प्रथा का स्थान सामंतवाद द्वारा ग्रहण कर लेना। यही बात सामंतवाद से पूंजीवाद में संक्रमण के बारे में सच थी। तब भी एक वर्ग-समाज का स्थान दूसरे वर्ग-समाज ने ले लिया। परंतु पूंजीवाद के साथ मानवीय इतिहास में एक बिलकुल नई घटना का उदय हुआ। उसकी कब्र खोदनेवाले उसके साथ ही जन्मे *जोकि वर्ग-समाज की भी कब्र खोदनेवाले थे*। पूंजीवादी क्रांति के इस विशेष लक्षण को समझने के लिए *कम्युनिस्ट घोषणापत्र* से दो उद्धरणों का स्मरण ही पर्याप्त होगा :

''जिन हथियारों के द्वारा बुर्जुवा वर्ग ने सामंतवाद को धराशायी कर दिया, वे ही हथियार आज उसके विरुद्ध तने हुए हैं। लेकिन बुर्जुवा वर्ग ने अपनी मृत्यु का हथियार तो सिरजा ही है, साथ ही उन लोगों को भी उत्पन्न किया है जो इस हथियार का प्रयोग करेंगे। वे हैं—आधुनिक श्रमजीवी अर्थात् सर्वहारा वर्ग।''[35]

''बुर्जुवा वर्ग के साथ अपने संघर्ष के दौरान परिस्थितिवश सर्वहारा को भी एक वर्ग के रूप में संगठित होना पड़ता है। क्रांति के द्वारा वह स्वयं शासक वर्ग बन जाता है और बलपूर्वक उत्पादन की पुरानी दशाओं को समाप्त कर देता है। तब वह नई परिस्थितियां

रचकर वर्ग-विरोधों और सामान्य रूप से वर्गों के अस्तित्व की दशाएं भी समाप्त कर देगा और इस प्रकार एक वर्ग के रूप में वह अपनी सर्वोच्चता भी समाप्त कर देगा। पुराने बुर्जुवा समाज और उसके वर्ग-विरोध और वर्गों की जगह ऐसा संगठन स्थापित होगा जिसमें प्रत्येक का मुक्त विकास सभी के मुक्त विकास की शर्त होगा।''[36]

इस प्रकार पूंजीवाद के अस्तित्व में आने के साथ उसकी ही नहीं समाज की वर्ग-संरचना की भी मृत्यु की पूर्व-घोषणा हो जाती है। पूंजीवादी पद्धति के भीतरी अंतर्विरोधों के विशेष स्वरूप की झलक देर-सबेर दर्शनशास्त्र के क्षेत्र में एक संकट के रूप में होनी ही थी। यह शुद्ध बुद्धि के उत्पादन अथवा समाज की वर्गीय संरचना की मिथ्या चेतना का, यथार्थ के आधिभौतिक रहस्यमंडन का संकट था। यह संकट शास्त्रीय जर्मन दर्शनशास्त्र में स्पष्ट अनुभव किया गया जो सुविदित है। इसे यहां हेगेल की दार्शनिक स्थिति को समझने के लिए संक्षेप में प्रस्तुत किया जा रहा है।

शास्त्रीय जर्मन दर्शनशास्त्रियों में सबसे पहले कांट ने अपने ही ढंग से सही, उस संकट को समझा था जो शुद्ध बुद्धि के प्रभाव से, यथार्थ के आधिभौतिक रहस्यमंडन से उत्पन्न होता है। उन्होंने अनुभव किया कि ''तत्वमीमांसा तर्क-बुद्धि का एक बिलकुल अलग-थलग और काल्पनिक चिंतन का विज्ञान है'' क्योंकि वह ''केवल अवधारणाओं पर टिका रहता है।'' ''विज्ञान के सुरक्षित पथ पर अग्रसर होने के स्थान पर'' वह एक ऐसी ''युद्धभूमि बना रहता है जो नकली मुठभेड़ों के इच्छुक योद्धाओं के लिए विशेष रूप से उपयुक्त है।'' ''अब तक यह केवल अवधारणा पर टिकी टोह या तलाश की तरह ही रहा है।''[37] संक्षेप में, कांट के लिए शुद्ध बुद्धि अनुभवातीत भ्रांति का क्षेत्र थी और तत्वमीमांसा ऐसी भ्रांतियों का एक पुंज थी। ''यह क्षेत्र जहां बुद्धि छिपे हुए खजाने की आत्मविश्वासपूर्ण पर निरर्थक खोज में सब दिशाओं में भटकती फिरती है, सतह के नीचे जारी क्रियाशीलता से छलनी-छलनी हो गया है।''[38] इत्यादि।

यथार्थ के अधिभूतवादी रहस्यमंडन की नितांत निरर्थकता के बोध की इससे अधिक जीवंत अभिव्यक्ति और क्या होगी! तब भी कांट स्वयं मिथ्या चेतना के व्यापक ढांचे से बाहर आने का निर्णायक कदम नहीं उठा सके। एक तरह की भ्रांति को रद्द करते हुए वे दूसरी तरह की भ्रांति में फंस गए और वह थी शुद्ध आस्था की भ्रांति :

''अपनी बुद्धि के आवश्यक व्यावहारिक प्रयोग की ओर से किया गया *ईश्वर, स्वतंत्रता और अमरता* का *पूर्वानुमान* भी तब तक स्वीकार्य नहीं है, जब तक कि कल्पनाशील बुद्धि को अनुभवातीत अंतर्दृष्टि के दिखावे से वंचित न किया जाए। ··· इसीलिए *आस्था* को प्रतिष्ठित करने के लिए *ज्ञान* का अस्वीकार मुझे आवश्यक लगा। नैतिकता और धर्म के बारे में समस्त आक्षेप हमेशा के लिए खामोश कर दिए जाएंगे और ऐसा सुकराती ढंग से होगा—यानी आक्षेपकर्ताओं के अज्ञान के स्पष्टतम प्रमाण द्वारा। किसी न किसी प्रकार की तत्वमीमांसा विश्व में सदा रही है और रहेगी। साथ ही शुद्ध बुद्धि की स्वाभाविक द्वंद्वात्मकता भी बनी रहेगी। अतः दर्शनशास्त्र का यह प्रथम और सर्वोपरि कर्तव्य है कि तत्वमीमांसा के मूल स्रोतों की ही गलतियों पर चोट करके उसे उसके घातक प्रभाव से सदा-सर्वदा के लिए मुक्त कर दें।''[39] और ठीक यही काम कांट

ने क्रिया भी। वे शुद्ध बुद्धि के आडंबरपूर्ण दावों को नष्ट करना चाहते थे। पर यह काम वे सिद्धांत और व्यवहार की एकता की पुनर्प्रतिष्ठा के लिए नहीं, बल्कि आस्था के समक्ष संपूर्ण समर्पण के लिए करना चाहते थे। तथापि आधिभौतिक रहस्यमंडन का जो भंडाफोड़ उन्होंने किया, वह दर्शनशास्त्र के इतिहास की एक युगसर्जक घटना है और उसके बाद का दार्शनिक विकास कांट द्वारा उपस्थित समस्याओं के समाधान का प्रयास कहा जा सकता है।

यहां कांटोत्तर दर्शनशास्त्र के विकास पर बहस करने का और यह देखने का कि जैकोबी, फिख्टे, शेलिंग और हेगेल ने भिन्न-भिन्न दिशाओं में किए गए प्रयासों द्वारा दर्शनशास्त्र के संकट को किस प्रकार हल किया, बहुत स्थान नहीं है। हमारे लिए प्रासंगिक इतना ही है कि एक महत्वपूर्ण अर्थ में विकास की यह प्रक्रिया हेगेल के यहां चरमोत्कर्ष पर पहुंची। उनके द्वंद्ववाद में वर्ग-समाज की मिथ्या चेतना लगभग चिथड़े-चिथड़े होने के कगार पर थी हालांकि वह चिथड़े-चिथड़े हुई नहीं। कारण कि खुद हेगेल ने यथार्थ के आधिभौतिक रहस्यमंडन की शरण ले ली। इसके कारण खुद उनका द्वंद्ववाद *अपने विपरीत में रूपांतरित हो गया*। हेराक्लाइटस के द्वंद्वात्मक दृष्टिकोण की तरह हेगेल की अपनी द्वंद्वात्मक दृष्टि भी एक गतिशील यथार्थ-दृष्टि थी जिसमें हर वस्तु निरंतर गतिमान थी और एक अनंत प्रवाह की अवस्था में थी। किंतु हेगेलीय प्रणाली के दबाव में यह गतिशील दृष्टि एक स्थिर दृष्टि के समक्ष समर्पित हो गई।

हेगेल ने विश्व के विकास को और मानव-इतिहास के संपूर्ण क्रम को एक प्रक्रिया के रूप में देखा, लेकिन साथ ही उसे उन्होंने ऐसी प्रक्रिया माना जिसके द्वारा परम सत्य या परम आत्मा *अपने को केवल इसलिए अभिव्यक्त करती है कि अपने मूल स्वरूप की ओर लौट सके*। "परम सत्य सर्वप्रथम एक विशुद्ध अभौतिक विचार है। दूसरे स्तर पर वह विशुद्ध विचार का पतन है जिसमें विचार देश और काल के यानी प्रकृति के अनंत परमाणुओं में विघटित हो जाता है। तीसरे, वह अपने विलगाव को त्यागकर फिर से आत्म में प्रतिष्ठित होता है। यह प्रकृति के पतन को समाप्त करता है और इस प्रकार अंततः वास्तविक आत्मबोध-संपन्न विचार में स्थित होता है।" अंतिम विश्लेषण में हेगेलीय प्रणाली मांग करती है कि विकास को प्रत्यावर्तन माना जाए और यह कि संपूर्ण इतिहास को एक भ्रांति या माया की तरह माना जाए : प्रारंभ में परमसत् था और अंत में भी परमसत् की ही वापसी होगी। इस प्रकार हेगेल स्वयं ऐसी मिथ्या चेतना का शिकार हो गए जिसे उनकी द्वंद्वात्मक दृष्टि उखाड़ फेंकना चाहती थी।

इसका अगला चरण यही हो सकता था कि हेगेलीय द्वंद्ववाद को स्वयं हेगेल द्वारा पहनाई गई जंजीरों से मुक्त किया जाए। यह निर्णायक कदम मार्क्स और एंगेल्स ने उठाया। उनके यहां द्वंद्वात्मक दृष्टि वर्गरहित समाज की ओर बढ़ने का एक साधन भी बन गई।

संदर्भ एवं टिप्पणियां

1. हेगेल, *लेक्चर्स आन दि हिस्ट्री आफ फिलासफी* (अंग्रेजी अनु. : ई. एस. हाल्डेन), लंदन, 1989, खंड 1, पृ. 279.
2. उपरोक्त, खंड 2, पृ. 203.
3. एंगेल्स, *डायलेक्टिक्स आफ नेचर* (अंग्रेजी अनु.), मास्को, 1964, पृ. 48.
4. जब हम अन्य दर्शनशास्त्रियों के द्वंद्ववाद की बात करते हैं तब सामान्यतः हमारा आशय उनके आत्मनिष्ठ द्वंद्ववाद से है। हेराक्लाइटस और हेगेल जैसा वस्तुनिष्ठ द्वंद्ववाद उनके यहां नहीं मिलता।
5. हेगेल, पूर्वोक्त, खंड 3, पृ. 547, जोर हमारा.
6. उपरोक्त.
7. उपरोक्त, खंड 1, पृ. 278-279.
8. *फिलासाफिकल नोटबुक्स,* मास्को, 1961, पृ. 261.
9. विशेषतः देखें, जार्ज थामसन, *दि फर्स्ट फिलासफर्स,* लंदन, 1955, पृ. 297 और आगे.
10. लेनिन, पूर्वोक्त, पृ. 265.
11. उपरोक्त, पृ. 261.
12. हेगेल, पूर्वोक्त, खंड 1, पृ. 266-267.
13. लेनिन, पूर्वोक्त, पृ. 256.
14. हेगेल, पूर्वोक्त, खंड 1, पृ. 174.
15. उपरोक्त, पृ. 319.
16. श्वेग्लर, *हैंडबुक आफ दि हिस्ट्री आफ फिलासफी* (अंग्रेजी अनु. स्टर्लिंग : पंद्रहवां मुद्रण), पृ. 6.
17. लेनिन, पूर्वोक्त, पृ. 354.
18. उपरोक्त, पृ. 349.
19. एंगेल्स, *ऐंटी-ड्यूहरिंग,* पृ. 205-6.
20. जार्ज थामसन, *फर्स्ट फिलासफर्स,* पृ. 291-5.
21. *ए हैंडबुक आफ मार्क्सिज्म,* लंदन, 1936, पृ. 444-45.
22. मार्क्स और एंगेल्स, *आन रेलिजन,* मास्को, 1957, पृ. 57-58.
23. मार्क्स, *कैपिटल,* मास्को, 1954, खंड 1, पृ. 80.
24. मार्क्स और एंगेल्स, *जर्मन आइडियोलाजी,* मास्को, 1964, पृ. 43.
25. एंगेल्स, *डायलेक्टिक्स आफ नेचर,* पृ. 237-38.
26. मार्क्स और एंगेल्स, *सेलेक्टेड कारेस्पांडेंस,* मास्को, 1975, पृ. 434.
27. जार्ज थामसन, *दि फर्स्ट फिलासफर्स,* पृ. 192.
28. उपरोक्त, पृ. 313.
29. उपरोक्त, पृ. 339.
30. उपरोक्त, पृ. 160.
31. बेंजामिन फैरिंगटन, *ग्रीक साइंस,* लंदन, 1949 खंड 1, पृ. 30.

32. देखें एंगेल्स, *दि ओरिजिन आफ दि फैमिली,* मास्को, 1952, पृ. 269.
33. बेंजामिन फैरिंगटन, पूर्वोक्त, खंड 1, पृ. 142.
34. एंगेल्स, *लुडविग फायरबाख,* मास्को, 1969, पृ. 9.
35. *ए हैंडबुक आफ मार्क्सिज्म,* पृ. 30.
36. उपरोक्त, पृ. 46-47.
37. कांट, *क्रिटिक आफ प्योर रीज़न* (अंग्रेजी अनुवाद संक्षेप, कैम्प स्मिथ, लंदन. 1934) पृ. 15.
38. उपरोक्त, पृ. 170.
39. उपरोक्त, पृ. 22.

अध्याय 3

एक भ्रांति का भविष्य

दर्शन पर एंगेल्स के विचार

प्राचीन यूनानी दर्शनशास्त्र की सकारात्मक उपलब्धियों की प्रशंसा एंगेल्स के दार्शनिक लेखन की एक स्थायी विषयवस्तु प्रतीत होती है। यह प्रशंसा आलोचनारहित अथवा संपूर्ण नहीं है। तब भी इससे दार्शनिक गतिविधियों के सामान्य स्वरूप और दर्शनशास्त्र के इतिहास[1] की मोटी रूपरेखा को लेकर कुछेक सवाल अवश्य उठते हैं। या अधिक उपयुक्त यह कहना होगा कि एंगेल्स इनको जिस प्रकार देखने की अपेक्षा हमसे करते हैं उससे कुछ मुद्दे उभरते हैं। वर्तमान निबंध इन प्रश्नों को उठाकर उनका उत्तर देने के लिए है यद्यपि इसका मुख्य प्रयोजन विचार-विमर्श को आगे बढ़ाना ही है।

सामान्यतम रूप में यह प्रशंसा एंगेल्स ने वहां की है जहां वे "इतिहास की शानदार प्राकृतिक दार्शनिक *अंतर्दृष्टि*" (डी एन, पृ. 20)[2] की बात कहते हैं। कारण कि इसमें कोई शंका ही नहीं कि प्राचीनता से यहां एंगेल्स का आशय प्राचीन यूनान से है। लेकिन *अंतर्दृष्टि* से उनका आशय क्या है? यह प्रामाणिक मार्क्सवादी शब्दावली का अंग नहीं है, और यह भी स्पष्ट है कि एंगेल्स उसे रहस्यवादी अर्थ में प्रयुक्त नहीं कर सकते। इसीलिए यहां एक सवाल उपस्थित हो जाता है जिस पर कुछ विमर्श आवश्यक है, यद्यपि सवाल का पूरा महत्व तभी उभरेगा जब हम प्राचीन यूनानियों के बारे में उनकी टिप्पणियों पर अधिक विचार करेंगे।

तत्काल उल्लेखनीय बात यह है कि एंगेल्स द्वारा प्राचीन यूनानियों की प्रशंसा वस्तुतः न तो अस्पष्ट है और न ही सामान्य। इसके विपरीत वह सुपरिभाषित और विशिष्ट प्रशंसा है। जैसीकि द्वंद्वात्मक भौतिकवाद के संस्थापक-प्रवर्तक से सचमुच अपेक्षा की जा सकती है, यूनानियों की यह प्रशंसा वस्तुतः द्वंद्ववाद और भौतिकवाद के लिए उनके योगदान के प्रति प्रशंसा है। यह महत्वपूर्ण है क्योंकि इसका अर्थ यह है कि प्राचीन यूनानियों के विचारों में एंगेल्स को अपने दार्शनिक दृष्टिकोण के दोनों प्रमुख तत्वों की झलक दिखती है, यद्यपि इसका अर्थ यह नहीं है कि एंगेल्स प्राचीन यूनानी दर्शनशास्त्रियों

के द्वंद्ववाद और भौतिकवाद की अपरिहार्य सीमाओं तथा प्रमुख लक्षणों की उपेक्षा या अवहेलना करना चाहते हैं। दूसरे शब्दों में इन प्राचीन भौतिकवादियों का द्वंद्ववाद अथवा इन प्राचीन द्वंद्ववादियों का भौतिकवाद एंगेल्स के लिए अपने द्वंद्वात्मक भौतिकवाद का पर्याय नहीं है। वे यह दावा तो करते ही हैं कि बाद वाला द्वंद्वात्मक भौतिकवाद अंतर्वस्तु के स्तर पर अतुलनीय रूप से समृद्ध है, साथ ही वे यह भी बतलाते हैं कि अंतर्वस्तु की यह समृद्धि कहां से प्राप्त होती है।

इन सब पर हम थोड़ा रुककर विचार करेंगे परंतु इस बीच एक अन्य मुद्दे के महत्व को अनदेखा नहीं करना है। वह यह है कि एंगेल्स प्राचीन यूनानी दर्शनशास्त्रियों द्वारा विकसित विश्वदृष्टि में द्वंद्वात्मक भौतिकवाद के मूलभूत तत्वों के प्रथम प्रतिपादन को मान्यता देते हैं। पहली नजर में यह कथन विचित्र और विसंगत न लगे, इसीलिए एंगेल्स की पहल का अनुसरण करते हुए लेनिन ने जो कुछ लिखा है उस पर यहां ध्यान दिया जाना चाहिए। लेनिन हेराक्लाइटस की स्थिति के बारे में कहते हैं : "द्वंद्वात्मक भौतिकवाद के सिद्धांतों का बहुत अच्छा प्रतिपादन" (*फिलासाफिकल नोटबुक्स, पृ.* 349)। कुछ भी हो, स्वयं एंगेल्स भी यह स्पष्ट मानते दिखते हैं कि "यूनानी दर्शनशास्त्र के अनेक रूप विश्वदृष्टि के सभी परवर्ती रूपों को अपने गर्भ में बीज-दशा में छिपाए हुए दिखते हैं। इसीलिए सैद्धांतिक प्राकृतिक विज्ञान को भी अपने आज के सामान्य सिद्धांतों के उद्‌गम और विकास के इतिहास की खोज में यूनानियों तक मजबूरन जाना पड़ता है" (डी एन, पृ. 47)। इसी के अनुरूप खुद एंगेल्स को यूनानी दर्शनशास्त्र के आरंभिक दौर में द्वंद्वात्मक भौतिकवाद के उद्‌गम को पहचानने में कोई कठिनाई नहीं है। हम देखेंगे कि वे आधुनिक द्वंद्वात्मक भौतिकवाद को एक अर्थ में प्राचीन यूनानियों की मूल दृष्टि की ओर *वापसी* के रूप में भी देखते हैं। चूंकि इस शब्द *वापसी* को नितांत आकस्मिक अथवा अल्पविचारित मानने का कोई कारण नहीं है, इसीलिए यहां एक महत्वपूर्ण सवाल उपस्थित होता है कि इससे एंगेल्स का ठीक-ठीक आशय क्या है और दर्शनशास्त्र के इतिहास की बुनियादी गतिशीलता की समझ के लिए इसका वास्तविक महत्व क्या है?

स्पष्ट है कि ऐसे प्रश्नों के बारे में हमारे उत्तर उसी सीमा तक ठीक होंगे जहां तक कि वे एंगेल्स के वास्तविक वक्तव्यों पर आश्रित हों। इसीलिए वर्तमान विमर्श में हम एंगेल्स की कृतियों से लंबे उद्धरण देंगे जिनमें बहुधा उद्‌धृत और सुविदित उद्धरण भी शामिल होंगे। तथ्यतः ऐसे उद्धरणों की भली भांति जांच-परख भी जरूरी है क्योंकि कई बार हम मान लेते हैं कि इनके संपूर्ण निहितार्थों का सजग विश्लेषण किए बिना भी हमने इन्हें समझ लिया है।

1

प्राचीन यूनानी दर्शनशास्त्रियों के बारे में एंगेल्स के उद्धरणों पर विचार करने से पहले उनकी सामान्य दार्शनिक स्थिति के बारे में कुछ शब्द उपयोगी होंगे।

एंगेल्स कहते हैं : "यद्यपि 1848 की क्रांति के समय तक विचारवाद अपने अंतिम

दौर में था और उस क्रांति का प्राणघाती आघात झेल रहा था, तब भी उसे संतोष था कि फिलहाल भौतिकवाद और भी नीचे गिरा हुआ है'' (एल एफ, पृ. 25)।

भौतिकवाद के इस पतन का मुख्य कारण था उसका वह उथला और फूहड़ रूप जो 19वीं शताब्दी में बुखनर, फोग्ट और मोलेशाट के उपदेशों में दिखाई दे रहा था। एंगेल्स के अनुसार वह विचार की संकीर्ण आधिभौतिक पद्धति पर आश्रित था और वह भी एक ऐसे दौर में जबकि प्राकृतिक विज्ञान अपने निर्णायक आविष्कारों द्वारा आधिभौतिक दृष्टिकोण को विस्थापित करके द्वंद्वात्मक दृष्टिकोण अपनाए जाने की अपेक्षा कर रहा था। साथ ही हेगेल की युगसर्जक कृतियों में द्वंद्ववाद के बुनियादी नियम पहले ही प्रतिपादित किए जा चुके थे। जहां तक हेगेल की विचारवादी सीमाओं का सवाल है, एंगेल्स और मार्क्स से अधिक तीखी टिप्पणी उन पर और कोई नहीं करता। तब भी बुखनर तथा दूसरों के फूहड़ भौतिकवाद से और उसमें द्वंद्ववाद के अभाव से एंगेल्स इतने क्षुब्ध थे कि उन्होंने इसकी निंदापूर्ण टिप्पणी की :

''हेगेल जिनकी (···) प्राकृतिक विज्ञानों के बारे में व्यापक विवेचना और तार्किक चिंतन हर तरह की भौतिकवादी बकवास के समूचे ढेर से कहीं बहुत बड़ी उपलब्धि है'' (डी एन, पृ. 208)। हर स्थिति में एंगेल्स को यह लगता है कि विशेषकर फायरबाख के बाद भौतिकवाद द्वंद्वात्मक दृष्टि से समृद्ध होने की प्रतीक्षा में है। इसलिए द्वंद्वात्मक भौतिकवाद के बचाव में कई बार वे ऐसा प्रभाव छोड़ते हैं मानो तुलनात्मक दृष्टि से स्वयं द्वंद्ववाद में उनकी अधिक रुचि है।

इस प्रवृत्ति के अनुरूप ही वे बार-बार प्राचीन यूनानी चिंतकों की ओर देखते हैं और उनकी द्वंद्वात्मकता के महत्व की ओर हमारा ध्यान ले जाते हैं। लेकिन इसका यह अर्थ नहीं है कि वे उन चिंतकों के भौतिकवाद के महत्व की उपेक्षा करते हैं। उदाहरण के लिए उनकी टिप्पणी है : ''प्राचीन दर्शनशास्त्र *आदिम, प्राकृतिक* भौतिकवाद था'' (ए डी, पृ. 205)। भौतिकवाद में 'आदिम, प्राकृतिक' विशेषण वे क्यों जोड़ते हैं, यह भले ही स्पष्ट न हो पर इसमें शंका नहीं कि यहां वे प्राचीन यूनानी दर्शनशास्त्रियों की ही बात कर रहे हैं। अन्यत्र वे कहते हैं : ''हर हालत में प्रकृति के बारे में द्वंद्वात्मक दृष्टिकोण का अर्थ केवल प्रकृति की सहज अवधारणा है—बिना उसमें कोई विजातीय तत्व जोड़े। और इसीलिए यूनानी दर्शनशास्त्रियों ने उसे *सचमुच* मौलिक रूप से यही समझा था'' (डी एन, पृ. 202)। यहां ध्यान देने योग्य है कि यूनानी दर्शनशास्त्रियों से एंगेल्स का आशय आरंभिक दर्शनशास्त्रियों और विशेषकर हेराक्लाइटस के समय तक के यूनानी दर्शनशास्त्रियों से है। यह निम्नांकित उद्धरण से स्पष्ट हो जाएगा। 'प्रथम दर्शनशास्त्रियों' के बारे में अरस्तू की टिप्पणी का हवाला देते हुए एंगेल्स टिप्पणी करते हैं :

''अतः यहां पहले से ही संपूर्ण, मौलिक, *स्वतःस्फूर्त भौतिकवाद* मौजूद है जो अपने आरंभ काल में स्वाभाविक रूप में प्राकृतिक जगत की अनंत विविधता की एकता को स्वतःसिद्ध मानकर चलता है और उसमें निश्चित रूप से कुछ विशेष भौतिक वस्तु ढूंढ़ता है जिस तरह थेल्स वह वस्तु जल में देखते हैं'' (डी एन, पृ. 179)।

पुनः,

"अरस्तू ने पहले ही कहा है कि प्राचीन दर्शनशास्त्र पदार्थ के रूप में ही आदिम सारतत्व का अस्तित्व मानते हैं : हवा और पानी (और शायद अनेक्सीमेंडर इन दोनों के बीच के किसी तत्व को मानते हैं) । बाद में हेराक्लाइटस आग को वह तत्व मानते हैं । लेकिन इनमें से कोई भी पृथ्वी को उसकी विविधतापूर्ण संरचना के कारण मूलतत्व नहीं मानता" (डी एन, पृ. 190) ।

2

इस प्रकार हमें कुछ पता चलता है कि एंगेल्स ने थेल्स से लेकर हेराक्लाइटस तक आरंभिक यूनानी दर्शनशास्त्रियों के विचारों में भौतिकवाद की पहचान कैसे की, यद्यपि अभी इस पर विचार करना शेष है कि उन्होंने इसे 'स्वतःस्फूर्त' भौतिकवाद क्यों कहा है । पहले हम यह देखेंगे कि इन दर्शनशास्त्रियों के द्वंद्वात्मक दृष्टिकोण के बारे में वे किस उत्साह से बोलते हैं :

"18वीं शताब्दी के पूर्वार्ध का प्राकृतिक विज्ञान, ज्ञान में प्राचीन यूनान के ऊपर खड़े होने के कारण और उसकी सामग्री का उपयोग करने के कारण उन्नत दिखता है । पर साथ ही वह इस सामग्री के ऊपर प्राप्त सैद्धांतिक अधिकार तथा प्रकृति के प्रति व्यापक दृष्टि के स्तर पर प्राचीन यूनान से उतना ही नीचे भी है । यूनानी दर्शनशास्त्री इस संसार को अराजकता में से उभरा हुआ मानते थे—ऐसा जो अस्तित्व में आया, जो विकसित हुआ । आज के प्राकृतिक वैज्ञानिक यह मानते हैं कि वह कुछ जड़ीभूत तथा अपरिवर्तनीय तत्व था और इनमें से अधिकांश का मानना है कि विश्व की रचना एक ही बार में हुई" (डी एन, पृ. 25) ।

दूसरे शब्दों में, 18वीं शताब्दी के पूर्वार्ध के प्राकृतिक वैज्ञानिक आधिभौतिक विचार-पद्धति के भ्रांतिपूर्ण प्रभाव के अंतर्गत तलवे घिस रहे थे जबकि प्राचीन यूनान के दर्शनशास्त्री पहले ही द्वंद्वात्मक दृष्टि का अनुमान कर चुके थे और वह भी प्राकृतिक विज्ञान द्वारा अर्जित प्रकृति के सकारात्मक ज्ञान में तुलनात्मक दृष्टि से पीछे रहने के बावजूद । एंगेल्स इस बहस को और आगे बढ़ाते हैं और दिखाते हैं कि नई खोजों की शृंखला के द्वारा प्राकृतिक विज्ञान किस प्रकार समृद्ध हुआ है । ये हैं—कांट की नीहारिका-परिकल्पना, ल्येल का भूगर्भशास्त्रीय काम, भौतिकी के क्षेत्र में ऊष्मा के यांत्रिक बल में और यांत्रिक बल के ऊष्मा में रूपांतरण का प्रायोगिक प्रदर्शन, लेवोजियेर और विशेषकर डाल्टन के समय से रसायनशास्त्र के क्षेत्र में आश्चर्यजनक रूप से तीव्र विकास और इन सबसे ऊपर जीवविज्ञान के क्षेत्र में अत्यधिक महत्वपूर्ण खोजें जिनका चरम उत्कर्ष डार्विन के जैविक विकास के सिद्धांत में हुआ । इन सब खोजों की सामान्य सैद्धांतिक मांग यह थी कि प्रकृति के प्रति 18वीं शताब्दी के प्राकृतिक वैज्ञानिकों का दृष्टिकोण विस्थापित होकर एक दृष्टिकोण को सामने आने दे क्योंकि "सारी जड़ता मिट चुकी थी, सारी स्थिरता समाप्त हो गई थी, जो विशिष्टताएं अब तक सनातन मानी जाती थीं वे सभी संक्रमणशील हो गई थीं और संपूर्ण प्रकृति अनंत प्रवाह और चक्रीय

क्रम में प्रवाहित दिखने लगी थी'' (डी एन, पृ. 31)। संक्षेप में, प्राकृतिक विज्ञान के क्षेत्र में नई खोजों की शृंखला की मांग यह थी कि द्वंद्वात्मक दृष्टि के पक्ष में आधिभौतिक विचार-पद्धति को उखाड़ फेंका जाए। इसका चित्रण एंगेल्स ने इस प्रकार किया है :

''इस प्रकार हम एक बार फिर यूनानी दर्शनशास्त्र के महान संस्थापकों की इस विचार-पद्धति की ओर, इस दृष्टि की ओर *जा मुड़े* हैं कि सूक्ष्मतम से महत्तम तत्व तक संपूर्ण प्रकृति ··· का अस्तित्व सनातन प्रवाह के रूप में अस्तित्व में आता और विलीन होता रहा है, कि वह एक विश्रामरहित गति और परिवर्तन की दशा में है। केवल एक सारभूत अंतर यह है कि यूनानियों की दृष्टि एक *शानदार अंतर्दृष्टि* थी जबकि हमारी दृष्टि प्रयोगों और अनुभवों के अनुरूप कठोर वैज्ञानिक अनुसंधानों का परिणाम है और इसलिए यह अधिक निश्चित और स्पष्ट रूप में उभरकर आती है'' (डी एन, पृ. 31)।

यहां एक बार फिर एंगेल्स प्राचीन यूनानियों के द्वंद्ववाद को 'शानदार अंतर्दृष्टि' का एक नमूना बताते हैं और आधुनिक द्वंद्ववाद को उसकी ओर 'वापसी' बताते हैं। इससे उनका यथार्थ आशय क्या था ? इस सवाल पर विचार बाद में; पहले इस बहस को ही हम जारी रखें।

एंगेल्स शिकायती लहजे में कहते हैं : ''लेकिन परंपरा केवल कैथोलिक चर्च में ही शक्तिशाली नहीं है, वह प्राकृतिक विज्ञान के क्षेत्र में भी एक शक्तिशाली सत्ता है'' (डी एन, पृ. 28)। परिणामस्वरूप, ''जब प्राकृतिक प्रक्रियाओं का द्वंद्वात्मक चरित्र मस्तिष्क पर बलात् छा गया और जब सिद्धांतों के पहाड़ में से रास्ता निकालने में केवल द्वंद्ववाद ही प्राकृतिक विज्ञान की मदद कर सकता था'' (डी एन, पृ. 46); तब भी ''ऐसे प्राकृतिक वैज्ञानिक बहुत गिने चुने हैं जो द्वंद्वात्मक दृष्टि से सोचना सीख चुके हैं'' (ए डी, पृ. 39)। उनमें से अधिकांश ''यदृच्छावाद के विविध रूपों के प्रभाव में हैं ··· जो प्राचीन दर्शनशास्त्रों के अवशेषों से ही कुरेदकर निकाला गया है ··· और ये सभी तरह के यदृच्छावाद एकसमान आधिभौतिक हैं'' (डी एन, पृ. 46)। इसीलिए ''पुरानी पारंपरिक विचार-पद्धति और आधुनिक आविष्कारों के बीच संघर्ष है जोकि एक असीमित भ्रांति की ओर ले जाता है जो आज प्राकृतिक विज्ञान के सैद्धांतिक क्षेत्र में छाई हुई है'' (ए डी, पृ. 39)। इससे सभी को भारी निराशा होती है।

तब रास्ता क्या है ? एंगेल्स बल देकर कहते हैं कि केवल एक ही रास्ता है और वह है ''किसी न किसी रूप में अधिभूतवादी चिंतन से द्वंद्वात्मक चिंतन की ओर वापसी'' (डी एन, पृ. 46)। कारण बिल्कुल सीधा-सा है। ''रहस्यवाद से रहित द्वंद्वात्मकता प्राकृतिक विज्ञान की परम आवश्यकता है'' (डी एन, पृ. 208) और ''विज्ञान ने दर्शनशास्त्र का जो परित्याग किया था उसका *बदला* दर्शनशास्त्र इसी प्रकार मरणोपरांत ले रहा है'' (उपरोक्त)। यहां 'बदला लेने' से उनका आशय क्या है, यह समझने के लिए द्वंद्ववाद की 'वापसी' की प्रक्रिया संबंधी बहस को आगे और ले जाना होगा।

एंगेल्स लिखते हैं : ''यह वापसी अनेक रूपों में हो सकती है। यह स्वतःस्फूर्त ढंग से अर्थात् केवल प्राकृतिक वैज्ञानिक खोजों की शक्ति के कारण हो सकती है ··· लेकिन

यह एक दीर्घकालिक और श्रमसाध्य प्रक्रिया है ··· यदि प्राकृतिक विज्ञान के सिद्धांतकार द्वंद्वात्मक दर्शनशास्त्र के ऐतिहासिक रूपों का अधिक घनिष्ठ परिचय पा सकें तो यह प्रक्रिया बहुत शीघ्रता से पूरी हो सकती है। इन रूपों में से दो ऐसे हैं जो आधुनिक प्राकृतिक विज्ञान के लिए विशेष फलप्रद हो सकते हैं'' (डी एन, पृ. 46-47)। इन दो रूपों में से दूसरा है ''द्वंद्वात्मकता का व्यापक सारसंग्रह'' जो हम हेगेल की रचनाओं में पाते हैं, ''भले ही वह एक बिलकुल भ्रांतिपूर्ण प्रस्थानबिंदु से विकसित हुआ हो।'' इसके लिए प्राकृतिक वैज्ञानिकों को पहले तो उस रहस्यात्मक विचारवादी संरचना को ध्वस्त करना होगा जिसमें हेगेल स्वयं को कैद रखना चाहते थे। हमारे वर्तमान विमर्श के लिए सर्वाधिक दिलचस्प द्वंद्वात्मकता के उन दो ऐतिहासिक रूपों में से पहला रूप है जिनका हवाला एंगेल्स देते हैं। वह है—प्राचीन यूनानी दर्शनशास्त्रियों का द्वंद्ववाद। इसका वर्णन एंगेल्स यों करते हैं :

''इनमें से पहला है यूनानी दर्शनशास्त्र। यहां द्वंद्वात्मक विचार एक *आदिम सादगी* के साथ दिखाई पड़ते हैं। वे 17वीं और 18वीं शताब्दी के आकर्षक आधिभौतिक अवरोधों से बिलकुल मुक्त हैं जो इंग्लैंड में बेकन और लॉक तथा जर्मनी में वोल्फ के यहां दिखाई देती है। ये वे अवरोध हैं जो इन लोगों ने अपने सामने रखे तथा स्वयं अपनी प्रगति अवरुद्ध कर ली। वे अंश को समझते हुए संपूर्ण की समझ से वंचित रह गए, वस्तुओं के सामान्य अंतःसंबंधों की अंतर्दृष्टि प्राप्त करने से वंचित रह गए।''

''चूंकि यूनानी इतने विकसित नहीं थे कि वे प्रकृति का अंगविच्छेद कर उसे विश्लेषित करें, अतः उनमें प्रकृति को सामान्य और व्यापक रूप में एक समग्र सत्ता के नाते देखने की प्रवृत्ति है। प्राकृतिक जगत के सार्वभौम संबंध को वे लोग विशिष्टताओं के संदर्भ में सिद्ध नहीं कर पाए थे बल्कि यूनानियों के लिए यह एक सीधे *ध्यान-मनन* का परिणाम था। यही यूनानी दर्शनशास्त्र की अपर्याप्तता है जिसके कारण वह अन्य प्रकार की विश्वदृष्टियों के लिए स्थान खाली करता चला गया। लेकिन बाद के अधिभूतवादी विरोधियों पर उसकी श्रेष्ठता भी इसी में निहित है। यूनानियों की तुलना में अधिभूतवाद विशिष्टियों के संदर्भ में सही था तो अधिभूतवाद के मुकाबले यूनानियों का विचार सामान्य तौर पर ठीक था। यही कारण है कि हम दर्शनशास्त्र तथा अन्य अनेक क्षेत्रों में बार-बार उन थोड़े से लोगों की उपलब्धियों की ओर लौटने को विवश हैं जिनकी सार्वभौम प्रतिभा और क्रियाशीलता ने मानव-विकास के इतिहास में उन्हें ऐसा स्थान प्रदान किया जिसका अन्य कोई जनगण या समाज कभी दावा नहीं कर सकते'' (डी एन, पृ. 47)

अन्यत्र ''हेगेल के यहां उत्कर्ष पर पहुंचनेवाले ··· नवीनतर जर्मन दर्शनशास्त्र'' का हवाला देते हुए एंगेल्स लिखते हैं : ''इसका सर्वोत्तम गुण था चिंतन के सर्वोच्च रूप के नाते *द्वंद्ववाद का पुनर्ग्रहण*। यूनानी दर्शनशास्त्र पूर्णतः *नैसर्गिक द्वंद्ववादी थे*'' (ए डी, पृ. 34)। इस प्रकार अन्यत्र प्रयुक्त शब्द 'अंतर्दृष्टिपूर्ण' के स्थान पर एंगेल्स ने यहां *नैसर्गिक* शब्द का प्रयोग किया है जो जाहिर है कि एक ही विचार को व्यक्त करने के लिए है। लेकिन द्वंद्ववाद के पुनर्ग्रहण से उनका आशय क्या है ? इसे समझने के लिए

हमें यहां फिर एक बार विस्तार से प्राचीन यूनानी दर्शनशास्त्रियों की द्वंद्वात्मकता के बारे में उस विवरण को उध्दृत करना होगा जहां एंगेल्स इसे "विश्व की *आदिम, अनगढ़ मगर फिर भी आंतरिक रूप से सही* अवधारणा" बतलाते हैं :

"जब हम प्रकृति पर या मानव इतिहास पर अथवा हमारी अपनी बौद्धिक क्रियाशीलता पर विचार करते हैं तो हमारे सामने सबसे पहले संबंधों और अंतःक्रियाओं की एक अंतहीन भूलभुलैया उपस्थित होती है, जिसमें कुछ भी वही और वहीं नहीं रह जाता जैसा और जहां पहले वह था । यहां हर चीज, हर वस्तु गतिशील है, परिवर्तनशील है, अस्तित्व में आ रही है और अस्तित्व से परे जा रही है । यह विश्व की आदिम, अनगढ़ मगर फिर भी आंतरिक रूप से सही अवधारणा प्राचीन यूनानी दर्शनशास्त्र की थी और पहली बार हेराक्लाइटस द्वारा स्पष्ट रूप में प्रतिपादित की गई थी कि हर वस्तु है और नहीं भी है, क्योंकि हर वस्तु *प्रवाह* में है, निरंतर बदल रही है, निरंतर अस्तित्व में आ रही है और अस्तित्व से परे जा रही है । यह अवधारणा इस संपूर्ण जगत के सामान्य स्वरूप को तो चित्रित करती है किंतु उन ब्योरों को व्याख्यायित कर पाने में असमर्थ है जिनके द्वारा यह संपूर्ण तस्वीर बनी है । इन ब्योरों को समझने के लिए हमें उन्हें उनके प्राकृतिक अथवा ऐतिहासिक संबंधों से अलग करके हरेक की अलग-अलग जांच-पड़ताल करनी पड़ती है तथा हरेक के स्वभाव और उसके विशेष कारण-कार्य संबंधों तथा प्रभावों इत्यादि को जानना पड़ता है । यह मूलतः प्राकृतिक विज्ञान और ऐतिहासिक अनुसंधान का काम है । लेकिन खोज की इस पद्धति ने हमें एक ऐसी आदत की विरासत भी दे दी है जिसमें हम प्राकृतिक वस्तुओं और प्राकृतिक क्रियाओं को अलग-थलग रूप में, उन्हें वस्तुओं के समग्र विराट अंतःसंबंधों से काटकर देखते हैं । और इसीलिए हम इन वस्तुओं को उनकी गति में नहीं बल्कि उनके विराम में देखने के, एक सारतः और अनिवार्यतः परिवर्तनशील अस्तित्व के रूप में नहीं बल्कि स्थिर तत्व के रूप में, जीवंत रूप में नहीं बल्कि मृत रूप में देखने के अभ्यस्त हो जाते हैं । और जब चीजों को देखने की यह दृष्टि प्राकृतिक विज्ञान से दर्शनशास्त्र को प्राप्त होती है, जैसाकि बेकन और लॉक के मामले में हुआ, तो वह पिछली शताब्दी की सर्वाधिक संकीर्ण बौद्धिक प्रवृत्ति को, अधिभूतवादी विचार-पद्धति जो जन्म देती है" (ए डी, पृ. 35-36) ।

हमने देखा है कि एंगेल्स प्राकृतिक विज्ञान के क्षेत्र में हुई प्रगति से प्राप्त अत्यधिक समृद्ध और निरंतर बढ़ रही उस सामग्री की चर्चा करते हैं जो अधिभूतवादी दृष्टि के संकीर्ण ढांचे या संरचना तक सीमित रहने को असंभव बना डालती है । अतः जिस अधिभूतवादी दृष्टि ने कभी द्वंद्वात्मक दृष्टि को विस्थापित किया था वह अब फिर एक बार द्वंद्ववाद से विस्थापित होती है । दूसरे शब्दों में, यह हमारे सामने निषेध के निषेध का एक उदाहरण है : प्राचीन यूनानियों की आदिम द्वंद्वात्मकता का निषेध अधिभूतवाद ने किया जबकि आज द्वंद्ववाद अधिभूतवाद का निषेध कर रहा है । लेकिन निषेध के निषेध के बारे में और बातें बाद में ।

3

एंगेल्स कहते हैं : "द्वंद्ववाद प्रकृति, मानवीय समाज तथा विचार की गति और विकास के सामान्य नियमों का विज्ञान है, और कुछ भी नहीं" (ए डी, पृ. 210)। इसका अर्थ है कि उनके लिए द्वंद्ववाद की फिर से अभिव्यक्ति का अर्थ है भौतिकवादी दृष्टिकोण की फिर से अभिव्यक्ति—वस्तुनिष्ठ यथार्थ की और प्रकृति की प्राथमिकता की फिर से अभिव्यक्ति तथा मानवीय विचार जहां तक प्रकृति का एक सही प्रतिबिंबन भर हैं, उस सीमा तक उसकी भी फिर से अभिव्यक्ति। "मस्तिष्क की द्वंद्वात्मकता प्रकृति और इतिहास दोनों में केवल यथार्थ विश्व की गति के रूपों का प्रतिबिंबन मात्र है" (डी एन, पृ. 206)। इस भौतिकवादी दृष्टि को माने बिना भी "यह अत्यधिक महत्वपूर्ण प्रतीत होता है कि चेतना और प्रकृति, विचार और सत्ता, विचार के नियम और प्रकृति के नियम, परस्पर इतने घनिष्ठता से संबद्ध हैं। लेकिन जब अगला सवाल यह उठाया जाता है कि फिर विचार और चेतना क्या हैं और वे कहां से आते हैं तो यह स्पष्ट हो जाता है कि वे मानव-मस्तिष्क के उत्पादन हैं और मनुष्य स्वयं प्रकृति का ऐसा उत्पादन है जो परिवेश के साथ और परिवेश के भीतर विकसित होता रहा है। अतः यह स्वतः स्पष्ट हो जाता है कि मानव-मस्तिष्क के उत्पादन भी अंतिम विश्लेषण में प्रकृति के ही उत्पादन हैं और वे शेष प्रकृति के अंतःसंबंधों को काटते नहीं बल्कि उनके संगत होते हैं" (ए डी, पृ. 57)।

शास्त्रीय जर्मन दर्शनशास्त्र के तात्कालिक संदर्भ में भौतिकवादी दृष्टिकोण से द्वंद्वात्मकता की इस पुनर्प्रतिष्ठा का मुख्य अर्थ है हेगेल की दार्शनिक विकृतियों का परित्याग लेकिन उसकी पद्धति के बौद्धिक भाग को बनाए रखना। जैसाकि एंगेल्स कहते हैं : "हेगेलीय दर्शनशास्त्र से यह विलगाव भौतिकवादी दृष्टि की ओर वापसी का भी परिणाम था। यानी यह वास्तविक विश्व—प्रकृति और इतिहास—को उसी रूप में समझने के लिए अपनाया गया था जिस रूप में वह विश्व पूर्वाग्रहयुक्त विचारवादी भ्रांतियों से मुक्त उस प्रत्येक व्यक्ति के सम्मुख स्पष्ट होता है जो उसे समझने की कोशिश करता है ··· और भौतिकवाद का इससे अधिक कोई अर्थ नहीं है ··· हेगेल को पूरी तरह अलग नहीं कर दिया गया था। इसके विपरीत उसके क्रांतिकारी पक्ष को ··· द्वंद्वात्मक पद्धति को एक नया प्रस्थानबिंदु बनाया गया। किंतु यह पद्धति हेगेलीय रूप में प्रयोग के योग्य नहीं थी। हेगेल के अनुसार द्वंद्वात्मकता अवधारणा का आत्मविकास है ··· इसीलिए प्रकृति और इतिहास में दिख रहा द्वंद्वात्मक विकास··· सनातन काल से चल रही अवधारणा की आत्मगति की एक प्रतिलिपि मात्र है। यह गति कहां को जा रही है कोई नहीं जानता। लेकिन यह गति बहरहाल विचारशील मानव-मस्तिष्क से स्वतंत्र रूप में चल रही है। यह वैचारिक विकृति परित्याग के योग्य है। हमने फिर से अपने मस्तिष्क के विचारों के बारे में भौतिकवादी दृष्टि को अपनाया और उन्हें यथार्थ वस्तुओं के बिंब माना, बजाय इसके कि खुद यथार्थ वस्तुओं को हम इन विचारों की अथवा परम प्रत्यय की प्रतिच्छायाएं मानें। इस प्रकार द्वंद्वात्मकता बाहरी विश्व और मानवीय विचार, दोनों की गति के सामान्य नियमों का विज्ञान मात्र

हो गई ··· और इस प्रकार हेगेल के द्वंद्ववाद को पलट दिया गया या यों कहें कि सिर के बल खड़े द्वंद्ववाद को उलटकर पैरों के बल खड़ा किया गया'' (एल एफ, पृ. 38-39) ।

संक्षेप में, एंगेल्स के लिए द्वंद्ववाद का वास्तविक महत्व तभी है जब वह पूर्णतः भौतिकवादी भी हो । इसीलिए वे ''मार्क्सवादी द्वंद्ववाद को हेगेलीय द्वंद्ववाद से एकरूप करके देखने की भयंकर भूल'' के बारे में चर्चा करते हैं'' (ए डी, पृ. 183) ।

हमने अभी-अभी देखा है कि एंगेल्स शास्त्रीय जर्मन दर्शनशास्त्र के तात्कालिक संदर्भ में किस प्रकार भौतिकवाद की इस पुनर्प्रतिष्ठा की प्रक्रिया का वर्णन करते हैं । पर यह भी ध्यान देने योग्य है कि वे दर्शनशास्त्र के संपूर्ण इतिहास के व्यापक संदर्भ में भी भौतिकवाद की पुनर्प्रतिष्ठा की चर्चा करते हैं । महत्वपूर्ण बात यह है कि विश्व-दर्शनशास्त्र के विकास के सामान्य संदर्भ में द्वंद्ववाद की पुनर्प्रतिष्ठा की तरह भौतिकवाद की इस पुनर्प्रतिष्ठा का वर्णन भी वे निषेध के निषेध के ही दृष्टांत-रूप में करते हैं । उनकी दृष्टि में इस निषेध के निषेध का प्रस्थानबिंदु भी वही 'प्राचीन दर्शनशास्त्र' ही है जिससे उनका आशय आरंभिक यूनानी चिंतकों के दर्शन से है ।

जैसाकि हमने देखा है, एंगेल्स अनेक उदाहरणों के द्वारा निषेध के निषेध के नियम को समझाते हैं । इनमें से एक है आदिम वर्गपूर्व समाज का वर्ग-समाज द्वारा निषेध और फिर वर्ग-समाज का वर्गरहित समाज द्वारा निषेध । एक अन्य उदाहरण है आदिम भौतिकवाद का विचारवाद द्वारा निषेध और फिर विचारवाद का आधुनिक भौतिकवाद द्वारा निषेध (ए डी, पृ. 205-6) ।

4

अब हम अपनी बहस को समेटें ।

अपने समय के तात्कालिक दार्शनिक संदर्भ यानी फायरबाख पर आकर समाप्त हो रहे शास्त्रीय जर्मन दर्शनशास्त्र के संदर्भ के अतिरिक्त एंगेल्स यह भी चाहते हैं कि हम द्वंद्ववाद और भौतिकवाद, दोनों को विश्व-दर्शनशास्त्र के उस विकास के व्यापक संदर्भ में देखें जो प्राचीन यूनान के 'प्रथम दर्शनशास्त्रियों' से प्रारंभ होकर उनके समय तक चलता है । इस व्यापक संदर्भ में देखते हुए वे द्वंद्ववाद और भौतिकवाद, दोनों के बारे में बुनियादी तौर पर उन्हीं प्रतिपादनों तक पहुंचते हैं । आधुनिक भौतिकवाद की तरह आधुनिक द्वंद्ववाद को भी वे निषेध के निषेध के नियम का दृष्टांत मानते हैं । प्राचीन यूनानी दर्शनशास्त्रियों के द्वंद्ववाद का निषेध अधिभूतवादी विचार-पद्धति द्वारा किया गया और फिर उसका निषेध एक बार फिर द्वंद्ववाद ने किया । यहीं द्वंद्ववाद की वापसी है । इसी प्रकार प्राचीन यूनानी दर्शनशास्त्रियों के भौतिकवाद का विचारवादी दृष्टिकोण ने निषेध किया जिसका निषेध एक बार फिर आधुनिक भौतिकवाद ने किया । यही भौतिकवाद की वापसी है । दोनों बातों को मिलाकर रखें तो प्राचीन यूनानी भौतिकवादियों के द्वंद्ववाद का निषेध आधिभौतिक विचारवादी दृष्टि द्वारा किया गया और फिर आधिभौतिक विचारवादी दृष्टिकोण का निषेध द्वंद्वात्मक भौतिकवाद

द्वारा किया गया। इस प्रकार विश्व-दर्शनशास्त्र के इतिहास को मोटे तौर पर द्वंद्ववादी दृष्टि से समझा गया है।

यहां यह निश्चय ही ध्यान देने योग्य है कि निषेध के निषेध के इस नियम का अर्थ पुरानी स्थिति की पुनरावृत्ति मात्र नहीं है। एंगेल्स के मत में इस नियम की ऐसी समझ स्वयं ही शुद्धतः आधिभौतिक होगी। इसके विपरीत इस नियम का सारतत्व है उसकी वास्तविक वृद्धि, निम्नतर से उच्चतर की ओर यथार्थ गति जो मूलतः अंतर्निहित या आंतरिक अंतर्विरोधों से प्रेरित होती है। दूसरे शब्दों में, 'वापसी' से यहां आशय केवल पुनरावृत्ति से नहीं है। इसके बजाय यह पुरानी स्थिति को एक अत्यधिक नए महत्व और नई समृद्धि के साथ एक नए स्तर तक ले जाना है ताकि वह गुणात्मक रूप से नए आयाम और ऐसी समृद्धि प्राप्त कर सके जो अभी तक सुनी-देखी न गई हो। निषेध के निषेध के इस नियम का महत्व समझने का सबसे आसान तरीका शायद यह है कि उसे संपूर्ण मानवीय इतिहास में उसकी क्रियाशीलता के संदर्भ में देखा जाए। आदिम साम्यवाद का निषेध वर्ग-समाज द्वारा किया जाता है और फिर वर्ग-समाज का निषेध आधुनिक साम्यवाद द्वारा। निस्संदेह हम इस प्रकार साम्यवाद की ओर वापस आते हैं लेकिन इसका अर्थ भूखे, नंगे अर्धसभ्य लोगों की उस दशा की वापसी नहीं है जिसमें वे अपने दयनीय औजारों के द्वारा प्रकृति से जूझ रहे थे और उस प्रकृति से ज्यादा से ज्यादा अपने अस्तित्व को बनाए रखने-भर की सामग्री प्राप्त कर रहे थे। इसके स्थान पर यह समता के जीवन में वापसी है। इसका श्रेय उत्पादन की तकनीकों के उस विकास को जाता है जो मूलतः वर्ग-समाज में ही संभव हुआ और जो वर्ग-समाज के संपूर्ण जीवन में विद्यमान रहता है। वास्तव में इस समता का अर्थ सबके लिए समान समृद्धि है। दार्शनिक स्तर पर द्वंद्वात्मक भौतिकवाद की वापसी भी इसी के सादृश्य से समझनी होगी। यह निस्संदेह प्राचीन यूनानियों की मूल दृष्टि की ओर वापसी है लेकिन उसमें यह नया द्वंद्वात्मक भौतिकवाद अतुलनीय समृद्धि जोड़ता है। एंगेल्स यह भी बताते हैं कि यह समृद्धि यथार्थतः कहां से प्राप्त होती है।

यूनानी दर्शनशास्त्रियों की प्राचीन द्वंद्वात्मकता का निषेध अधिभूतवादी विचार-पद्धति करती है। कारण कि उस प्राचीन द्वंद्वात्मकता ने इस जगत के समग्र स्वरूप या सामान्य लक्षण के बारे में कितना ही सही बोध क्यों न दिया हो, वह इस सामान्य चित्र के विशेष अंगों के बारे में बहुत पिछड़ी हुई दृष्टि है। ऐसा ज्ञान विशिष्टताओं को उनके प्राकृतिक-ऐतिहासिक संबंधों से काटकर और फिर अलगाव में उनका परीक्षण करके ही हासिल होता है, यानी संक्षेप में अधिभूतवादी विचार-पद्धति को ग्रहण करके ही प्राप्त होता है। ऐतिहासिक रूप से इस विचार-पद्धति को प्रायोगिक विज्ञानों ने अपने सापेक्षतः आरंभिक चरणों में अपनाया था। फिर भी, जब इस दिशा में पर्याप्त प्रगति हो जाती है और प्रायोगिक विज्ञान प्राकृतिक जगत के ज्ञान के लिए प्रचुर सामग्री संचित कर चुके होते हैं तब यह बोध होता है कि अब तक आश्चर्यजनक ज्ञान प्राप्त करने में सहायक यह आधिभौतिक विचार-पद्धति आगे संतोषप्रद सिद्ध नहीं हो सकती। इस बीच अर्जित प्रायोगिक ज्ञान के दबाव से ही वह आधिभौतिक विचार-पद्धति टूट गई और एक बार

फिर द्वंद्वात्मक दृष्टि प्रतिष्ठित हुई।

प्राचीन यूनानी चिंतकों के भौतिकवाद का मामला भी ऐसा ही है। सारतः वह भौतिकवाद एक सही दृष्टिकोण का प्रतिनिधि था। पर वह स्वयं में आत्मनिष्ठता के प्रश्न को हल कर पाने में अपर्याप्त था। यह प्रश्न विचार और पदार्थ के बीच के रिश्तों और उससे जुड़ी तमाम समस्याओं के बारे में था। इसीलिए उस पुराने भौतिकवाद का विचारवादी दृष्टिकोण ने निषेध किया। विचारवादी दृष्टिकोण की यह मान्यता पूरी तरह गलत थी कि विचार ही यथार्थ को निर्देशित करते हैं, फिर भी वह विचार के स्वरूप और उसके नियमों से जुड़े अनेकानेक सवालों को हल करने में सक्षम था। दो हजार वर्षों से अधिक समय तक यह आदर्शवादी दृष्टिकोण सुफल देता रहा। फिर भी यह अंततः, जैसाकि हेगेल के मामले में हुआ, स्वयं इन परिणामों के भार से दब गया और अपने ही विपरीत में रूपांतरित हो गया। जैसाकि एंगेल्स कहते हैं : "विचारवादी प्रणालियों ने स्वयं को भौतिकवादी विषयवस्तु से अधिकाधिक भर लिया और मन तथा पदार्थ के विरोध को सर्वेश्वरवादी ढंग से हल करने का प्रयास किया। इस प्रकार हेगेलीय प्रणाली अंततः एक ऐसे भौतिकवाद का प्रतिनिधित्व करती है जो अपनी पद्धति और विषयवस्तु में विचारवादी ढंग से बिलकुल औंधा पड़ा हुआ है" (एल एफ, पृ. 22)। अतः भौतिकवाद की वापसी पुरानी स्थिति की पुनरावृत्ति-भर नहीं था बल्कि वह इन दो हजार वर्षों के सभी सकारात्मक परिणामों द्वारा समृद्ध भौतिकवाद था, भले ही इन परिणामों को पैदा करनेवाली दृष्टि बुनियादी तौर पर गलत थी।

5

इस प्रकार प्राचीन यूनानी भौतिकवादियों के द्वंद्ववाद की 'वापसी' से एंगेल्स का क्या आशय था, यह अब कुछ-कुछ स्पष्ट है। परंतु एक अन्य अत्यंत महत्वपूर्ण प्रश्न पर विचार करना अभी शेष है।

जैसाकि हमने देखा है, एंगेल्स निरंतर कुछेक अस्वाभाविक अभिव्यक्तियों के प्रयोग द्वारा यह स्पष्ट करने की कोशिश करते हैं कि प्राचीन यूनानी दर्शनशास्त्रियों की स्थिति बुनियादी तौर पर सही क्यों थी। उनके संदर्भ में यह "शानदार, प्राकृतिक या नैसर्गिक दार्शनिक अंतर्दृष्टि" का मामला था। उनका भौतिकवाद आदिम परंतु 'नैसर्गिक' था। वह एक प्रकार का 'स्वतःस्फूर्त भौतिकवाद' था जो उनके लिए 'स्वतःसिद्ध' था। उनका द्वंद्ववाद 'एक शानदार अंतर्दृष्टि' का, 'प्रत्यक्ष ध्यान-मनन' का परिणाम था। इसीलिए वे 'नैसर्गिक द्वंद्ववादी' थे, इत्यादि। ऊपर एंगेल्स को उद्धृत करते हुए ऐसी अभिव्यक्तियों को हमने विशेष बल देकर सामने रखा है। प्रश्न यह रह जाता है कि ऐसी अभिव्यक्तियों के द्वारा एंगेल्स हमें समझाना क्या चाहते हैं।

यों तो ये अभिव्यक्तियां अपने-आपमें बिलकुल सीधी-सादी लगती हैं। लेकिन यदि इनका यह सीधा अर्थ लगाया जाए कि प्राचीन यूनानी कुछ विशिष्ट प्रकार के लोग थे जिनको सत्य के प्रत्यक्ष बोध की विशेष सामर्थ्य प्राप्त थी तो यह मार्क्स और एंगेल्स की इतिहास की भौतिकवादी अवधारणा को भीषण रूप में अस्तव्यस्त करने के समान होगा।

अतः दार्शनिक मामलों में प्राचीन यूनानियों के पक्ष में अगर सचमुच कोई बात थी तो उसका कारण उनकी भौतिक दशाओं में, उनके पार्थिव संसर्गों में या यों कहें कि उनकी आर्थिक दशाओं और इनसे उत्पन्न सामाजिक संबंधों में ढूंढ़ना होगा। तब भी इस बात में कोई संदेह नहीं कि प्राचीन यूनानियों के भौतिकवाद और द्वंद्ववाद की चर्चा करते हुए एंगेल्स लगातार कुछ ऐसी अभिव्यक्तियों का प्रयोग करते हैं जो बहुत आसानी से गलत समझी जा सकती हैं और जिनके कारण इन यूनानियों की कुछ बहुत निजी विशेष सामर्थ्य का आभास हो सकता है। ऐसे निष्कर्ष इतिहास की भौतिकवादी अवधारणा की दृष्टि से तब तक निरर्थक समझे जाएंगे जब तक कि उनका वास्तविक भौतिक आधार समझा और विश्लेषित नहीं किया जाता। तब फिर इन सबसे एंगेल्स का आशय क्या है।

स्वयं इन अभिव्यक्तियों के सीधे विश्लेषण द्वारा इस प्रश्न के संतोषजनक उत्तर तक पहुंचने में मैं विफल रहा हूँ। इसीलिए मैंने अन्यत्र अपनें निबंध *हेराक्लाइटस और हेगेल* में एक अलग ढंग से इसका उत्तर देने की चेष्टा की है। चूंकि ऐतिहासिक रूप से प्राचीन भौतिकवादियों के आदिम द्वंद्ववाद का निषेध आधिभौतिक विचारवादी दृष्टिकोण द्वारा किया गया, अतः पहले स्वयं आधिभौतिक विचारवादी दृष्टि की ठीक-ठीक वैचारिक स्थिति को निर्धारित करने का प्रयास करना चाहिए ताकि हम यह समझ सकें कि प्राचीन भौतिकवादियों के इस आदिम द्वंद्ववाद को एंगेल्स हमें ठीक-ठीक किस रूप में दिखाना चाहते हैं। यदि हम इस पद्धति को अपनाने पर सहमत हो जाएं तो फिर इस प्रश्न का यथार्थ उत्तर शायद हमारे सामने स्पष्ट हो जाएगा।

तो आधिभौतिक विचारवादी दृष्टिकोण की वैचारिक हैसियत क्या है ? मार्क्स और एंगेल्स चाहते हैं कि हम इस दृष्टिकोण को उसके सामान्य रूप में समाज की वर्ग-संरचना की लाक्षणिक भ्रांति के रूप में देखें। इन सबके ब्योरों में मैं फिर से नहीं जाना चाहता। उसके स्थान पर मैं उन मुद्दों को संक्षेप में रख देना चाहता हूँ जिनकी ओर जार्ज थामसन ने हमारा ध्यान खींचा है।

मार्क्स और एंगेल्स वर्ग-समाज के अंतिम दौर के बिलकुल निकट थे और इसीलिए वे इस भ्रांति के प्रभाव में नहीं रहे। वर्गहीन समाज ऐतिहासिक दृष्टि से अपरिहार्य है, ऐसे स्पष्ट बोध के साथ वे इस भ्रांति को उखाड़ फेंकने के लिए निर्णायक रूप से आगे बढ़ते गए। अतः उनके अपने दृष्टिकोण में आधिभौतिक विचारवादी दृष्टिकोण का संपूर्ण निषेध द्वंद्वात्मक भौतिकवाद द्वारा हो गया है। साथ ही वे साफ-साफ देखते हैं कि समाज की वर्ग-संरचना को हमेशा के लिए उखाड़ फेंकने पर ही मानवजाति इस युगों पुरानी भ्रांति की जकड़बंदी से स्वयं को मुक्त कर सकेगी। इस प्रकार विश्व क्रांति दार्शनिक कार्यसूची का अंग बन जाती है : ''दर्शनशास्त्री अब तक अनेक प्रकार से दुनिया की *व्याख्या* करते रहे हैं; बहरहाल मुद्दा इसे *बदलने* का है।''

लेकिन आरंभिक भौतिकवादियों के आदिम द्वंद्ववाद को कैसे देखा जाए ? थेल्स से लेकर हेराक्लाइटस तक के यूनानी दर्शनशास्त्रियों के बारे में क्या समझा जाए जिनकी विश्वदृष्टि की एंगेल्स ने निरंतर प्रशंसा की है ? जिस प्रकार मार्क्स और एंगेल्स वर्ग-समाज के अंतिम दौर के इतने नजदीक हैं कि वे उसकी लाक्षणिक भ्रांति के दबाव

में नहीं रहे, उसी प्रकार प्राचीन यूनान के ये दर्शनशास्त्री वर्ग-समाज के आरंभ के इतने नजदीक थे कि वे उसकी लाक्षणिक भ्रांति से पूरी तरह अभिभूत नहीं हो सके। दूसरे शब्दों में, वर्ग-समाज की लाक्षणिक भ्रांति का जड़ें जमाना एक दीर्घकालिक प्रक्रिया रहा होगा और इसलिए वर्गों में समाज के विभाजन के साथ ही यांत्रिक रूप से यह घटित नहीं हुई होगी। अतः 'प्रथम दर्शनशास्त्री' वर्ग-समाज की इस भ्रांति से तुलनात्मक रूप से मुक्त रहे। वे यथार्थ का एक सापेक्षतः मुक्त दृष्टिकोण अपना सके अथवा एंगेल्स के शब्दों में वे "प्रकृति जैसी है, उसी रूप में उसकी सहज अवधारणा बना सके, किसी विजातीय तत्व को उसमें जोड़े बिना।" समाज की वर्ग-संरचना के प्रभाव से प्रभावित मानव-मस्तिष्क ने जिस आधिभौतिक विचारवादी भ्रांति को आत्मसात किया उसकी काल्पनिक रचना के अलावा यह विजातीय तत्व और कुछ भी नहीं है। भ्रांति से इस प्रकार ग्रस्त न होने के कारण ही प्रारंभिक यूनानी दर्शनशास्त्री उस आधिभौतिक विचारवादी दृष्टिकोण के शक्तिशाली प्रभाव से मुक्त रह सके जिसने अन्य दर्शनशास्त्रियों को ग्रस लिया था और इसी के लिए एंगेल्स उनकी तारीफ करते हैं। निश्चय ही उनका दृष्टिकोण आदिम और अनगढ़ था लेकिन वह आंतरिक रूप से सही भी था। उनके लिए वह "प्रत्यक्ष ध्यान-मनन के परिणामस्वरूप प्राप्त एक शानदार अंतर्दृष्टि" थी। वे वर्ग-समाज के आरंभ के इतने नजदीक थे कि वे उस वैचारिक विकृति के हस्तक्षेप से मुक्त रहकर प्रकृति को देख सके जो वर्ग-समाज का लक्षण है और जिसे मार्क्स "यथार्थ का आधिभौतिक रहस्यमंडन" कहते हैं।

साथ ही उनके बारे में दो और बातें ध्यान देने की हैं। पहली तो यह कि आरंभिक यूनानी दर्शनशास्त्रियों को जो सापेक्ष स्वाधीनता प्राप्त थी, ऐतिहासिक रूप से उसकी नियति अल्पकालिक ही हो सकती थी। कारण कि समाज की वर्ग-संरचना की विशिष्ट भ्रांति का शीघ्र ही उभरकर सामने आना अपरिहार्य था। तथ्य तो यह है कि हेराक्लाइटस और उसके पूर्ववर्तियों के आदिम द्वंद्ववाद और आदिम भौतिकवाद वर्ग-समाज की इस भ्रांति के प्रभाव से तुलनात्मक रूप में ही मुक्त थे और स्वयं वर्ग-समाज के सदस्यों के रूप में ये लोग यथार्थ में उससे पूरी तरह मुक्त नहीं थे। अतः उनके प्रति संपूर्ण प्रशंसा के बावजूद एंगेल्स उनके बारे में इस बात की ओर हमारा ध्यान ले जाते हैं : "संपूर्ण दृष्टि के इस अनगढ़ भौतिकवाद के बावजूद बाद में होनेवाले विभाजन के बीज प्राचीन यूनानियों के यहां ही विद्यमान थे। थेल्स के लिए आत्मा शरीर से अलग एक विशिष्ट सत्ता थी। (उसने चुंबक को भी आत्मा से युक्त बताया है।) एनेक्सीमेंस के लिए वह हवा है (जैसेकि बाइबिल के *जेनेसिस* में), पाइथागोरस के अनुयायियों के लिए वह अमर और देह से बाहर जा सकनेवाली सत्ता है और शरीर उसके लिए एक शुद्ध आकस्मिक वस्तु है"(डी एन, पृ. 191)।

6

इस विवेचना को अंतिम रूप से समेटने के पहले एक प्रश्न पर विचार शेष रह जाता है जो दर्शनशास्त्र के भविष्य से जुड़ा है। एंगेल्स के अनुसार हमें उसके बारे में क्या

समझ रखनी चाहिए ?

इसका उत्तर हमारी पहले की विवेचना में ही निहित है। दर्शनशास्त्र का आरंभ प्राचीन यूनानियों के द्वारा प्रकृति की एक मुक्त अवधारणा के रूप में हुआ। यह "प्रकृति जैसी है उसी रूप में उसकी सहज अवधारणा थी, किसी विजातीय योग के बिना।" यह प्राचीन यूनानी द्वंद्ववादियों का आदिम भौतिकवाद था। तथापि दर्शनशास्त्र के बाद के दौर में प्रकृति के इस मुक्त दृष्टिकोण का आधिभौतिक विचारवादी दृष्टिकोण के द्वारा निषेध होता है। यह आधिभौतिक विचारवादी दृष्टिकोण अपने अंतर्तत्व की दृष्टि से केवल एक भ्रांति है हालांकि उसकी एक ऐतिहासिक भूमिका है। अंत में इस भ्रांति का निषेध होता है और पहले का मौलिक मुक्त दृष्टिकोण एक उच्चतर स्तर पर फिर से उभरकर सामने आता है। अब न तो बुनियादी आदिम दृष्टिकोण की दरिद्रता उसमें शेष है और न ही उसका निषेध करनेवाली भ्रांति के अवरोध शेष हैं। तब इस दशा में दार्शनिक क्रियाशीलता की क्या भूमिका रह जाती है ? जहां तक प्रकृति के ज्ञान का प्रश्न है, यह काम पूरी तरह प्राकृतिक वैज्ञानिकों पर छोड़ दिया जाता है कि वे इस ज्ञान को आगे बढ़ाएं और उनके साथ केवल एक ही शर्त रहती है कि वे अपने सामान्य सैद्धांतिक दृष्टिकोण में युगों पुरानी आधिभौतिक विचारवादी दृष्टि की भ्रांति से मुक्त रहें। अतः इस क्षेत्र में दर्शनशास्त्र की कोई विशेष भूमिका रह नहीं जाती। एंगेल्स ने यह बात कई तरह से कही है :

"पुराने अधिभूतवाद से आसक्ति रखकर प्राकृतिक वैज्ञानिक दर्शनशास्त्र को एक भ्रांतिपूर्ण अस्तित्व में जीने की क्षमता प्रदान करते हैं। जब प्राकृतिक और ऐतिहासिक विज्ञान द्वंद्ववाद से उत्पन्न हो जाएगा केवल तभी विचारों के शुद्ध सिद्धांत के अतिरिक्त शेष समस्त दार्शनिक कूड़ा-कचरा दूर कहीं बह जाएगा और प्रायोगिक विज्ञान के क्षेत्र से अदृश्य हो जाएगा" (डी एन, पृ. 213)।

आधुनिक भौतिकवाद साररूप में द्वंद्वात्मक है और उसे उस तरह के दर्शनशास्त्र की कोई सहायता नहीं चाहिए जो किसी सम्राट की तरह शेष विज्ञानों की प्रजा पर शासन का आडंबर करता है। जैसे ही प्रत्येक विशिष्ट विज्ञान वस्तुओं की व्यापक संपूर्णता में और वस्तुओं के हमारे ज्ञान के बारे में अपनी स्थिति स्पष्ट कर लेगा वैसे ही इस संपूर्णता पर विचार करनेवाले किसी विशेष विज्ञान की कोई जरूरत नहीं रह जाएगी। तब समस्त पूर्ववर्ती दर्शनशास्त्र में से जो बच रहेगा वह होगा विचारों का विज्ञान और उसके नियम—औपचारिक तर्कशास्त्र और द्वंद्ववाद" (एस यू एस, पृ. 48)।

"इन तीन महान आविष्कारों (यानी जीवकोष, ऊर्जा का रूपांतरण और डार्विन का जैविक विकास का सिद्धांत) तथा अन्य प्रचुर वैज्ञानिक प्रगति के कारण हम अब उस बिंदु तक आ पहुंचे हैं जहां हम प्रकृति की प्रक्रियाओं में विशेष क्षेत्रों में तो अंतःसंबंध दिखा ही सकते हैं, इन समस्त विशेष क्षेत्रों के समग्र समुच्चय में भी अंतःसंबंध दिखा सकते हैं। तब हम लगभग व्यवस्थित रूप में प्रकृति के इन अंतःसंबंधों की एक ऐसी व्यापक दृष्टि प्रस्तुत कर सकते हैं जो उन तथ्यों द्वारा पुष्ट हो जिन्हें स्वयं प्रायोगिक प्राकृतिक विज्ञान ने प्रस्तुत किया है। ऐसे व्यापक दृष्टिकोण को प्रस्तुत करने का काम पहले तथाकथित

प्राकृतिक दर्शनशास्त्र का था। वह वास्तविक किंतु अज्ञात अंतःसंबंधों के स्थान प्रर आदर्श काल्पनिक अंतःसंबंधों को रखकर, तथ्यों के अंतराल को मन की उपज से भरकर तथा वास्तविक खाई को केवल कल्पना के सहारे पाटकर यह काम किया करता था। इस क्रम में उसने अनेक शानदार विचारों को प्रस्तुत किया और बाद के अनेक आविष्कारों का पूर्वानुमान किया। लेकिन साथ ही उसने बहुत बड़ी मात्रा में कूड़ा-करकट उत्पन्न किया। इसके अतिरिक्त कुछ हो भी नहीं सकता था। आज जबकि प्राकृतिक वैज्ञानिक खोजों के परिणामों को केवल द्वंद्ववादी ढंग से समझने की आवश्यकता है यानी स्वयं उनके अंतःसंबंधों को जानकर ही 'प्रकृति की एक पद्धति' तक पहुंचा जा सकता है जो हमारे समय के लिए पर्याप्त होगी और जबकि इन अंतःसंबंधों का द्वंद्वात्मक चरित्र स्वयं वैज्ञानिकों के आधिभौतिक ढंग से प्रशिक्षित मस्तिष्क पर भी छाता जा रहा है, तब प्राकृतिक दर्शनशास्त्र की अंतिम विदाई निश्चित है। उसके पुनरुत्थान का प्रत्येक प्रयास व्यर्थ तो है ही, एक कदम पीछे बढ़ना भी है'' (ए एल एफ, पृ. 41-42)।

इस प्रकार आज जबकि प्राकृतिक वैज्ञानिक स्वयं को आधिभौतिक विचारवादी भ्रांति से पूरी तरह मुक्त करना सीख रहे हैं, दर्शनशास्त्र अपने अधिकार का परित्याग कर प्रकृति संबंधी ज्ञान को आगे बढ़ाने का काम प्राकृतिक विज्ञानों को सौंप देगा और अपने लिए केवल विचारों के नियम से संबंधित कार्यक्षेत्र शेष रखेगा। इस दृष्टिकोण से पुराने अर्थ में दर्शनशास्त्र की कोई जरूरत रह नहीं जाती। लेकिन क्या इसका अर्थ ज्ञान की भावी प्रगति का अंत है ? नहीं, सच्चाई इसके विपरीत है। एंगेल्स के दृष्टिकोण से इसका अर्थ है मानवीय ज्ञान के नए क्षितिजों का स्पष्ट होना और इसलिए मानव-स्वतंत्रता के नए क्षितिजों का भी खुलना।

''यह आविष्कार मानव-इतिहास का प्रवेशद्वार था कि यांत्रिक गति को ऊष्मा में रूपांतरित किया जा सकता है और घर्षण के द्वारा आग पैदा की जा सकती है। अब यांत्रिक ऊर्जा के ऊष्मा में रूपांतरण का अर्थात् भाप के इंजन का आविष्कार आज तक हुए विकास के उत्कर्ष का सूचक है। ··· लेकिन संपूर्ण मानव-इतिहास अभी भी किस कदर किशोरावस्था में है और *हमारे वर्तमान दृष्टिकोणों को परम वैधता प्रदान करना कितना हास्यास्पद होगा,* यह इस सीधे-सादे तथ्य से स्पष्ट है कि अतीत का समस्त इतिहास केवल इस प्रकार निरूपित किया जा सकता है कि वह ऊष्मा में यांत्रिक गति के रूपांतरण की प्रायोगिक खोज के युग से आरंभ होकर यांत्रिक गति में ऊष्मा के रूपांतरण के युग तक का इतिहास है'' (ए डी, पृ. 170-71)।

संदर्भ एवं टिप्पणियां

1. वर्तमान विचार-विमर्श में 'दर्शनशास्त्र के इतिहास' से आशय मुख्यतः पश्चिमी यूरोपीय दर्शनशास्त्र के इतिहास से है जिसे एंगेल्स अपना विषय बनाते हैं। 1875 ई. की एक अधूरी टिप्पणी में एंगेल्स द्वंद्वात्मक दृष्टि के प्रथम

प्रतिपादकों में प्राचीन यूनानियों के साथ ही बौद्धों की भी चर्चा करते हैं : "दूसरी ओर द्वंद्वात्मक विचार जोकि स्वयं अवधारणाओं की प्रकृति की खोज की मांग करता है, मनुष्य के लिए और केवल मनुष्य के लिए विकास की एक उच्चतर दशा (बौद्ध एवं यूनानी) की अपेक्षा करता है और उसका पूर्ण विकास तो बहुत बाद में आधुनिक दर्शनशास्त्र के द्वारा ही होता है। तब भी हम यूनानियों के यहां ऐसी बृहद् सामग्री पाते हैं जिसकी खोज की जरूरत है" (डी एन, पृ. 226)। यह निश्चय ही महत्वपूर्ण है क्योंकि द्वंद्ववाद में बौद्धों का योगदान अत्यधिक महत्वपूर्ण है। तथापि प्रारंभिक बौद्धों के बारे में या कुल मिलाकर भारतीय दर्शनशास्त्रियों के ही बारे में तथ्यों का पर्याप्त ज्ञान एंगेल्स के समय के यूरोप को नहीं था। *हिस्ट्री आफ फिलासफी* में भारतीय दर्शनशास्त्र के बारे में हेगेल ने जो ब्योरा दिया है वह हमें आज अत्यधिक दयनीय दिखता है। एंगेल्स के समय में भारतीय दर्शनशास्त्र के ज्ञान के इस अभाव के बावजूद द्वंद्वात्मक विचार के प्रवर्तकों के रूप में बौद्धों का हवाला दिया जाना कम से कम उल्लेखनीय तो है ही यद्यपि हम एंगेल्स से उसके और अध्ययन की अपेक्षा नहीं कर सकते। बौद्ध अनुसंधानों के बारे में पहले से बहुत बेहतर स्थितिवाले समकालीन मार्क्सवादियों से अपेक्षा की जाती है कि वे एंगेल्स के इस संक्षिप्त संकेत के अनुसार आगे और अध्ययन-मनन करेंगे।

2. यहां संदर्भों में निम्नांकित संक्षिप्त संकेतों का प्रयोग हुआ है : डी एन—*डायलेक्टिक्स आफ नेचर,* मास्को, 1964; ए डी—*ऐंटी-ड्यूहरिंग,* मास्को, 1947; एल एफ—*लुडविग फायरबाख,* मास्को, 1969; एस यू एस—*सोशलिज्म : यूटोपियन एंड साइंटिफिक,* मास्को, 1968; (उद्धरणों में अतिरिक्त बल मेरी ओर से है—दे. प्र. च.)।

अध्याय 4

संकटग्रस्त भौतिकी ?

1. विज्ञान के नए क्षितिज

दर्शनशास्त्री लेनिन का एक पक्ष ऐसा है जिसके बारे में लोगों को परिचित कराने के लिए हम एक कम ज्ञात घटना का उल्लेख कर सकते हैं। यह है लेनिन को एक वैज्ञानिक द्वारा दी गई श्रद्धांजलि और एंगेल्स को भी, जिनका अनुसरण लेनिन ने किया। यह श्रद्धांजलि हमारे समय के सबसे बड़े भौतिकशास्त्री द्वारा सैद्धांतिक भौतिकी की प्रगति में लेनिन और एंगेल्स के योगदान को लेकर है।

यहां दो बातें साफ करनी जरूरी है। एक तो यह है कि यह वैज्ञानिक समाजवादी जगत का नहीं है। समाजवादी जगत के किसी वैज्ञानिक की कितनी भी महत्वपूर्ण और गंभीर टिप्पणी क्यों न हो, आज के वातावरण में उसे केवल पक्षपातपूर्ण प्रचार कहा जा सकता है, क्योंकि आज गैर-समाजवादी प्रचार का पूरा वातावरण तैयार कर दिया गया है।

दूसरी बात यह है जिस वैज्ञानिक का उल्लेख मैं करने जा रहा हूं, उसके अनुसंधान के विशेष क्षेत्र में सामान्यतः प्राकृतिक विज्ञानों और विशेषकर भौतिकशास्त्र के सैद्धांतिक तर्कों पर मार्क्सवादी विचारों की स्पष्ट छाप अपेक्षाकृत आसानी से देखी जा सकती है।

ये वैज्ञानिक हैं जापान के शोइची सकाता। वे समकालीन भौतिकशास्त्र की एक अति विशिष्ट शाखा के प्रमुख वैज्ञानिकों में से हैं। उन्होंने पदार्थ के मूलभूत कणों की खोज के क्षेत्र में काम किया है। भौतिकशास्त्र के क्षेत्र में पहली बार 1935 में सामने आए। मेसान कणों के सिद्धांत को सामने रखनेवाले वैज्ञानिक एच. युकावा के सहयोगी होने के साथ ही, वैज्ञानिक सकाता का मूलभूत कणों के ज्ञान के बारे में अपना योगदान है। उन्होंने मूलभूत कणों की समन्वित प्रतिकृति (कंपोजिट माडल) का सिद्धांत सामने रखा जिसे मूलभूत कणों की सकाता प्रतिकृति भी कहा जाता है और जो इस क्षेत्र के वैज्ञानिकों में भली भांति जाना जाता है।

आज यह आम तौर पर माना जाता है कि "मूलभूत कणों का अध्ययन अब शुद्ध भौतिकी के क्षेत्र का सर्वाधिक उत्प्रेरक विषय है जो दर्शनशास्त्र और गणित की सीमा

को छूता है ।''[1]

समकालीन भौतिकशास्त्र के इस अतिविशिष्ट क्षेत्र के एक प्रमुख वैज्ञानिक ने विज्ञान की इस दिशा में प्रगति हेतु एक सैद्धांतिक आधार प्रस्तुत करने के लिए एंगेल्स और लेनिन के प्रति कृतज्ञता क्यों व्यक्त की है और कैसे व्यक्त की है, यह बात ज्यादा लोग नहीं जानते ।

प्रारंभ में हम यह देखेंगे कि यह कृतज्ञता कैसे व्यक्त की गई है । 1969 में अपनी खोज के अनुभवों की चर्चा करते हुए सकाता ने लिखा :

''एंगेल्स ने अपनी कृति *प्रकृति का द्वंद्ववाद* (डायलेक्टिक्स आफ नेचर) में कहा है कि प्रकृति विभिन्न स्तरों पर विविध गुणों से बनी हुई है और हर स्तर पर संबंधित क्षेत्र के भौतिक नियम क्रियाशील हैं । ये स्तर आपस में न तो बिलकुल स्वतंत्र हैं और न ही अलग-थलग हैं, बल्कि एक-दूसरे पर निर्भर हैं और एक-दूसरे से संबंधित हैं । वे सृजन, विनाश और आपसी रूपांतरण की प्रक्रिया के क्रम में हैं और कुल मिलाकर एक समग्र एकीकृत सत्ता के रूप में प्रकृति के अंग हैं । ··· साथ ही, मैं लेनिन का एक महत्वपूर्ण कथन कभी नहीं भूल सकता जो उन्होंने *भौतिकवाद और अनुभवाश्रित समालोचना* (मैटिरियलिज्म एंड एम्पीरियो-क्रिटिसिज्म) में लिखा था । उसमें कहा गया है कि एक इलेक्ट्रान भी उतना ही अक्षय है जितना एक परमाणु है । इससे प्रेरणा लेकर मैंने मूलभूत कणों के अंतिम पदार्थ होने के सिद्धांत का विरोध करते हुए सोचना और खोजना शुरू किया और पदार्थों के आधार की दृष्टि से एक समन्वित प्रतिकृति का अध्ययन किया ।''[2]

दिखता तो यही है कि समकालीन भौतिकी में नए क्षितिज खोलने में सहायता के लिए एंगेल्स और लेनिन के प्रति ऐसा कृतज्ञता का भाव बिलकुल असाधारण है । न तो एंगेल्स एक कार्यरत भौतिकशास्त्री थे और न ही लेनिन । साथ ही, युकावा और सकाता तथा अन्य वैज्ञानिकों द्वारा मूलभूत कणों के क्षेत्र में की गई विशेष खोजों का काम और उनके नतीजे एंगेल्स और लेनिन की मृत्यु के कई वर्षों बाद सामने आने शुरू हुए । वस्तुतः ये खोजें और घटनाएं 1932 में चैडविक द्वारा न्यूट्रान की खोज के बाद से शुरू हुईं । सकाता के अपने शब्दों में यह खोज भौतिकी के विकास की भावी दिशा के बारे में अत्यधिक महत्वपूर्ण थी क्योंकि इसके साथ ही परमाणुओं की नाभिकी और मूलभूत कणों के रूप में भौतिकी में एक नया आयाम खुल गया ।[3]

तब फिर इस सबमें एंगेल्स और लेनिन का क्या योगदान है ? क्या सकाता द्वारा उन्हें दी गई श्रद्धांजलि में कुछ मनमानापन है । इस विषय में कोई संदेह न उठे, इसलिए मैं पहले लेनिन का वह उद्धरण ही यहां दे रहा हूं जिसका हवाला सकाता ने दिया है ।

2. परमाणु के अक्षय होने के बारे में लेनिन के विचार

उन्नीसवीं शताब्दी के अंतिम दशक में भौतिकी के क्षेत्र में कुछ बहुत उथल-पुथल मचानेवाली खोजें सामने आईं । इनमें विशेषतः उल्लेखनीय हैं—एक्सरे की खोज (1855), प्राकृतिक रेडियो सक्रियता (1896) और इलेक्ट्रान (1897) ।

वैज्ञानिक इन खोजों का पूरा महत्व तब तक स्पष्टता से नहीं समझ पाए थे यद्यपि

यह स्पष्ट हो गया था कि प्रकृति और प्राकृतिक नियमों की जिन कुछ अवधारणाओं को वैज्ञानिक और भौतिकशास्त्री अब तक विज्ञान की सुदृढ़ बुनियाद समझ रहे थे, वे सब इन नई खोजों से सहसा ढहने लगी थीं । फलस्वरूप वैज्ञानिकों और विज्ञान-दर्शनशास्त्रियों में अच्छा-खासा भ्रम उत्पन्न हो गया । तथापि मार्क्स और एंगेल्स के भौतिकवादी द्वंद्वात्मक सिद्धांत का साहसपूर्वक अनुसरण करते हुए लेनिन ने इस भ्रम से निकलने का रास्ता सुझाया । बीसवीं शताब्दी के पहले दशक के कुछ सिद्धांतों का हवाला देते हुए लेनिन ने कहा :

"द्वंद्वात्मक भौतिकवाद पदार्थ की संरचना और उसके गुणों के बारे में प्रत्येक वैज्ञानिक सिद्धांत के अपूर्ण और सापेक्ष होने पर बल देता है । उसका बल इस पर है कि प्रकृति में चरम सीमाएं नहीं होतीं और यह कि पदार्थ एक से दूसरी दशा में रूपांतरित होता रहता है और गतिशील होता है । सामान्य बुद्धि से यह स्थिति चाहे जितनी अटपटी लगे, अनुभवगम्य पदार्थ का अनुभव से परे की ईथर में और ईथर का पदार्थ में रूपांतरण चाहे जितना विचित्र लगे, इलेक्ट्रान में विद्युत-चुम्बकीय द्रव्य के अलावा किसी अन्य द्रव्य की भी उपस्थिति चाहे जितनी आश्चर्यजनक लगे, और यह बात भी चाहे जितनी असाधारण महसूस हो कि गति के यांत्रिक नियम प्राकृतिक जगत के केवल एक ही क्षेत्र या आयाम तक सीमित हैं और ये यांत्रिक नियम विद्युत-चुम्बकीय क्षेत्र के अधिक सूक्ष्म नियमों के अधीन हैं, इत्यादि-इत्यादि — तब भी यह सब द्वंद्वात्मक भौतिकवाद की एक और *पुष्टि* ही है । ··· वस्तुओं का सार या मूलतत्व भी सापेक्ष है । वह केवल वस्तुओं के मानवीय ज्ञान की गहराई को ही व्यक्त करता है । कल तक ज्ञान की यह सीमा परमाणु तक सीमित थी । आज वह इलेक्ट्रान और ईथर से आगे नहीं जाती । द्वंद्वात्मक भौतिकवाद का बल इस पर है कि मनुष्य की वैज्ञानिक क्रांति ने प्रकृति के ज्ञान की राह में जो ये मील के पत्थर गाड़े हैं ये सभी तथ्य अस्थायी, सापेक्ष और अपूर्ण हैं । इलेक्ट्रान उतना ही अक्षय है जितना कि परमाणु । प्रकृति अनंत है और वह अनंत सत्तावान है ।"[4]

आगे चलने से पहले बेहतर है कि हम मूलभूत कणों के बारे में भौतिकी की आज की स्थिति को संक्षेप में याद कर लें जिससे हम यह समझ सकें कि भौतिकी की शाखा के संस्थापकों में से एक ने लेनिन के इन प्रतिपादनों के बारे में इतना अधिक उत्साह क्यों दिखाया ।

साइंस इन हिस्ट्री के 1968 के संस्करण में जे. डी. बरनाल ने कास्मिक (ब्रह्मांडीय) किरणों के अध्ययन से समृद्ध बुनियादी कणों के ज्ञान की दशा के बारे में बताते हुए कहा है :

"इन अध्ययनों से पता चलता है कि इलेक्ट्रान, प्रोटोन और न्यूट्रान एकमात्र मूलभूत या नाभिकीय कण नहीं हैं, बल्कि वे अधिक टिकाऊ या दीर्घजीवी कण मात्र हैं । इनके साथ ही मध्यवर्ती और क्षणभंगुर मूलभूत कणों (मेसान कणों) की बहुत बड़ी संख्या है जिन्हें आज भौतिकी में मूलभूत कण माना जा रहा है । ··· किसी एक व्यापक सिद्धांत अथवा प्रयोगों के द्वारा उनकी संख्या सीमित करने के सभी प्रयास

प्रायः कुछ ही महीनों में किसी नए कण या कण-समूह की खोज अथवा भविष्यवाणी द्वारा ध्वस्त हो जाते हैं । आज ही उनकी संख्या दर्जनों तक जा पहुंची है । इस संस्करण के छपने तक यह संख्या कहां तक जा पहुंचेगी, यह मैं नहीं कह सकता । तथापि मूलभूत कणों का एक निश्चित प्रतिमान सामने आ रहा है । हर कण के साथ एक प्रतिकण कुछ वैसे ही संयुक्त रहता है, जैसेकि इलेक्ट्रान के साथ पाजिट्रान होते हैं । जब ऐसे दो कण मिलते हैं तो एक-दूसरे को *नष्ट* करके दोनों अदृश्य हो जाते हैं और उनकी ऊर्जा का रूपांतरण फोटान के एक जोड़े में हो जाता है । इसी तरह अन्य मूलभूत कणों के ऊर्जा-रूपांतरण से अन्य जोड़े *उत्पन्न* हो सकते हैं । इससे स्पष्ट हो जाता है कि पदार्थ की सत्ता की हमारी अवधारणा कितनी सापेक्ष है जबकि यह केवल कम ऊर्जा विनिमय के हमारे परिचित जगत तक ही सीमित है ।"[5]

इससे पता चलता है कि प्रकृति की संरचना अथवा पदार्थ जगत की संरचना का कितना अधिक जटिल स्वरूप आज भौतिकशास्त्रियों के सामने है । अतः सकाता जब लेनिन की उक्त टिप्पणी को देखते हुए उसका विशेष महत्व बताते हैं, विशेषकर इस मत का कि इलेक्ट्रान परमाणु की तरह अक्षय है, तो सकाता द्वारा की गई प्रशंसा बिलकुल कृत्रिम नहीं लगती ।

फिर भी लेनिन कोई पैगम्बर नहीं थे । अतः प्रश्न उठता है कि भौतिकी के भविष्य की संभावित दशा के बारे में ऐसे उल्लेखनीय नियम या संभावना के बारे में खुद लेनिन किस प्रकार यह निष्कर्ष निकाल सके । हम इस प्रश्न का उत्तर देना चाहते हैं । फिर भी यदि शुरू में ही इस उत्तर का संक्षिप्त स्वरूप सामने रख दिया जाए तो इस बहस में उठनेवाले विविध मुद्दों के बारे में आसानी होगी ।

खुद भौतिकशास्त्री न होते हुए भी लेनिन भौतिकशास्त्र के लिए अथवा सामान्यतः प्राकृतिक विज्ञान के लिए जो उल्लेखनीय संकेत दे सके, उसका कारण द्वंद्वात्मक भौतिकवाद पर उनका पूरा अधिकार है, विशेषकर पूंजीवादी देशों के सामान्य सैद्धांतिक परिवेश में व्याप्त 'प्रत्यक्षवाद' (पाजिटिविज्म) द्वारा मचाई गई तबाही के संदर्भ में । सौभाग्यवश लेनिन के खिलाफ सारे संगठित दुष्प्रचार के बावजूद आज समाजवादी जगत के बाहर भी अनेक असाधारण वैज्ञानिक लगातार उनका महत्व समझ रहे हैं । यहां हम उनमें से दो का हवाला देंगे—इंग्लैंड के जे.डी. बरनाल और जापान के एस. सकाता का ।

3. प्रत्यक्षवाद के विरुद्ध विज्ञान के पक्ष में

जे.डी. बरनाल लिखते हैं : "बीसवीं शताब्दी के भौतिकी के सिद्धांत विज्ञान के बाहर की विचारवादी प्रवृत्तियों के दबाव में उससे कम नहीं हैं जितने इससे पहले की शताब्दियों में थे । अपने तमाम प्रतीकात्मक एवं गणितीय प्रतिपादनों के बावजूद वे अभी भी यथार्थ से पलायन कर धर्म से प्रेरणा ग्रहण करते हैं, जो पूंजीवाद के क्रियाकलाप के लिए एक धुंध पैदा करने का काम करता है, यह अब अधिकाधिक स्पष्ट होता जा रहा है । आधुनिक भौतिकी के प्रतिपादन पर अर्न्स्ट माख के प्रत्यक्षवाद का भारी प्रभाव

स्पष्ट है। अनेक भौतिकशास्त्रियों ने अपनी शिक्षा में इस प्रत्यक्षवाद को इस प्रकार आत्मसात कर लिया है कि वे उसे विज्ञान का अभिन्न अंग मानते हैं, जबकि वह वस्तुनिष्ठ जगत को आत्मनिष्ठ विचारों में अभिव्यक्त करने की एक चतुराई-भर है। यह बात लेनिन ने इस शताब्दी के शुरू में ही *भौतिकवाद और अनुभवाश्रित समालोचना* में अच्छी तरह स्पष्ट कर दी थी। लेकिन तब भी सैद्धांतिक भौतिकी का रहस्यमंडन जारी है और कई वर्षों के तर्कों और अनुभवों, जिनमें राजनीतिक अनुभव शामिल हैं, के बाद ही भौतिकी का तर्क-सम्मत आधार उन विचारों से मुक्त हो सकेगा जिनका भौतिक विश्व से कोई रिश्ता नहीं है।''[6]

सकाता ने स्पष्ट किया है कि प्रत्यक्षवाद से प्रेरित रहस्यमंडन के जारी रहने के कारण भौतिकी के विकास पर उसका प्रचंड नकारात्मक प्रभाव पड़ा है। 1928 में डब्ल्यू. पौली ने 'न्यूट्रिनो' की सत्ता की भविष्यवाणी की जो न्यूट्रानों तथा म्यू-मेसानों और उनके प्रतिकणों के क्षय से जुड़े होते हैं। (न्यूट्रिनो सबसे शक्तिशाली लघुतम मूलभूत कण है, जो भाररहित और आवेशरहित होते हैं)।[7]

फिर भी कार्यरत भौतिकशास्त्रियों के ऊपर प्रत्यक्षवाद का ऐसा प्रभाव था कि परमाणु के रहस्य को भेदने की प्रवृत्ति के बावजूद 'न्यूट्रिनो' से संबंधित अवधारणा को भौतिकशास्त्रियों द्वारा बहुत दिनों तक मान्यता नहीं मिली। 1970 में लेनिन सिम्पोजियम, यूनेस्को के समक्ष पढ़े गए अपने पर्चे 'मूलभूत कणों का सिद्धांत और दर्शनशास्त्र' में सकाता कहते हैं :

''डॉ. हिदेकी युकावा ने लगभग 30 साल पहले अपना *मेसान-सिद्धांत* प्रस्तुत किया था। इन दिनों पाइमेसान को एक सर्वाधिक जाना-पहचाना मूलभूत कण माना जाता है और मूलभूत कणों के सिद्धांत के क्षेत्र में मेसान-सिद्धांत को केंद्रीय स्थान प्राप्त है। पर 30 वर्ष पहले दुनिया के अधिकांश भौतिकशास्त्री मेसान-सिद्धांत को सीधे-सीधे स्वीकारने को तैयार नहीं थे। उन दिनों पर नजर डालने पर यह स्पष्ट हो जाता है कि न्यूट्रान की खोज और बाद में ईवानेंको तथा हाइजनबर्ग के द्वारा खोजी गई नाभिकीय संरचना के सिद्धांत के विकास के लिए मेसान-सिद्धांत की खोज का ही इंतजार था। लेकिन उन दिनों वैज्ञानिक समुदायों पर छाए हुए प्रत्यक्षवादी दर्शनशास्त्र उस शक्तिशाली पद्धति से कतई मेल नहीं खाते थे जो युकावा के सिद्धांत की विशेषता थी। यह था एक नए प्रकार के मूलभूत कणों का परिचय। प्रत्यक्षवादी दर्शनशास्त्रों के इस जबरदस्त प्रभाव का प्रमाण यह तथ्य है कि न्यूट्रिनो की परिकल्पना को पौली ने युकावा के सिद्धांत के जन्म से कुछ वर्ष पहले ही प्रस्तुत कर दिया था लेकिन तब भी किसी वैज्ञानिक पत्र-पत्रिका में वह एक निबंध के रूप में छापा नहीं गया। दूसरे विश्वयुद्ध के बाद पाइमेसान कणों की सत्ता की पुष्टि हुई और एक विशाल एक्सीलरेटर यंत्र द्वारा एक पाइमेसान कणों का कृत्रिम उत्पादन संभव हुआ। तब दुनिया-भर के भौतिकशास्त्रियों ने युकावा के सिद्धांत को स्वीकार किया और साथ ही युकावा-सिद्धांत के विस्तार के रूप में प्रस्तुत लेखक द्वारा प्रस्तावित दो मेसानों और दो न्यूट्रिनो कणों के सिद्धांत को भी स्वीकार किया गया। इस सबके बाद भी वैज्ञानिक समुदायों को मार्गदर्शित करनेवाला

दर्शन अप्रभावित रहा। शताब्दी के आरंभ से ही विज्ञान के क्षेत्र में प्रत्यक्षवाद का मोटा धुंधलका छाया रहा। यह कहानी तो प्रसिद्ध ही है कि परमाणु की आंतरिक संरचना सामने आने के ठीक पहलेवाली रात तक ओस्टवाल्ड और माख समेत भौतिकविदों के बीच परमाणु की वस्तुनिष्ठता के बारे में मौजूद संशयवाद को लेकर निरर्थक लंबी-लंबी बहसें चलती रही थीं।"[8]

इस सबका यह अर्थ है कि जब भौतिकशास्त्र की प्रगति के फलस्वरूप नई-नई खोजें विज्ञान के नए-नए दरवाजे खुलवाने के लिए दस्तक दे रही थीं तब भी वैज्ञानिक किसी विज्ञान-निष्ठा के कारण नहीं बल्कि एक विकृत दर्शनशास्त्र के प्रभाव के कारण इन दरवाजों को खोलने में असमर्थ रहे थे। यह दर्शनशास्त्र था प्रत्यक्षवाद। और इसके प्रबल समर्थकों में थे अर्न्स्ट माख। यह प्रत्यक्षवाद 19वीं शताब्दी के अंतिम दशक में किस तरह विज्ञान की स्वाभाविक प्रगति में बाधक बना था, इसका सर्वाधिक आश्चर्यजनक उदाहरण सकाता द्वारा ऊपर दिए गए उद्धरण के अंत में मिलता है। यहां इस सिलसिले में कुछ और बातें जरूरी हैं।

आधुनिक विज्ञान के इतिहास में 1897 का वर्ष विशेष महत्वपूर्ण है। उस वर्ष परमाणु की संरचना के ज्ञान के बारे में पहला महत्वपूर्ण आविष्कार सामने आया।[9] लुडविग बोल्जमान (1844-1906) परमाणु की अवधारणा के प्रबल समर्थकों में से एक थे। उन्होंने उसी वर्ष इस घटना का वर्णन यों किया है :

"एक बार मैं हाफ्रेट के प्रोफेसर माख समेत अनेक विद्वानों के साथ (विज्ञान) अकादमी के अंदर ही परमाणु संबंधी सिद्धांतों के महत्व पर जानदार बहस में उलझा हुआ था। तभी माख अचानक बोल उठे : 'मुझे विश्वास नहीं है कि परमाणुओं की सत्ता है'। यह वाक्य मेरे मस्तिष्क में बार-बार उमड़ता रहा।"[10]

यहां यह ध्यान देने योग्य है कि माख ने अपनी आपत्ति परमाणु के अविनाशी होने की पुरानी धारणा के प्रति नहीं व्यक्त की थी, बल्कि उन्हें खुद परमाणु की *वस्तुनिष्ठ सत्ता* पर ही विश्वास नहीं था और वे उसे ही रद्द करना चाहते थे। यह उनका दार्शनिक दृष्टि से उपजा आग्रह था। उस दृष्टि के अनुसार वस्तुनिष्ठ जगत या प्रकृति के निर्माणकारी तत्व केवल आत्मनिष्ठ संवेदनाएं ही थीं।

प्रत्यक्षवादी दर्शनशास्त्र ने प्राकृतिक विज्ञान की अपनी जरूरतों के खिलाफ किस तरह के अवरोधकारी प्रभाव उत्पन्न किए उसका यह केवल एक उदाहरण है। प्रत्यक्षवादी दर्शनशास्त्र ऐसी बाधाएं तब उत्पन्न कर रहा था जब विज्ञान के क्षेत्र में निरंतर अनुसंधान के फलस्वरूप प्रकृति और उसके नियमों की रचना को समझने के लिए महत्वपूर्ण कदम उठाए जा रहे थे। ऐसे ही और उदाहरण सकाता ने दिए हैं।

माख के प्रत्यक्षवाद का स्वयं वैज्ञानिकों पर निषेधकारी प्रभाव ऐसा ही था। लेनिन ने अपनी कृति *भौतिकवाद और अनुभवाश्रित समालोचना* में प्रत्यक्षवाद के इसी प्रभाव को तोड़ना चाहा था। इसीलिए सकाता ने इसमें विज्ञान की प्रगति के लिए एक मुक्तिकारी प्रभाव देखा और समझा जैसाकि उनके इस संक्षिप्त कथन से स्पष्ट है :

"19वीं शताब्दी के अंत से इस 20वीं शताब्दी के आरंभ तक के काल में

भौतिकशास्त्रियों में दर्शनशास्त्र के प्रति बहुत अधिक रुचि बढ़ी। रेडियम, इलेक्ट्रान इत्यादि की खोजों से पुराने सिद्धांतों की नींवें हिल रही थीं। जैसाकि पोइनकेयर ने *वैल्यू आफ साइंस* में कहा है, "पुराने भौतिकशास्त्र के समस्त मूलभूत नियम ढह रहे थे और 'गणितीय भौतिकशास्त्र के लिए संकट' उभर रहा था। पुराने सिद्धांतों में विश्वास खो चुके वैज्ञानिक केवल अपने अनुभवों पर भरोसा कर रहे थे। उनके बीच भी ऐसी अनुभववादी और प्रत्यक्षवादी प्रवृत्तियां प्रबल थीं कि विज्ञान किसी वस्तुनिष्ठ यथार्थ की अनुकृति नहीं बल्कि मात्र मानवीय चेतना की उपज है और इसलिए विज्ञान की मुख्य भूमिका अनुभवों का ईमानदारी से ब्योरा दे देना है, न कि प्रकृति के सारतत्व की व्याख्या करना।

"इस दृष्टिवाले प्रतिनिधि वैज्ञानिक माख, किर्चौफ, ओस्टवाल्ड और पोइनकेयर थे। दूसरी ओर बोल्जमान और मैक्स प्लांक जैसे वैज्ञानिक थे जो यथार्थवादी थे। अक्सर इन दोनों वैज्ञानिक समूहों के बीच विवाद होते रहते थे। बहरहाल दुनिया के बारे में इन सभी के मत भौतिकशास्त्र पर आए संकट को समझ पाने में समर्थ नहीं थे। समस्या को ठीक-ठीक समझा और विश्लेषित किया तो लेनिन ने जबकि उनके समय के अनेक भौतिकशास्त्रियों में से थोड़े से ही लेनिन की इस खोज को जानते थे।"[11]

4. लेनिन का विशेष संदर्भ

इस सबकी पृष्ठभूमि में लेनिन की रचना *भौतिकवाद और अनुभवाश्रित समालोचना की* एक और महत्वपूर्ण विशेषता पर नजर डालना उपयोगी होगा। दर्शनशास्त्र और विज्ञान से जुड़ी बुनियादी समस्याओं को समझने में यह पुस्तक एक विशेष योगदान देती है।

मौजूदा विचार-विमर्श का मुख्य उद्देश्य यह देखना है कि इन समस्याओं को समझने में हमें लेनिन के इस योगदान से कौन-सी विशेष मदद मिलती है।

अपने अनेक समकालीन दर्शनशास्त्रियों से अलग हटकर लेनिन का रवैया यह था कि उन्होंने दर्शनशास्त्र की किसी नई पद्धति के प्रवर्तन का कोई दावा नहीं किया। इसके विपरीत उनकी तमाम दार्शनिक क्रियाशीलता का केवल एक प्रयोजन था—मार्क्सवादी दर्शनशास्त्र का बचाव करना। मार्क्सवादी दर्शनशास्त्र से उनका अभिप्राय द्वंद्वात्मक भौतिकवाद या भौतिकवादी द्वंद्ववाद ही था, न कि कुछ और। लेकिन यह एक ऐसे सामान्य बौद्धिक परिवेश में मार्क्सवादी दर्शनशास्त्र का बचाव करना था जोकि मार्क्स और एंगेल्स द्वारा इस दर्शनशास्त्र के आधारभूत स्वरूप के निरूपण के समय की अपेक्षा बिलकुल भिन्न तरह का था। इसलिए लेनिन के लिए आवश्यक हो गया कि वे इन मूलभूत सिद्धांतों का रचनात्मक विकास करें।

दर्शनशास्त्र और विज्ञान की बुनियादी समस्याओं को समझने में लेनिन के योगदान की समीक्षा करने पर यह बिलकुल स्वाभाविक रूप से स्पष्ट हो जाता है। इस समझ के मुख्य बिंदु मार्क्सवाद के संस्थापकों और विशेषकर एंगेल्स द्वारा पहले ही निरूपित किए जा चुके थे। कारण कि मार्क्स और एंगेल्स के बीच में एक प्रकार का श्रम-विभाजन-सा ही हो गया था। तथापि 20वीं शताब्दी के पहले दशक में जब लेनिन

ने *भौतिकवाद और अनुभवाश्रित समालोचना* लिखी, तब मार्क्सवादियों के लिए दर्शनशास्त्र और विज्ञान पर एंगेल्स द्वारा निरूपित मुख्य बिंदुओं का उल्लेख-भर करना पर्याप्त नहीं था। कारण कि उन दिनों तक न केवल दर्शनशास्त्र के जगत में बहुत बड़े परिवर्तन घटित हो चुके थे (जोकि हमारे इस विमर्श के लिए अधिक महत्वपूर्ण हैं) बल्कि प्राकृतिक विज्ञान के जगत में भी बहुत बड़े परिवर्तन घटित हो चुके थे।

दर्शनशास्त्र की दुनिया में क्या हो रहा था ? पुराने दार्शनिक विचारवाद को प्रत्यक्षवादी ढांचे के रूप में फिर से स्थापित करने की कोशिशें बड़े पैमाने पर चल रही थीं। साथ ही प्राकृतिक विज्ञान की दुनिया में भी गहरे परिवर्तन हो रहे थे जोकि हमारे तात्कालिक संदर्भ के लिए विशेष काम की बात है। विज्ञान की दुनिया के इन परिवर्तनों का उपयोग एक नए विचारवाद के पुनरुत्थान के लिए हो रहा था।

एंगेल्स ने 1880 के दशक में ही विज्ञान के क्षेत्र में और विशेषकर जीवविज्ञान में हुए विकास की समीक्षा की थी। 1883 में मार्क्स की मृत्यु के बाद से तो उनकी ऊर्जा का अधिकांश भाग मार्क्स द्वारा अधूरे रूप में छोड़े गए *कैपिटल* (पूंजी) के शेष भागों के संपादन में ही व्यय हो रहा था। खुद एंगेल्स 1895 में मृत्यु को प्राप्त हुए और विज्ञान और दर्शनशास्त्र पर स्वयं अपनी महत्वपूर्ण रचना की पांडुलिपि को अंतिम रूप नहीं दे पाए। अब उसका ही मसौदा हमें *प्रकृति की द्वंद्वात्मकता* (*डायलेक्टिक्स आफ नेचर*) के नाम से उपलब्ध है।

एंगेल्स की मृत्यु का वर्ष (1895) वस्तुतः प्राकृतिक विज्ञानों के क्षेत्र में और विशेषकर भौतिकशास्त्र में एक विलक्षण क्रांतिकारी आरंभ का वर्ष था। एक्सरे की खोज उसी वर्ष हुई। अगले वर्ष 1896 में प्राकृतिक रेडियो सक्रियता की खोज हुई और 1897 में इलेक्ट्रान का आविष्कार हुआ। विशेषकर भौतिकी की इस तरह की चौंका देनेवाली नई खोजों ने प्रकृति और उसके नियमों की अब तक चली आ रही समझ की बुनियाद को ध्वस्त कर दिया था जबकि अभी तक इसी नियम को पहलेवाली पीढ़ी के वैज्ञानिक सुदृढ़ मानते चले आए थे।

लेनिन के समय के नए आदर्शवादियों ने इस नई स्थिति का उपयोग अपने दर्शनशास्त्र के पक्ष में किया। उन्होंने लगातार दावा किया कि भौतिकी की घटनाएं उनके अपने दर्शनशास्त्र की यानी नए नाम से प्रस्तुत विचारवाद की ही संपुष्टि कर रही थीं। कार्यरत वैज्ञानिकों के एक बड़े हिस्से में व्याप्त भ्रांति के कारण स्थिति और जटिल हो गई थी। वे अब भौतिकी के संकट की चर्चा करने लगे क्योंकि उपस्थित समस्याओं के समाधान के लिए उपयुक्त अवधारणात्मक उपकरण उनके पास नहीं थे। "विज्ञान कहां जा रहा है ?" इस सवाल का उत्तर वे नहीं दे पा रहे थे।

लेनिन की दृष्टि से देखें तो हालत और भी बदतर थी। खुद वैज्ञानिकों का एक महत्वपूर्ण हिस्सा जानबूझकर या अनजाने ही नवविचारवाद या प्रत्यक्षवाद के जबरदस्त प्रभाव में था और यह कल्पना करने लगा था कि प्रत्यक्षवादी दर्शनशास्त्र ही प्रकृति और उसकी दशा की पूर्ववर्ती समझ के आकस्मिक उच्छेद से उपजी सैद्धांतिक भ्रांतियों से निकल पाने की राह दिखा सकता है।

लेनिन द्वंद्वात्मक भौतिकवाद के बुनियादी तत्वों का बचाव इसी अत्यंत जटिल परिस्थिति में कर रहे थे। वे भली भांति जानते थे कि जिस प्रकार प्रगति का इन आधारभूत सिद्धांतों की स्थापना में योगदान था, उसी प्रकार विज्ञान की ही मदद से इन आधारभूत सिद्धांतों को भली भांति समझा जा सकता था। इस स्थिति में उपस्थित मुख्य सवाल था—19वीं शताब्दी के अंतिम दशक में विज्ञान के क्षेत्र में जो युगसर्जक घटनाएं घटित हो रही थीं, उनका दर्शनशास्त्र के क्षेत्र के लिए क्या महत्व और परिणाम है ?

अपनी सहूलियत के लिए हम इस सवाल को और लेनिन द्वारा दिए गए जवाब को दो भागों में बांट सकते हैं।

पहला : सामान्यतः प्रत्यक्षवादी दर्शनशास्त्र के विरुद्ध लेनिन द्वारा उठाया गया विशेष सवाल यह था—क्या विज्ञान के क्षेत्र में घटित ताजा क्रांति से सचमुच ऐसा कुछ हुआ था कि विचारवाद के पक्ष में दार्शनिक भौतिकवाद के बुनियादी तत्वों को झुठलाया जा सके ? इस सवाल का जवाब देने के लिए लेनिन ने उन कारणों की जांच-पड़ताल की, जिनके बल पर नवविचारवादी यह दावा कर रहे थे कि भौतिकी के क्षेत्र में हुई युगसर्जक खोजों के द्वारा भौतिकवाद निरर्थक और त्याज्य हो गया है। लेनिन ने विश्लेषण द्वारा दिखलाया कि ऐसी मान्यता के आधार ही बिलकुल काल्पनिक हैं। इसके विपरीत तथ्य यह है कि केवल दार्शनिक भौतिकवाद के कुछेक गौण पहलुओं को ही मुख्य दिखाते हुए नवविचारवादी लोग भौतिकवाद को अयुक्तियुक्त बताते रहे हैं। भौतिकवाद के ऐसे विकृत निरूपणों को हटा देने के बाद यह तथ्य स्पष्ट होकर उभर आता है कि विज्ञान के क्षेत्र की ताजा क्रांति ने भौतिकवाद के मूलभूत तत्व को संपुष्ट किया है—अठारहवीं सदी वाले पुराने भौतिकवाद को नहीं बल्कि मार्क्सवाद द्वारा समृद्ध भौतिकवाद को। इस प्रकार विज्ञान की ताजा क्रांति से दार्शनिक विचारवाद को किसी तरह का समर्थन नहीं मिलता। इस संदर्भ में लेनिन के सर्वाधिक महत्वपूर्ण योगदानों में से एक है उनका यह स्पष्टीकरण जो पदार्थ की धारणा के दार्शनिक निहितार्थ से जुड़ा है और पदार्थ की इस धारणा से गति की धारणा जुड़ी हुई है।

दूसरी बात यह है कि जिसे भ्रमवश कुछ वैज्ञानिक भौतिकी का संकट बता रहे थे, उसके बारे में ही लेनिन ने सवाल उठाया कि सचमुच यह संकट क्या है ? क्या भौतिकशास्त्र की नई स्थिति में ही कोई संकट उत्पन्न हो गया है ? लेनिन ने 20वीं शताब्दी के पहले दशक में भौतिकशास्त्र की उपलब्धियों से जुड़े महत्वपूर्ण ज्ञानमीमांसी प्रश्नों का बहुत ही कुशलता से विश्लेषण किया और दिखाया कि इस तथाकथित संकट की जड़ें खुद भौतिकशास्त्र में नहीं हैं बल्कि वहां हैं जहां वैज्ञानिकों ने उनके होने की कल्पना भी नहीं की थी।

तब संकट का कारण क्या था ? लेनिन ने बताया कि विज्ञान और विशेषकर भौतिकशास्त्र की नई खोजों से जूझने की कोशिश कर रहे ये वैज्ञानिक एक नितांत घिसे-पिटे बौद्धिक तंत्र का सहारा ले रहे थे। मार्क्सवाद के संस्थापकों ने हेगेल का अनुसरण करते हुए इस घिसे-पिटे बौद्धिक तंत्र को 'अधिभूतवादी दृष्टिकोण' कहा था। इसे ही 'तर्क की आधिभौतिक पद्धति' या मात्र 'अधिभूतवाद' भी कहा जाता था। इसका

अर्थ था प्रकृति की वस्तुओं के बारे में एक तरह की स्थिरतावादी दृष्टि जिसमें हर वस्तु एक-दूसरे से अलग-थलग मानी जाती है।

एंगेल्स ने पहले ही यह कहा था कि "आधुनिक प्राकृतिक विज्ञान के विकास के शुरू के दौर में यह दृष्टिकोण भले ही वैज्ञानिक उद्देश्यों की दृष्टि से उपयोगी सिद्ध हो और यह कि शुरू में इस दृष्टिकोण पर दर्शनशास्त्रियों के निर्भर होने का कारण भी समझ में आ सकता है, लेकिन 19वीं शताब्दी के मध्य तक आते-आते विज्ञान की निरंतर प्रगति के कारण यह दृष्टिकोण निरर्थक हो गया था।"[12] तात्पर्य यह कि यह दृष्टिकोण वैज्ञानिक खोजों के वास्तविक महत्व को समझ पाने में अक्षम हो गया था। एंगेल्स ने तर्क दिया कि इसीलिए पुराने आधिभौतिक दृष्टिकोण को हटाकर उसकी जगह द्वंद्वात्मक दृष्टिकोण को अथवा अधिक सरलता से कहें तो अधिभूतवाद की जगह द्वंद्ववाद को लाने की जरूरत है। उन्नीसवीं शताब्दी के अंतिम दशक से प्रारंभ क्रांतिकारी भौतिकशास्त्रीय खोजों के वास्तविक महत्व को समझने के लिए अधिभूतवाद का ऐसा विस्थापन और जरूरी हो गया है क्योंकि पहले की पीढ़ी के भौतिकशास्त्रियों द्वारा प्राकृतिक विश्व और उसकी संरचना के जो नियम टिकाऊ माने जा रहे थे वे नई खोजों से नाटकीय ढंग से ढह गए हैं। किन्तु द्वंद्वात्मकता और विशेषकर उस द्वंद्वात्मकता से वैज्ञानिक अपरिचित थे जो मार्क्स और एंगेल्स ने हेगेल के दर्शनशास्त्र में बौद्धिक सारभाग के रूप में खोज निकाली थी। यही कारण है कि वे भौतिकी की नई परिस्थितियों को अधिभूतवादी तर्कपद्धति के ही आधार पर समझने की कोशिश कर रहे थे। लेकिन यह असंभव सिद्ध हो रहा था और इन भौतिकशास्त्रियों का संकट यही था जो भौतिकी की इन नई चुनौतियों के संदर्भ में दार्शनिक विचारवाद की सहायता से एक काल्पनिक रास्ते की तलाश में थे। लेनिन ने लिखा है :

"नई भौतिकी विचारवाद की ओर पथ-भ्रष्ट होकर भटक गई। इसका मुख्य कारण यही था कि भौतिकशास्त्री द्वंद्ववाद को नहीं जानते थे। उन्होंने (एंगेल्स वाले अर्थ में न कि प्रत्यक्षवादी अर्थ में) आधिभौतिक भौतिकवाद और उसके एकांगी यांत्रिकवाद का मुकाबला किया और हांडी से भैंस की गरदन निकालने के लिए उसकी गरदन ही काट दी। पदार्थ के अब तक जो तत्व और गुण ज्ञात थे, अब उनकी अपरिवर्तनीयता को अस्वीकार करने के क्रम में इन वैज्ञानिकों ने पदार्थ यानी भौतिक विश्व के वस्तुनिष्ठ यथार्थ को ही अस्वीकार कर दिया। कुछेक अत्यधिक महत्वपूर्ण और मूलभूत नियमों की चरम निरपेक्षता को अमान्य करने के क्रम में वे प्रकृति के समस्त वस्तुनिष्ठ नियमों को ही अमान्य कर बैठे और घोषणा करने लगे कि प्रकृति का नियम केवल एक मान्यता या परंपरा मात्र है, कि वह 'संभावनाओं की सीमा' तथा 'तार्किक आवश्यकता' इत्यादि है। हमारे ज्ञान के सापेक्ष और अपूर्ण होने पर बल देने के क्रम में वे मस्तिष्क से स्वतंत्र पदार्थ की अपनी निज की सत्ता को मानने से ही इनकार करने लगे और मानने लगे कि पदार्थ वस्तुतः लगभग ठीक-ठीक और सापेक्ष सत्य के रूप में मस्तिष्क का एक प्रतिबिंब मात्र है। वे ऐसी ही और भी अंतहीन बातें करने लगे।"[13]

यहां एक बात तत्काल ध्यान देने योग्य है। इन भौतिकशास्त्रियों में द्वंद्वात्मकता के

अभाव के कारण हुआ यह कि इन्होंने भौतिकवाद के मूलतत्वों को भी त्याग दिया और विचारवाद के बंदी बन गए। लेनिन जिस द्वंद्वात्मकता की बात कर रहे थे वह अनिवार्यतः भौतिक है। इस दृष्टि से समकालीन विज्ञान में द्वंद्ववाद और भौतिकवाद की आवश्यकता की बात करने का कोई अर्थ नहीं है। लेनिन तो उस द्वंद्ववाद की बात कर रहे थे जो भौतिकवादी है और उस भौतिकवाद की बात कर रहे थे जो द्वंद्ववादी है। इस बौद्धिक तंत्र के बिना आधुनिक विज्ञान कमोबेश विभिन्न वैज्ञानिकों द्वारा ठीक रूप में समझा नहीं गया और उसकी प्रगति प्रायः अवरुद्ध होती रही जैसाकि हमने मूलभूत कणों की भौतिकी के मामले में देखा है।

उन्नीसवीं शताब्दी के उत्तरार्द्ध में एंगेल्स ने लिखा था : "रहस्यवादविहीन द्वंद्ववाद प्राकृतिक विज्ञान की परम आवश्यकता है।"[14] लेनिन एक महत्वपूर्ण अर्थ में एंगेल्स के इसी प्रतिपादन को आगे बढ़ा रहे थे हालांकि इस प्रयोजन के लिए उन्हें उसे खासकर दो दिशाओं में विकसित करना आवश्यक था। एक तो उनके लिए युगसर्जक घटनाओं का एक सर्वेक्षण करना आवश्यक था जो एंगेल्स के बाद विशेषतः भौतिकी के क्षेत्र में घटित हुई ताकि यह दिखाया जा सके कि ये ताजा घटनाएं एंगेल्स के प्रतिपादन पर किसी तरह का संदेह उपस्थित करने के स्थान पर उसे पुष्ट ही करती हैं। दूसरे, इस काम के लिए लेनिन के लिए यह आवश्यक था कि वे उस नई प्रवृत्ति का परदाफाश करें जो प्राकृतिक विज्ञान को रहस्यमंडित करती है और जो प्रत्यक्षवाद, अनुभवाश्रित समालोचना इत्यादि नए रूपों में दार्शनिक विचारवाद के पुनरुत्थान का स्वाभाविक परिणाम है।

दर्शनशास्त्र और प्राकृतिक विज्ञान से जुड़े सवालों को एंगेल्स किस तरह स्पष्ट करना चाहते थे, यह देख लेने के बाद हमारे लिए लेनिन की रचना *भौतिकवाद और अनुभवाश्रित समालोचना* के इस पहलू को समझने में सुविधा होगी।

5. एंगेल्स : दर्शनशास्त्र और विज्ञान

एंगेल्स ने मार्क्स को 30 मई, 1873 को एक चिट्ठी लिखी थी[15] जिससे पता चलता है कि एंगेल्स भौतिकवादी द्वंद्ववाद और आधुनिक प्राकृतिक विज्ञान पर एक पुस्तक लिखने की दिशा में कितनी गंभीरता से सोच रहे थे। यह रचना *प्रकृति का द्वंद्ववाद* संबंधी उनकी रचना की योजना का प्रस्थान-बिंदु होती। इसके लिए (संभवतः 1873 से 1886 के बीच) उन्होंने जो सामग्री संकलित की[16] उसका काफी भाग *ऐंटी-ड्यूहरिंग* और *लुडविग फायरबाख* (1888) में प्रयुक्त हुआ। (एंगेल्स के जीवनकाल में प्रथमोक्त के तीन संस्करण 1878, 1885 और 1894 में निकले थे।) फिर भी इसका काफी-कुछ भाग अभिसंस्कार पाकर पुस्तक-रूप में नहीं आ सका था।

अब जैसाकि हम जानते हैं, एंगेल्स अपनी पुस्तक *प्रकृति का द्वंद्ववाद* की पांडुलिपि एक अधूरे दस्तावेज के रूप में छोड़कर चल दिए थे। "अधिक दुर्भाग्य की बात यह थी कि वे यह पुस्तक जर्मन सामाजिक-जनवादी पार्टी के एक नेता बर्न्सटाइन के पास छोड़ गए थे, जिनमें कि प्रकृति की द्वंद्वात्मकता के महत्व को समझने की क्षमता ही

नहीं थी। इसलिए यह पांडुलिपि 30 वर्षों तक अज्ञात और अप्रकाशित रही। इसका प्रकाशन अंततः 1925 में तब हुआ जब सोवियत संघ के ल्यासानोव ने इस पांडुलिपि की एक फोटो-प्रति प्राप्त की और पुस्तक का जर्मन तथा रूसी संस्करण संपादित कर प्रकाशित किया।"[17]

लेनिन को इस किताब की जानकारी नहीं थी। इसीलिए यह बात और भी महत्वपूर्ण है कि "मुख्यतः एंगेल्स की कृतियों *ऐंटी-ड्यूहरिंग* तथा *लुडविग फायरबाख* में प्रतिपादित भौतिकवादी द्वंद्ववाद के आधार पर लेनिन अनेक मूलभूत मुद्दों पर उन्हीं निष्कर्षों पर पहुंचे जिन पर कि एंगेल्स *प्रकृति का द्वंद्ववाद* में पहुंचे थे। फिर लेनिन ने एंगेल्स की ही प्रस्थापना को आगे बढ़ाया।"[18]

भौतिकवाद और अनुभवाश्रित समालोचना में विज्ञान और दर्शनशास्त्र के बारे में व्यक्त लेनिन के मत को समझने के लिए हम एंगेल्स की इस प्रस्थापना से प्रारंभ करेंगे जो उन्होंने *ऐंटी-ड्यूहरिंग, लुडविग फायरबाख* और *प्रकृति का द्वंद्ववाद* में प्रतिपादित की है।

पहले हम दर्शनशास्त्र और प्राकृतिक विज्ञान के बारे में व्यापक सवालों पर थोड़ा विचार कर लें। एंगेल्स ने लिखा था : "प्राकृतिक वैज्ञानिकों का विश्वास है कि वे दर्शनशास्त्र के बारे में अनजान रहकर अथवा इसकी निंदा करके उसके प्रभाव से मुक्त रहते हैं। लेकिन विचार के बिना तो वे आगे बढ़ नहीं सकते और विचार के लिए विचार-निर्धारकों की आवश्यकता है। किंतु वे इन वैचारिक अवधारणाओं को तथाकथित शिक्षित लोगों की साधारण चेतना से बिना मनन के ग्रहण कर लेते हैं, जिस पर बहुत पुराने पड़ गए दर्शनशास्त्र के ध्वंसावशेषों के प्रभाव होते हैं। या फिर वे इन्हें विश्वविद्यालयों में जबरन कान में पड़ गए दार्शनिक जुमलों से लेते हैं जो टुकड़े-टुकड़े तो होते ही हैं, अक्सर बिखरे हुए और बहुत ही घटियातरीन वैचारिक संप्रदायों से जुड़े लोगों के विचारों का घालमेल होते हैं। या फिर उनकी राय हर तरह की दार्शनिक रचनाओं को अव्यवस्थित और अविवेकी ढंग से पढ़ने पर बनी होती है। अतः वे अक्सर होते तो हैं दर्शनशास्त्र की ही अधीनता में परंतु दुर्भाग्यवश अधिकतर घटियातरीन दर्शनशास्त्र के अधीन होते हैं और दर्शनशास्त्र को गाली देकर खुद को उससे मुक्त माननेवाले लोग प्रायः सबसे घटिया दर्शनशास्त्रों के अत्यधिक फूहड़ अवशेषों के दास होते हैं।

"प्राकृतिक वैज्ञानिक चाहे जो भी रवैयो अपनाएं, वे दर्शनशास्त्र के ही प्रभाव में होते हैं। सवाल बस इतना ही है कि वे एक बुरे, चालू दर्शनशास्त्र के अधीन हैं अथवा एक ऐसे सैद्धांतिक वैचारिक ढांचे के अधीन जो विचारों के इतिहास और उसकी उपलब्धियों के ज्ञान पर टिका हो।"[19]

वस्तुतः लेनिन के समय में ऐसे वैज्ञानिकों के उदाहरण बहुत अधिक थे, जो बुरे और चालू दर्शनशास्त्र के प्रभाव में थे। यहां कुछेक उदाहरण उल्लेखनीय हैं। एक थे हेनरी पोइनकेयर (1854-1912) जो अज्ञेयवाद और विचारवाद के रास्ते पर चलना चाहते थे। लेनिन ने लिखा है : "हेनरी पोइनकेयर एक यशस्वी भौतिकशास्त्री हैं, लेकिन

वे एक दयनीय दर्शनशास्त्री हैं, जिनकी गलतियों को भी युश्केविच ने अधुनांतन प्रत्यक्षवाद का अंतिम सत्य घोषित किया है।"[20]

ऐसे एक और वैज्ञानिक थे विलहेल्म ओस्टवाल्ड (1853-1932), जिनके सहयोग को अर्न्स्ट माख बहुत महत्व देते थे, पर लेनिन ने जिनको "एक महान रसायनशास्त्री परंतु एक बहुत दिग्भ्रमित दर्शनशास्त्री"[21] कहा था। इसी तरह भौतिकशास्त्र और शरीरक्रियाविज्ञान की विविध शाखाओं में अनेक मूलभूत रचनाओं के रचयिता थे हेल्महोल्ज (1821-1894), जिनके बारे में लेनिन ने लिखा था : "हेल्महोल्ज एक उच्च स्तर के वैज्ञानिक थे किंतु दार्शनिक दृष्टि से वैसी असंगतियों से भरे हुए थे जैसी प्राकृतिक वैज्ञानिकों के एक सबसे बड़े हिस्से में पाई जाती हैं।"[22]

पर ऐसी असंगतियां संभव कैसे होती हैं ? लेनिन की दृष्टि से उत्तर यह है कि ये वैज्ञानिक विज्ञान के अपने क्षेत्र में कार्य करते समय तो सहजबुद्धि से उस भौतिकवादी दृष्टिकोण को अंगीकार करते हैं जो प्राकृतिक विज्ञान की आवश्यकता है, लेकिन अपने काम की सैद्धांतिक व्याख्याएं करते समय वे आसानी से उन चालू दार्शनिक प्रवृत्तियों के शिकार हो जाते हैं जो वस्तुतः उनके विज्ञान की सैद्धांतिक जरूरतों के विपरीत होती हैं।

यहां पर सकाता का दिया हुआ और भी बाद का उदाहरण उपयुक्त होगा जोकि लेनिन का ही अनुसरण करते हैं : "मेरे आदरणीय मित्र एम. ताकेतानी अक्सर सलाह देते हैं कि भौतिकी को भौतिकशास्त्रियों द्वारा प्रस्तुत व्याख्याओं से पूरी तरह अलग रखा जाना चाहिए। परंतु अनेक मामलों में वैज्ञानिक इसके विपरीत ही काम करते हैं। अपनी पुस्तक *दि स्ट्रक्चर आफ मैटर* में किकूची कहते हैं कि भौतिकवादी दृष्टिकोण यानी यह दृष्टिकोण कि बाह्य विश्व की सत्ता मानवीय चेतना से पृथक होती है, साधारण बुद्धि के जगत में रहनेवाले मनुष्यों का एक अनगढ़ दृष्टिकोण है और इसीलिए क्वांटम यांत्रिकी जैसे अतिविकसित विज्ञान की दृष्टि से यह मत अनुपयुक्त है। पर उसी पुस्तक में वे उस वक्त अनगढ़ यथार्थवाद के ही दृष्टिकोण पर लौट आते हैं जब वे इलेक्ट्रान के विवर्तन, न्यूट्रान के प्रकीर्णन आदि की व्याख्या करने लगते हैं, जिनके बारे में उनकी शानदार उपलब्धियां हैं। इससे तो यही सिद्ध होता है कि प्रयोगशाला में वे सहज यथार्थवाद के ही दृष्टिकोण के आधार पर काम करते हैं।"[23]

6. माख, प्लांक और आइंस्टाइन

दर्शनशास्त्र और विज्ञान पर हाल ही में हुई एक प्रसिद्ध बहस का स्मरण यहां उपयोगी होगा। कारण कि वह बहस हमारे विषय से संबंधित है—अर्थात् प्रत्यक्षवाद के प्रभाव से वैज्ञानिक खुद को मुक्त करें, इसकी जरूरत से। हमारे समय के दो महानतम वैज्ञानिकों अर्थात् क्वांटम सिद्धांत के संस्थापक मैक्स प्लांक (1858-1947) और सापेक्षता के सिद्धांत के आविष्कारक अलबर्ट आइंस्टाइन (1879-1955) ने इस बहस में सक्रिय भाग लिया था। इसलिए इसका विशेष महत्व है। विवाद का संपूर्ण अथवा व्यापक सर्वेक्षण तो संभव नहीं है और वह हमारे प्रयोजन के लिए जरूरी भी नहीं है। हमारे प्रयोजन के लिए तो इस विवाद के इन निम्नोक्त अंगों पर ध्यान देना ही फिलहाल

जरूरी है।

तत्कालीन यूरोप का सामान्य सैद्धांतिक वातावरण अर्न्स्ट माख के प्रत्यक्षवादी दर्शनशास्त्र के प्रभाव में था और अधिकांश वैज्ञानिक भी उससे प्रभावित थे। प्लांक और आइंस्टाइन, दोनों ने अपना वैज्ञानिक जीवन काफी कुछ माख के ही प्रभाव में शुरू किया। परंतु संयोगवश दोनों ने यह अनुभव किया कि माख का विचारवादी दृष्टिकोण बाहरी विश्व की सत्ता को ही नकारकर प्राकृतिक विज्ञान के मूल आधार को ही कमजोर कर देता है, क्योंकि उनका दावा है कि प्रकृति के आधारभूत रचना-तत्व केवल हमारे आत्मनिष्ठ संवेदन ही हैं। इन दोनों वैज्ञानिकों में से पहले प्लांक ने माख के दर्शनशास्त्र को पूरी तरह ध्वस्त करने का प्रस्ताव सामने रखा। यह भी एक दिलचस्प तथ्य है कि माख के दर्शनशास्त्र के खिलाफ उनका तर्क उन्हीं दिनों सामने आया जब लेनिन भी यही काम कर रहे थे। उन दिनों आइंस्टाइन माख को निरस्त करने के प्रति इस दार्शनिक उत्साह का महत्व समझ नहीं पाए थे और अभी माख के ही प्रभाव में थे। पर एक दशक बाद माख के दर्शनशास्त्र से उनका भी पूरी तरह मोहभंग हो गया। तब विज्ञान के पक्ष में उन्होंने माख के दर्शनशास्त्र को बिलकुल रद्द कर दिया और इस बात पर बल दिया कि प्रकृति के वस्तुनिष्ठ यथार्थ की ज्ञानमीमांसी स्वीकृति प्राकृतिक विज्ञान के लिए पहली अनिवार्य शर्त है। अब हम उनकी बाद की टिप्पणियों से अपनी बात को आगे बढ़ाएंगे।

जैसाकि हमने देखा है, लेनिन ने पोइनकेयर, ओस्टवाल्ड और हेल्महोल्ज को अच्छे वैज्ञानिक होने के बावजूद एक खराब दर्शनशास्त्री बताया था। आइंस्टाइन ने भी माख का मूल्यांकन कुछ इसी तरह से किया। यहां तक कि उन्होंने उसी ढंग से अपनी बात भी रखी जैसाकि होल्टन बताते हैं : "पैरिस में 6 अप्रैल, 1922 को एक व्याख्यान में, माख-विरोधी दर्शनशास्त्री ऐमिल मेयरसन के साथ बहस में भाग लेते हुए आइंस्टाइन ने यह टिप्पणी की कि माख एक *अद्वितीय यंत्रविद* हैं, परंतु एक *निंदनीय दर्शनशास्त्री* हैं।" [24]

अन्यत्र होल्टन ने माख के बारे में आइंस्टाइन के ऐसे कथन उद्धृत किए हैं, जो ब्लैकमोर ने भी दिए हैं और जो हमारे लिए बहुत प्रासंगिक और महत्वपूर्ण हैं : "माख एक अच्छे प्रयोगनिष्ठ भौतिकशास्त्री थे परंतु एक *निंदनीय दर्शनशास्त्री* थे।"

"माख की प्रणाली अनुभव के तथ्यों के बीच विद्यमान संबंधों का अध्ययन करती है और माख की दृष्टि में विज्ञान इन संबंधों का संपूर्ण योग है। यह दृष्टिकोण गलत है। वस्तुतः माख ने एक पद्धति की नहीं, बल्कि एक सूची की रचना की है।"

"मेरा विश्वास है कि न्यूटन की यांत्रिकी की सबसे बड़ी उपलब्धि यही है कि उसका सुसंगत प्रयोग हमें जान एस. मिल और ई. माख के संवृत्तिशास्त्रीय प्रतिनिधित्व से परे ले जाता है।"

"कुल मिलाकर आपका (मोरिज श्लिक का) प्रतिपादन मेरी अवधारणात्मक शैली से प्रतिकूल पड़ता है। आपका समूचा झुकाव मुझे अतिशय प्रत्यक्षवादी लगता है—मैं स्पष्ट कह दूं कि भौतिकशास्त्र वास्तविक विश्व और उसकी नियमबद्ध संरचना की

प्रतिकृति की अवधारणात्मक रचना का प्रयास है । आप 'तत्वमीमांसी' आइंस्टाइन के बारे में शायद आश्चर्य करें । लेकिन हर चौपाया और दोपाया प्राणी इस अर्थ में वस्तुतः तत्वमीमांसी होता है ।''[25]

आइंस्टाइन का आखिरी कथन हमारे लिए विशेष महत्व का है क्योंकि वह प्रत्यक्षवादी दर्शनशास्त्र को रद्द करने की आवश्यकता की वास्तविक भावभूमि को स्पष्ट करता है । प्रत्यक्षवादी दर्शनशास्त्र यथार्थ बाह्य विश्व को अस्वीकार करके भौतिकशास्त्र को ही अर्थहीन बना देता है । यही वह बिंदु है जिस पर लेनिन ने अपनी कृति *भौतिकवाद और अनुभवाश्रित समालोचना* में बार-बार बल दिया है, विशेषकर इस पर कि प्राकृतिक विज्ञान सहज रूप में ज्ञान के भौतिकवादी सिद्धांत अथवा प्रकृति या बाहरी विश्व को यथार्थ मानने के न्यूनतम संकल्प पर बल देता है । प्रत्यक्षवादियों के लिए यह एक रूढ़ि-सी हो गई थी कि वे प्राकृतिक विज्ञान की इस न्यूनतम ज्ञानमीमांसी मांग को तत्वमीमांसा बताएं—मार्क्सवादी अर्थ में यानी द्वंद्ववादी दृष्टिकोण के अर्थ में नहीं, बल्कि बाहरी विश्व को अनावश्यक महत्व देने के आग्रह के विचारवादी अर्थ में । जैसाकि लेनिन ने कहा है : ''अनेक विचारवादी और सभी अज्ञेयवादी (जिनमें कांटवादी और ह्यूमवादी शामिल हैं) भौतिकवादियों को तत्वमीमांसक कहते हैं क्योंकि उनका मानना है कि मानव-मस्तिष्क से स्वतंत्र किसी बाहरी विश्व की सत्ता को मानने का अर्थ अनुभव की सीमाओं को पार कर जाना है ।''[26] ''विचारवादी प्रोफेसरों, ह्यूमवादियों और कांटवादियों के लिए हर तरह का भौतिकवाद तत्वमीमांसा है क्योंकि वह हमारे बाहर भी स्थित एक सत्ता को मानता है ।''[27]

आगे हम देखेंगे कि तत्वमीमांसा शब्द का यहां कितने विकृत अर्थ में प्रयोग हुआ है । यह प्रयोग हेगेलवादियों और मार्क्सवादियों द्वारा प्रयुक्त अर्थ से बिलकुल हटकर है । यहां मुख्य बात यह है कि आइंस्टाइन यह भली-भांति जान गए थे कि भौतिकी की बुनियादी शर्त के रूप में *यथार्थ विश्व* की सत्ता स्वीकार करने के आग्रह के कारण उन्हें प्रत्यक्षवादियों द्वारा 'तत्वमीमांसी' करार दिया जाएगा । तब भी वे प्रत्यक्षवादियों की इस चाल को कोई महत्व नहीं देते । वे मजाकिया लहजे में यहां तक कह देते हैं कि इस अर्थ में हरेक पशु और हरेक मनुष्य 'तत्वमीमांसी' है ।

इसी प्रकार प्राकृतिक विज्ञान के सहज भौतिकवाद को बदनाम करने का एक और प्रोफेसरी तरीका भौतिकवाद को 'अनगढ़ यथार्थवाद' करार देना है । लेनिन ने बताया है कि उसका अर्थ ''मानव समाज द्वारा अपनाए गए सहज, अचेतन ढंग का भौतिकवाद है जो बाहरी विश्व की सत्ता को मानव-मस्तिष्क से स्वतंत्र मानता है ।''[28] हमने देखा कि सकाता ने स्पष्ट किया है कि वैज्ञानिक किकूची एक प्रत्यक्षवादी दर्शनशास्त्री के रूप में बाहरी विश्व की सत्ता को नकारते हुए भी वास्तविक विज्ञान-कर्म के दौरान इस अनगढ़ यथार्थवाद से बंधे रहते हैं । इसे लेनिन की इस टिप्पणी के प्रकाश में ठीक से समझा जा सकता है कि ''मानवजाति के इसी 'अनगढ़' विश्वास को भौतिकवादी *जानबूझकर* अपने ज्ञान-सिद्धांत का आधार बनाता है ।''[29]

दो हजार वर्ष से अधिक समय तक *भौतिकवाद* शब्द को निरंतर बदनाम किए

जाते रहने के कारण समकालीन वैज्ञानिक संभवतः इस शब्द को पसंद नहीं करेंगे, परंतु लेनिन ने उक्त बयान में जो कुछ कहा है वही आइंस्टाइन के इस बयान में भी निहित है कि "हर चौपाया और हर दोपाया प्राणी इस अर्थ में वस्तुतः तत्वमीमांसी होता है।"

आइंस्टाइन द्वारा आगे चलकर की गई टिप्पणियों को ध्यान में रखें तो यह बात और भी स्पष्ट हो जाती है। 1926 में लिखे गए एक लेख में उन्होंने कहा था : "दर्शनशास्त्रियों और वैज्ञानिकों ने माख की अक्सर आलोचना की है और ठीक ही की है, क्योंकि उन्होंने संवेदनों के सापेक्ष अवधारणाओं की स्वतंत्र सत्ता को अस्वीकार किया है (और) वे अस्तित्व (सत्ता) के यथार्थ को रद्द करना चाहते थे जबकि सत्ता के यथार्थ (अनुभव की यथार्थता) को माने बिना कोई भौतिकशास्त्र संभव नहीं है।"[30]

भौतिक यथार्थ के विचार पर मैक्सवेल का प्रभाव शीर्षक निबंध (1931) में आइंस्टाइन का एक आरंभिक वाक्य है जो लेनिन द्वारा माख के विरुद्ध लिखी गई बुनियादी टिप्पणियों में से एक से शत-प्रतिशत मिलता है। वह टिप्पणी इस प्रकार की है कि "प्रत्यक्षकर्मी विषयी से स्वतंत्र एक बाह्य विश्व की सत्ता में विश्वास समस्त प्राकृतिक विज्ञान का आधार है।"[31]

इसका यह अर्थ कतई नहीं कि आइंस्टाइन ने कभी *भौतिकवाद और अनुभवाश्रित समालोचना* को पढ़ा था, लेनिन से उनके प्रभावित होने की बात जाने दें। फिर भी अत्यंत उल्लेखनीय बात यह है कि एक क्रियाशील वैज्ञानिक न होते हुए भी लेनिन ने प्राकृतिक विज्ञान के लिए एक पूर्णतः अनिवार्य सिद्धांत का प्रतिपादन किया, जिसे स्वयं अनुभव करने में आइंस्टाइन जैसे प्रतिभाशाली वैज्ञानिक को भी कई वर्ष लग गए। यहां हम इस पर संक्षेप में नजर डालेंगे।

होल्टन लिखते हैं : "हाल के विज्ञान के इतिहास में आइंस्टाइन और माख का संबंध एक महत्वपूर्ण विषय है। दरअसल यह एक नाटक है जिसके चार चरण हम यहां चित्रित कर सकते हैं। पहले चरण में आइंस्टाइन माख के सिद्धांत की मुख्य स्थापनाओं को स्वीकार करते दिखते हैं। दूसरे चरण में आइंस्टाइन और माख के बीच पत्राचार और मिलना-जुलना होता है। 1921 में माख आइंस्टाइन के सापेक्षता के सिद्धांत पर अप्रत्याशित रूप से और जोरदार हमला करते हैं। चौथे चरण में आइंस्टाइन को स्वतंत्र रूप से ज्ञान के दर्शनशास्त्र का और आगे विकास करते देखा जा सकता है, जिसमें वे अपने प्रारंभिक माखवादी विश्वासों में सभी को नहीं तो अधिकांश को मान्य करते दिखते हैं।"[32]

आइंस्टाइन ने अपना वैज्ञानिक जीवन पूरी तरह माख के प्रभाव में प्रारंभ किया। वे लिखते हैं : "1897 में विद्यार्थी जीवन में ही मेरे मित्र बेस्सो ने मेरा ध्यान अर्न्स्ट माख की रचना *यांत्रिकी का इतिहास* की ओर खींचा था। पुस्तक का मुझ पर गहरा प्रभाव पड़ा ... मूलभूत अवधारणाओं और मूलभूत नियमों के प्रति उसके भौतिक झुकाव ने मुझे अभिभूत कर लिया।"[33]

आइंस्टाइन पर माख का प्रभाव जारी रहा। 9 अगस्त 1909 को उन्होंने माख को

एक पत्र लिखा, जिसमें वे कहते हैं : ''आपके प्रकाशित प्रमुख ग्रंथों से मैं भली भांति अवगत हूं। इनमें मुझे यांत्रिकी पर आपकी पुस्तक सबसे ज्यादा पसंद है। भौतिकशास्त्रियों की नई पीढ़ी की ज्ञानमीमांसी अवधारणाओं पर आपका प्रभाव इतना प्रबल है कि प्लांक जैसे आपके विरोधी भी कुछ वर्ष पहले के भौतिकशास्त्रियों की किस्म द्वारा माख के अनुयायी ही कहे जाते हैं।''[34]

यहां प्लांक का हवाला उल्लेखनीय है क्योंकि प्लांक के वैज्ञानिक जीवन का आरंभ भी माख के अनुयायी के रूप में हुआ था। जैसाकि उन्होंने कहा है : ''जब मैं (1885-1889) में *किएल* में रहता था, तब मैं स्वयं को माख के दर्शनशास्त्र के पक्के अनुयायियों में से एक मानता था और अपने भौतिकशास्त्रीय चिंतन पर इसका प्रभाव खुशी-खुशी स्वीकार किया करता था।''[35] परंतु वे क्रमशः वैज्ञानिक प्रयोजन की दृष्टि से इस दर्शनशास्त्र की अनुपयोगिता और निरर्थकता का अनुभव करने लगे। 1909 तक प्लांक वैज्ञानिक क्षेत्रों में माख के मुख्य विरोधियों में गिने जाने लगे थे। माख का मत था कि प्रत्यक्ष के अतिरिक्त और कुछ भी यथार्थ नहीं है। प्लांक ने इसे स्वीकार करना तो दूर, इसके बिलकुल विपरीत यह माना कि विज्ञान का मूल लक्ष्य काल और जनगण की भिन्नताओं से बिलकुल स्वतंत्र, एक निश्चित विश्व की खोज करना है या अधिक सामान्य रूप में कहें तो ''प्रत्येक स्वरूप की वैयक्तिकता से पूर्णतः मुक्त रूप में, भौतिक जगत का स्वरूप जानना है।''[36]

आगे, ''प्लांक ने वैज्ञानिक विश्व से आग्रह किया कि वे विज्ञान के लिए माख के विचारों के परिणामों पर भी अच्छी तरह विचार करें—प्रत्यक्ष रूप से होनेवाले परिणामों पर भी और माख के अनुयायियों के योगदानों के कारण होनेवाले परिणामों पर भी। क्या माख की शिक्षा ने स्वस्थ परिणाम दिए हैं ?··· क्या माख के किसी भी विद्यार्थी ने कभी भौतिकशास्त्र अथवा विज्ञान में कोई वास्तव में महत्वपूर्ण योगदान दिया है ? प्लांक इन आक्षेपों का उत्तर देने के लिए स्वयं कभी नहीं ठहरे। शायद उन्होंने मान लिया था कि ये प्रश्न तो 'आलंकारिक' मात्र हैं, गोया उनके उत्तर तो सहज ही हों।''[37]

पर उन दिनों माख के दर्शनशास्त्र की शक्ति और लोकप्रियता इतनी अधिक थी कि प्लांक के जोरदार हमलों के बावजूद आइंस्टाइन माख के ही प्रभाव में बने रहे। 1911-12 के नववर्ष पर माख को लिखी एक निजी चिट्ठी में आइंस्टाइन ने कहा था : ''मैं समझ नहीं पाता कि प्लांक को आपके प्रयासों की इतनी कम समझ क्यों है।''[38] जून 1913 में उन्हें लिखे एक अन्य पत्र में आइंस्टाइन ने ''प्लांक द्वारा माख के दर्शनशास्त्र की अन्यायपूर्ण आलोचना'' की बात कही।[39]

परंतु अंततः आइंस्टाइन पर माख के दर्शनशास्त्र का प्रभाव समाप्त हुआ। उस दर्शनशास्त्र के बारे में आइंस्टाइन के अंतिम निर्णय को हम उस पत्र में देखते हैं जो उन्होंने अपने मित्र बेस्सो को 8 जनवरी 1948 को लिखा था। इसमें उन्होंने माख के बारे में कहा था : ''मेरी दृष्टि में उनकी कमजोरी यह है कि वे विज्ञान को केवल अनुभवाश्रित सामग्री का एक क्रमबद्ध रूप मानते थे यानी वे अवधारणाओं की रचना

में कोई स्वतंत्र रचनात्मक तत्व नहीं देखते। यहां तक कि वे *संवेदनों* को केवल खोज योग्य सामग्री ही नहीं मानते बल्कि वास्तविक जगत के निर्माणकारी तत्व भी मानते हैं। इस प्रकार उनका विश्वास था कि वे मनोविज्ञान और भौतिकशास्त्र के बीच की दूरी मिटा सकते हैं। अगर उन्होंने इसके संपूर्ण परिणामों पर विचार किया होता तो उन्हें न केवल परमाणुवाद को बल्कि भौतिक यथार्थ के विचार को भी रद्द करना पड़ता।"[40]

माख के दर्शनशास्त्र का ठीक यही मुद्दा था जिस पर लेनिन ने भी *भौतिकवाद और अनुभवाश्रित समालोचना* में हमला किया था। बाह्य विश्व के यथार्थ की अस्वीकृति विज्ञान को असंभव बना देती है। दूसरे शब्दों में, विज्ञान भौतिकवाद के प्रति सहज रूप से प्रतिबद्ध होता है। तथापि भौतिकी के संकट की बात की छानबीन करते हुए लेनिन ने एक अन्य मुद्दे पर विशेष बल दिया था। पुराने अर्थों में भौतिकवाद अब वैज्ञानिक प्रयोजन के लिए उपयुक्त नहीं रहा था। समृद्ध विज्ञान के लिए अब भौतिकवाद के एक समृद्ध स्वरूप अर्थात् द्वंद्वात्मक भौतिकवाद की आवश्यकता थी। यही बात पहले एंगेल्स भी कह चुके थे और एंगेल्स का ही अनुसरण करते हुए लेनिन ने अपने समय के सैद्धांतिक भौतिकशास्त्र में व्याप्त भ्रांतियों के बीच से रास्ता निकालने की दिशा में संकेत दिए।

7. एंगेल्स : भौतिकवादी द्वंद्ववाद और आधुनिक विज्ञान

यहां हमारे विमर्श में एंगेल्स का प्रसंग फिर आ जाता है। हमने अच्छे वैज्ञानिकों के बुरे दर्शनशास्त्री होने के जो उदाहरण दिए हैं वे एंगेल्स के इस कथन के ही उदाहरण हैं कि "प्राकृतिक विज्ञान ने दर्शनशास्त्र का जो परित्याग किया, उसका बदला दर्शनशास्त्र मरणोपरांत लेता है।"[41] एंगेल्स ने इसका समाधान यह सुझाया है कि वैज्ञानिकों को मानव-विचार और उसकी उपलब्धियों के इतिहास का ज्ञान अवश्य प्राप्त करना चाहिए।

तो फिर इस इतिहास के प्रमुख चरण कौन-कौन-से हैं ? हमने इसके बारे में एंगेल्स का संक्षिप्त पर शानदार विश्लेषण देखा है। दर्शनशास्त्र और विशेषकर प्राचीन यूनानियों के दर्शनशास्त्र का प्रारंभ एक प्रकार की सहज द्वंद्ववादी दृष्टि के साथ हुआ। प्राकृतिक विज्ञान के विकास ने अगले स्तर पर इस द्वंद्ववादी दृष्टिकोण के निषेध की जरूरत को जन्म दिया। अतः उसकी जगह अधिभूतवादी दृष्टिकोण आया। प्राकृतिक विज्ञान के विकास के अगले चरण में एक दौर वह आया जब द्वंद्ववाद के इस निषेध का भी निषेध आवश्यक हो गया। अतः आधुनिक प्राकृतिक विज्ञान ने अधिभूतवादी दृष्टिकोण को विस्थापित कर उसकी जगह एक अत्यधिक उत्कृष्ट स्तरवाले द्वंद्वात्मक दृष्टिकोण की प्रतिष्ठा की आवश्यकता पैदा की। यह सब हमने दर्शनशास्त्र पर एंगेल्स के विचारवाले अध्याय में देखा है।

एंगेल्स की टिप्पणियों से स्पष्ट होता है कि 19वीं शताब्दी के उत्तरार्ध में यह आवश्यक हो गया कि हेगेलीय रहस्यवाद से रहित हेगेलीय द्वंद्वात्मक दृष्टिकोण प्राकृतिक विज्ञान को समझने के लिए एक अपरिहार्य सैद्धांतिक अस्त्र के रूप में अपनाया जाए।

इसी विश्लेषण के अनुसार लेनिन ने अपने समय के विज्ञान की सैद्धांतिक आवश्यकताओं की व्याख्या का प्रयास किया। किंतु जब तक हम लेनिन के समय की विशेषता को ध्यान में न रखें, तब तक इस क्षेत्र में लेनिन के योगदान को हम नहीं समझ पाएंगे।

वह विशेष स्थिति क्या थी ?

पहली तो यह कि यह स्थिति विज्ञान की प्रगति का परिणाम थी। एंगेल्स ने 1885 में कहा था : "प्राकृतिक विज्ञान क्रांतिकारी बनने की एक ऐसी शक्तिशाली प्रक्रिया में है कि विज्ञान के क्षेत्र में सारा जीवन लगानेवाले लोगों के लिए भी उसके साथ कदम से कदम मिलाकर चलना कठिन हो रहा है।"[42] परंतु यह क्रांति उस क्रांति की तुलना में भला थी ही क्या जो एक दशक के बाद आरंभ हुई, खासकर भौतिकी में, और जिसने स्वयं भौतिकशास्त्रियों के बीच 'संकट' का एक गहरा एहसास पैदा कर दिया था ? एंगेल्स का मत क्या यह था कि हेगेलीय रहस्यवाद से मुक्त हेगेलीय द्वंद्ववाद अर्थात् भौतिकवादी द्वंद्ववाद में ही प्राकृतिक विज्ञानों में घटित हो रही युगसर्जक घटनाओं को समझने की सही कुंजी मौजूद थी ?

दूसरी बात सामान्य दार्शनिक परिवेश की है। 1878 में ही प्राकृतिक विज्ञान के बारे में यह शिकायत करते हुए कि "प्राकृतिक वैज्ञानिक दर्शनशास्त्र के इतिहास से कोई परिचय नहीं रखते", एंगेल्स ने लिखा था : "दर्शनशास्त्र के क्षेत्र में शताब्दियों पहले जो प्रस्थापनाएं सामने आई थीं और जो दार्शनिक स्तर पर बहुत पहले रद्द की जा चुकी हैं, उन्हें ही सिद्धांतप्रेमी वैज्ञानिक सैद्धांतिक जामा पहनाते हुए एक बिलकुल नई बुद्धिमत्ता के रूप में पेश कर रहे हैं और वे फिलहाल चालू भी बन गई हैं।"[43]

यहां एंगेल्स प्राकृतिक वैज्ञानिकों की उस प्रवृत्ति की शिकायत कर रहे हैं जिसके कारण वे प्राकृतिक विज्ञान की प्रगति को समझने के लिए एक उपयुक्त बौद्धिक उपकरण के रूप में द्वंद्ववाद की संभावनाओं से बेखबर रहकर तर्कबुद्धि की पुरानी और घिसी-पिटी अधिभूतवादी पद्धति से ही बंधे हुए हैं। ऐसा लगता है कि एंगेल्स अधिभूतवादी भौतिकवादियों से लड़ने में बहुत तल्लीन थे और इस कारण वे इस तथ्य पर ध्यान नहीं दे पाए कि उसी वर्ष प्राग विश्वविद्यालय में प्रायोगिक भौतिकी के प्रोफेसर पद पर कार्यरत एक दर्शनशास्त्री पुराने अधिभूतवादी भौतिकवाद की रक्षा में दिलचस्पी रखने के बजाय वस्तुतः दार्शनिक विचारवाद के एक हेगेल-पूर्व रूप को अर्थात् बिशप बर्कले के आत्मनिष्ठ विचारवाद को पुनर्जीवित करने के लिए प्रयासरत था। यह दर्शनशास्त्री अर्न्स्ट माख थे जिन्होंने 20वीं शताब्दी के पहले दशक में वैज्ञानिकों की दुनिया के बहुत बड़े भाग पर जादुई असर डाला था। आत्मनिष्ठ विचारवाद के इस प्रभाव को तोड़े बिना लेनिन के समय में *भौतिकवादी द्वंद्ववाद* की बात करने का या तो बहुत कम अर्थ होता या फिर कोई अर्थ नहीं होता।

अतः लेनिन के सम्मुख उपस्थित परिस्थिति के ये ही दो मुख्य लक्षण थे। इस नई परिस्थिति में उनके द्वारा भौतिकवादी द्वंद्ववाद के बचाव ने एंगेल्स के काम को नई दिशाओं में बढ़ाया।

8. भौतिकवाद और पदार्थ का ज्ञान

प्रारंभ में हम उस नई परिस्थिति में लेनिन द्वारा द्वंद्वात्मक भौतिकवाद के बचाव की चर्चा करेंगे जब नवविचारवादियों का दावा था कि भौतिकी के क्षेत्र में हाल में हुई क्रांति के फलस्वरूप पदार्थ की अवधारणा ही पुरानी पड़ चुकी अथवा समाप्त हो गई है। ऐसी स्थिति में कहा गया कि भौतिकवाद का कतई कोई वैज्ञानिक आधार नहीं रह गया है।

ऐसे दावे की जांच के पहले लेनिन एक बात बिलकुल स्पष्ट करना चाहते थे। उनके समय की वैज्ञानिक खोजों की तकनीकी बारीकियां उनकी बहस के लिए प्रासंगिक नहीं थीं, बल्कि केवल इन खोजों के ज्ञानमीमांसी परिणाम ही महत्वपूर्ण थे—यह कि ज्ञान के सिद्धांत की दृष्टि से क्या महत्वपूर्ण है। लेनिन के शब्दों में, ''यह कहने की आवश्यकता नहीं है कि आधुनिक भौतिकशास्त्रियों के एक संप्रदाय का दार्शनिक विचारवाद के पुनर्जन्म से क्या संबंध है। इसका परीक्षण करने के पीछे हमारा इरादा विशिष्ट भौतिकशास्त्रीय सिद्धांतों से उलझना नहीं है। हमारी रुचि तो केवल इसमें है कि कुछ निश्चित प्रस्थापनाओं और व्यापक तौर पर प्रसिद्ध खोजों के आधार पर कौन-से ज्ञानमीमांसी निष्कर्ष निकाले जा सकते हैं।''[44]

अतः इस दृष्टिकोण से पहला विचारणीय मुद्दा तो यह है कि *पदार्थ* नामक शब्द का सही-सही अर्थ क्या है। यानी वैज्ञानिक आविष्कार की किसी विशेष दशा में पदार्थ की संरचना का जो सिद्धांत सामने आता है उससे इसका कोई घालमेल किए बिना *पदार्थ* का विशुद्ध *ज्ञानमीमांसी दृष्टि* से अर्थ निश्चित किया जाए।

अतः महत्वपूर्ण प्रश्न यह है कि दार्शनिक दृष्टिकोण से *पदार्थ* का सही-सही अर्थ क्या है। लेनिन ने उत्तर दिया : ''पदार्थ की अवधारणा ऐंद्रिक अनुभवों द्वारा प्राप्त वस्तुगत यथार्थ है, और कुछ नहीं।''[45] इसके तत्काल पहले लेनिन ने लिखा था : ''पदार्थ के किसी संरचनात्मक सिद्धांत को ज्ञानमीमांसी श्रेणी के साथ मिलाकर देखने की भ्रांति सर्वथा अक्षम है जबकि माखवादी यही काम करते हैं। वे पदार्थ के नए पहलू के नए गुणों से संबंधित समस्याओं को ज्ञान के सिद्धांत की पुरानी समस्याओं से घालमेल करके भ्रम पैदा करते हैं। हमारे ज्ञान के स्रोतों की समस्याएं और वस्तुनिष्ठ यथार्थ का अस्तित्व इत्यादि समस्याएं पदार्थ के नए पहलू के नए गुणों की समस्याओं जैसे इलेक्ट्रान आदि के गुणों से बिलकुल अलग हैं।''[46]

बहरहाल कुछेक दर्शनशास्त्रियों और यहां तक कि वैज्ञानिकों ने भी ऐसी ही भ्रांति उत्पन्न की और यह सिद्ध करना चाहा कि भौतिकी की नई क्रांति ने भौतिकवाद को सदा के लिए ठुकरा दिया है। यहां लेनिन द्वारा दिए गए उदाहरणों में से कुछेक की चर्चा की जाती है। जेम्स वार्ड (1843-1925) ने कोशिश की कि भौतिकी के क्षेत्र में हुई खोजों के बल पर भौतिकवाद से लड़ा जाए और लिखा : ''विश्व के भौतिकवादी दृष्टिकोण का आधार सदा ही विस्तारयुक्त, ठोस अक्षय परमाणु रहे हैं। लेकिन इस दृष्टिकोणवाले इस बात से निराश होंगे कि नए अभिवर्धित ज्ञान की मांग से परमाणु के ठोस और विस्तारयुक्त होने की पुष्टि नहीं होती।''[47] अपनी पुस्तक *दि इवोल्यूशन आफ दि साइंसेज* में एल. हूलेविग ने पदार्थ के नए सिद्धांत के बारे में अपने अध्याय का शीर्षक

दिया : 'क्या पदार्थ की सत्ता है ?' इसमें उन्होंने लिखा : "परमाणु पदार्थ नहीं रह जाता—पदार्थ अदृश्य हो जाता है।"[48] 1896 में प्रसिद्ध कांटवादी विचारवादी हरमान कोहेन ने बड़े विजयोल्लास के भाव से लिखा : "… सैद्धांतिक विचारवाद प्राकृतिक वैज्ञानिकों के भौतिकवाद की जड़ें हिलाने लगा है और शायद कुछ ही समय बाद वह भौतिकवाद को परास्त कर देगा। नई भौतिकी विचारवाद की पुष्टिकर रही है। परमाणुवाद को चाहिए कि अब गतिवाद के लिए स्थान छोड़ दे …।" यह एक विचित्र बात है कि पदार्थ के रासायनिक गुणों की खोज करते हुए कोई वैज्ञानिक पदार्थ के भौतिकवादी दृष्टिकोण पर *मौलिक* विजय पाने तक जा पहुंचे—विद्युत का सिद्धांत पदार्थ की अवधारणा में एक जबरदस्त क्रांति है और पदार्थ के शक्तिमय रूपांतरण के जरिए विचारवाद की जीत हुई है।"[49] इत्यादि-इत्यादि।

लेनिन ने 20वीं शताब्दी के पहले दशक में भौतिकशास्त्र के क्षेत्र की दशा के एक सर्वेक्षण के आधार पर इन सब प्रश्नों का उत्तर देने की कोशिश की, जिसे यहां हम कुछ विस्तार से उद्धृत कर रहे हैं।

"हमारे ज्ञान के स्रोत और भौतिक जगत से ज्ञान के संबंध के सवाल पर भौतिकवाद और विचारवाद अलग-अलग उत्तर देते हैं जबकि पदार्थ की संरचना, अणुओं का आकार, इलेक्ट्रानों की संरचना से जुड़े सवाल केवल इस भौतिक विश्व से संबंधित हैं। … पदार्थ के अदृश्य हो जाने का अर्थ केवल यह है कि अब तक हम जिन सीमाओं के अंतर्गत पदार्थ को जानते रहे हैं, वे अदृश्य हो रही हैं और हमारा ज्ञान और अधिक गहरा हो रहा है। इसी अर्थ में पदार्थ के गुण अदृश्य हो रहे हैं। पहले जो गुण प्राथमिक, परम और अपरिवर्तनीय दिखते थे (जैसे परस्पर-अव्याप्ति, जड़त्व, मात्रा आदि), वे अब सापेक्ष और पदार्थ की विशेष दशाओं के गुण मात्र होने लगे हैं। दार्शनिक भौतिकवाद पदार्थ के जिस एकमात्र गुण को मान्यता देता है वह मस्तिष्क से बाहर विद्यमान एक वस्तुनिष्ठ यथार्थ सत्ता का गुण है।

"सामान्य तौर पर माखवाद की और नए माखवादी भौतिकशास्त्रियों की मुख्य भूल यह है कि वे दार्शनिक भौतिकवाद के आधार की उपेक्षा करते हैं और अधिभूतवादी भौतिकतावाद तथा द्वंद्वात्मक भौतिकवाद के बीच का अंतर भुला बैठते हैं। अपरिवर्तनीय तत्व, 'वस्तुओं के अपरिवर्तनीय सार' इत्यादि की मान्यता भौतिकवाद नहीं है, बल्कि अधिभूतवादी यानी गैर-द्वंद्ववादी भौतिकवाद है। सवाल को एकमात्र सही ढंग से इस तरह रखा जा सकता है कि क्या इलेक्ट्रान, ईथर इत्यादि वस्तुनिष्ठ यथार्थ के रूप में मानव-मस्तिष्क से बाहर हैं या नहीं हैं ? इस सवाल का जवाब वैज्ञानिकों को बेहिचक देना होगा और वे प्रायः इसका उत्तर सकारात्मक ही देते हैं। कारण कि वे बिना हिचक यह मानते हैं कि प्रकृति मनुष्य से पहले और जैव पदार्थ से पहले से विद्यमान है। इस प्रकार इस प्रश्न का उत्तर भौतिकवाद के पक्ष में मिलता है। जहां तक पदार्थ की अवधारणा का सवाल है, हम पहले ही बता आए हैं कि इसका ज्ञानमीमांसी अर्थ मानव-मस्तिष्क से बाहर मौजूद और उसमें प्रतिबिंबित स्वतंत्र वस्तुगत यथार्थ के अलावा और कुछ भी नहीं है।"[50]

अतः दार्शनिक दृष्टि से भौतिकी के क्षेत्र में घट रही वास्तविक घटनाओं का असली महत्व भौतिकवाद के अस्वीकार में नहीं है बल्कि, जैसाकि बड़े उत्तम ढंग से एंगेल्स ने बताया है, पुराने और घिसे-पिटे भौतिकवाद की जगह एक नए और अतिसमृद्ध भौतिकवाद की स्थापना में है। मार्क्सवादी दर्शनशास्त्र की शब्दावली में यह केवल अधिभूतवादी भौतिकवाद को विस्थापित कर उसकी जगह द्वंद्वात्मक भौतिकवाद की प्रतिष्ठा करना है। जैसाकि बहस जारी रखते हुए लेनिन ने लिखा : ''परमाणु की नश्वरता, उसकी क्षयशीलता, पदार्थ और उसकी गति के सभी रूपों की परिवर्तनशीलता सदा से द्वंद्वात्मक भौतिकवाद का सुदृढ़ आधार ही रही हैं। प्रकृति की सभी सीमाएं सापेक्ष हैं, अस्थायी हैं और पदार्थ के ज्ञान की ओर हमारे मस्तिष्क के क्रमशः बढ़ने को व्यक्त करती हैं। पर इससे कतई नहीं सिद्ध होता कि प्रकृति और पदार्थ स्वयं एक प्रतीक-भर हैं, एक रूढ़ चिह्न-भर हैं यानी हमारे मस्तिष्क का उत्पादन हैं। परमाणु के लिए इलेक्ट्रान वैसा ही है जैसा इस पुस्तक का एक पूर्ण विराम किसी दो सौ फुट लंबी, सौ फुट चौड़ी और पचास फुट ऊंची इमारत के लिए है। वह 2,70,000 किलोमीटर प्रति सेकंड के तीव्र वेग से गति करता है। उसकी मात्रा उसकी गति का फलन है। वह एक सेकंड में पांच सौ महाशंख चक्कर पूरे करता है। यह सब पुराने यांत्रिकी से अत्यधिक जटिल है पर तब भी यह देश और काल में पदार्थ की गति ही है। मानव-बुद्धि ने प्रकृति में अनेक आश्चर्यजनक वस्तुएं खोजी हैं और आगे और भी खोजेगी तथा इस प्रकार प्रकृति पर अपना नियंत्रण बढ़ाएगी। लेकिन इसका यह अर्थ नहीं है कि प्रकृति हमारे मस्तिष्क की अथवा अमूर्त मस्तिष्क की यानी वार्ड के ईश्वर, बोग्दानोव के 'विस्थापन' आदि की उपज है।''[51]

हरमान कोहेन के इस दावे का हवाला देते हुए कि विद्युत के नए सिद्धांत ने पदार्थ को शक्ति में रूपांतरित करके भौतिकवाद पर विचारवाद की विजय का संकेत दिया है, लेनिन कहते हैं : ''विद्युत को विचारवाद का एक सहयोगी बताया जा रहा है क्योंकि उसने पदार्थ की संरचना के पुराने सिद्धांत को नष्ट कर दिया है, परमाणु के सिद्धांत को हिला दिया है और पदार्थ की गति के नए रूप की खोज की है। अतः वह पुराने सिद्धांत के स्थान पर पूरी तरह नए, अब तक न खोजे गए और ध्यान न किए गए असामान्य चमत्कारी यथार्थ को सामने रखती है कि प्रकृति की व्याख्या करते हुए उसे *अभौतिक* (आध्यात्मिक, मानसिक, मनोवैज्ञानिक) गति कहा जा सकता है। पदार्थ के सूक्ष्म कण के ज्ञान की हमारी सीमा अदृश्य हो गई है और इसलिए विचारवादी दर्शनशास्त्री का निष्कर्ष यह है कि पदार्थ ही अदृश्य हो गया है (पर विचार कायम है)।''[52]

ऐबिल रे प्राकृतिक विज्ञान के मामले में भौतिकवाद के प्रति सहज रूप से प्रतिबद्ध थे पर *भौतिकवादी अधिभूतवाद* से बचने के लिए निरंतर प्रयास करते रहते थे क्योंकि उन पर प्रत्यक्षवाद का प्रभाव था। उनकी दृष्टि की चर्चा करते हुए लेनिन ने लिखा : ''रे और उनके द्वारा चर्चित भौतिकशास्त्री भौतिकवाद से चाहे कितना दूर जाने की कोशिश करें, तब भी यह एक सच्चाई है कि यांत्रिकी कम वेगवाली यथार्थ गतियों की

एक प्रतिलिपि थी जबकि नई भौतिकी प्रचंड वेगवाली यथार्थ गतियों की प्रतिलिपि है। सिद्धांत को वस्तुगत यथार्थ की एक निकटतम प्रतिलिपि के रूप में मानना ही भौतिकवाद है। जब रे कहते हैं कि आधुनिक भौतिकशास्त्रियों में 'अवधारणावादी (माखवादी) और ऊर्जावादी संप्रदायों के विरुद्ध एक प्रतिक्रिया' पाई जाती है, और इलेक्ट्रान सिद्धांत के भौतिकशास्त्री इस प्रतिक्रिया के प्रतिनिधि हैं तब हम इसी सत्य को पहचानते हैं कि संघर्ष मुख्यतः भौतिकवादी और विचारवादी प्रवृत्तियों के बीच है। यह भूलना नहीं चाहिए कि समस्त शिक्षित कूपमंडूकों में व्याप्त भौतिकवाद-विरोधी आम पूर्वाग्रह के अतिरिक्त अत्यंत असाधारण सिद्धांतकार भी द्वंद्ववाद के बारे में अपने पूर्ण अज्ञान के कारण कठिनाइयों से ग्रस्त हैं।''[53]

9. सापेक्ष और निरपेक्ष सत्य

आगे बढ़ने से पहले एक सवाल के बारे में कुछ शब्द जरूरी हैं जिसका स्पष्टीकरण लेनिन ने विशेष महत्वपूर्ण समझा था, विशेषकर अपने समय के दार्शनिक विवादों के संदर्भ में। यह सवाल सापेक्ष और निरपेक्ष सत्य से संबंधित है—विशेषकर भौतिक विश्व के वस्तुनिष्ठ यथार्थ के संदर्भ में बुनियादी भौतिकवादी प्रस्थापनाओं के संदर्भ में।

हम आरंभ एंगेल्स की कुछ टिप्पणियों से करेंगे क्योंकि इनके द्वारा हम उस विशेष बिंदु को देख पाएंगे जो लेनिन इस बारे में स्पष्ट करना चाहते थे। अठारहवीं शताब्दी के उस उथले और फूहड़ किस्म के भौतिकवाद के विरुद्ध जिसकी शिक्षा बुखनर, फोग्ट और मोलेशाट द्वारा दी जाती थी, एंगेल्स ने टिप्पणी की : ''प्राकृतिक विज्ञान के क्षेत्र में भी हर एक युगसर्जक खोज के साथ भौतिकवाद का रूप बदल जाता है।''[54]

लेकिन प्राकृतिक विज्ञान की हर युगसर्जक खोज आखिर भौतिकवाद के एक नए रूप की मांग क्यों करती है ? एंगेल्स ने समझाया : ''विगत शताब्दी का भौतिकवाद प्रधानतः यांत्रिक था क्योंकि उस समय तक सभी प्राकृतिक विज्ञानों में केवल यांत्रिकी ही किसी निश्चित निष्कर्ष तक पहुंची थी—इस भौतिकवाद की दूसरी एक विशेष सीमा इस विश्व को एक प्रक्रिया के रूप में देख-समझ पाने की अक्षमता, पदार्थ के बाधारहित ऐतिहासिक विकास की नासमझी है। यह तत्कालीन प्राकृतिक विज्ञान के स्तर के अनुकूल था और साथ ही उससे जुड़ी दार्शनिक प्रक्रिया की आधिभौतिक यानी गैर-द्वंद्वात्मक पद्धति के स्तर के अनुरूप भी।''[55]

हमने पहले ही देखा है कि एंगेल्स ने किस प्रकार स्पष्ट किया है कि प्राकृतिक विज्ञान की बाद की प्रगति ने पहले के भौतिकवाद को पूरी तरह अतर्कसंगत सिद्ध कर दिया है। अतः उसके स्थान पर नए तरह के भौतिकवाद यानी द्वंद्वात्मक भौतिकवाद का लाया जाना आवश्यक हो जाता था।

इस संदर्भ में सर्वप्रथम उल्लेखनीय यह है कि एंगेल्स ने *भौतिकवाद के एक रूप के स्थान पर* प्राकृतिक विज्ञान की प्रगति द्वारा अपेक्षित *भौतिकवाद के दूसरे रूप* को लाए जाने पर बल दिया है। लेकिन उन्होंने लेनिन के समय के नवविचारवादियों द्वारा प्रतिपादित *विचारवाद के भौतिकवाद का विकल्प बनने* की कोई संभावना नहीं देखी।

एंगेल्स के अनुसार फायरबाख ने इस मुद्दे पर ध्यान नहीं दिया और भौतिकवाद के फूहड़ और घिसे-पिटे रूप से खिन्न होकर खुद भौतिकवाद का ही विरोध कर डाला। जैसाकि एंगेल्स ने कहा ही है, "यद्यपि विचारवाद का अंत निकट था और 1848 की क्रांति ने उसे प्राणघाती आघात पहुँचाया था, तथापि वह इससे संतुष्ट था कि भौतिकवाद का फिलहाल और भी पतन हो गया है। *इस भौतिकवाद की* जिम्मेदारी लेने से इनकार करके फायरबाख ने ठीक ही किया। लेकिन उनको इन घुमक्कड़ उपदेशकों के सिद्धांतों को ही *स्वयं भौतिकवाद* नहीं समझना चाहिए था।"[56]

एंगेल्स की इन टिप्पणियों से आसानी से स्पष्ट हो जाता है कि चूंकि विज्ञान की प्रगति का किसी भी दौर में पूर्णतः रुक जाना असंभव है अतः दार्शनिक भौतिकवाद का कोई भी रूप अंतिम और चरम नहीं होगा। इसके विपरीत, प्राकृतिक विज्ञान की हर युगसर्जक खोज के साथ—प्रकृति और पदार्थ की संरचना के बारे में नई अंतर्दृष्टि पाने के साथ—भौतिकवादी दर्शनशास्त्र सतत समृद्ध रूप पाता रहेगा। द्वंद्वात्मक दृष्टि का यही तो निर्णायक लाभ है। इसके बिना तो भौतिकवाद के एक दकियानूस (संकीर्ण) मतवाद बनकर रह जाने का या फिर किसी तरह के मतवादी अधिभूतवाद में बदल जाने का खतरा बना रहेगा।

जैसाकि एंगेल्स ने कहा है : "तथापि यदि खोज सदा (द्वंद्ववाद के) इस बिंदु से प्रारंभ होती है तो फिर अंतिम समाधान और सनातन सत्यों की मांग सदा के लिए समाप्त समझनी चाहिए। समस्त उपलब्ध ज्ञान की सीमाएं अनिवार्य हैं, इसके बारे में हम सदा सजग बने रहेंगे। यह तथ्य ध्यान में रहना चाहिए कि यह ज्ञान उन दशाओं से अनुकूलित है जिनमें वह प्राप्त किया गया है। दूसरी ओर सत्य और असत्य, शिव और अशिव, समरूप और असमरूप, अनिवार्य और आकस्मिक के उन प्रतिवादों पर हम स्वयं को आरोपित नहीं कर सकते जो पुराने और अभी भी प्रचलित अधिभूतवाद के लिए अनुल्लंघनीय हैं। इन प्रतिवादों की केवल सापेक्ष वैधता होती है। आज जो सत्य के रूप में मान्य है उसमें ही एक असत्य पक्ष अंतर्निहित है जो बाद में अभिव्यक्त होगा, उसी प्रकार जैसे आज जिसे असत्य माना जाता है उसमें एक सत्य पक्ष अंतर्निहित है जिसके कारण पहले वह सत्य माना जाता रहा है।"[57]

विचारवाद के पुनरुत्थान की प्रवृत्तिवाले सामान्य दार्शनिक परिवेश में लेनिन को इस संदर्भ में इस गंभीर प्रश्न से जूझना पड़ा कि सामान्यतः भौतिकवाद का तात्विक सत्य क्या है जिसकी अवहेलना का आरोप एंगेल्स ने फायरबाख पर लगाया था। यदि द्वंद्वात्मक दृष्टिकोण के बिंदु से समस्त सत्य अनिवार्यतः सापेक्ष है तब फिर कोई भौतिकवादी अपने ज्ञान-सिद्धांत की मूल प्रस्थापना को अर्थात् भौतिक विश्व के वस्तुनिष्ठ यथार्थ की प्रस्थापना को सुनिश्चित तौर पर आग्रह के साथ कैसे सामने रख सकता है ? यदि यह प्रस्थापना भी शुद्ध सापेक्ष ही मानी जाए यानी विशेष दशाओं में ही सत्य मानी जाए और परिवर्तित दशाओं में मिथ्यात्व या असत्यता की ओर अग्रसर मानी जाए तब फिर सामान्यतः भौतिकवाद का कोई कब तक आग्रह करता रह सकता है ? आखिरकार भौतिकवाद ऐसी सुस्पष्ट घोषणा की अपेक्षा करता है कि एक यथार्थ

बाह्य विश्व है जिसकी प्रकृति, संरचना और नियमों की खोज प्राकृतिक विज्ञानों द्वारा की जाती है।

इसी कारण लेनिन को सापेक्ष और परम सत्य के बारे में द्वंद्वात्मक भौतिकवाद के नजरिए को स्पष्ट करना पड़ा। इसका प्रारंभ-बिंदु सीधा-सा है। जिस विशेष संदर्भ में एंगेल्स द्वंद्वात्मक भौतिकवाद के बुनियादी तत्वों की व्याख्या कर रहे थे उसमें सनातन और निरपेक्ष सत्यों को रद्द करना जरूरी था। क्योंकि ड्यूहरिंग जैसे दर्शनशास्त्री आधिभौतिक दृष्टिकोण का बचाव करते हुए अक्सर विज्ञान और इतिहास के जटिल प्रश्नों के संबंध में सनातन और निरपेक्ष सत्यों की बात करते थे। साथ ही एंगेल्स ने यह भी स्पष्ट किया कि सापेक्ष सत्य के आग्रह का अर्थ यह नहीं है कि ऐसी प्राथमिक प्रस्थापनाओं तक की परम वैधता के बारे में प्रश्न खड़े करने का हास्यास्पद प्रयास किया जाए जैसे यह कि "नैपोलियन 5 मई 1821 को मरा।" प्राकृतिक विज्ञान के लिए उस प्रकृति की यथार्थता भी ऐसी ही प्राथमिक प्रस्थापना है जिसकी खोज प्राकृतिक विज्ञान करते हैं। दूसरी बात जो लेनिन ने बताई, यह है कि द्वंद्वात्मक दृष्टिकोण से निरपेक्ष सत्य के अस्वीकार का अर्थ प्राकृतिक विज्ञानों के इस लक्ष्य को ही अस्वीकृत करना नहीं है कि वे निरंतर निरपेक्ष सत्य की दिशा में खोज जारी रखें—उसे कभी पूर्णतः और अंतिम तौर पर बिना प्राप्त किए लेकिन सदा उसी दिशा में क्रमशः प्रगति करते हुए। सापेक्ष और निरपेक्ष सत्य के बारे में लेनिन द्वारा सवालों का यह स्पष्टीकरण दर्शनशास्त्र और विज्ञान पर उसकी दृष्टि को समझने के लिए अत्यधिक महत्वपूर्ण है। वे इसे किन शब्दों में रखते हैं यह देखना होगा :

"यदि आप यह नहीं कह सकते कि 'नैपोलियन 5 मई 1821 को मरा', यह प्रस्थापना झूठी या असमीचीन है, तो आप यह मान रहे होते हैं कि वह सत्य है। यदि आप यह नहीं कहते कि इस प्रस्थापना को भविष्य में नकारा जाएगा तो आप इसे सनातन सत्य मान रहे होते हैं ..."[58]

"एंगेल्स के द्वारा दिया गया यह वृत्तांत सरल है और कोई भी तनिक कठिनाई के बिना ही अनेक *सत्यों* के बारे में सोच सकता है जो सनातन और निरपेक्ष हैं और केवल रुग्ण लोग ही जिनके बारे में शंका कर सकते हैं (जैसाकि एंगेल्स एक अन्य उदाहरण देकर कहते हैं—'पैरिस फ्रांस में है')। यहां एंगेल्स 'सामान्योक्तियों' के बारे में क्यों बात कर रहे हैं? क्योंकि मतवादी लोग आधिभौतिक भौतिकवादी ड्यूहरिंग की निंदा कर रहे हैं और उसका मजाक उड़ा रहे हैं, जो निरपेक्ष और सापेक्ष सत्य के संबंध पर द्वंद्ववाद को लागू करने में असमर्थ था। एक भौतिकवादी होने का अर्थ है हमारी ज्ञानेंद्रियों द्वारा ज्ञात होनेवाले वस्तुनिष्ठ यथार्थ को मानना। वस्तुनिष्ठ यथार्थ को यानी इस बात को, कि सत्य मनुष्य और मानवजाति के ऊपर निर्भर नहीं है, मानने का अर्थ किसी न किसी रूप में निरपेक्ष सत्य को मानना है और यह 'एक अथवा दूसरे रूप में' मानना ही आधिभौतिक भौतिकवादी ड्यूहरिंग को द्वंद्वात्मक भौतिकवादी एंगेल्स से अलग करता है। विज्ञान के जटिलतम प्रश्नों के बारे में और विशेषतः इतिहास विज्ञान के प्रश्नों के बारे में ड्यूहरिंग अक्सर ये शब्द बोलते रहते थे : चरम, अंतिम, और सनातन

सत्य। एंगेल्स इनका मजाक उड़ाते थे। एंगेल्स ने कहा : निश्चय ही सनातन सत्य हैं लेकिन साधारण वस्तुओं के संदर्भ में बड़े भारी-भरकम या ऊंचे दिखनेवाले शब्दों का प्रयोग बुद्धिमत्तापूर्ण नहीं है। यदि हम भौतिकवाद को आगे बढ़ाना चाहते हैं तो हमें 'सनातन सत्य' जैसे शब्दों से छेड़छाड़ और खिलवाड़ नहीं करना चाहिए और निरपेक्ष तथा सापेक्ष सत्य के संबंध के सवाल पर द्वंद्वात्मक दृष्टि से विचार करके उत्तर देना चाहिए।"[59]

आधिभौतिक भौतिकवादी ड्यूहरिंग यदि 'सनातन या निरपेक्ष सत्य' जैसा शब्दों का अविचारित प्रयोग करना चाहते थे तो लेनिन के समय के नवविचारवादी यह तर्क करते थे कि "हमारे ज्ञान की सापेक्षता की मान्यता निरपेक्ष सत्य की न्यूनतम स्वीकृति का भी निषेध करती है।"[60] इनके विरुद्ध लेनिन ने तर्क दिया : "विज्ञान के विकास की दिशा में प्रत्येक कदम निरपेक्ष सत्य के कुल योग में नई वृद्धि करता है। लेकिन प्रत्येक वैज्ञानिक प्रस्थापना के सत्य की सीमाएं सापेक्ष हैं। वे ज्ञान की वृद्धि के साथ बढ़ती-सिकुड़ती रहती हैं।"[61]

इसे अधिक विस्तार देते हुए उन्होंने कहा :

"आधुनिक भौतिकवाद यानी मार्क्सवाद की दृष्टि से वस्तुनिष्ठ निरपेक्ष सत्य से हमारे ज्ञान के सन्निकटन की *सीमाएं* ऐतिहासिक दशाओं से अनुकूलित हैं। लेकिन ऐसे सत्य का अस्तित्व *दशाओं* से बंधा हुआ नहीं है और यह तथ्य भी दशाओं से बंधा हुआ नहीं है कि हम उसके समीपतर आ रहे हैं। तस्वीर की यह रूपरेखा ऐतिहासिक दृष्टि से दशायुक्त है लेकिन यह तथ्य दशामुक्त है कि तस्वीर एक वस्तुनिष्ठ रूप में विद्यमान सत्ता की प्रतिकृति का चित्रण करती है। हम वस्तुओं की सारभूत प्रकृति के ज्ञान के संदर्भ में, कोलतार में ऐलिजेरिन की खोज या परमाणु में इलेक्ट्रान की खोज ऐतिहासिक रूप से कब और किन दशाओं में कर पाते हैं यह ऐतिहासिक रूप से दशायुक्त है। लेकिन ऐसी प्रत्येक खोज चरम वस्तुनिष्ठ ज्ञान की दिशा में प्रगति है यह सत्य दशामुक्त है। संक्षेप में कहें तो प्रत्येक विचारधारा ऐतिहासिक दृष्टि से दशायुक्त है जबकि यह एक दशामुक्त सत्य है कि (धार्मिक विचारधारा से भिन्न) प्रत्येक वैज्ञानिक विचारधारा के अनुरूप एक वस्तुनिष्ठ सत्य, एक निरपेक्ष प्रकृति विद्यमान है।..."

जैसाकि हेगेल ने अपने समय में स्पष्ट किया था, द्वंद्ववाद में सापेक्षता का, निषेध का और संशयवाद का तत्व निहित है, लेकिन इसे सापेक्षवाद में रूढ़ नहीं किया जा सकता। मार्क्स और एंगेल्स के भौतिकवादी द्वंद्ववाद में निश्चय ही सापेक्षवाद निहित है। लेकिन उसे सापेक्षवाद में रूढ़ नहीं किया जा सकता। तात्पर्य यह कि वह हमारे समस्त ज्ञान की सापेक्षता को इस अर्थ में मानती है कि इस सत्य के हमारे ज्ञान के सन्निकटन की सीमाएं ऐतिहासिक दशाओं से अनुकूलित हैं, न कि इस अर्थ में कि वह वस्तुनिष्ठ सत्य का अस्वीकार कर दे।"[62]

10. विज्ञान कहां जा रहा है ?

विज्ञान और दर्शनशास्त्र की समस्याओं पर लेनिन की विवेचना का एक और बिंदु संक्षेप

में याद कर लेने योग्य है। उन्नीसवीं शताब्दी के अंतिम दशक के बाद विशेषकर भौतिकी के क्षेत्र में जो युगसर्जक खोजें हुई—जैसे एक्सरे की, रेडियम की, बैक्वेरल किरणों इत्यादि की खोज—उनके ज्ञान-मीमांसी निहितार्थों के बारे में लेनिन के समय के भौतिकशास्त्रियों में खासी भ्रांति थी।[63] ऐसी खोजों के फलस्वरूप पहले जिसे भौतिकशास्त्र की सुदृढ़ नींव माना जाता था उसका अधिकांश भाग ढहने लगा था। पोइनकेयर ने अपनी पुस्तक *वैल्यू आफ साइंस* में कहा है कि 'न्यूटन के सिद्धांत', 'मेयर के सिद्धांत', 'लेबोजियर के सिद्धांत', 'कारनाट के सिद्धांत', ये सब ढहने के कगार पर थे।[64] अतः स्वयं भौतिकशास्त्रियों के बीच भौतिकी में एक *संकट* की चर्चा व्यापक थी। लेनिन ने इंग्लैंड, जर्मनी और फ्रांस की परिस्थितियों की समीक्षा करके यह दिखाया कि भौतिकी की नई खोजों के ज्ञानमीमांसी निहितार्थों के बारे में बुनियादी तौर पर दो प्रवृत्तियां विद्यमान थीं।[65] इनमें से एक थी *भौतिक विचारवाद* जिसकी बारीकी से जांच-पड़ताल लेनिन को जरूरी लगी। यह शब्द फायरबाख द्वारा गढ़ा गया था जिन्होंने जोहान्स मुलर (1801-1858) द्वारा प्रस्तुत शरीरक्रियाशास्त्रीय तथ्यों के विचारवादी विश्लेषण का हवाला देते हुए मुलर को शरीरक्रियाशास्त्रीय विचारवादी कहा था। इसी प्रकार जब अनेक प्रसिद्ध भौतिकशास्त्री दार्शनिक विचारवाद की ओर झुके तो उनकी दृष्टि को 'भौतिक विचारवाद' कहा गया।[66] इनमें से प्रमुख थे अर्न्स्ट माख, पियरे डुहेम (फ्रांसीसी सैद्धांतिक भौतिकशास्त्री, 1861-1916), जे. बी. स्टैलो (अमरीकी दर्शनशास्त्री और भौतिकशास्त्री, 1823-1900), एल. ए. पोइनकेयर (फ्रांसीसी भौतिकशास्त्री, 1862-1920) इत्यादि। इन भौतिकशास्त्रियों की ऐसी प्रवृत्ति क्यों थी, इनकी सामान्य प्रवृत्तियों का हवाला देते हुए लेनिन ने लिखा :

"भौतिकीय विचारवाद यानी 19वीं शताब्दी के अंत और 20वीं शताब्दी के आरंभ में एक निश्चित संप्रदाय के भौतिकशास्त्रियों का विचारवाद अब भौतिकवाद का वैसा खंडन नहीं करता, प्राकृतिक विज्ञान और विचारवाद (या अनुभवाश्रित-समालोचना) के बीच वैसे संबंध स्थापित नहीं करता जैसा एफ.ए. लांगे और शरीरक्रियाशास्त्रीय विचारवादी करते थे। दोनों ही मामलों में प्राकृतिक विज्ञान की एक शाखा में प्राकृतिक वैज्ञानिकों के एक संप्रदाय का प्रतिक्रियावादी दर्शनशास्त्र की ओर हुआ विचलन एक अस्थायी विचलन है, विज्ञान के इतिहास में बीमारी का एक संक्रमणकालीन दौर है, वृद्धि की प्रक्रिया से उत्पन्न रोग है जो पुरानी स्थापित अवधारणाओं के सहसा ध्वस्त हो जाने से उत्पन्न हुआ है ..."[67]। "समस्त विज्ञान की तरह भौतिकशास्त्र की बुनियादी भौतिकवादी भावना सभी संकटों को पार तो कर लेगी, पर ऐसा केवल आधिभौतिक भौतिकवाद के अनिवार्य विस्थापन और उसकी जगह द्वंद्वात्मक भौतिकवाद की प्रतिष्ठा के द्वारा ही होगा।"[68]

'वृद्धि से उत्पन्न रोग' की यह अभिव्यक्ति अत्यधिक महत्वपूर्ण है। आइए, हम देखें कि लेनिन इसकी क्या व्याख्या करते हैं। भौतिकीय विचारवाद के उभार के महत्वपूर्ण कारणों में से एबिल रे एक का विवरण इस प्रकार देते हैं : "भौतिकशास्त्र का संकट उसके क्षेत्र पर गणितीय आत्मा की विजय में निहित है। एक ओर भौतिकशास्त्र

की प्रगति और दूसरी ओर गणित की प्रगति ने 19वीं शताब्दी में इन दोनों विज्ञानों के बीच एक सम्मिश्रण उत्पन्न किया। सैद्धांतिक भौतिकशास्त्र गणितीय भौतिकशास्त्र बन गया ··· इसके बाद औपचारिक अवधि शुरू हुई यानी गणितीय भौतिकशास्त्र की, शुद्ध गणितीय भौतिकी की अवधि, जो भौतिकी की एक शाखा नहीं थी बल्कि गणितज्ञों द्वारा विकसित, गणित की एक शाखा थी ··· *भौतिक* तत्वों के यथार्थ, वस्तुनिष्ठ तथ्यों के रूप में मुहावरतन कहें तो तत्वों का सर्वथा विलोप हो गया। अब अवकल समीकरणों के द्वारा प्रतिनिधित्व पा रहे आकारगत संबंध ही बचे रहे।''[69]

इस पर लेनिन की टीका है :

''भौतिक विचारवाद का पहला कारण ऐसा ही है। विज्ञान की प्रगति के द्वारा ही ये प्रतिक्रियावादी प्रयास जन्म ले रहे हैं। प्राकृतिक विज्ञान ने जो महान सफलताएं अर्जित कीं और पदार्थ के तत्वों के प्रति जो इतना एकरस और सहज रवैया अपनाया कि उनकी गति के नियमों की गणितीय ढंग से विवेचना हो सके, उसके कारण गणितज्ञों ने पदार्थ की ही अनदेखी शुरू कर दी। 'पदार्थ अदृश्य हो जाता है' और केवल समीकरण बच जाते हैं। हरमान कोहेन जोकि नई भौतिकी की विचारवादी भावना के समर्थक हैं जैसाकि हमने उन्हें देखा है, आगे बढ़कर स्कूलों में उच्चतर गणित की शिक्षा देने तक की वकालत करते हैं ताकि हाईस्कूल के विद्यार्थी विचारवाद की उस भावना से लैस हो सकें जो हमारे भौतिकवादी युग में विलुप्त हो रही है। स्पष्टतः यह एक प्रतिक्रियावादी का हास्यास्पद स्वप्न है। और, वस्तुतः होगा केवल यह कि थोड़े-से विशेषज्ञ अस्थायी तौर पर विचारवाद की ओर झुक जाएंगे।''[70]

यहां लेनिन के विश्लेषण का अधिक उल्लेखनीय पक्ष उस सैद्धांतिक तत्व का विश्लेषण है जो तथाकथित 'भौतिक विचारवाद' का निर्माण करता है। यह हाल की युगसर्जक खोजों की आंतरिक जरूरतों के अनुरूप भौतिकशास्त्र पर महत्वपूर्ण प्रभाव डाल रहे द्वंद्वात्मक भौतिकवाद के एक महत्वपूर्ण निहितार्थ की मात्र एक विकृत समझ थी। भौतिकवादी द्वंद्ववाद का यह महत्वपूर्ण निहितार्थ सापेक्षवाद का सिद्धांत या ज्ञान की सापेक्षता का सिद्धांत है। ''प्राचीन सिद्धांतों के सहसा ध्वस्त हो जाने'' के कारण ज्ञान की सापेक्षता की अवहेलना असंभव हो गई थी। लेकिन चूंकि भौतिकशास्त्री उस भौतिकवादी द्वंद्ववाद से अनजान थे जो अकेले ही इस सिद्धांत की सही समझ दे सकता है, इसलिए वे लोग इसकी विकृत समझ की ओर मुड़ रहे थे और यह कल्पना करने लगे थे कि ज्ञान की सापेक्षता का अर्थ ज्ञात वस्तु के यथार्थ को ही अस्वीकार करना है। जैसाकि लेनिन ने कहा है :

''भौतिक विचारवाद को जन्म देनेवाला अन्य कारण है सापेक्षवाद का सिद्धांत, हमारे ज्ञान की सापेक्षता का सिद्धांत, जो प्राचीन सिद्धांतों के आकस्मिक विध्वंस के इस युग में भौतिकशास्त्रियों को अपनी जकड़ में ले रहा है और *अगर ये भौतिकशास्त्री जो द्वंद्ववाद से अनजान हैं,* तो अनिवार्यतः विचारवाद की ओर झुक जाते हैं ··· तथ्य यह है कि सापेक्षवाद के प्रश्न का एकमात्र सही सैद्धांतिक प्रतिपादन मार्क्स और एंगेल्स के द्वंद्वात्मक भौतिकवाद में हुआ है और उसका अज्ञान सापेक्षवाद से दार्शनिक विचारवाद

की ओर ही ले जाएगा ...

"भौतिकी के समस्त पुराने सत्य जिनमें भली भांति प्रतिष्ठित और निर्विवाद माने जानेवाले सत्य भी शामिल हैं, सापेक्ष सत्य सिद्ध हुए हैं । *अतः* मानवजाति से स्वतंत्र कोई वस्तुनिष्ठ यथार्थ नहीं हो सकता । ऐसा तर्क न केवल सभी माखवादियों का है बल्कि सामान्यतः यह 'भौतिक' विचारवादियों का भी तर्क है । निरपेक्ष सत्य सापेक्ष सत्यों के विकास के क्रम में उनके योग का परिणाम है, सापेक्ष सत्य मानवजाति से स्वतंत्र एक वस्तुनिष्ठ यथार्थ के सापेक्षतः ईमानदार प्रतिबिंबन हैं, ये प्रतिबिंबन अधिकाधिक ईमानदार होते जाते हैं, प्रत्येक वैज्ञानिक सत्य में उसकी सापेक्ष प्रकृति के बावजूद निरपेक्ष सत्य का एक तत्व समाहित होता है—ये सभी प्रस्थापनाएं जो ऐसे किसी भी व्यक्ति के लिए सहज ज्ञात हैं जिसने एंगेल्स की कृति *एंटी-ड्यूहरिंग* पर कभी विचार किया है, 'आधुनिक' ज्ञान-सिद्धांत के लिए सात तालों में बंद किसी किताब की तरह हो गई हैं ।"[71]

इसका एक स्पष्ट उदाहरण डुहेम कृत *थियरी आफ फिजिक्स* है । "अत्यधिक श्रम के बाद और भौतिकशास्त्र के इतिहास से प्राप्त ऐसे अनेक रोचक और अमूल्य दृष्टांतों की सहायता से, जैसे हम माख के यहां अक्सर देखते हैं, डुहेम ने यह दिखाया है कि 'भौतिकशास्त्र का प्रत्येक नियम सापेक्ष और तदर्थ है क्योंकि वह अपूर्ण है ।' कोई मार्क्सवादी जब इस विषय पर ऐसी लंबी-लंबी विवेचनाएं पढ़ेगा तो यही कहेगा कि यह आदमी खुले दरवाजे को खटखटा रहा है । लेकिन डुहेम, स्टैलो, माख और पोइनकेयर के साथ यही तो दिक्कत है कि वे द्वंद्वात्मक भौतिकवाद द्वारा खोले गए दरवाजे को देख नहीं पाते । सापेक्षवाद का सही प्रतिपादन कर पाने में असमर्थ रहने के कारण वे सरककर विचारवाद के गड्ढे में जा गिरते हैं ।"[72]

उपसंहार

तो प्राकृतिक विज्ञान में वास्तव में हो क्या रहा था ? विशेषकर भौतिकी के क्षेत्र में हाल की क्रांति का यथार्थ महत्व क्या था ? उसका मुख्य उत्तर एंगेल्स पहले ही दे चुके थे जिन्होंने बताया था कि प्राकृतिक विज्ञान में प्रगति के फलस्वरूप उसे समझने के लिए एक नये अवधारणात्मक उपकरण की जरूरत का दबाव लगातार बढ़ रहा था । यह नया अवधारणात्मक उपकरण है द्वंद्वात्मक भौतिकवाद या भौतिकवादी द्वंद्ववाद । लेनिन के समय में जो कुछ हो रहा था वह इसी प्रक्रिया का अधिक गहराना था, विशेषकर इसलिए कि पदार्थ की पुरानी समझ भौतिकी में सहसा ध्वस्त हो गई थी और उसकी जगह एक हैरान कर देनेवाली नई समझ सामने आ रही थी । वैज्ञानिकों के लिए मार्क्सवादी द्वंद्ववाद एक अपरिहार्य आवश्यकता हो गया था । लेकिन खुद वैज्ञानिक उसे समझ नहीं पा रहे थे । परिणामस्वरूप उनमें से कुछ बौद्धिक कूड़े-करकट का एक भ्रामक ढेर लगा रहे थे और वह भी नई परिस्थिति के स्पष्टीकरण के नाम पर । इसीलिए भौतिकशास्त्र की नई क्रांति पर लेनिन ने ये समापन-टिप्पणियां की थीं :

"संक्षेप में, आज का 'भौतिक' विचारवाद कल के शरीरक्रियावैज्ञानिक विचारवाद

की ही तरह केवल यह बताता है कि प्राकृतिक विज्ञान की एक शाखा में एक संप्रदाय के वैज्ञानिक एक प्रतिक्रियावादी दर्शनशास्त्र में जा फंसे हैं, क्योंकि वे अधिभूतवादी भौतिकवाद के सीधे और एकबारगी द्वंद्वात्मक भौतिकवाद तक नहीं उठ पाते। यह कदम आधुनिक भौतिकशास्त्र उठा तो रहा है और उठाएगा लेकिन वह एकमात्र सत्य पद्धति और एकमात्र सत्य दर्शनशास्त्र की ओर सीधे नहीं बल्कि टेढ़े-मेढ़े ढंग से, सजग भाव से नहीं बल्कि सहजबोध के द्वारा, अपने 'अंतिम लक्ष्य' को साफ समझकर नहीं बल्कि अनुमान से उसके निकट जाते हुए अस्त-व्यस्त चाल से और कभी-कभी उसकी ओर पीठ भी कर लेते हुए क्रमशः बढ़ रहा है। आधुनिक भौतिकी प्रसव-पीड़ा से गुजर रही है। वह द्वंद्वात्मक भौतिकवाद को जन्म दे रही है। बच्चे के जन्म की प्रक्रिया कष्टकर है। और, जीवित स्वस्थ शिशु के साथ बहुत-सी मृत चीजें भी उत्पन्न होंगी—ऐसी कचरा चीजें जो केवल कूड़े के ढेर के लिए उपयुक्त होंगी। भौतिक विचारवाद का समूचा संप्रदाय, अनुभवाश्रित समालोचना का समूचा दर्शनशास्त्र और उसके साथ-साथ अनुभवाश्रित प्रतीकवाद, अनुभवाश्रित अद्वैतवाद इत्यादि-इत्यादि को ऐसा ही कूड़ा-कचरा समझना चाहिए।"[73]

जे.डी. बरनाल तथा अन्य लोगों ने इस प्रश्न पर विचार किया है कि समाजवादी विश्व से बाहर के वैज्ञानिकों को अपने काम के लिए भौतिकवादी द्वंद्ववाद का महत्व समझ पाने से कौन-सी चीज रोकती है ? उस ब्योरे में जाने का यहां अवसर नहीं है पर यह समझना महत्वपूर्ण है कि समाजवादी विश्व से बाहर के कुछ असाधारण वैज्ञानिकों ने धीरे-धीरे वैज्ञानिकों के लिए लेनिन के इस संदेश के महत्व के प्रति अधिकाधिक जागरूकता दिखाई है। 1974 तक की स्थिति की समीक्षा करते हुए सकाता कहते हैं :

"इस दृष्टिकोण (भौतिकवादी द्वंद्ववाद) की वैधता के प्रति जागरूक वैज्ञानिकों की संख्या धीरे-धीरे बढ़ी है। यह ध्यान में रखा जाना चाहिए कि रूसी वैज्ञानिक प्रकृति की द्वंद्वात्मकता का असाधारण उत्साह के साथ अध्ययन कर रहे हैं। अन्य देशों के प्रथम श्रेणी के वैज्ञानिकों, जैसे जे. डी. बरनाल (ब्रिटिश रासायनिक भौतिकशास्त्री), जे. नीधम (ब्रिटिश जीववैज्ञानिक) और पी. लांगविन (फ्रांसीसी भौतिकशास्त्री) ने प्रकृति की द्वंद्वात्मकता पर शानदार निबंध प्रकाशित किए हैं। मुझे यह भी बताया गया है कि 'कृत्रिम रेडियो सक्रियता' के आविष्कारक एफ. जूलियट क्यूरी और आई. जूलियट क्यूरी तथा 'ब्रह्मांडीय किरणों की वर्षा' के आविष्कारक पी.एम.एस. ब्लैकेट जैसे महान वैज्ञानिक इसका समर्थन करते हैं। इसके अलावा अमरीका के महानतम सैद्धांतिक भौतिकशास्त्रियों में से एक आर. ओपेनहाइमर जिन्होंने परमाणु बम के उत्पादन में महत्वपूर्ण भूमिका निभाई थी, इसका अध्ययन कर रहे हैं। हमारे देश में, मेरे आदरणीय मित्रों में से एक एम. ताकेतानी ने क्वांटम यांत्रिकी की व्याख्या पर और न्यूटनी यांत्रिकी की स्थापना की प्रक्रिया पर भी शानदार निबंध प्रकाशित किए हैं जिनमें उन्होंने प्रकृति की द्वंद्वात्मकता के एक नए चरण को विकसित किया है (जिसे क्वांटम यांत्रिकी का चरण कहा जाता है)। हाल ही में एच. युकावा ने कहा है कि सैद्धांतिक भौतिकशास्त्र के विकास की दिशा 'द्वंद्वात्मक' है और उसका आधार 'भौतिकवादी' है।"[74]

लेकिन वैज्ञानिकों को जीर्णशीर्ण सामाजिक व्यवस्था की सड़ी-गली उपजों से, पुराने वैचारिक बंधनों से मुक्त करने के लिए सक्रिय राजनीतिक संघर्ष समेत एक लंबी लड़ाई की जरूरत है। इस लड़ाई की सफलता मार्क्स, एंगेल्स और लेनिन के बारे में हमारी समझ पर निर्भर है।

संदर्भ एवं टिप्पणियां

1. बरनाल, पृ. 764.
2. सकाता, पृ. 7.
3. उपरोक्त, पृ. 4.
4. लेनिन, एम ई सी, पृ. 249-50.
5. बरनाल, पृ. 764.
6. उपरोक्त, पृ. 746.
7. उपरोक्त, पृ. 766.
8. सकाता, पृ. 199.
9. बरनाल, पृ. 733.
10. ब्लैकमोर द्वारा उद्धृत, पृ. 206
11. सकाता, पृ. 104-5.
12. एंगेल्स, डी. एन. पृ. 26.
13. लेनिन, एम ई सी, पृ. 249-50.
14. एंगेल्स, डी एन, पृ. 208.
15. मार्क्स और एंगेल्स, सेलेक्टेड करेस्पांडेंस, मास्को, 1975, पृ. 264-65.
16. एंगेल्स, डी. एन., संपादकीय टिप्पणी, पृ. 7.
17. सकाता, पृ. 2.
18. एंगेल्स, डी एन, संपादकीय टिप्पणी, पृ. 7.
19. एंगेल्स, डी एन, पृ. 213.
20. लेनिन, एम ई सी, पृ. 151.
21. उपरोक्त, पृ. 155.
22. उपरोक्त, पृ. 220.
23. सकाता, पृ. 106.
24. होल्टन, पृ. 231.
25. ब्लैकमोर, पृ. 258. आइंस्टाइन के उद्धरण भी इसी पृष्ठ से दिए गए हैं.
26. लेनिन, एम ई सी, पृ. 50.
27. उपरोक्त, पृ. 92.
28. उपरोक्त, पृ. 48.
29. उपरोक्त, पृ. 50.

30. होल्टन, पृ. 253.
31. उपरोक्त पृ. 241 पर उद्धृत.
32. उपरोक्त, पृ. 226.
33. ब्लैकमोर, पृ. 248.
34. होल्टन, पृ. 226.
35. ब्लैकमोर, पृ. 216.
36. होल्टन, पृ. 227.
37. ब्लैकमोर, पृ. 222.
38. होल्टन, पृ. 228.
39. उपरोक्त.
40. उपरोक्त, पृ. 231.
41. एंगेल्स, डी एन, पृ. 208.
42. एंगेल्स, ए डी, पृ. 22.
43. एंगेल्स, डी एन, पृ. 44-45.
44. लेनिन, एम ई सी, पृ. 240.
45. उपरोक्त, पृ. 255.
46. उपरोक्त, पृ. 116.
47. उपरोक्त, पृ. 269 पर उद्धृत.
48. उपरोक्त, पृ. 246.
49. उपरोक्त, पृ. 270-71.
50. उपरोक्त, पृ. 248-49.
51. उपरोक्त, पृ. 269-70.
52. उपरोक्त, पृ. 271.
53. उपरोक्त, पृ. 253.
54. एंगेल्स, *लुडविग फायरबाख,* मार्क्स एंड एंगेल्स, *सेलेक्टेड वर्क्स,* मास्को, 1975, पृ. 597.
55. उपरोक्त.
56. उपरोक्त, पृ. 598.
57. उपरोक्त, पृ. 609-10.
58. लेनिन, एम ई सी, पृ. 118.
59. उपरोक्त पृ. 819.
60. उपरोक्त, पृ. 121.
61. उपरोक्त.
62. उपरोक्त पृ. 122-124.
63. उपरोक्त, पृ. 238.
64. सकाता, पृ. 104.
65. लेनिन, एम ई सी, पृ. 262-87.
66. उपरोक्त, पृ. 293.

67. उपरोक्त.
68. उपरोक्त, पृ. 294.
69. उपरोक्त में पृ. 295-96 पर उद्धृत.
70. उपरोक्त, पृ. 296-97.
71. उपरोक्त, पृ. 297-98.
72. उपरोक्त, पृ. 299.
73. उपरोक्त, पृ. 301-2.
74. सकाता, पृ. 109-10.

अध्याय 5

स्वतंत्रता तथा विज्ञान का भविष्य

जब लेनिन विज्ञान के वास्तविक सैद्धांतिक निहितार्थों पर छाए हुए दार्शनिक मकड़जाल को साफ करने में लगे थे तभी स्वयं विज्ञान को एक हथियार के रूप में प्रयोग करनेवाले एक नए प्रेत का जन्म भी हुआ जो जल्दी ही न केवल विज्ञान के जगत को बल्कि समूची पृथ्वी को डराने लगा। क्या स्वतंत्रता का पहला सकारात्मक दृश्य लगभग दो हजार वर्षों से अधिक समय तक जारी एक भ्रांतिपूर्ण समझ की अतल गहराइयों से उबारे जाने के तुरंत बाद एक पूर्ण विध्वंस का शिकार हो गया है ? और वह भी इस दुखद विडंबना के साथ कि जिन शक्तियों ने मुश्किल से 300 वर्ष पहले उसके निर्णायक उद्धारक की भूमिका निभाई थी उन्हीं के द्वारा ? क्या विज्ञान, जिसने दर्शनशास्त्रियों को स्वतंत्रता का पहला नया बोध दिया, फिर से विपरीत दिशा में चल पड़ा है ? प्रकृति पर स्थापित वास्तविक स्वामित्व के आधार पर मानवीय सत्ता की संभावित अनंत समृद्धि का आश्वासन देने के स्थान पर क्या वह मनुष्य को उसकी अंतिम यात्रा का अंक खेलने की प्रेरणा दे रहा है ?

संक्षेप में यही वह प्रश्न है जिस पर मैं यहां विचार करना चाहता हूं। आधुनिक विज्ञान जिन नैतिक समस्याओं से जूझ रहा है उनमें यह एक बुनियादी नैतिक समस्या है। यह न केवल वैज्ञानिकों और उनकी समझ से जुड़ी है बल्कि संपूर्ण मानवजाति से जुड़ी है।

निश्चय ही यह प्रश्न अनेक रूपों में उठाया जा सकता है जैसाकि यह प्रतिष्ठित वैज्ञानिकों, दर्शनशास्त्रियों और लेखकों द्वारा उठाया जाता है, लेकिन यह किस तरीके से उठाया जाता है यह बहुत महत्वपूर्ण नहीं है। महत्वपूर्ण स्वयं इस प्रश्न का महत्व और उसकी तात्कालिकता है। तथ्य यह है कि गुजरते हुए एक-एक पल के साथ इस पर ध्यान देने की जरूरत अधिकाधिक बढ़ती जा रही है। कारण कि कल हम किसी बात पर बहस भी कर सकेंगे या नहीं, स्वयं इसी की संभावना आज इस विशेष प्रश्न के बारे में हमारे उत्तर पर निर्भर है—यानी न केवल हमारे विचारों पर बल्कि हमारे कर्म पर भी।

इसका कारण आज हमारे सामान्य बोध का अंग बन चुका है। आज किसी झक्की

द्वारा थोड़े-से बटन इधर-उधर दबा देने से मानवजाति के सारे चिह्न इस पृथ्वी से विलुप्त हो जाएंगे। भौतिक और जैविक विज्ञानों की बढ़ती प्रगति ने ऐसी ही भारी विध्वंसक सामर्थ्य प्राप्त कर ली है। निश्चय ही इस जानकारी का बड़ा हिस्सा गुप्त रखा जाता है। स्वयं कार्यरत वैज्ञानिक भी उस वास्तविक प्रयोजन को जानने से वंचित रह जाते हैं जिसके लिए वे काम कर रहे हैं। तब भी इन 'सुरक्षात्मक' उपायों से किसी तरह छनकर जो थोड़ी-सी जानकारी बाहर आती है वह भी पर्याप्त स्तब्धकारी है। क्या मनुष्य विज्ञान के इस सर्वशक्तिमान प्रयाण के बाद जीवित रहेगा?

यदि विज्ञान के विकास का आंतरिक तर्क उसके लिए इसी दिशा में सतत कार्य करने के अतिरिक्त और कोई विकल्प नहीं छोड़ता और यदि स्वयं वैज्ञानिक विराट विध्वंस के भयावह खेल के एक असहाय उपकरण मात्र हैं तब तो फिर हम भविष्य में, जो बहुत दूर भी नहीं है, महाविध्वंस की प्रतीक्षा के अतिरिक्त और कर ही क्या सकते हैं। और, यदि ऐसा है तो उन दर्शनशास्त्रियों के वीरतापूर्ण शब्दों का क्या होगा जो कहते थे कि मनुष्य प्रकृति और उसके नियमों की अधिकाधिक गहरी अंतर्दृष्टि प्राप्त करके प्रकृति पर अनंत स्वामित्व पा सकेगा? ये शब्द वे थे जो स्वतंत्रता का पहला सकारात्मक दर्शन कराते थे—ऐसी स्वतंत्रता का जो वास्तविक मानवीय सत्ता को प्रयोजनपूर्ण समृद्धि देती हो और यथार्थ के प्रति केवल आत्मनिष्ठ दृष्टि में परिवर्तन करके उससे होनेवाले काल्पनिक पलायन का मनमोदक न हो। दो हजार से भी अधिक वर्षों तक हमारे पैगंबर ऐसी ही काल्पनिक स्वतंत्रता के बारे में बोलते रहे हैं, हालांकि इनमें से केवल बुद्ध ने इसे संभवतः सर्वाधिक स्पष्ट अभिव्यक्ति दी। उन्होंने देखा कि मनुष्य पीड़ा के महासागर में डूब-तैर रहा है और वे इसका कोई वस्तुनिष्ठ समाधान नहीं जानते थे। इसीलिए उन्होंने निठल्लों की तत्वमीमांसा को हतोत्साहित किया और केवल 'अंतःकरण की शांति' प्राप्त करने पर बल दिया ताकि कम से कम पीड़ा का बोध समाप्त हो सके। सार के रूप में पैगंबर लोग स्वतंत्रता को दो हजार वर्षों से इसी रूप में समझते रहे हैं। निश्चय ही वह एक भ्रांति थी लेकिन जिन दशाओं में वे रह रहे थे उनमें ऐसी भ्रांति आवश्यक थी। उन दिनों प्रकृति के ऊपर मनुष्य की सत्ता बहुत कम थी और मानव के दुखों के वास्तविक समाधान का सुझाव देना संभव नहीं था। अगर कुछ संभव था तो केवल सांत्वना देना।

आधुनिक प्रायोगिक विज्ञान की संभावनाएं जब पहली बार सामने आईं तो स्थिति में नाटकीय परिवर्तन आ गया। पहले-पहल ऐसी दशाओं की रचना की संभावना दिखने लगी जिनमें भ्रांति की आवश्यकता नहीं थी। बेकन और देकार्त जैसे दर्शनशास्त्री स्वतंत्रता की एक नई दृष्टि लेकर आगे बढ़े। वे यथार्थ के प्रति आत्मनिष्ठ रवैये में ही बदलाव के स्वप्न देखना अनिवार्य नहीं मानते थे। कारण कि यथार्थ को परिवर्तित करने के लिए उपकरणों का अब बड़े पैमाने पर निर्माण हो रहा था। यही था आधुनिक विज्ञान। बेकन ने कहा कि विज्ञान की सहायता से "मनुष्य का साम्राज्य पूरे ब्रह्मांड में फैल जाएगा और मानवजाति का वास्तविक हित होगा, वह मुक्ति का अग्रदूत बनेगा और अनिवार्यता को अपने अधीन लाकर उस पर विजय पाएगा।" देकार्त ने कहा कि

एक ऐसा "व्यावहारिक दर्शनशास्त्र आवश्यक है जो आग, पानी, हवा और सितारों की शक्तियों तथा अंतरिक्ष और हमारे संपूर्ण परिवेश की शक्तियों को उतनी ही स्पष्टता से जाने जैसेकि हम अपने कारीगरों के अलग-अलग पेशों के बारे में जानते हैं। तब हम ऐसी जानकारी के द्वारा प्रकृति के स्वामी और रखवाले बन जाएंगे तथा उसका प्रत्येक उचित उपयोग करेंगे।" इस प्रकार दर्शनशास्त्रियों ने अनुभव किया कि अब प्रकृति की अंधी आवश्यकता से अभिभूत रहने की जरूरत नहीं है क्योंकि प्रकृति को समझा जा सकता है और उसकी समझ जितनी ही स्पष्ट होगी, उसकी अंतर्निहित दासता से उतनी ही अधिक मुक्ति प्राप्त होगी। स्वतंत्रता की यह दृष्टि नई थी जो क्रमशः परिपक्व होती गई और अंततः आवश्यकता की मान्यता के रूप में प्रतिपादित हुई। यह प्रतिपादन बेकन और देकार्त के मस्तिष्क में उनके समय के नए विज्ञान के प्रभाव से पहले ही आकार ले रहा था।

आधुनिक प्रायोगिक विज्ञान का दर्शनशास्त्रियों पर आरंभिक प्रभाव ऐसी ही अनंत आशा के नए क्षितिज को उद्घाटित करनेवाला था। बहरहाल, तब से विज्ञान की महादैत्याकार प्रगति हो चुकी है। विशेषकर 20वीं शताब्दी में इस प्रगति की रफ्तार चकित कर देनेवाली है। इस शताब्दी के पहले 50 वर्षों में ही विज्ञान द्वारा उससे कहीं अधिक काम किया गया जितना पहले के संपूर्ण इतिहास में हुआ था। आज समकालीन भौतिकशास्त्र या जीवविज्ञान पर लिखी गई कोई भी पुस्तक, संभव है, अगले कुछ ही वर्षों में पुरानी हो जाए। इस प्रकार विज्ञान के क्षेत्र में जो हो रहा है उसकी तुलना यदि हम बेकन और देकार्त के समय की प्रगति से करें तो उसे ज्यादा से ज्यादा एक अनाड़ी शुरुआत-भर कहा जा सकता है। जो छोटा-सा गोला उन दिनों पहाड़ से लुढ़कना शुरू ही हुआ था वह आज एक शक्तिशाली बर्फीले तूफान का रूप ले चुका है। इसीलिए आरंभिक विज्ञान से स्वतंत्रता की जो आशादृष्टि मिलती थी वही आज समकालीन विज्ञान की पृष्ठभूमि में बेजान कहानी-सी बन गई है। तब फिर लोग नई जड़ों या नई मान्यताओं की तलाश में कहां जाएं? तो क्या आज संपूर्ण विध्वंस की ही संभावना रह गई है?

इस विध्वंस की संपूर्ण भयावहता दूसरे विश्वयुद्ध के समाप्त होते ही साफ दिखने लगी थी। उदाहरण के लिए स्वयं युद्ध के संकट-भरे दिनों में ही दुनिया-भर के जो वैज्ञानिक लॉस एलामोस में एकत्र हुए थे, वे यह बात अच्छी तरह जानते हुए भी काम करते रहे कि वे एक परमाणु बम बना रहे हैं। कारण कि तब वे समझ रहे थे कि तीसरी राइख के नेतृत्व में मानवजाति पर जो महानतम कहर बरपा होनेवाला है वे उसका ही प्रतिरोध कर रहे हैं। संक्षेप में, उन दिनों वे जो कर रहे थे उसका एक नैतिक औचित्य था। लेकिन शीघ्र ही यह बात एक भ्रांति सिद्ध हुई और बड़ी वितृष्णा के साथ वैज्ञानिकों ने अनुभव किया कि उनका काम अब उनकी अंतःचेतना के नियंत्रण में नहीं है। वह परमाणु बम हिरोशिमा पर गिराया गया और वह भी उस समय जब जापान की राजनीतिक और सैनिक पराजय निकट थी तथा नर-नारियों और बच्चों की ऐसी नृशंस हत्या की कोई आवश्यकता नहीं थी। जीवविज्ञानी थियोडोर हाउश्का ने

ओपेनहाइमर को तीखी भाषा में एक खुला पत्र लिखा, जिसमें कहा कि नए वैज्ञानिकों की प्रतिष्ठा का आधार मुख्यतः यह सत्य है कि वे ''मृत्यु के प्रतिभावान सहकर्मी'' बन चुके हैं। खुद ओपेनहाइमर के लिए यह कोई नई बात नहीं थी क्योंकि वे खुद अपने ढंग से विज्ञान को मृत्यु का देवता मान चुके थे। आणविक विस्फोट के पहले प्रयोग से जो पापपूर्ण दैत्याकार बादल चारों ओर छाए उनको देखकर ओपेनहाइमर को *गीता* में भगवान कृष्ण के कहे हुए सिर्फ ये वचन याद आ सके कि मैं ''लोक का क्षय करनेवाला महाकाल हूं !'' इस नए देवता की तुलना में तो हमारे अज्ञानमय अतीत के पुराने सारे देवता कृपालु ही दिखते हैं। वे सचमुच विश्व के विध्वंसक नहीं बन सकते थे क्योंकि वे यथार्थतः थे ही नहीं। लेकिन यह नया देवता—यह महाकाल—सचमुच है और वह मनुष्यजाति के विलोप की धमकी दे रहा है। यही बात उसे भयावह बना देती है। और, चूंकि यह विज्ञान की प्रगति की परिपूर्णता के बिना असंभव था, इसलिए यह सवाल स्वाभाविक है कि क्या विज्ञान ने अपने ही वायदे पूरी तरह झुठला दिए हैं ?

विचारकों का एक वर्ग ऐसा ही सोचने लगा है। दूसरे अस्वीकृति में सिर हिलाते हैं और तर्क देते हैं कि वास्तविक संकट मनुष्य के असंतुलित विकास का संकट है। शुद्ध भौतिक प्रगति की तुलना में उसकी नैतिक और आध्यात्मिक प्रगति को पीछे छूट जाने दिया गया है और वह भी मुख्यतः विज्ञान के द्वारा उत्पन्न शक्ति के प्रति एक गलत सनकीपन के कारण। इस संकट की मनोवैज्ञानिक व्याख्या की भी कोशिशें की जा रही हैं। कहा जाता है कि मनुष्य एक अंतर्निहित और उपचाररहित आक्रामकता से पीड़ित है और इसीलिए अपनी जाति की हत्या करने के प्रयास उसकी नियति हैं। आधुनिक विज्ञान उसे बड़े पैमाने पर ऐसी हत्या के साधन सुलभ कराता है। पहले के नरमुंडों के शिकारी अपने क्षुद्र भाले और धुनष-बाण के जरिए जिस लालसा को संतुष्ट करना चाहते थे, आधुनिक मनुष्य उसे ही परमाणु और हाइड्रोजन बमों के जरिए, अधिकतम मारक क्षमतावाले जीवाणुओं के भंडार के जरिए अथवा और भी प्राणघाती जैविक विष के द्वारा उसी वध-लालसा को संतुष्ट करना चाहता है।

ऐसी अन्य कल्पनाओं के और ज्यादा उल्लेख की आवश्यकता नहीं है जो केवल हमारी असहायता की भावना को बढ़ाती हैं और साथ ही वर्तमान संकट के सघन होने के एहसास को भी। तब भी एक बात बिलकुल साफ है। सभ्यता में विज्ञान का समावेश एक अपरिवर्तनीय तथ्य है, चाहे उससे भला हो या बुरा। इसीलिए उसे समझना हमारे लिए अधिक जरूरी हो गया है। क्या स्वयं विज्ञान की अंतर्निहित स्थिति में ही ऐसी कोई वस्तु है जो इस वर्तमान को जन्म दे रही है ? या क्या संकट किसी अन्य कारक का परिणाम है जो फिलहाल विज्ञान में अनावश्यक हस्तक्षेप कर रहा है लेकिन जो स्वयं के किसी असाध्य रोग के कारण अधिक दिनों तक जीनेवाला नहीं है ? पहले विकल्प के रूप में तो हमें स्वीकार करना होगा कि विज्ञान ने एक समय स्वतंत्रता की जो नई आशादृष्टि प्रदान की थी अब वह स्वयं ही उसे समाप्त कर रहा है। लेकिन दूसरे विकल्प के संदर्भ में ऐसा दृष्टिकोण अनिवार्य नहीं है, भले ही वर्तमान संकट की तीव्रता का एहसास कितना भी घना हो और उन हानिकर तत्वों से विज्ञान को मुक्त

करने का संघर्ष मनुष्य की प्रतीक्षा कर रहा हो जिन्होंने विज्ञान की वास्तविक परंपरा को ऐसे गंभीर ढंग से पथभ्रष्ट कर दिया है। ये सभी मामले विज्ञान की आंतरिक दशा से भी संबद्ध हैं। इसलिए पहले यह देखना आवश्यक है कि खुद वैज्ञानिक वर्तमान संकट के बारे में क्या कह रहे हैं।

वैज्ञानिक इसे किस प्रकार देखते हैं? जब हम इस पर गंभीरता से विचार करते हैं तो हमें अंततः प्रकाश दिखने लगता है यद्यपि यह विरोधाभास भी है कि इसका कारण वर्तमान संकट की समझ के बारे में वैज्ञानिकों का एकमत होना नहीं बल्कि उनके बीच तीखे मतभेदों का होना है। ऐसा प्रतीत होता है कि इस विभाजन का कारण उनका दृष्टिकोण है। एक ओर व्यापक उदासीनता और कुंठा दिखती है और दूसरी ओर कुछ कार्रवाई से जुड़ा हुआ सशंक आशावाद नजर आता है। बहरहाल, यदि यह केवल आत्मनिष्ठ दृष्टिकोण से उपजा अंतर होता तो यह अधिक काम का नहीं होता। इस स्थिति को सचमुच का महत्व यह तथ्य देता है कि ये दो रवैए वस्तुतः विज्ञान की, और समाज से विज्ञान के रिश्ते की, दो बुनियादी तौर पर भिन्न समझों पर आधारित हैं। फिर समझ के ये भेद आंतरिक रूप से सामाजिक व्यवस्था के उन दो प्रतिमानों से जुड़े हुए हैं जो आज दुनिया को विभाजित किए हुए हैं। वे हैं—संयुक्त राज्य अमरीका के नेतृत्व में सक्रिय पूंजीवाद और सोवियत संघ के नेतृत्व में सक्रिय समाजवाद। यदि समाजवादी भौतिकी के विरोध में पूंजीवादी भौतिकी की बात करना हास्यास्पद है तो फिर सामाजिक पृष्ठभूमि के बिना विज्ञान के कार्य के बारे में बात करना भी ऐसा ही हास्यास्पद है और आज यह पृष्ठभूमि या तो पूंजीवाद की है या समाजवाद की। आधुनिक विश्व में जो बात इसे सुस्पष्ट करती है वह है स्वयं विज्ञान की प्रगति की रफ्तार। इसने वैज्ञानिक कर्म की प्रकृति को गुणात्मक रूप से बदल डाला है और आज पहले की तरह इस क्षेत्र के उत्साही शौकीन वैज्ञानिकों की बात सोच पाना असंभव हो गया है। आज वैज्ञानिक कर्म के लिए वित्तीय सहायता की विराट राशि अपेक्षित है। जो उपकरण और सामग्रियां चाहिए वे बहुत अधिक कीमती होती हैं और अच्छी-खासी संख्या में सहायक स्टाफ भी जरूरी होता है। इसीलिए विज्ञान में निजी उद्यम की संभावना नहीं रह जाती और शासकीय योगदान का महत्व बढ़ जाता है। निश्चय ही विश्वविद्यालय और विद्वत परिषदें हैं, पर पूंजीवादी विश्व में उन्हें कहने-भर के लिए स्वाधीनता प्राप्त है। अंतिम नियंत्रण सरकार का ही होता है। और, जो सरकार वैज्ञानिक काम के लिए धन देती है वही उसके परिणामों के प्रयोग का भी अधिकार पाती है—जाहिर है कि अपने अनुकूल प्रयोजनों के लिए ही।

इस प्रकार सपाट असलियत हमारे सामने है। सरकार वैज्ञानिक कामों से कौन-से प्रयोजन साधना चाहती है? यह सरकार की प्रकृति पर निर्भर है। पूंजीवादी विश्व में सरकार की एक प्रेरणा होती है तो समाजवादी विश्व में बिलकुल दूसरी। स्वयं में विज्ञान की कोई बात करना, सामाजिक संदर्भ से कटकर विज्ञान की बात करना आज सरासर बकवास है। विज्ञान आज या तो पूंजीवाद के भौतिक समर्थन पर टिका और फल-फूल रहा है या समाजवाद के। अतः वह या तो एक की सेवा कर रहा है या दूसरे की।

इसीलिए पूंजीवादी विश्व में विज्ञान के स्वरूप को समझने की कोई कोशिश तब तक बेकार है जब तक स्वयं पूंजीवाद की खास विशेषता का ध्यान न रखा जाए। यह विशेषता है क्या ? यह केवल एक प्रेरणा से संचालित सामाजिक व्यवस्था है और यह प्रेरणा है—उत्पादन के साधनों के स्वामियों अर्थात् पूंजीपतियों के लिए अधिकतम लाभ सुनिश्चित करना। हाल के पूरे इतिहास में पूंजीवाद वहीं तक विज्ञानं पर निर्भर रहा और विज्ञान को समर्थन देता रहा है जहां तक वह उसके लिए फायदेमंद सिद्ध हुआ हो। यह प्रक्रिया रुक-रुककर और शायद अचेतन रूप से ही शुरू हुई थी। लेकिन पूंजीवाद के विकास के वर्तमान यानी इजारेदार पूंजीवाद के दौर में अब यह सोची-समझी नीति बन चुका है। इसका कारण वैज्ञानिक सत्य के प्रति प्रेम नहीं बल्कि आधुनिक युग में विज्ञान के प्रयोग से अत्यधिक मुनाफा कमाने की संभावना है। यह मुनाफा वस्तुतः इतना प्रचुर है कि पहले उसकी कभी कल्पना ही नहीं की जा सकती थी। लेकिन यह मुनाफा नागरिक क्षेत्र में उतना नहीं है जितना सैनिक क्षेत्र में है। इसका परिणाम विज्ञान का सैन्यीकरण है। इस मुद्दे पर जे.डी. बरनाल की यह टिप्पणी पठनीय है :

''अधिकतम लाभ की यही मांग है जिससे प्रेरित होकर हाल के वर्षों में सैनिक प्रयोगों के प्रति प्रौद्योगिकी और विज्ञान का झुकाव बहुत बढ़ा है। इस क्षेत्र में बेशुमार मुनाफा है। जनता मुश्किल पैदा करनेवाले सवाल किए बिना करों का भुगतान करती रहती है और ये माल बाजार में अनबिका नहीं रहने पाते। उनको युद्धों में खर्च किया जा सकता है और अगर ऐसा न हो तो कुछ वर्षों बाद कबाड़ कहकर उन्हें रद्द कर दिया जाता है। ऐसे हर तरह के प्रचार के द्वारा उसकी मांग बढ़ाई जाती है जो युद्ध-कामना को बनाए रखे और सैनिक व्यय को उचित ठहराए। इसका ही एक परिणाम है विज्ञान का सैन्यीकरण ...जिससे तमाम गोपनीयताएं, छानबीन और संदिग्ध व्यक्तियों की खोजें जुड़ी हैं। एक या दूसरे तरीके से, प्रत्यक्ष तौर पर अथवा सरकारी एजेंसियों के द्वारा दुनिया के पूंजीवादी क्षेत्र का विज्ञान थोड़ी-सी बड़ी इजारेदार फर्मों के नियंत्रण में है। अमरीका में विश्वविद्यालय पहले ही उनके हाथों में हैं। उनके प्रतिनिधि शासकीय निकायों में हैं जो धन देती हैं या सरकारी अनुदानों का प्रबंध करती हैं ... एक सदाशयी जनता की आंखों में अपनी इज्जत बनाए रखने कि लिए, अकादमीय स्वाधीनता के दिखावे के लिए और इसे बनाए रखने के प्रति विनम्रता के प्रदर्शन के लिए ये लोग यह सारा खेल खुले में नहीं खेलते।''

इस संदर्भ में अब हम समाजवादी विश्व से बाहर के वैज्ञानिकों के रवैए को वर्तमान संकट के संदर्भ में समझने की कोशिश कर सकते हैं। सामान्यतः इसे हताशा और उदासीनता का रवैया कहा जा सकता है। वैज्ञानिकों के नाते वे पूरी तरह अपने काम के तकनीकी पक्ष से ही जुड़े रहना चाहते हैं—अपने अनुसंधान और उसके लिए उपयुक्त प्रयोगों और गणनाओं की आंतरिक समस्या से। वे यही महसूस करना चाहते हैं कि जिन परिणामों पर वे पहुंचते हैं उनके उपयोग या दुरुपयोग से उन्हें कोई मतलब नहीं है। जैसाकि कभी-कभी कहा जाता है, नाभिकीय ऊर्जा का अर्थ जरूरी नहीं कि

नाभिकीय अस्त्र हो, वैसे ही जैसे बिजली का मतलब मृत्युदंड देने के लिए प्रयुक्त बिजली की कुर्सी नहीं होती। वैज्ञानिकों के रूप में वैज्ञानिक खुद को केवल अपने वैज्ञानिक काम से जुड़ा बताते हैं। उसका सामाजिक प्रयोजन दूसरों की चिंता का विषय है जो विज्ञान से बाहर के लोग हैं।

ऐसा नहीं है कि अपने परिणामों के पापपूर्ण प्रयोग की संभावना से इन वैज्ञानिकों की अंतःचेतना में कोई बेचैनी नहीं होती। लेकिन उसे शांत करने के लिए वे पुराने और जीर्णशीर्ण आधिभौतिक दृष्टिकोण का सहारा लेते हैं जैसे ओपेनहाइमर ने भारतीय शास्त्रों की 'खुरचन' के सहारे किया, और दूसरों ने किसी न किसी रूप में विचारवादी दृष्टिकोण का सहारा लेकर किया। यह यथार्थ के क्षेत्र में उभरनेवाले तमाम असुविधाजनक प्रश्नों से दूर रहने का सबसे आसान तरीका है। जानबूझकर हो या अनजाने में, ऐसा रवैया अपनाने में निहित अवसरवाद को नकारा नहीं जा सकता—जो धन देता है वह अपनी मर्जी चलाए और वैज्ञानिक वास्तविक धनदाताओं के प्रति अनजान होने का दिखावा करते रहें। तब भी इन धनदाताओं का चरित्र इतना स्पष्ट है कि वह अनदेखा नहीं रह सकता। जैसाकि बैरन और स्वीजी ने अपनी रचना *मोनोपली कैपिटल* में लिखा है : ''निष्क्रिय लोग और निष्क्रिय मशीनें घर के भीतर दरिद्रता और बाहर भुखमरी के साथ सहअस्तित्व में रहती हैं। समृद्धि के साथ गरीबी बढ़ती है। बेपनाह संसाधन अक्सर निरर्थक होकर हानिकर तरीकों से नष्ट किए जाते हैं। संयुक्त राज्य अमरीका सारी दुनिया में प्रतिक्रियावाद का प्रतीक और रक्षक बन चुका है। हम अनेक युद्धों में व्यस्त हैं तथा और भी अधिक बड़े युद्धों की ओर बढ़ रहे हैं। यह सब ज्ञान बल्कि और भी बहुत-सी बातों का ज्ञान हमें सामाजिक विज्ञानों से नहीं बल्कि अपरिहार्य तथ्यों के साक्षात्कार से प्राप्त होता है।''

निश्चय ही इजारेदार पूंजी सुस्त नहीं बैठती। वह निरंतर ऐसी तकनीकें विकसित कर रही है जो 'अपरिहार्य तथ्यों के साक्षात्कार' से वैज्ञानिकों को प्रभावित होने से बचाएं। इस प्रकार वैज्ञानिकों को अपने काम के लिए आवश्यक भौतिक संसाधन उपलब्ध कराने के साथ ही इजारेदार पूंजी उन्हें एक मिथक की जकड़ में भी रखती है कि वे जहां तक हो सके इजारेदार पूंजी की बुराइयों से और उसकी जकड़ से छूटने के सही तरीके से भी अनजान रहें। इसके लिए ही एक विराट प्रचार-तंत्र—रेडियो, टीवी, पेपरबैक पुस्तकें, और जाने क्या-क्या—काम में लाया जाता है। छद्म दर्शन से लेकर उत्तेजक जासूसी कथाओं की तकनीकें अपनाई जाती हैं। यह सब किया जाता है समाजवाद का हौआ खड़ा करने के लिए क्योंकि इजारेदार पूंजीवाद समाजवाद से भयभीत रहता है। इस पुराने हथकंडे का सहारा लेते हुए कि जो दुर्गुण हममें हो उसके लिए दूसरों की ज्यादा से ज्यादा निंदा करो, इजारेदार पूंजीवाद यह घोषणा करता फिरता है कि समाजवाद एक राक्षस है, खासकर इसलिए कि वह वैज्ञानिकों को स्वतंत्रता से वंचित रखता है। इस मिथक के जरिए ही इजारेदार पूंजीवाद अपने वैज्ञानिकों को अत्यधिक विशेषीकृत क्षेत्र के दायरे के बाहर कर्म और विचार की वास्तविक स्वतंत्रता से वंचित रखता है क्योंकि एक बार ये वैज्ञानिक अपने काम के

सदुपयोग और दुरुपयोग के बारे में अगर स्वतंत्र रूप से सोचने लगे तो विज्ञान का सैन्यीकरण जिस पर इजारेदार एकाधिकारी पूंजीवाद आश्रित है और फलता-फूलता है, इतना आसान काम नहीं रह जाएगा।

इसीलिए पूंजीवादी विश्व में जो संघर्ष है वह एक महत्वपूर्ण अर्थ में मिथक के विरुद्ध विज्ञान का संघर्ष है। क्या वैज्ञानिक मिथकों के असहाय शिकार ही बने रहेंगे जबकि तथ्य यह है कि संपूर्ण इतिहास में विज्ञान मुख्यतः मिथकों को ध्वस्त करके ही आगे बढ़ा है ? अभी तस्वीर चाहे जितनी धुंधली और निराशाजनक दिखे, यह मानने का कोई गंभीर कारण नहीं है कि वैज्ञानिक विज्ञान की सच्ची परंपरा का परित्याग कर देंगे और अपनी तमाम तकनीकी उपलब्धियों के बावजूद अंततः मिथकों के सामने समर्पण कर देंगे।

बेहतर भविष्य की आशा दिलानेवाला एक तथ्य दोनों क्षेत्रों के वैज्ञानिकों के बीच संवाद की बाधाओं का क्रमशः ढहना है जो विशेषतः 1955 में आणविक ऊर्जा पर संपन्न जेनेवा की सामान्य सभा के साथ शुरू हुआ। दोनों क्षेत्रों के वैज्ञानिक आज कम से कम एक सीमा तक आपस में विचारों का आदान-प्रदान कर सकते हैं। इस बाधा के हटने के साथ ही पूंजीवादी जगत के वैज्ञानिक अधिकाधिक यह साक्षात्कार कर सकते हैं कि विज्ञान समाजवाद के अंतर्गत, जहां वह मुनाफे को बढ़ाने के लिए इस्तेमाल नहीं किया जाता, क्या कुछ प्राप्त कर सकता है और उसने क्या प्राप्त किया है। बरनाल के ही शब्दों में :

''सोवियत संघ से प्रारंभ करके सभी समाजवादी देशों में विज्ञान का संगठन पूंजीवादी देशों के संगठन से बिलकुल अलग रास्ते पर हुआ है। सैनिक अनुसंधान वहां भी होते हैं और सफलतापूर्वक होते हैं जैसाकि परमाणु बम और हाइड्रोजन बम की उपलब्धियां दिखाती हैं। लेकिन वहां न तो निरपेक्ष और न ही सापेक्ष रूप में विज्ञान के सैनिक उपयोग को वह प्रधानता प्राप्त है जो पूंजीवादी देशों में है। वहां विज्ञान का उपयोग प्रधानतः राष्ट्रीय आर्थिक प्रयासों के लिए किया जाता है। उद्योग और कृषि में विज्ञान की अधिकतम भागीदारी संभव बनाने के लिए और साथ ही विज्ञान के आंतरिक विकास के लिए प्रत्यक्ष सरकारी कार्रवाइयों की सहायता नहीं ली गई है बल्कि पुराने वैज्ञानिक संगठनों और मुख्यतः अकादमियों का व्यापक विस्तार किया गया है।

''यदि समाजवादी देशों के वैज्ञानिकों को अधिक शक्ति और अधिक जिम्मेदारियां सौंपी गई हैं तो साथ ही उन्हें समाज में विज्ञान की भूमिका को समझने के बेहतर अवसर भी दिए जाते हैं। इससे वहां विज्ञान के अर्थ की गुणात्मक रूप से एक बिलकुल अलग समझ सामने आती है। इसका यह अर्थ नहीं है कि उनके पास आज की स्थिति में संतुष्ट होने का कोई कारण है। वहां भी नाभिकीय और जैविक हथियारों का संग्रह है और हिटलर जैसा कोई पागल व्यक्ति उनके उपयोग द्वारा तुरंत और नाटकीय विजय का सपना देख सकता है। यह सैनिक रूप से संभव है या नहीं, यह अलग बात है। संजीदा वैज्ञानिकों ने पहले ही स्पष्ट रूप से देख लिया है कि वर्तमान विश्व में कोई भी देश इन शस्त्रों का उपयोग बिना आत्मनाश का खतरा उठाए क्यों नहीं कर सकता।

हाल के वर्षों में इस एहसास से तनाव बहुत घटा है पर तनाव अभी है क्योंकि इजारेदार पूंजी कोई पुण्य-मार्ग नहीं अपना रही और मुनाफाखोरी के अपने सारतत्व को नहीं त्याग रही। अगर वह एक अन्य विश्वयुद्ध नहीं छेड़ पाती तो वह कम से कम स्थानीय युद्धों के बहाने ढूंढ़ती रहती है। उसने कोरिया और वियतनाम में ऐसा ही किया। वह बांग्लादेश को भी एक और वियतनाम बनाना चाहती थी जहां उसने अपना बेड़ा भेजा था। यह कोशिश नाकाम रही, वैसे ही जैसेकि वियतनाम में असफल रही थी। आक्रांत देश की सहायता के काम में सोवियत संघ की लगातार बढ़ती शक्ति भी इसका एक कारण है।''

इस सबका अर्थ यह है कि मौजूदा हालात में गुलगपाड़िया ढंग से आशावादी होने का कोई कारण नजर नहीं आता। तब भी समाजवाद की प्रबल शक्ति में वृद्धि को देखते हुए निराशावाद का भी कोई कारण नहीं है। इसीलिए बरनाल ने यह सजग आशावाद व्यक्त किया है :

''यदि हम तात्कालिक वर्तमान के खतरों से बचे रह सकें तो एक ऐसी दुनिया के साकार होने के पूरे अवसर हैं जो अभी तक की दुनिया से एकदम भिन्न होगी, इतनी भिन्न कि यह संक्रमण मानवता के प्रथम आविर्भाव के बाद हुए किसी भी संक्रमण से बढ़कर होगा। हमारे पास समृद्धि और प्रचुरता के युग की अंतर्निहित संभावनाएं हैं, लेकिन एक विभाजित विश्व भी सामने है जिसमें निर्धनता, मूर्खता और क्रूरता पहले के किसी भी काल की अपेक्षा अधिक हैं। उस बेहतर विश्व और वर्तमान विश्व के बीच हमें भयंकर खतरों से भरे एक संक्रमणकारी दौर से गुजरना होगा। तकनीकी संभावनाएं और उससे भी बढ़कर संगणक (कंप्यूटर) के उचित प्रयोग के द्वारा संभव समेकित नियंत्रण, निजी हितों और शोषण के खंडित सामाजिक ढांचे के अंदर संभव नहीं है। व्यावहारिक समस्या यह रह जाती है कि इस संक्रमण को न्यूनतम तनाव और विध्वंस के द्वारा कैसे संभव बनाया जाए। मैं आश्वस्त हूं कि जैसे ही उसका तर्क लोगों की समझ में आ जाएगा, अंततः सही ढांचा दुनिया पर छा जाएगा। लेकिन मैं इस खतरे को भी घटाकर नहीं पेश करना चाहता कि नई वैज्ञानिक पद्धति के कम से कम कुछ अंश का और विशेषकर जनसंचार और शिक्षा की पद्धति का दुरुपयोग इस परिवर्तन की गति धीमी करने अथवा इसे गलत दिशा देने के काम में किया जा सकता है।''

अभी कोई ऐसी भविष्यवाणी करना कठिन है कि तात्कालिक वर्तमान के खतरों से बचने के लिए मानवजाति को कितने तनावों और विध्वंसों से गुजरना होगा। ये खतरे और विध्वंस लोगों की चेतना में वृद्धि के विलोमानुपात में होंगे और इन कामगार लोगों में कार्यकारी वैज्ञानिक भी शामिल हैं। ये लोग वर्तमान संकट के वास्तविक कारणों और व्यवहार में उनको दूर करने के बारे में जितने सचेत होंगे, तनाव और विध्वंस उतना ही कम होगा। तब भी नई स्थिति के बारे में एक सकारात्मक तथ्य यह है कि विज्ञान को सैन्यीकरण के समरूप करके देखने की पुरानी भूल के नष्ट होने की प्रक्रिया चल रही है। विज्ञान पर इजारेदार पूंजी के आधिपत्य के ही कारण उसका सैन्यीकरण होता है, न कि खुद विज्ञान के कारण। लेकिन यह जकड़ केवल विज्ञान से सनातन

रूप से जुड़ी हुई नहीं है। एक समय था जब विज्ञान ऐसी जकड़ से मुक्त था और दुनिया के एक बड़े भाग में विज्ञान ने खुद को ऐसी जकड़ से मुक्त कर लिया है। इसके साथ ही इजारेदार पूंजी के बढ़ते हुए अहितकर प्रभाव के कारण वह पूंजी खुद ही अपने गढ़ में बेनकाब हो रही है और कामगार लोग उसके प्रति अब और उदासीन नहीं रह सकते। ''आह, फाउस्टम ! तुम्हारे पास अब केवल एक घंटे का जीवन शेष है।'' इस सबसे हम फिर अपने मुख्य प्रश्न पर आ पहुंचे हैं यानी स्वतंत्रता और विज्ञान के विषय पर हालांकि अब इससे जुड़े मुख्य मुद्दे स्पष्ट हो चुके हैं। एक बार इजारेदार पूंजी द्वारा उत्पन्न प्रेत को सचमुच भगा दिया जाए। बेकन और देकार्त के विज्ञान द्वारा प्रेरित स्वतंत्रता की नई आशादृष्टि का क्या होगा ? इसका उत्तर कठिन नहीं है। उन्होंने स्वप्न देखा था कि विज्ञान मानवजाति का हितैषी बनेगा, ब्रह्मांड पर मानव के साम्राज्य का प्रवर्तक बनेगा, स्वतंत्रता का पक्षधर बनेगा, आवश्यकता को अधीन बनाएगा और उस पर विजय दिलाएगा। लेकिन विज्ञान आज वह नहीं है जो कभी था और इसलिए उनके लिए जो केवल स्वप्न था वह आज वैसा नहीं है। पुराना स्वप्न उस नियोजित विकास का अंग बन रहा है जो आज हम समाजवादी विश्व में पाते हैं। इस प्रकार स्वतंत्रता की पुरानी दृष्टि एक अत्यधिक उच्चतर स्तर पर प्रतिष्ठित होती है और इस प्रकार वह पुराने अर्थ में केवल एक आशादृष्टि नहीं रह जाती।

अध्याय 6

ज्ञान और हस्तक्षेप

मार्क्सवादी दर्शनशास्त्र का परिचय देने का एक सुगम तरीका यह है कि मार्क्स और एंगेल्स से पहले की दार्शनिक गतिविधियों की सामान्य प्रवृत्तियों से मार्क्सवादी दर्शनशास्त्र का संबंध दिखाया जाए। (इन्हें हम सुविधा के लिए परंपरागत दर्शनशास्त्र अर्थात् मार्क्सवाद की दृष्टि से परंपरागत कह सकते हैं।) मार्क्सवाद के बारे में अन्य सभी बातों की तरह यह संबंध भी उस द्वंद्वात्मक दृष्टिकोण से ही सर्वोत्तम रूप में समझा जा सकता है जिसकी एक अनिवार्य शर्त यह है कि 'जो है' और 'जो नहीं है' के बीच एक सुदृढ़ प्रतिवाद के रूप में जड़ विचारों को स्पष्ट रूप से अस्वीकार किया जाए। कारण कि द्वंद्ववाद ऐसे प्रतिवादों के विपरीत विपरीतों की एकता पर बल देता है—'जो है' वह उसी समय 'नहीं भी है', इस पर।

तब इस दृष्टिकोण से हम मार्क्स-पूर्व दार्शनिक प्रवृत्तियों और मार्क्सवादी दर्शनशास्त्र के संबंधों को किस प्रकार समझें ?

एक महत्वपूर्ण अर्थ में मार्क्सवाद, मार्क्स और एंगेल्स से पहले की सामान्य दार्शनिक प्रवृत्तियों में से विकसित हुआ और इसलिए उसकी जड़ें उसी परंपरा में हैं। लेकिन इससे अधिक महत्वपूर्ण यह तथ्य है कि मार्क्सवाद इस परंपरा के मूलभूत आधारों को उखाड़ फेंकना चाहता है और उनसे अपने निर्णायक संबंध-विच्छेद की घोषणा करता है।

अपने से पहले के दर्शनशास्त्र के मूलभूत बोध से मार्क्स और एंगेल्स ने स्पष्टतः संबंध-विच्छेद किया। लेकिन परंपरागत दर्शनशास्त्र से भिन्न पथ अपनाने का अर्थ उनके लिए परंपरागत दर्शनशास्त्र का संपूर्ण निषेध करना नहीं था। 1844 की अपनी आर्थिक और दार्शनिक पांडुलिपियों में, जबकि मार्क्स अभी वैज्ञानिक साम्यवाद को समझने की दिशा में बढ़ रहे थे और वहां तक पहुंचे नहीं थे, उन्होंने कम्युनिज्म के लिए लिखा था कि "यह एक सामाजिक (अर्थात् मानवीय) सत्ता के रूप में स्वयं में मनुष्य की संपूर्ण वापसी है—ऐसी वापसी जो सजगतापूर्वक होती है और *पूर्ववर्ती विकास की संपूर्ण संपदा को आत्मसात किए रहती है।*"[1]

यह समझ मार्क्स और एंगेल्स की परिपक्व रचनाओं में भी बरकरार है। लेनिन

ने भी इस पर विशेष बल देना आवश्यक समझा। लोग मार्क्सवाद को अतीत का अस्वीकार मात्र न समझ लें, ऐसी भ्रांति की संभावना को भांपकर लेनिन ने 1913 में लिखा, "मार्क्सवाद में 'पंथवाद' जैसी कोई चीज नहीं है, क्योंकि वह एक ऐसा जड़ दकियानूसी मतवाद नहीं है जो विश्वसभ्यता के विकास के राजमार्ग से *बाहर* कहीं विकसित हुआ हो। इसके विपरीत मार्क्स की प्रतिभा इसी में है कि उन्होंने मानवजाति के प्रमुखतम विचारकों के मन में पहले से ही उभरे प्रश्नों के उत्तर दिए। दर्शनशास्त्र, राजनीतिक अर्थशास्त्र और समाजवाद के महानतम प्रतिनिधियों की शिक्षाओं की प्रत्यक्ष और तात्कालिक *निरंतरता* के रूप में ही उनके सिद्धांत का उदय हुआ।"[2]

1920 में फिर से, रूस में सोवियत क्रांति के बाद, जबकि कम्युनिज्म के अंतर्गत रची जानेवाली नई श्रमिक वर्ग अथवा सर्वहारा संस्कृति को लेकर भारी भ्रम व्याप्त था, लेनिन ने इस पर बल देना आवश्यक समझा कि "यदि आप यह समझते हैं कि मानवजाति द्वारा संगृहीत ज्ञान-संपदा को आत्मसात किए बिना कोई व्यक्ति कम्युनिस्ट हो सकता है, तो यह बहुत बड़ी गलती होगी।" हरेक को साफ तौर से समझ लेना चाहिए कि "मानवजाति के संपूर्ण विकास द्वारा सृजित संस्कृति के सम्यक् ज्ञान और उसके रूपांतरण के द्वारा ही हम एक सर्वहारा संस्कृति रचने के योग्य हो सकेंगे। ... सर्वहारा संस्कृति पूंजीवादी, भूस्वामी और नौकरशाहाना समाजों की छत्रछाया तले विकसित और संगृहीत ज्ञान-भंडार का ही तार्किक विकास होनी चाहिए।"[3]

अतः मार्क्सवाद के संस्थापक इस समझ के अंतर्गत अपने पूर्ववर्तियों की उपलब्धियों के सकारात्मक महत्ववाले प्रत्येक अंश को विरासत के तौर पर ग्रहण करना, आत्मसात करना और विकसित करना चाहते थे। पर साथ ही मार्क्स और एंगेल्स इन्हें यथारूप स्वीकार करने का कोई भी औचित्य नहीं देखते थे। कारण कि ऐसी उपलब्धियां अपनी सर्वोत्तम अभिव्यक्ति में भी, उदाहरण के लिए हेगेलीय दर्शनशास्त्र में, प्रायः दर्शनशास्त्र की एक मूलतः विकृत समझ से आहत दिखती हैं और यह विकृति परंपरागत दर्शनशास्त्र के संपूर्ण विकास की विशेषता है। मार्क्स और एंगेल्स इसी विकृति से स्वयं को पूरी तरह अलग रखना चाहते थे और ऐसा इसलिए कि वे परंपरागत दर्शनशास्त्र की जिन उपलब्धियों को सकारात्मक मानते थे उनके सही वारिस होना चाहते थे। अतः मार्क्सवादी दर्शनशास्त्र की समझ के लिए आवश्यक है कि हम सर्वप्रथम परंपरागत दर्शनशास्त्र से उसकी भिन्नता को ठीक-ठीक समझें।

इस भिन्नता का प्रस्थान-बिंदु क्या है ?

इसकी तीक्ष्णतम और स्पष्टतम अभिव्यक्ति मार्क्स द्वारा 1845 में लिखित *थिसेस आन फायरबाख* में मिलती है। जैसाकि एंगेल्स ने कहा है, "ये हड़बड़ी में लिखी गई टिप्पणियां हैं जो प्रकाशन के लिए कतई नहीं थीं बल्कि जिन्हें बाद में विस्तृत रूप दिया जाना था। परंतु ऐसे पहले दस्तावेज के रूप में जिसमें नई विश्वदृष्टि के प्रतिभापूर्ण मूलतत्व मौजूद हैं, ये टिप्पणियां अमूल्य हैं।"[4]

ये टिप्पणियां एंगेल्स को मार्क्स की एक पुरानी कापी में मिलीं और मार्क्स की मृत्यु के पांच वर्ष बाद 1888 में पहली बार इन्हें उन्होंने अपनी कृति *लुडविग फायरबाख ऐंड*

/*दे एंड आफ क्लासिकल जर्मन फिलासफी* के परिशिष्ट के रूप में प्रकाशित किया। इनमें 'फायरबाख पर ग्यारहवीं प्रस्थापना' के रूप में मार्क्स की वह प्रसिद्ध टिप्पणी शामिल है जिसमें उन्होंने कहा था, "दर्शनशास्त्रियों ने अब तक विविध रूपों में विश्व की *व्याख्या* ही की हैं। पर, सवाल तो उसे *बदलने* का है।"

व्याख्या और *बदलाव,* दोनों शब्दों पर विशेष बल स्वयं मार्क्स ने इस संक्षिप्त टिप्पणी में दिया था। जाहिर है कि दर्शनशास्त्र की अपनी समझ के लिए बुनियादी महत्ववाली किसी बात पर बल देने का यह मार्क्स का अपना तरीका था। उनकी नई विश्वदृष्टि में दर्शनशास्त्रियों से एक बिलकुल नई भूमिका की अपेक्षा की गई है। यह वास्तविक विश्व के वास्तविक कार्यकलाप में कर्म की, सक्रिय हस्तक्षेप की भूमिका है जिसमें दर्शनशास्त्रियों समेत सभी यथार्थ स्त्री-पुरुषों का अस्तित्व होता है। परंपरागत दर्शनशास्त्र के संपूर्ण इतिहास में दर्शनशास्त्रियों से जो भूमिका अपेक्षित थी और जो वे वस्तुतः निभाते थे, यह उससे सर्वथा विपरीत भूमिका है। पहले की भूमिका विश्व संबंधी मनन की थी जब मुख्यतः अवधारणात्मक उपकरणों अथवा तर्कास्त्रों के द्वारा और अनुभवाश्रित साक्ष्यों की सहायता से या उनके बिना भी दर्शनशास्त्री इस विश्व में निहित अथवा उससे परे किसी सत्य की खोज में प्रवृत्त रहते थे। यही मार्क्स के शब्दों में विश्व की *व्याख्या* करना है। यह मूलतः एक बौद्धिक कर्म है, यद्यपि अनेक प्राचीन और मध्यकालीन दर्शनशास्त्री अक्सर इसे एक तरह का पराबौद्धिक कर्म मानते थे। लेकिन इस बौद्धिक कर्म में कोई तथाकथित पराबौद्धिक आदेश जुड़ा हो या नहीं, यह विश्व को वैसा ही रहने देता है जैसा वह है, भले ही ये सारे दर्शनशास्त्री विश्व के बारे में कहते कुछ भी हों। व्याख्या अथवा मनन—जो कर्म या सक्रिय हस्तक्षेप से उदासीन हो—एक आत्मनिष्ठ कार्यकलाप ही तो है। वह चाहे जितना ही ईमानदाराना हो, उसके कारण अधिक से अधिक विश्व के प्रति आत्मनिष्ठ दृष्टिकोण में एक बदलाव संभव होता है, न कि स्वयं विश्व में किसी प्रकार का बदलाव।

हमें पता है कि अनेक दर्शनशास्त्रियों ने अतिशय भावुकता के साथ दुनिया की बुराइयों और तकलीफों की भर्त्सना की है। उनमें से कुछ ने तो इनके प्रति अत्यधिक तीव्र जुगुप्सा तक व्यक्त की है, यहां तक कि इसे एक काल्पनिक मूढ़तापूर्ण मरीचिका तक बताया है। लेकिन ऐसी तमाम निन्दा और भर्त्सना से कुल इतना ही होता है कि स्वयं दर्शनशास्त्री दुनिया से दूर होकर अपने ही विचारों, आदर्शों और भावात्मक रुझानों को बेहतर ढंग से ढालने में लग जाता है ताकि वह अपनी दार्शनिक समझ को अधिक परिष्कृत, व्यवस्थित और सुसंगत बना सके।

मार्क्सवादी दृष्टिकोण से यह मानना गलत होगा कि दर्शनशास्त्र के इस परंपरागत प्रतिमान को अपनाकर चलनेवाले अतीत के दर्शनशास्त्रियों की कुछ भी उपलब्धि नहीं रही। परंतु ऐसी सारी उपलब्धि विचार या चेतना के क्षेत्र तक सीमित है। मार्क्सवादी दृष्टिकोण से, अधिक महत्वपूर्ण बात यह है—अगर परंपरागत दर्शनशास्त्री कर्म से दूर रहकर मनन और व्याख्या में ऐसी गहरी रुचि लेते हैं तो इसका वस्तुनिष्ठ दृष्टि से अर्थ है विश्व को ज्यों का त्यों बने रहने देने के बारे में और उसे अपनी ही चाल से चलते

रहने देने के बारे में उसे एक तरह की मौन सम्मति या सहमति प्रदान करना, भले ही इन दर्शनशास्त्रियों की निजी प्रेरणाएं कुछ भी रही हों। साथ ही मार्क्स की मुख्य खोजों में से एक और भी खोज है जिस पर हम थोड़ा रुककर विचार करेंगे। वह खोज यह है कि विचार या चेतना के क्षेत्र में दर्शनशास्त्र की यथार्थतः गंभीर उपलब्धि तब तक बहुत कम संभव होगी जब तक बाहर की लंबी-चौड़ी दुनिया की भौतिक दशाएं यथावत् रहने दी जाती हैं। जैसाकि मार्क्स के एक पूर्ववर्ती दर्शनशास्त्री कांट ने बहुत स्पष्टता के साथ लिखा है, "इससे दर्शनशास्त्र उन लोगों के उपयुक्त एक रणक्षेत्र बन गया जो नकली मुठभेड़ों में व्यस्त रहने के शौकीन हैं।"[5] जैसाकि कांट ने समझा था, यह एक ऐसी रुग्ण दशा थी जिससे दर्शनशास्त्र बच नहीं सकता था, क्योंकि ऐसा मान लिया गया था कि दार्शनिक ज्ञान का एकमात्र उपकरण शुद्ध बुद्धि है। निस्संदेह इस मुद्दे पर मार्क्स कांट से काफी हद तक सहमत थे, परंतु दोनों द्वारा सुझाए गए समाधान पूरी तरह अलग-अलग थे। कांट का सुझाव यह था कि ज्ञान के तमाम आडम्बरपूर्ण दावे तजकर हम आस्था की शरण में जाएं। इसीलिए उन्होंने ईश्वर और अमरता में जन-आस्था के क्षेत्र में बुद्धि की घुसपैठ के खिलाफ एक तरह की पुलिसिया गतिविधि की वकालत की है।[6] मार्क्स की दृष्टि में यह कुछ ऐसा ही था जैसेकि सिरदर्द से छुट्टी पाने के लिए सिर को ही धड़ से अलग कर दिया जाए। यह और बात है कि कांट के समय के शासक वर्ग के लिए यही सुविधाजनक था जो नहीं चाहता था कि मेहनतकश जनता का ज्ञान कुछ ज्यादा ही बढ़ जाए और जकड़बंद धर्म में उसकी आस्था ही न रहे। तत्कालीन शासक वर्ग इसे विशेष रूप से खतरे का कारण मानता था। इस सब पर हम बाद में समुचित चर्चा करेंगे। फिलहाल हम मार्क्स की स्थिति पर ही ध्यान केंद्रित रखें। मार्क्स के अनुसार दर्शनशास्त्र की रुग्ण दशा का वास्तविक समाधान एक ही था—विश्व को *बदल देना* ।

इसकी सही समझ के लिए कुछ मुद्दों पर स्पष्टता जरूरी है।

पहला, दुनिया को बदलने से मार्क्स का ठीक-ठीक आशय क्या था ?

दूसरे, वे सक्रिय हस्तक्षेप की भूमिका को दर्शनशास्त्रियों के लिए विशेष प्रासंगिक क्यों मानते थे ?

तीसरे, मार्क्स दर्शनशास्त्रियों के कार्य के बारे में इस नई समझ तक कैसे पहुंचे ?

हम संक्षेप में ही इन प्रश्नों का उत्तर देने की कोशिश करेंगे।

दुनिया को बदलने से मार्क्स का आशय था—वर्गरहित समाज या कम्युनिज्म की स्थापना। यहां अगर-मगर करने का कोई लाभ नहीं है। मार्क्स सबसे पहले एक कम्युनिस्ट थे—वैज्ञानिक साम्यवाद के संस्थापक। इसके विपरीत पहले के अनेक दर्शनशास्त्री उन सामाजिक-आर्थिक नियमों के बारे में, जो मानवीय इतिहास को बनाते हैं, अनभिज्ञ रहते हुए एक समतामूलक समाज का केवल सपना देखते थे। इन सामाजिक-आर्थिक नियमों का उपयोग कम्युनिज्म की स्थापना के लिए सक्षम रूप में कैसे किया जाए, इससे भी वे अनभिज्ञ थे। पहली बार मार्क्स ने यह सब खोजा और इसकी व्याख्या की। ये नियम आज विश्व के एक बड़े हिस्से में प्रयोग द्वारा यानी

व्यवहार में सत्य सिद्ध हो रहे हैं। यही कारण है कि मार्क्स का केवल नाम लेना ही समकालीन विश्व में इतनी अधिक घृणा और इतनी अधिक आशा उपजाता है। जो लोग समझते हैं कि उनकी सत्ता और विशेषाधिकार को मार्क्स की शिक्षाओं से खतरा है वे उनसे घृणा करते हैं, जबकि वे करोड़ों मेहनतकश जिनके पास खोने के लिए अपनी जंजीरों के सिवाय कुछ नहीं है और जीतने के लिए सारी दुनिया है, उनसे बड़ी उम्मीदें रखते हैं। मुझे पता है कि आज ऐसे अनेक पंडित हैं जो मार्क्स को ज्ञान के उच्चतम सोपान पर प्रतिष्ठित करने का दिखावा करते हैं परंतु उन्हें वैज्ञानिक साम्यवाद के सिद्धांतों से काटकर। परंतु मैं यह भी जानता हूं कि वास्तविक मानवीय इतिहास किस तरह उनकी काट कर रहा है। कुछ भी हो, मार्क्सवाद यदि वैज्ञानिक साम्यवाद नहीं है तो फिर वह कुछ भी नहीं है। और, साम्यवाद का भी तब तक कोई अर्थ नहीं है जब तक वह वर्ग-समाज को क्रांति द्वारा—आधुनिक विश्व के संगठित श्रमिक वर्ग यानी सर्वहारा के नेतृत्व में होनेवाली क्रांति द्वारा—उखाड़कर वर्गविहीन समाज की स्थापना करने से भिन्न कोई चीज हो।

यहां से हम अगले प्रश्न पर जा पहुंचते हैं जो हमारी वर्तमान विवेचना के लिए बहुत महत्वपूर्ण प्रश्न है। जैसाकि मार्क्स ने समझा था, अगर यह सबसे बढ़कर संगठित श्रमिक वर्ग का ऐतिहासिक दायित्व है कि वह वर्ग-समाज को उखाड़ फेंके, तो फिर मार्क्स ने विशेषकर दर्शनशास्त्रियों से दुनिया को बदलने की भूमिका की अपेक्षा क्यों की, जबकि हम देख चुके हैं कि इस भूमिका से उनका आशय कम्युनिज्म के लिए होनेवाले सक्रिय संघर्ष से है? कहीं ऐसा तो नहीं है कि फायरबाख पर ग्यारहवीं प्रस्थापना का प्रतिपादन करते समय मार्क्स एक अतिमहत्वाकांक्षी राजनीतिज्ञ की तरह भविष्य के महान राजनीतिक संघर्ष के पक्ष में, सम्यक् अर्थोंवाली दार्शनिक क्रियाशीलता समेत सभी कुछ को निरस्त कर देना चाहते थे?

ऐसा सोचना मार्क्स को बिलकुल ही गलत ढंग से समझना होगा। इसके लिए हम यहां दो कारण गिनाएंगे। पहला, मार्क्स चाहते थे कि दर्शनशास्त्री निष्क्रिय ध्यान-मनन के स्थान पर सक्रिय हस्तक्षेप की भूमिका इसलिए निभाएं *ताकि स्वयं दर्शनशास्त्र की मुक्ति हो सके*। दूसरे, उन्होंने दर्शनशास्त्रियों के सक्रिय हस्तक्षेप की एक स्पष्ट विशेषता का भी संकेत किया था जो निश्चित ही एक दर्शनशास्त्रीय तत्व है, और यह भूमिका *संगठित श्रमिक वर्ग की क्रांति की सफलता के लिए आवश्यक* थी। हम यहां दोनों कारणों को समझाने का संक्षिप्त प्रयास करेंगे।

दोनों में से पहले कारण को हम भली भांति तब समझ सकते हैं जब हम मार्क्स की उस महत्वपूर्ण खोज की ओर ध्यान दें जो उन्होंने संपूर्ण अर्थों में मार्क्सवाद को विकसित करने हेतु पहले निर्णायक कदम के रूप में की थी। उसे इतिहास की भौतिकवादी अवधारणा या अधिक सरल शब्दों में ऐतिहासिक भौतिकवाद कहा जाता है। पहली बार इसका स्पष्ट प्रतिपादन *दि जर्मन आइडियोलाजी* में किया गया था जिसे 1845-46 में मार्क्स और एंगेल्स ने मिलकर लिखा था यद्यपि बाद में दोनों ही अपनी रचनाओं में इसे एक-दूसरे की कृति बताते रहे। चूंकि मार्क्सवाद को स्वयं मार्क्स

और एंगेल्स के शब्दों में ही सर्वोत्तम रूप में समझा जा सकता है और चूंकि मार्क्सवाद की समझ के लिए इतिहास की भौतिकवादी अवधारणा को समझना अत्यावश्यक है, अतः यहां हम इतिहास की भौतिकवादी अवधारणा के प्रथम प्रतिपादन अर्थात् *दि जर्मन आइडियोलाजी* को थोड़ा विस्तार से उद्धृत करते हैं :

''मान्यताएं हमारी प्रस्थान-बिंदु हैं । वे न तो मनमानी हैं और न ही कोई मतवाद हैं; बल्कि वे यथार्थ मान्यताएं हैं जिनसे केवल कल्पना में ही अमूर्तीकरण संभव है । ये मान्यताएं हैं—यथार्थ व्यक्ति, उनकी क्रियाशीलता और वे भौतिक दशाएं जिनमें वे रहते हैं । ···

''समस्त मानव-इतिहास की पहली मान्यता जीवित मानव व्यक्तियों का अस्तित्व है । अतः जिस पहले तथ्य को स्थापित करना है वह है इन व्यक्तियों का शारीरिक संगठन और शेष प्रकृति से उसका तज्जनित संबंध ।···

''मनुष्य जानवरों से चेतना, धर्म अथवा अन्य किसी ऐसी ही वस्तु द्वारा अलग किया जाता है । स्वयं मनुष्य अपने को जानवरों से तब से ही अलग करना शुरू कर देते हैं जब वे अपने जीवन के साधनों का उत्पादन करने लगते हैं जिनका निर्धारण उनके शारीरिक संगठन द्वारा होता है । अपने जीवन के साधनों का उत्पादन करके मनुष्य परोक्ष रूप में अपने वास्तविक भौतिक जीवन का ही उत्पादन करते हैं । ···

''उत्पादन की यह पद्धति ··· व्यक्तियों की क्रियाशीलता का एक निश्चित रूप है, जीवन की उनकी अभिव्यक्ति का एक निश्चित रूप है और स्वयं उनके जीवन का एक निश्चित रूप है । व्यक्ति अपने जीवन को जिस रूप में अभिव्यक्त करते हैं, वही वे होते हैं । अतः वे जो हैं वह उनके उत्पादन से जुड़ा होता है—उत्पादित वस्तुओं और उत्पादन की विधि, दोनों से । इस प्रकार व्यक्तियों का स्वभाव उन भौतिक दशाओं पर निर्भर होता है जो उनके उत्पादन को निर्धारित करती है । ···

''अतः तथ्य यह है कि वे निश्चित व्यक्ति जो एक निश्चित रूप में उत्पादक के तौर पर सक्रिय हैं, निश्चित सामाजिक और राजनीतिक संबंधों में परस्पर जुड़ते हैं । अतः अनुभवाश्रित अवलोकन से प्रत्येक मामले में सामाजिक और राजनीतिक संरचना का उत्पादन के साथ संबंध स्पष्ट होना चाहिए, बिना किसी रहस्यमंडन या काल्पनिक अनुमान के । निश्चित व्यक्तियों की जीवन-प्रक्रिया में से सामाजिक संरचना और राज्य निरंतर विकसित हो रहे हैं । परंतु यह जीवन-प्रक्रिया वास्तविक व्यक्तियों की होती है, न कि स्वयं अपनी या दूसरों की कल्पना के व्यक्तियों की । दूसरे शब्दों में, वे जिस रूप में कार्यकलाप करते हैं, जिस रूप में भौतिक उत्पादन करते हैं और इसलिए अपनी इच्छाशक्ति से स्वतंत्र कुछ निश्चित भौतिक सीमाओं, मान्यताओं और दशाओं में जिस प्रकार कार्य करते हैं, ऐसे व्यक्तियों की जीवन-प्रक्रिया ।

''विचारों, अवधारणाओं और चेतना का उत्पादन आरंभ में मनुष्य की भौतिक क्रियाशीलता और भौतिक संसर्ग में, वास्तविक जीवन की भाषा से प्रत्यक्ष रूप से जुड़ा होता है । इस स्तर पर अवधारण, चिंतन और मानसिक संसर्ग मनुष्य के भौतिक व्यवहार का सीधे-सीधे बहिःस्राव प्रतीत होता है । यही बात मानसिक उत्पादन के बारे में भी

लागू होती है जो किसी जनगण की राजनीति, कानून, नैतिकता, धर्म और तत्वमीमांसा इत्यादि की भाषा में व्यक्त होता है। अवधारणाओं, विचारों इत्यादि के उत्पादक मनुष्य वास्तविक सक्रिय मनुष्य ही होते हैं जो अपनी उत्पादक शक्तियों के निश्चित विकास से और उनसे जुड़े कार्यकलाप से निर्धारित होते हैं। चेतना चेतन सत्ता के अतिरिक्त और कुछ कभी नहीं हो सकती और मनुष्यों की सत्ता ही उनकी वास्तविक जीवन-प्रक्रिया होती है। यदि किसी विचारधारा में मनुष्य और उनकी परिस्थितियां कैमरे के भीतरी लेंस में दिखनेवाले चित्र की तरह उलटी दिखलाई पड़ती हैं तो इस स्थिति का कारण भी उनकी ऐतिहासिक जीवन-प्रक्रिया में होता है जैसेकि रेटिना (दृष्टिपटल) पर वस्तुओं का उलटा दिखाई देना भौतिक जीवन-प्रक्रिया का परिणाम होता है।

''अगर जर्मन दर्शनशास्त्र आकाश से पृथ्वी पर अवतरित होता है तो इसके विपरीत हम यहां पृथ्वी से आकाश की ओर आरोहण करते हैं। तात्पर्य यह कि हाड़-मांस के मनुष्य की धारणा बनाने के लिए हमारा प्रस्थान-बिंदु यह नहीं है कि लोग क्या कहते, कल्पना करते और अवधारण करते हैं, न ही यह है कि वास्तविक मनुष्य के बारे में क्या कहा, सोचा, कल्पित या अवधारित किया जाता है। हमारा प्रस्थान-बिंदु वास्तविक और सक्रिय मनुष्य हैं और उनकी वास्तविक जीवन-प्रक्रिया के ही आधार पर हम उस जीवन-प्रक्रिया के वैचारिक प्रतिबिंबनों और अनुगूंजों का विकास दिखलाते हैं। मानव-मस्तिष्क में रूप ग्रहण करनेवाली प्रतिच्छायाएं भी मनुष्य की उस भौतिक जीवन-प्रक्रिया का ही उदात्त रूप हैं जो अनुभव द्वारा जांची जा सकती है और भौतिक मान्यताओं द्वारा मर्यादित होती है। इस प्रकार नैतिकता, धर्म, तत्वमीमांसा, विचारधारा के शेष सभी रूप और उनसे संबद्ध चेतना के रूप कोई स्वतंत्र अस्तित्व नहीं रखते। उनका अपना कोई इतिहास नहीं होता, कोई विकास नहीं होता, अपितु मनुष्य अपने भौतिक उत्पादन और भौतिक कार्यकलाप को विकसित करते हुए अपनी वास्तविक सत्ता के साथ-साथ अपने विचारों और वैचारिक उत्पादनों को भी बदलता चलता है। जीवन का निर्धारण चेतना द्वारा नहीं होता, बल्कि चेतना का निर्धारण जीवन से होता है। प्रथम दृष्टिकोण में प्रस्थान-बिन्दु जीवित व्यक्ति-रूपी चेतना है; जबकि वास्तविक जीवन से जुड़ी दूसरी पद्धति में स्वयं जीवित व्यक्ति ही प्रस्थान-बिंदु हैं और चेतना केवल *उनकी* चेतना के ही रूप में देखी जाती है।''[7]

इस प्रकार मार्क्सवादी विश्लेषण के अनुसार दार्शनिक मत और वस्तुतः समस्त वैचारिक उत्पादन *अंततः* भौतिक तत्वों से अर्थात् उत्पादन की तकनीक या पद्धति से और उससे उत्पन्न उत्पादन- संबंधों से निर्धारित होते हैं। इसका अर्थ यह है कि इन भौतिक दशाओं के क्रांतिकारी रूपांतरण के बिना दार्शनिक विचारों का कोई क्रांतिकारी रूपांतरण संभव नहीं है। *दि जर्मन आइडियोलाजी* में मार्क्स और एंगेल्स पहले ही इसे इस प्रकार जोर देकर प्रतिपादित कर चुके थे :

''यह (इतिहास की भौतिकवादी धारणा) इतिहास की विचारवादी धारणा की तरह हर कालखंड में किसी प्रवर्ग की मुहताज नहीं होती, बल्कि निरंतर इतिहास की वास्तविक *जमीन* पर स्थित रहती है। वह व्यवहार की व्याख्या विचारों के आधार पर नहीं करती,

बल्कि विचारों के निर्माण की व्याख्या भौतिक व्यवहार के आधार पर करती है। इस प्रकार उसका निष्कर्ष यह है कि चेतना के तमाम रूप और उत्पादन मानसिक समालोचना से नष्ट नहीं किए जा सकते; बल्कि उन वास्तविक सामाजिक संबंधों के व्यावहारिक विनाश द्वारा ही नष्ट किए जा सकते हैं जो इस विचारवादी कूड़ा-करकट को जन्म देते हैं। अतः *इतिहास की चालक शक्ति समालोचना नहीं, क्रांति है जो धर्म, दर्शनशास्त्र और सिद्धांत के अन्य समस्त रूपों की भी चालक शक्ति है* ।''[8]

यहीं एक अन्य मुद्दा भी तत्काल जोड़ा जाना चाहिए। मार्क्स और एंगेल्स बार-बार हमारा ध्यान इस तथ्य की ओर खींचना चाहते थे कि समाज की वर्ग-रचना के बारे में ऐसा कुछ है जोकि दर्शनशास्त्रियों की चेतना को कुछ बुनियादी भ्रमों का शिकार बना देता है और दर्शनशास्त्री लोग इस बारे में सजग भी नहीं होते। अतः मार्क्सवाद के अनुसार दर्शनशास्त्र की वास्तविक मुक्ति वर्ग-समाज से वर्गरहित समाज में होनेवाले क्रांतिकारी रूपांतरण में निहित है। अन्यत्र हमने इस पर विस्तार से विचार किया है जो इस पुस्तक में 'हेराक्लाइटस और हेगेल' और 'दर्शनशास्त्र पर एंगेल्स के विचार' शीर्षक निबंधों में प्राप्य है। इसके बजाय मैं यहां दुबारा *कम्युनिस्ट मैनीफेस्टो* से केवल एक अंश उद्धृत करता हूं जिसमें इस मुद्दे को बड़े सुबोध ढंग से रखा गया है :

''यह समझने के लिए क्या कोई गहरी अंतर्दृष्टि चाहिए कि मनुष्य के विचार, दृष्टिकोण और धारणाएं, या एक शब्द में कहें तो मनुष्य की चेतना, उसकी भौतिक दशा, उसके सामाजिक संबंधों और उसके सामाजिक जीवन में होनेवाले प्रत्येक परिवर्तन के साथ परिवर्तित हो जाती है ?...

''अतीत के समस्त समाजों का इतिहास वर्ग-विरोधों के विकास का इतिहास है जो विविध युगों में विविध रूप ग्रहण करते रहे हैं।

''पर ये रूप चाहे जो हों, अतीत के सभी युगों के लिए एक तथ्य सर्वसामान्य है कि समाज का एक भाग दूसरे का शोषण करता रहा है। यही कारण है कि बीते युगों की सामाजिक चेतना अपनी समस्त विविधताओं और भिन्नताओं के बावजूद कुछ ऐसे औसत रूपों या सामान्य विचारों के इर्द-गिर्द घूमती रही है जो विचार पूरी तरह तभी विलुप्त हो सकते हैं जब वर्ग-विरोध पूरी तरह समाप्त हो जाएं।

''कम्युनिस्ट क्रांति परंपरागत संपत्ति-संबंधों से सर्वाधिक क्रांतिकारी संबंध-विच्छेद है। अतः उसके विकास के लिए परंपरागत विचारों से सर्वाधिक क्रांतिकारी संबंध-विच्छेद की भी आवश्यकता है।''[9]

इस प्रकार हम समझ सकते हैं कि मार्क्सवादी समझ के अनुसार दार्शनिक कार्यसूची में भी सामाजिक क्रांति का अत्यधिक महत्व है। वर्गरहित समाज की स्थापना के बिना उस युगों पुरानी भ्रांति से दर्शनशास्त्र की मुक्ति संभव नहीं है जो स्वयं समाज की वर्ग-रचना से उपजी है। इसीलिए दर्शनशास्त्री का यह कर्तव्य हो जाता है कि वह दुनिया को बदले जो स्वयं दर्शनशास्त्र की मुक्ति के लिए भी आवश्यक है। इसीलिए मार्क्स का आग्रह दुनिया को *बदलने* का है।

परंतु इन सबको गलत नहीं समझा जाना चाहिए और ऐसी गलत समझ से बचने

के लिए दार्शनिक मुक्ति और सामाजिक क्रांति के संबंध को द्वंद्वात्मक दृष्टि से समझा जाना चाहिए।

द्वंद्वात्मक दृष्टि से चेतना, जिसमें दार्शनिक चेतना भी शामिल है, अंततः भौतिक दशाओं से उत्पन्न होती है, लेकिन वह भौतिक दशाओं पर प्रतिक्रिया भी करती है। दूसरे शब्दों में, चेतना की भी एक सक्रिय भूमिका होती है। इसी बिंदु पर मार्क्सवाद के संस्थापक अपने अन्य भौतिकवादी पूर्ववर्तियों से अलग हो जाते हैं। कारण कि ये पुराने भौतिकवादी कुल मिलाकर यह यांत्रिक दृष्टि अपनाते थे कि परिवेश हमारी चेतना को निर्धारित करता है। जैसाकि मार्क्स ने फायरबाख पर अपनी तीसरी प्रस्थापना में सूत्रवत् कहा था :

"यह भौतिकवादी दृष्टिकोण कि मनुष्य परिस्थितियों की उपज हैं और इसीलिए परिवर्तित मनुष्य हमारी परिवर्तित दशाओं और परिवर्तित पालन-पोषण तथा शिक्षा-दीक्षा की उपज होते हैं, यह भूल जाता है कि मनुष्य ही परिस्थितियों को बदलते हैं और शिक्षक को स्वयं भी शिक्षा की जरूरत होती है।" इस प्रकार मार्क्सवादी बोध के अनुसार दर्शनशास्त्रियों और सिद्धांतकारों के लिए जरूरी नहीं कि वे एक महान सामाजिक रूपांतरण के लिए निष्क्रिय रहकर अपने दार्शनिक विचारों की मुक्ति का इंतजार करें। इस बीच उनके लिए करने को एक अत्यधिक महत्वपूर्ण काम भी है। यह काम जो उनसे सिद्धांतविद और दर्शनशास्त्री की विशेष भूमिका में ही अपेक्षित है, सामाजिक क्रांति के लिए प्रासंगिक है। सर्वाधिक महत्वपूर्ण बात निश्चय ही दुनिया को बदलने की है। पर, यह भी ध्यान में रखने की जरूरत है कि दुनिया की गलत या अधूरी समझ उसे बदलने का कोई सही तरीका नहीं है।

यह बात हमें सिद्धांत और व्यवहार के संबंध से जुड़े सवाल तक ले जाती है जिसे ज्ञान और शक्ति, स्वतंत्रता और आवश्यकता के व्यापकतर प्रश्न के संदर्भ में ही सबसे अच्छी तरह समझा जा सकता है। मार्क्स और एंगेल्स के पहले के दर्शनशास्त्री सचमुच इस प्रश्न को समझने की दिशा में बढ़ रहे थे और उनमें से कुछ तो स्वतंत्रता को आवश्यकता की स्वीकृति तक मान रहे थे। फिर भी उन्होंने अपनी यह समझ कुल मिलाकर प्राकृतिक विज्ञानों के क्षेत्र तक सीमित रखी और, जैसाकि स्पिनोजा और हेगेल के संदर्भ में हुआ, कमोबेश ऐसी दूसरी तत्वमीमांसी गतिविधियों में उलझे रहे जो उनकी अपनी प्रणालियों की विशेषताएं हैं। मार्क्सवाद की एक असाधारण उपलब्धि यह है कि वह इस बुनियादी समझ से बाहरी तत्वमीमांसी विचारों को अलग रखता है, साथ ही समाजविज्ञान के अन्य क्षेत्रों में भी इसे लागू करने में पूरी रुचि लेता है। यहां हम एंगेल्स की पुस्तिका *समाजवाद : काल्पनिक और वैज्ञानिक* से एक उद्धरण देंगे जिसमें इस प्रश्न को सुबोध ढंग से प्रस्तुत किया गया है :

"सक्रिय सामाजिक शक्तियां ठीक प्राकृतिक शक्तियों की तरह कार्य करती हैं : अंधे ढंग से, बलपूर्वक, विध्वंसात्मक ढंग से—तब तक जब तक कि हम उन्हें समझ नहीं लेते और उनका पूरा लेखा-जोखा नहीं ले लेते। लेकिन एक बार जब हम उन्हें समझ लेते हैं, उनके कार्यकलाप की पद्धति, उनकी दिशा और उनके प्रभावों को समझ

लेते हैं तब यह केवल हमारे ऊपर रह जाता है कि उन्हें अधिकाधिक अपनी इच्छा के अधीन ले आएं और उनके द्वारा अपने लक्ष्यों की प्राप्ति करें। और, आज की शक्तिशाली उत्पादक शक्तियों के संदर्भ में यह बात विशेष रूप से सही है। जब तक हम क्रियाकलाप के इन सामाजिक साधनों की प्रकृति और चरित्र को समझने से हठपूर्वक इनकार करते रहते हैं तब तक ये शक्तियां हमारे बावजूद और हमारे विरुद्ध कार्यरत रहती हैं, तब तक वे हमारी स्वामी बनी रहती हैं, ··· लेकिन जब एक बार उनकी प्रकृति को समझ लिया जाता है, तब वे साथ-साथ काम करनेवाले उत्पादकों के हाथों से रूपांतरित होकर दैत्य जैसे स्वामियों के स्थान पर आज्ञाकारी सेवक बन जाती हैं। दोनों के बीच वही अंतर है जो तूफान में कौंधती हुई बिजली की विध्वंसक शक्ति और तार (टेलीग्राफ) तथा वोल्टाइक विद्युतचाप में नियंत्रित बिजली के बीच है; जो भीषण अग्निकांड और मनुष्य की सेवा में कार्यरत अग्नि के बीच है।''[10]

तब कामगार नर-नारी सामाजिक शक्तियों के ज्ञान का प्रयोग कैसे करें और कैसे उन पर स्वामित्व स्थापित करें ? जैसाकि मार्क्स और एंगेल्स ने खोजा था, इसमें महत्वपूर्ण तत्व है, पहले के कल्पनाशील समाजवादियों के स्वप्नों का एक सटीक विज्ञान में रूपांतरण। जैसाकि एंगेल्स ने आगे लिखा है :

''आज की उत्पादक शक्तियों के यथार्थ स्वरूप की इस मान्यता के साथ, अंततः, उत्पादन की सामाजिक अराजकता के स्थान पर एक निश्चित योजना के अनुरूप उत्पादन के सामाजिक संचालन की स्थापना होती है—समुदाय की और प्रत्येक व्यक्ति की जरूरतों के अनुरूप। इसके बाद पूंजीवादी अधिग्रहण (एप्रोप्रिएशन) की पद्धति, जिसमें उत्पाद पहले उत्पादक को दास बनाता है और फिर अधिग्रहणकर्ता को, विस्थापित कर दी जाती है और उसके स्थान पर उत्पादों के अधिग्रहण की वह पद्धति स्थापित होती है जो उत्पादन के आधुनिक साधनों पर आधारित होती है। इसमें एक ओर उत्पादन के रख-रखाव और विस्तार के माध्यम के रूप में प्रत्यक्ष सामाजिक अधिग्रहण होता है और दूसरी ओर जीवन-निर्वाह और आनंदोपभोग के साधनों के रूप में प्रत्यक्ष वैयक्तिक अधिग्रहण होता है। अगर उत्पादन की पूंजीवादी पद्धति आबादी के बहुत बड़े हिस्से को सर्वहारा में अधिकाधिक रूपांतरित करती है तो वहीं वह ऐसी शक्ति भी उत्पन्न करती है जो स्वयं अपने विनाश के द्वारा इस क्रांति को संपन्न करती है। वह जहां उत्पादन के पहले से ही समाजीकृत व्यापक साधनों को राज्य की संपत्ति में अधिकाधिक रूपांतरित करती जाती है, वहीं वह इस क्रांति का पथ भी प्रदर्शित करती चलती है। सर्वहारा राजनीतिक शक्ति को छीन लेता है, और उत्पादन के साधनों को राज्य की संपत्ति में बदल डालता है।''[11]

इस प्रकार सामाजिक शक्तियों के निश्चित ज्ञान पर आधारित सामाजिक हस्तक्षेप मनुष्य के सामने स्वतंत्रता के नए क्षितिज खोलता है। यहां एंगेल्स का दिया हुआ एक प्रेरक विवरण प्रस्तुत है :

''उत्पादन के साधनों पर जब समाज अधिकार कर लेगा, तब मालों का उत्पादन समाप्त हो जाएगा और साथ ही उत्पादक पर उत्पाद का स्वामित्व भी समाप्त हो

जाएगा। सामाजिक उत्पादन में व्याप्त अराजकता की जगह व्यवस्थित, निश्चित संगठन ले लेगा। व्यक्तिगत अस्तित्व के लिए संघर्ष अदृश्य हो जाएगा। तब पहली बार, एक विशेष अर्थ में, मनुष्य शेष प्राणिजगत से अलग होगा और अस्तित्व की पाशविक दशाओं से ऊपर उठकर वास्तविक मानवीय जीवन जिएगा। जीवन की दशाओं का वह संपूर्ण क्षेत्र जिसने अब तक मनुष्य को घेरे रखा है, जिसने अब तक मनुष्य पर शासन किया है, मनुष्य के आधिपत्य और नियंत्रण में आ जाएगा, और अब पहली बार वह प्रकृति का वास्तविक सचेत स्वामी होगा क्योंकि अब वह अपने सामाजिक संगठन का भी स्वामी होगा। उसके अपने सामाजिक कर्म के नियम अभी तक उसके लिए विजातीय थे और उस पर आधिपत्य रखनेवाले प्राकृतिक नियमों के रूप में उसके सामने आते थे, अब पूरी तरह उसकी अधीनता में होंगे और वह इन प्राकृतिक नियमों का पूरी समझ के साथ उपयोग कर रहा होगा और इस प्रकार वह इनका स्वामी होगा,। मनुष्य का अपना सामाजिक संगठन जो अभी तक प्रकृति और इतिहास द्वारा आरोपित अनिवार्यता के रूप में उसके सामने मंडराता था, अब उसके अपने स्वतंत्र कर्म का परिणाम होगा; इतिहास का संचालन करनेवाली बाह्य, वस्तुनिष्ठ शक्तियां अब स्वयं मनुष्य के नियंत्रण में होंगी। उसी समय से मनुष्य अधिकाधिक विवेकपूर्वक अपने इतिहास का निर्माता बनेगा और उसी समय से उसके द्वारा गतिशील सामाजिक कारक उसके द्वारा इच्छित परिणामों को ही अधिकाधिक मात्रा में उत्पन्न करेंगे। यही आवश्यकता के क्षेत्र से स्वतंत्रता के क्षेत्र तक मानव का आरोहण है।''[12]

मार्क्सवाद द्वारा परिकल्पित साम्यवाद अथवा वर्गरहित समाज इसी प्रकार का है। यह उन दशाओं का ही एक पर्यायवाची शब्द है जिनमें मनुष्य विवेकपूर्वक अपना इतिहास बनाते हैं। यह आवश्यकता के क्षेत्र से स्वतंत्रता के क्षेत्र की ओर मनुष्य का प्रयाण है। हमारी इस विवेचना के लिए जो बात महत्वपूर्ण है वह है सिद्धांतशास्त्रियों या दर्शनशास्त्रियों की वह भूमिका जो वे मानवता के इस महाप्रयाण के दौरान निभाएंगे। हमने एंगेल्स से जो अंश उद्धृत किए हैं वे इस पक्ष को बिलकुल स्पष्ट कर देते हैं। जब तक हम सक्रिय सामाजिक शक्तियों को ठीक से नहीं जान लेते तब तक ये शक्तियां अंधे और विध्वंसक ढंग से हमारे ऊपर क्रिया करती हैं। लेकिन जब हम उन्हें जान और समझ लेते हैं तब हम उनका उपयोग इच्छित लक्ष्यों के लिए कर सकते हैं और इस प्रकार स्वतंत्रता की दिशा में आगे बढ़ सकते हैं।

अतः हस्तक्षेप के दर्शनशास्त्र में ज्ञान की निर्णायक भूमिका है। ज्ञानरहित हस्तक्षेप अंधा है और आत्मपराजयकारी है जैसेकि कर्म से कटा हुआ ज्ञान ज्यादा से ज्यादा गर्मजोशी से भरी मगर खोखली लफ्फाजी को जन्म देता है। यदि शुद्ध बुद्धि दर्शनशास्त्र को नकली मुठभेड़ों का युद्धक्षेत्र बना देती है तो शुद्ध व्यावहारिकता का परिणाम भी इसी निस्सारता का एक दूसरा रूप है।

दूसरे शब्दों में, जैसाकि हम पहले कह आए हैं, दुनिया को बदलने का एक सही तरीका होता है और एक गलत तरीका। गलत तरीका यह है कि उसे *बिना समझे* बदला जाए और सही तरीका यह है कि दुनिया के भरपूर ज्ञान और समझ के साथ उसे बदलने

के लिए काम किया जाए।

इस दृष्टिकोण से हम वैज्ञानिक साम्यवाद के कार्यक्रम में सैद्धांतिक गतिविधि के भारी महत्व को आसानी से समझ सकते हैं। हम यह समझ सकते हैं कि मार्क्स और एंगेल्स ने शब्दशः टनों पुस्तकों और दस्तावेजों को छानकर वैज्ञानिक साम्यवाद के मूलभूत तत्वों का प्रतिपादन क्यों किया। हम यह भी समझ सकते हैं कि समाजवादी क्रांति के प्रथम सफल शिल्पी लेनिन ने आधुनिक मजदूर वर्ग के क्रांतिकारी संघर्ष के लिए दर्शनशास्त्र सहित समस्त सिद्धांत के महत्व पर इतना अधिक बल क्यों दिया।

1902 में अपनी पुस्तक *ह्वाट इज टु बी डन ?* लिखते समय लेनिन को यह जरूरी लगा कि 'सैद्धांतिक संघर्ष के महत्व के बारे में एंगेल्स के विचार' शीर्षक से इसमें एक अलग खंड भी लिखा जाए। इसमें हम पढ़ते हैं :

"क्रांतिकारी सिद्धांत के बिना कोई क्रांतिकारी आंदोलन संभव नहीं हो सकता। ऐसे समय में जबकि अवसरवाद के चालू उपदेश और व्यावहारिक क्रियाशीलता के संकीर्णतम रूपों के प्रति मोह साथ-साथ जारी हैं, इस विचार पर इससे ज्यादा बल नहीं दिया जा सकता ··· यहां हम कहना यह चाहते हैं कि *सर्वाधिक उन्नत सिद्धांतों की अगुवाई में चल रही पार्टी ही अग्रणी योद्धा की भूमिका निभा सकती है* ··· एंगेल्स सामाजिक जनवाद के *महान संघर्ष के दो रूपों* (राजनीतिक और आर्थिक) *को नहीं* मान्यता देते, जैसाकि आज हमारे बीच चालू है, बल्कि *तीन रूपों* को मान्यता देते हैं। और, इन तीनों में *सैद्धांतिक संघर्ष को शेष दोनों के समकक्ष रखते हैं*।"[13]

प्रसंगवश, यहां लेनिन की अपनी गतिविधियों के एक आयाम पर ध्यान देना महत्वपूर्ण है जिसको आमतौर पर समाजवादी हलकों के बाहर के लोग याद नहीं रखते, जबकि जे.डी. बरनाल जैसे प्रमुख वैज्ञानिक ने भी उस पर विशेष चर्चा करना आवश्यक माना था। बरनाल के शब्दों में : "यदि लेनिन दुनिया के महानतम राजनीतिक नेताओं में से एक नहीं होते तो उनकी बौद्धिक प्रखरता अर्थशास्त्र और दर्शनशास्त्र के क्षेत्र में उनके विशेष योगदान के आधार पर पहचानी जाती। वे पहले व्यक्ति थे जिन्होंने अपने समय के *साम्राज्यवाद* में उसके क्षय के लक्षण भी देखे कि वह अपने पूंजीगत मालों के उत्पादन के लिए पर्याप्त मुनाफा देनेवाले घरेलू बाजार भी बनाने में असमर्थ था जबकि फ्रेबियनवाद के प्रगतिशील नेता भी इसी साम्राज्यवाद के समर्थक थे। साम्राज्यवादी युग के समय जो बौद्धिक और सांस्कृतिक परिवर्तन हुए उनका भी उन्हें ज्ञान था। अपनी पुस्तक *भौतिकवाद और अनुभवाश्रित समालोचना* में उन्होंने रूसी समाजवादी आंदोलन में माख और उनके अनुयायियों की प्रत्यक्षवादी प्रवृत्तियों का विश्लेषण किया और दिखाया कि उन्नत और वस्तुनिष्ठ वैज्ञानिक दृष्टिकोण होने के तमाम दावों के बावजूद वे एक ऐसे रास्ते पर थे जो उन्हें पीछे बर्कले और अफलातून के शुद्ध विचारवाद की ओर और इस प्रकार प्रतिक्रियावाद की स्थिति के समर्थन की ओर ही ले जा सकता था।"[14]

यहां बस एक सादी-सी बात जोड़नी जरूरी है। चाहे हम किसी भी पैमाने पर परखें, *भौतिकवाद और अनुभवाश्रित समालोचना* असाधारण श्रम से संपन्न एक दार्शनिक कृति है, उसकी अन्य असाधारण विशेषताओं की बात तो जाने दें। ऐसी दार्शनिक कृति के

लिए केवल पांडित्य-प्रदर्शन के वास्ते लेनिन ने कभी मेहनत नहीं की होगी। विदेश से इसकी पांडुलिपि प्रेस को भेजते समय उन्होंने इसके शीघ्र प्रकाशन की तात्कालिक राजनीतिक आवश्यकता की ओर ध्यान दिलाया था। इससे भी पता चलता है कि वे मजदूर वर्ग की क्रांति के सक्रिय आयोजन के लिए दार्शनिक गतिविधियों को निजी तौर पर कितना महत्व देते थे। लेकिन बेहतर है कि हम उनकी पुस्तक *ह्वाट इज टु बी डन ?* की बात को आगे बढ़ाएं। वैज्ञानिक साम्यवाद के संघर्ष में सैद्धांतिक कर्म के गंभीर महत्व पर एंगेल्स की समझ को दिखाते हुए लेनिन ने उनका एक ऐसा उद्धरण दिया था जो अनेक लोगों को और कुछ नहीं तो बहुत विचित्र अवश्य लगेगा। *दि पीजेंट वार इन जर्मनी* में एंगेल्स ने लिखा था : "जर्मन वैज्ञानिक समाजवाद अर्थात् आज तक अस्तित्व में आनेवाला एकमात्र वैज्ञानिक समाजवाद उससे पहले से मौजूद जर्मन दर्शनशास्त्र और विशेषकर हेगेल के दर्शनशास्त्र के बिना संभव ही नहीं होता। अगर मजूदरों में सिद्धांत के प्रति चेतना न होती तो यह वैज्ञानिक समाजवाद उनकी मांस-मज्जा में जितनी गहराई तक पैठ चुका है उतनी गहराई तक नहीं पैठा होता।"[15]

एंगेल्स ने दार्शनिक गतिविधि को सचमुच इसी कदर महत्व दिया है। बहरहाल, मार्क्सवादी दृष्टिकोण से यह महत्व निश्चय ही बेशर्त नहीं है।

दुनिया को बदलने की प्रक्रिया में वास्तविक महत्व प्राप्त करने के लिए दार्शनिक गतिविधि को किस तरह की शर्तें पूरी करनी चाहिए, इसके बारे में मार्क्स, एंगेल्स और लेनिन का विशद दार्शनिक लेखन हमारे सामने है। संक्षेप में कहें तो दर्शनशास्त्र को चिंतन की द्वंद्वात्मक पद्धति अपनानी होगी और इस द्वंद्ववाद की जड़ें भी भौतिकवादी विश्वदृष्टि में गहरी जमी होनी चाहिए।

संदर्भ एवं टिप्पणियां

1. मार्क्स, *इकानामिक एंड फिलासाफिकल मैनस्क्रिप्ट्स आफ 1844,* मास्को, 1974, पृ. 90.
2. लेनिन, *कार्ल मार्क्स एंड हिज टीचिंग्स,* मास्को, 1973, पृ. 7.
3. लेनिन, *आन रेलिजन,* मास्को, 1969, पृ. 53-54.
4. एंगेल्स, *लुडविग फायरबाख,* मास्को, 1969, पृ. 6.
5. कांट, *क्रिटीक आफ प्योर रीजन* (केंप स्मिथ द्वारा संपादित संक्षिप्त संस्करण), लंदन, 1934, पृ. 15.
6. उपरोक्त, पृ. 22-23.
7. मार्क्स और एंगेल्स, *दि जर्मन आइडियोलाजी,* मास्को, 1966, पृ. 31-38.
8. उपरोक्त, पृ. 50.
9. मार्क्स और एंगेल्स, *सेलेक्टेड वर्क्स,* मास्को, 1977, पृ. 125-26.
10. मार्क्स और एंगेल्स, *सेलेक्टेड वर्क्स,* मास्को, 1975, पृ. 423.

11. उपरोक्त.
12. उपरोक्त, पृ. 426.
13. मार्क्स, एंगेल्स, लेनिन, *हिस्टारिकल मैटीरियलिज्म,* मास्को, 1974, पृ. 84-85.
14. बरनाल, पृ. 167.
15. एंगेल्स, *दि पीजेंट वार इन जर्मनी,* मास्को, 1956, पृ. 32.

परिशिष्ट

भविष्य और विज्ञान एवं प्रौद्योगिकी की क्रांति

जान सोमरविले

प्रौद्योगिकी और मानव-इतिहास

व्यक्ति, प्रौद्योगिकी और समाज के पारस्परिक संबंधों के बारे में कार्ल मार्क्स न केवल आधुनिक काल के सबसे चुनौतीपूर्ण विचारक हैं, बल्कि पार्थिव समाज-दर्शन की दृष्टि से शांति आंदोलन पर उनका बुनियादी प्रभाव भी सबसे अधिक है। अपने चिंतन के आरंभ में उन्होंने 'उत्पादन की भौतिक शक्तियों' और 'उत्पादन के संबंधों' में जो अंतर स्थापित किया, वह उनके चिंतन का केंद्रीय तत्व बन गया। ये भौतिक शक्तियां हैं—उत्पादन के उपकरण, बल, स्रोत और तकनीकें, औजार, ऊर्जा के स्रोत, कच्चे माल, विधियां, कार्यकारी ज्ञान। इसी को हम प्रौद्योगिकी कहते हैं और इसका कोई न कोई रूप न होने पर लोग भूख और असुरक्षा के शिकार होकर समाप्त हो जाएंगे।

इस प्रकार मानव-जीवन में प्रौद्योगिकी की हमेशा ही एक केंद्रीय भूमिका रही है। लेकिन इसकी भूमिका शुद्धतः भौतिक या स्वचालित नहीं होती, जैसीकि आक्सीजन या सूर्य से प्राप्त ऊर्जा की होती है यद्यपि इनके बिना भी मनुष्य समाप्त हो जाएगा। यद्यपि मनुष्य प्रौद्योगिकी की तरह अस्तित्व के लिए आक्सीजन या सौर ऊर्जा, गुरुत्वाकर्षण और अनगिनत दूसरी भौतिक, रासायनिक और दैनिक प्रक्रियाओं और घटकों पर निर्भर है, फिर भी अंतर यह है कि मनुष्य इन अन्य वस्तुओं के सृजन की प्रक्रिया में चेतन रूप से भाग नहीं लेता। चूंकि उसकी ये आवश्यकताएं अपने-आप, अचेतन रूप में पूरी हो जाती हैं, इसलिए ये *उसके लिए* कुछ करती अवश्य हैं मगर जरूरी नहीं कि उसको *ध्यान देने* पर बाध्य करें। वे जो कुछ करती हैं वह प्रत्येक व्यक्ति के लिए एकसमान होता है। प्रत्येक मनुष्य अन्य मनुष्यों के साथ और प्रत्येक समाज अन्य समाजों के साथ जिन वस्तुओं में साझीदार है, उन्हीं के संबंध में इनका महत्व है। लेकिन प्रौद्योगिकी इन साझे

कारकों की दृष्टि से ही नहीं बल्कि व्यक्तियों और समाजों की भिन्नताओं की दृष्टि से भी महत्वपूर्ण होती है। इसका तात्पर्य यह है कि लोग प्रौद्योगिकी के स्तर पर जिन वस्तुओं का सृजन करते हैं उनके द्वारा आपस में भिन्नताएं उत्पन्न करते हैं। वे व्यक्तियों और समाजों के रूप में स्वयं अपना सृजन करते हैं।

आत्मविभेदीकरण और आत्मसृजन की यह प्रक्रिया केवल इसलिए नहीं होती कि औजार और तकनीक स्वयं अपना सृजन नहीं कर सकते, बल्कि इसलिए भी कि वे स्वयं अपना उपयोग नहीं कर सकते। उनका सृजन और उपयोग मानव करते हैं तथा उनके सृजन और उपयोग की यही प्रक्रिया वह मूल ऐतिहासिक प्रक्रिया है जिसके द्वारा मानव अपनी बौद्धिकता का विकास करते हैं तथा सामाजिक, मानवीय प्राणी बनते हैं। 'बंदर से आदमी बनने' की यह प्रक्रिया वास्तव में उत्तरोत्तर अधिक बौद्धिकता तथा अधिकाधिक जटिल सामाजिकता को प्राप्त करने की प्रक्रिया है और इन दोनों की सर्वप्रथम प्राप्ति अधिकाधिक कारगर औजारों के निर्माण और उपयोग से संभव हुई। जिस भोजन, शरण और सुरक्षा के बिना मानव-जीवन समाप्त हो जाता, उस सबकी आपूर्ति के लिए औजारों तथा और भी कारगर औजारों के उपयोग के लिए व्यक्तियों और समूहों की समन्वित, सहयोगमूलक गतिविधियां आवश्यक हैं। फिर ये गतिविधियां सत्ता के संबंधों की एक संरचना का तकाजा करती हैं। अनेक व्यक्तियों के समन्वय और सहयोग से चलनेवाली किसी भी उत्पादक गतिविधि में हर तरह के फैसले लेने पड़ते हैं कि कौन कब, कहां, कितना और क्या काम करता है, कौन कितना पाएगा वगैरह। इसी को मार्क्स ने 'उत्पादन के संबंध' कहा है। ये कार्य की प्रक्रियाओं के विभिन्न अंगों के तकनीकी संबंध नहीं हैं (जो 'उत्पादन की भौतिक शक्तियों' में शामिल हैं), बल्कि सत्ता के संबंध हैं अर्थात् ऐसे स्वीकृत या प्रदत्त संबंध हैं जिनमें व्यक्ति और समूह उत्पादन की सामाजिक प्रक्रिया में, उपरोक्त प्रकार के फैसले लेने की प्रक्रिया में एक-दूसरे से जुड़े होते हैं। वास्तविक ऐतिहासिक क्रम में कबीलाई मुखियों और सदस्यों, दासों और दास-स्वामियों, भूदासों और कुलीनों, उजरती मजदूरों तथा निजी पूंजीपतियों, राजकीय कर्मचारियों तथा रोजगार देनेवाली समाजवादी राजसत्ताओं के संबंध सत्ता के प्रमुख संबंध रहे हैं।

स्पष्ट है कि ऐसे संबंधों की ऐसी कोई विशेष प्रणाली, जिसे मार्क्स ने 'समाज की आर्थिक संरचना' भी कहा है, किसी व्यक्ति और किसी समाज के जीवन का एक बहुत महत्वपूर्ण पक्ष होती है। मानव जिस अर्थ में स्वयं अपना सृजन करते हैं, सामूहिक रूप से स्वयं को दूसरे समूहों से भिन्न बनाते हैं और व्यक्ति-रूप में स्वयं को दूसरे व्यक्तियों से भिन्न बनाते हैं, उस अर्थ में यह एक बहुत महत्वपूर्ण कारक है। दूसरे शब्दों में, यह स्पष्ट है कि उत्पादन के स्वीकृत या प्रदत्त संबंधों का व्यक्ति-रूप में व्यक्ति और समाज-रूप में समाज के जीवन की पूरी गुणवत्ता पर प्रत्यक्ष और मूलभूत प्रभाव पड़ता है। उनके सिलसिले में न ही व्यक्ति और न ही समाज के पास कोई मूल्यनिरपेक्ष आधार है। किसी विशेष समाज में व्यक्ति या तो दास है या स्वतंत्र है। किसी अन्य समाज में या तो वह गरीबी का जीवन जीता है या नहीं जीता। वह अपने जीवन के क्रम में क्या कर सकता है और क्या नहीं कर सकता, इसे उपरोक्त प्रकार के तथ्य अनेक

महत्वपूर्ण अर्थों में निर्धारित करते हैं। यही बात किसी पूरे समाज के जीवन की गुणवत्ता के बारे में भी कही जा सकती है। दास और स्वामी या संपत्तिधारी और संपत्तिहीन के संबंध का अस्तित्व और क्रियान्वयन अनेक महत्वपूर्ण अर्थों में इसका निर्धारण करते हैं कि कोई समाज कुल मिलाकर नैतिक, राजनीतिक और सांस्कृतिक दृष्टि से क्या कर सकता है और क्या नहीं कर सकता, क्या बन सकता है और क्या नहीं बन सकता।

मार्क्स सबसे पहले इतिहास की व्याख्या करना चाहते थे और इसके लिए उन्होंने जिस बात को बुनियादी समझा वह इन दो व्यापक कारकों के पारस्परिक संबंध थे जो इस समय विचाराधीन हैं—अर्थात् एक ओर उत्पादन की भौतिक शक्तियों अर्थात् प्रौद्योगिकी और दूसरी ओर उत्पादन के संबंधों के पारस्परिक संबंध। मार्क्स के शब्दों में अहम बात यह है कि मानव के "उत्पादन के संबंध उसके उत्पादन की भौतिक शक्तियों के विकास के किसी निश्चित चरण के संगत होते हैं।" किसी समाज-विशेष में, किसी काल-विशेष में सत्ता के जो संबंध पाए जाते हैं वे मनमाने नहीं होते, मनचाहे ढंग से विकसित नहीं होते और न किए जा सकते हैं, क्योंकि उनके लिए आवश्यक है कि वे उत्पादन की उपलब्ध भौतिक शक्तियों के चरित्र द्वारा निर्धारित कुछ बुनियादी शर्तों को पूरा करें। उत्पादन के सामाजिक रूप से स्वीकृत सत्ता-संबंधों तथा उत्पादन की भौतिक शक्तियों के बीच कुछ न्यूनतम संगीत आवश्यक है ताकि उत्पादन के निश्चित उद्देश्य पूरे हो सकें।

अभी तक हमारे कहने का कुल तात्पर्य यह रहा है कि अगर एक से अधिक व्यक्तियों को लेकर किसी नाव को एक खतरनाक यात्रा पूरी करनी है तो आवश्यक है कि यात्री कुछ सत्ता-संबंधों को स्वीकार करें और किन संबंधों तथा नाव के उद्देश्य और चालन-व्यवस्था के बीच कुछ प्रकार्यात्मक संगति होनी चाहिए। यह नियम लागू करना कि व्यक्ति की सत्ता उसके भार के अनुलोम अनुपात में या उसकी ऊंचाई के विलोम अनुपात में होगी, घातक हो सकता है। इसी प्रकार अनेक ऐसे नियम, जिनकी हम कल्पना कर सकते हैं, घातक हो सकते हैं। फिर भी इसका तात्पर्य यह नहीं कि किसी समाज में किसी काल-विशेष में प्राप्य सत्ता-संबंध सर्वोत्तम, सर्वाधिक बुद्धिसंगत और सर्वाधिक नैतिक होते हैं (यह तो जड़ता की दशा का सूचक होगा), बल्कि इसका तात्पर्य केवल यह है कि उनको न्यूनतम सीमा तक प्रकार्यात्मक अवश्य होना चाहिए। इससे अधिक का तकाजा करना इतिहास के तथ्यों के नैतिक ही नहीं बल्कि मूल अनुभवगम्य पक्षों को भी भूलना होगा। इससे स्वयं इतिहास की धारणा पर प्रश्न उठ खड़ा होगा क्योंकि अगर मनुष्य की भौतिक उत्पादक शक्तियां और प्रौद्योगिकी में गुणात्मक परिवर्तन न हों और अगर मनुष्य के उत्पादन-संबंधों में गुणात्मक परिवर्तन न हों तो मानव-जीवन में इन बातों की केंद्रीयता और व्यापकता को देखते हुए उस दशा में मानव-इतिहास नाम की कोई वस्तु शायद ही शेष रहे। अगर ऐसे गुणात्मक परिवर्तन न हुए होते तो मनुष्य शायद अभी भी कबीलाई समाज में, संभवतः पहले से बड़े कबीलों में सही, रह रहा होता। बल्कि यह भी संभव है कि बंदर से आदमी में संक्रमण न हुआ होता, बल्कि पहले से अधिक प्रकारों के बंदरों का ही अस्तित्व होता।

दूसरे शब्दों में, प्रौद्योगिकी कभी स्थिर नहीं होती और न ही उत्पादन के संबंध स्थिर होते हैं। प्रौद्योगिकी और सत्ता-संबंध की संगति के परिमाण की पड़ताल संवृत्तियों के दो ऐसे वर्गों की संगति की पड़ताल है जिनमें से प्रत्येक परिवर्तनशील है। मार्क्स की दिलचस्पी खासकर जिस बात में थी और जो उन्हीं के शब्दों में "मेरे अध्ययनों का प्रमुख सूत्र" बन गई, यह नहीं थी कि प्रौद्योगिकी और उत्पादन के संबंधों में कुछ प्रकार्यात्मक संगति पाई जाती है (यह तो कहानी का मात्र मुखड़ा है), बल्कि उत्पादन के संबंधों में होनेवाले गुणात्मक परिवर्तनों के प्रमुख कारणों की खोज है। यह खोज इस पर केंद्रित हुई कि प्रौद्योगिकी में होनेवाले परिवर्तन किस प्रकार संबंधों की प्रणाली में होनेवाले परिवर्तनों का कारण बन जाते हैं। यहां 'किस प्रकार' से अभिप्राय यह है कि किन *सामाजिक* व्यवस्थाओं, संस्थाओं, माध्यमों, प्रकार्यों और संघर्षों के द्वारा यह प्रक्रिया घटित होती है।

मार्क्स की प्रस्थापना का सारतत्व यह धारणा है कि कबीलों के सदस्यों और मुखियों से दासों और उनके स्वामियों, दासों और उनके स्वामियों से भूदासों और कुलीनों, भूदासों और कुलीनों से सर्वहारा और पूंजीपतियों तक हुए गुणात्मक परिवर्तन मुख्यतः इस कारण हुए कि विद्यमान प्रौद्योगिकी में होनेवाले परिवर्तन, अर्थात् नए उपकरणों, विधियों, ऊर्जा और कच्चे मालों के स्रोतों में होनेवाले परिवर्तन संचित होकर इस बिंदु पर पहुंच गए थे कि उत्पादन के पुराने संबंध अब नई, अधिक उत्पादक प्रौद्योगिकी से प्रकार्यात्मक संगति की शर्तों को पूरा नहीं कर सकते थे। अधिक उत्पादक प्रौद्योगिकी से तात्पर्य निश्चित ही ऐसी प्रौद्योगिकी से है जो मानव की भोजन, वस्त्र, आवास, शिक्षा, यात्रा, स्वास्थ्य-चिकित्सा वगैरह की आवश्यकताओं की पूर्ति में, अर्थात् जीवन-रक्षा और विकास के लिए आवश्यक भौतिक सुविधाओं की आपूर्ति में अधिक समर्थ हो।

फिर भी अधिक उत्पादक प्रौद्योगिकी केवल इस कारण स्थापित नहीं हो जाती कि वह अधिक उत्पादक है। इसके स्थापित होने की प्रक्रिया न तो आसान होती है और न ही नैतिकता इसमें सहायता करती है, यद्यपि इसमें नैतिक मूल्यों का भी स्थान होता है। इतना याद रखना पड़ता है कि *पुरानी* प्रौद्योगिकी सत्ता-संबंधों की प्रणाली की दृष्टि से सामाजिक रूप से स्थापित होती है और यह प्रणाली विभिन्न ऐतिहासिक कालों में किसी न किसी वर्ग (कबीलाई मुखियों, दास-स्वामियों, सामंती कुलीनों या पूंजीपतियों) की सामाजिक, राजनीतिक और नैतिक शक्ति का कारण होती है। व्यवहार में स्थापित होने के लिए, वास्तविक में व्यवहृत होने के लिए नई प्रौद्योगिकी को सत्ता-संबंधों की एक ऐसी *नई* प्रणाली की आवश्यकता होती है जिसकी *उसके* साथ कुछ न्यूनतम प्रकार्यात्मक संगति हो। साधारणतम अनुभवगम्य शब्दावली में कहें तो कबीलाई मुखियों का दास-स्वामियों में और कबीलों के सदस्यों का दासों में, फिर आगे चलकर दास-स्वामियों का सामंती कुलीनों और दासों का भूदासों में, फिर इससे भी आगे चलकर सामंती कुलीनों का पूंजीपतियों और भूदासों का सर्वहारा में रूपांतरण आवश्यक है।

लेकिन यह सब काफी-कुछ संघर्ष के बिना संभव न था। कारण कि ऐसा हर

परिवर्तन विद्यमान शासक वर्ग को चुनौती देने के समान था जो निश्चित ही अपना शासन अच्छी तरह स्थापित कर चुका होता था—सैन्यबलों के द्वारा भौतिक रूप से, अपनी विशेष शासन-प्रणाली द्वारा राजनीतिक रूप से, शिक्षाप्रणाली के अंतर्तत्व के द्वारा वैचारिक रूप से और धार्मिक आदेशों के द्वारा नैतिक रूप से। लेकिन ये सभी संस्थाएं जनता से बनी होती हैं और उसी सीमा तक कार्यरत होती हैं जिस सीमा तक जनता इनसे सहयोग करती है, इनके आदेश मानती है और इनके निर्णयों को स्वीकार करती है। दोटूक शब्दों में कहें तो जब पुरानी व्यवस्था की कमजोरियों से जनता का काफी बड़ा भाग काफी सीमा तक दुख भुगत चुका होता है तभी (न कि उसके पहले) वह उसके खिलाफ खड़ी होती है और उससे छुटकारा पाने के लिए खुले संघर्ष का अर्थात् क्रांतिकारी रवैया अपनाने का जोखिम उठाती है। क्रांतिकारी संघर्ष आरंभ में हमेशा ही टुकड़े-टुकड़े करके और अहिंसक होता है। कुछ विशेष दशाओं में इसकी अहिंसक विजय हो सकती है और हुई भी है, लेकिन आमतौर पर नई व्यवस्था के स्थापित हो सकने से पहले किसी न किसी प्रकार का रक्तरंजित गृहयुद्ध होता है।

जैसाकि प्रस्तुत पुस्तक के पहले अध्याय में कहा जा चुका है, नकारात्मक या सकारात्मक दृष्टि से क्रांतियां उसी सीमा तक महत्वपूर्ण होती हैं जिस सीमा तक फैलाव और गहराई के पैमानों पर वे स्थापित सत्ता और संस्थाओं के आचार-विचार में गुणात्मक परिवर्तन लाती हैं। इसलिए किसी क्रांति की विजय इसमें अभिव्यक्त होनी चाहिए कि किस सीमा तक वह एक नए प्रकार की राजनीति, कानून, अर्थशास्त्र, नैतिकता, शिक्षा, कला, विज्ञान, प्रौद्योगिकी आदि को जन्म देती है। मार्क्स का कथन यह था कि सर्वाधिक महत्वपूर्ण क्रांतियां वे होती हैं जिनका आधार और अंतर्तत्व आर्थिक परिवर्तन होते हैं, वे परिवर्तन होते हैं जो प्रौद्योगिकी के नए विकास के कारण अधिकाधिक व्यवहार्य और आवश्यक बन जानेवाले उत्पादन के सत्ता-संबंधों में होते हैं और जिनकी अधिकाधिक जनता अधिकाधिक मांग इसलिए करती है कि पुरानी प्रौद्योगिकी को प्रतिबिंबित करनेवाले पुराने उत्पादन-संबंध जनजीवन की आवश्यकताओं की पूर्ति में अधिकाधिक असफल हो चुके होते हैं। स्थापित उत्पादन-संबंधों का विरोधी यह आंदोलन राजनीति, विधि, नैतिकता, शिक्षा, धार्मिक व्याख्या, कला, विज्ञान और जीवन-शैली में होता है क्योंकि उत्पादन के सत्ता-संबंध ही सामाजिक जीवन के प्राण होते हैं जो प्रत्येक स्थान पर सक्रिय होते हैं, प्रत्येक वस्तु को सक्रिय करते हैं और प्रत्येक वस्तु को एक अच्छा या बुरा विशेष गुण प्रदान करते हैं। सोचिए कि कबीलों के सदस्यों को दास बनाने में कितना प्रयास करना पड़ा होगा। जो कल तक आपके कबीलाई बंधु थे उन्हें अपना दास बनाने के लिए और इस तरह बनाने के लिए कि यह व्यवस्था जारी रहे और सम्मान का मानदंड बन जाए, आपको आवश्यकता होगी कानूनों और सरकार की एक पूरी नई व्यवस्था की (बलप्रयोग के स्थायी और संगठित तंत्र के रूप में राज्य का उदय इसी प्रकार हुआ), आवश्यकता होगी धार्मिक व्याख्याओं की एक नई प्रणाली की, एक नई नैतिकता की, एक नई शिक्षा-प्रणाली की, एक नए प्रकार की कला और विज्ञान की। यही सभ्यता की कीमत भी थी, उसकी अभिव्यक्ति और उसका फल भी थी और यही वास्तव में

प्रौद्योगिकी और अर्थव्यवस्था की स्थापना का एकमात्र ऐसा रास्ता थी जिसके कारण 'असभ्यावस्था से सभ्यता की ओर' संक्रमण संभव हो सका।

तात्पर्य यह नहीं कि यही एकमात्र रास्ता था। नैतिक दृष्टि से इससे भी बेहतर रास्तों की कल्पना की जा सकती थी। लेकिन कोई बात एक ढंग से हुई न कि किसी दूसरे ढंग से—यह तथ्य अनुभवाश्रित ही नहीं, नैतिक दृष्टि से भी हमसे ध्यान दिए जाने की मांग करता है। 'आवश्यकता का अंतर्ज्ञान' स्वतंत्रता ही नहीं, करुणा का भी आधार है। लेकिन करुणा मात्र भावना न होकर एक कृत्य भी है। समाजैतिहासिक दृष्टि से इसका तात्पर्य यह है कि समाज का, उसकी कार्यकारी संस्थाओं, कानूनों, सिद्धांतों, स्वीकृत मानदंडों और उनके औचित्य की स्थापनाओं का नैतिक स्तर ऊपर उठाने के लिए हमें पहले तो यह समझना होगा कि ये कार्यकारी संस्थाएं, मानदंड और औचित्य-स्थापन अपने हीन नैतिक स्तर तक पहुंचे ही क्यों। हमें इन कारणों को समझना होगा क्योंकि अनुभवगम्य बोध के बिना उस कृत्य को समझा नहीं जा सकता जो करुणा की मांग है। विशेष परिणामों से बचने या उन्हें उत्पन्न करने के लिए भी कारणों का निर्धारण आवश्यक है। मार्क्स ने बतलाया कि दास-प्रथा ने संस्था का रूप इसी कारण लिया कि जब श्रम-विभाजन का विकास आरंभ हुआ और अतिरिक्त उत्पादन के संचय तथा व्यापार की संभावना उत्पन्न हुई तो यह प्रकार्यात्मक दृष्टि से लाभदायक हो गई। किसी विशेष समाज-व्यवस्था के नियमों और मानदंडों का उल्लंघन करनेवाले आचार और सत्ता-संबंध अंततः इसी कारण उस व्यवस्था को विस्थापित करके एक नई व्यवस्था के रूप में विकसित होते हैं कि वे उन वस्तुओं का उत्पादन बढ़ाने में समर्थ होते हैं जो समाज की तथा व्यक्ति-रूप में व्यक्ति की अस्तित्व-रक्षा और विकास के लिए अधिकाधिक आवश्यक होते जाते हैं। ऐसा होने पर सत्ता-संबंधों की नई व्यवस्था तब तक समाप्त नहीं होती जब तक कि वह स्वयं भी प्रौद्योगिक विकासों के कारण अप्रकार्यात्मक न हो जाए। संक्षेप में, दास-प्रथा तब तक समाप्त नहीं हुई जब तक यह आर्थिक दृष्टि से अनुत्पादक नहीं हो गई। और भी सटीक शब्दों में कहें तो दास-प्रथा-विरोधी नैतिक संघर्ष तब तक सफल नहीं हुआ जब तक कि स्वयं दास-प्रथा सर्वाधिक उत्पादक आर्थिक प्रणाली बनी रही।

विज्ञान, प्रौद्योगिकी और मानववाद

इस प्रकार के तथ्यों के कारण मार्क्स और एंगेल्स को विश्वास था कि मानववाद की राजनीति और नैतिकता को लागू करने की आशा मुख्यतः आर्थिक कारकों पर निर्भर थी। इस निर्भरता के तीन बहुत महत्वपूर्ण पक्ष हैं :

1. अमानवीय शोषण से मुक्ति तब तक संभव नहीं जब तक कि ऐसी प्रौद्योगिकी न हो जिसके लिए अमानवीय शोषण की आवश्यकता न हो और साथ ही वह उस प्रौद्योगिकी से सार्थक रूप से अधिक उत्पादक हो जिसमें अमानवीय शोषण की आवश्यकता पड़ती है। यह शर्त ऐसी है जिसे आधुनिक औद्योगिक प्रौद्योगिकी पूरा करती है।

2. इसलिए मानव-मुक्ति के संघर्ष का ध्यान मुख्यतः मानवीय दुर्दशा और शोषण के आर्थिक मूलों पर, उसके वास्तविक कारणों पर केंद्रित होना चाहिए और इन्हीं मूल तथ्यों पर उसकी रणनीति और कार्यनीति का निर्धारण किया जाना चाहिए तथा शोषित जनता को शिक्षित किया जाना चाहिए।

3. पूंजीवादी शोषण के खिलाफ क्रांतिकारी संघर्ष की विजय के बाद प्रथम और सबसे महत्वपूर्ण कार्य उत्पादन के ऐसे सत्ता-संबंधों की स्थापना करना है जो मनुष्य द्वारा मनुष्य के आर्थिक शोषण के अवसरों या प्रोत्साहनों को या तो काफी हद तक कम कर दें या एकदम समाप्त कर दें। तब ऐसी जीवन-पद्धति का निर्माण कर सकना संभव होगा जिसमें मानव एक-दूसरे का अनार्थिक शोषण बंद कर दें या इस दिशा में आगे बढ़ें। दोटूक शब्दों में कहें तो मार्क्स का विचार था कि उत्पादकता बढ़ानेवाली प्रौद्योगिकी के संगत नए आर्थिक संबंधों की स्थापना से नैतिक शक्तियों को पुराने सामाजिक अन्याय और अनैतिकता से ऐसी तीव्रता से छुटकारा पाने का मौका मिलेगा जो पुराने आर्थिक संबंधों के दायरे में कार्यरत नैतिक शक्तियों को उपलब्ध नहीं है। यह बात युद्धों और अन्य सभी सामाजिक बुराइयों पर लागू होती है।

लेकिन मार्क्स मेरी समझ में कठमुल्ले न थे हालांकि हर विचार-संप्रदाय और आंदोलन में कठमुल्ले सामने आते ही रहते हैं। मार्क्स इतिहास को सही ढंग से समझने की कोशिश कर रहे थे ताकि उत्पीड़क सामाजिक दशाओं से मानव की मुक्ति का आधार तैयार हो सके। वे एक वैज्ञानिक के अर्थ में अपने निष्कर्षों को सही समझते थे—इस अर्थ में उनके साक्ष्यों की प्रेक्षण द्वारा पुष्टि संभव थी और उनके निष्कर्षों का व्यावहारिक क्रियान्वयन संभव था। अगर इसके साक्ष्य मिलते कि मानव-समाज के प्रमुख ऐतिहासिक परिवर्तनों के प्रमुख कारण आर्थिक नहीं हैं या कि (क्रांति के जन्मसिद्ध अधिकार के अलावा) प्रौद्योगिक प्रगति पर आधारित एक नई आर्थिक व्यवस्था की व्यवहार्यता को स्थापित करने के लिए व्यापक राजनीतिक आंदोलन चलाने के अलावा शोषण और दुर्दशा के प्रमुख रूपों को शीघ्रतर समाप्त करने के अन्य उपाय भी हैं तो मेरा विश्वास है कि वे इसे प्रसन्नता से स्वीकार कर लेते। बहरहाल अगर मूलगामी परिवर्तनों की आवश्यकता पर सहमति हो तो विभिन्न मान्यताओं से आरंभ करनेवाले, विभिन्न दृष्टिकोण अपनानेवाले और विभिन्न बातों पर जोर देनेवाले विभिन्न व्यक्तियों या समूहों के प्रयास आवश्यक नहीं कि एक-दूसरे को खारिज करें! वे एक-दूसरे के पूरक बन सकते हैं और एक-दूसरे से कुछ सीख सकते हैं।

उदाहरण के लिए, कोई मार्क्स की प्रस्थापनाओं से सहमत हो या न हो, उनमें एक ऐसा भेद अवश्य स्थापित हुआ है जो अकाट्य है और संभवतः किसी भी विचारक, खासकर समकालीन विचारकों के लिए उपयोगी हो सकता है। यह है उत्पादन की प्रौद्योगिक शक्तियों तथा उत्पादन के संपत्ति (सत्ता) संबंधों का भेद। आज इसकी विशेष प्रासंगिकता है। कारण कि समकालीन सामाजिक विचारधारा का एक अच्छा-खासा भाग प्रौद्योगिकी के प्रति घोर शत्रुता के भाव से ग्रस्त है। इसलिए यह प्रश्न पूछा जाना आवश्यक है : क्या प्रौद्योगिकी ही सही लक्ष्य और शत्रु है या यह शत्रु सत्ता-संबंधों की

वर्तमान व्यवस्था है जो अभी भी उस प्रौद्योगिकी से चिपकी हुई है ?

भविष्य किन बातों पर निर्भर है

''शांति की क्या संभावनाएं हैं ?'' आज इस प्रश्न को पूछने का अर्थ यह पूछना है कि ''मानवजाति की अस्तित्व-रक्षा की क्या संभावनाएं हैं ?'' ''क्या हम विश्वशांति की आशा कर सकते हैं ?'' इसका अर्थ है, ''क्या हम एक नए विश्व की आशा कर सकते हैं ?'' इन प्रश्नों के उत्तर जिन बातों पर निर्भर हैं उनमें पहली यह है कि प्रश्नों को पूछनेवाले विद्यमान दशाओं में किस सीमा तक इन प्रश्नों के वास्तविक अभिप्राय को समझते हैं। भविष्य जिन बातों पर निर्भर है उनमें यह एक है और इस मामले में यह निर्णायक भी हो सकती है। हमारा इशारा उस बात की तरफ है जिसे इन प्रश्नों के बारे में विद्यमान जनमत में निहित सामाजिक चेतना कहा जा सकता है।

खैर, हम चाहे इसे जो नाम दें, यह वस्तु बनी इतने प्रकार के तत्वों से है और विभिन्न कारणों की प्रतिक्रियास्वरूप इसकी अंतर्वस्तु में ऐसे परिवर्तन होते हैं कि इसकी कारगर विवेचना के लिए इसे अनेक भागों में बांट देना ही उचित होगा। दूसरे शब्दों में, इन विषयों पर जनमत को अगर हम प्रबुद्ध बनाना और परिवर्तित करना चाहते हैं, अगर हम सामाजिक चेतना को गहराई और तीव्रता प्रदान करना चाहते हैं (जो हमें करना होगा अन्यथा हम नष्ट हो जाएंगे) तो अनेक विधियों से तथा अनेक प्रकार की सामाजिक संस्थाओं के माध्यम से कार्य करना आवश्यक है।

चूंकि विश्वशांति की सामाजिक चेतना को शिक्षा, राजनीति, अर्थव्यवस्था, नैतिकता, धर्म, जनसंचार माध्यम और कलाएं आदि सामाजिक संस्थाएं या प्रक्रियाएं गहराई और तीव्रता प्रदान करती हैं, इसलिए साथ ही साथ सामाजिक चेतना के द्वारा इन संस्थाओं और प्रक्रियाओं को भी बाध्य करना आवश्यक है कि विश्वशांति की रक्षा के लिए वे विशेष प्रकार से विशेष दिशा में कार्यरत हों। सामाजिक चेतना को प्रभावित करने के लिए सामाजिक संस्थाओं के उपयोग का तकाजा करना ताकि सामाजिक चेतना सामाजिक संस्थाओं पर बेहतर ढंग से अपना प्रभाव डाल सके—यह बात संभव है एक विरोधाभास लगे। लेकिन इतने ही विरोधाभासी ये तकाजे हैं कि शिक्षा का प्रभाव जनता पर पड़ना चाहिए ताकि जनता शिक्षा में सुधार ला सके या यह कि राजनीति और जनसंचार माध्यमों से जनता को प्रभावित किया जाना चाहिए ताकि जनता बेहतर राजनीति और बेहतर माध्यमों की मांग करे और उनका सृजन करे।

ये आभासी विरोधाभास प्रकार्यात्मक होते हैं—केवल इसीलिए नहीं कि विभिन्न कारणों का अन्योन्य प्रभाव संभव है, बल्कि इसलिए भी कि कोई भी संस्था विविध और परस्पर-विरोधी प्रवृत्तियों, हितों और दृष्टिकोणों से बनी होती है जो परस्पर-विरोधी दिशाओं में सामाजिक चेतना को प्रभावित करने की क्षमता रखती हैं। इसलिए किसी भी संस्था में इस बात पर हमेशा संघर्ष चलता रहता है कि *उसमें* किस प्रकार का परिवर्तन आना चाहिए, उसके कारण समाज में किस प्रकार का परिवर्तन आना चाहिए। इन संघर्षों में रत समूह साधारण जनता की सहायता पाने के प्रयास करते रहते हैं। विशेषकर

विश्वशांति की रक्षा प्रत्यक्ष और तात्कालिक अर्थ में सत्तारूढ़ सरकारों के फैसलों पर निर्भर है। लेकिन ये फैसले इन सरकारों की 'विदेश नीतियों' के परिणाम होते हैं और ये नीतियां स्वयं आर्थिक, शैक्षिक, नैतिक, मानसिक तथा अन्य कारणों से प्रभावित होती हैं।

इसलिए भविष्य (जिससे तात्पर्य सर्वप्रथम इससे है कि क्या हम इनसानों का कोई भविष्य होगा भी) मुख्यतः अनेक प्रमुख चरों की पारस्परिक क्रिया पर निर्भर है। इनमें शामिल हैं हमारी विदेश नीति; हमारी शिक्षा (जहां तक विदेश नीति के मामलों से उसका कोई संबंध है); युद्ध और शांति; हमारी अर्थव्यवस्था (जहां तक वह विदेश नीति, युद्ध और शांति संबंधी निर्णयों और दृष्टिकोणों को प्रभावित करती है); हमारे नैतिक और धार्मिक विश्वास (जहां तक वे गंभीरता से लिए और जीवंत समस्याओं के सिलसिले में व्यवहृत किए जाते हैं) और उपरोक्त चरों के बारे में हमारी सामाजिक चेतना, जिससे तात्पर्य यहां यह है कि शांति के हित में हम व्यक्ति-रूप में इन चरों के संदर्भ में बेहतरी की दिशा में परिवर्तन लाने के लिए किस सीमा तक तैयार हैं। आइए अब इसका हिसाब लगाएं कि इन चरों के सिलसिले में आज हम कहां खड़े हैं और मानवजाति की निरंतरता बनाए रखने के लिए हमें अब क्या करना होगा। मैंने 'हम' का प्रयोग सबसे बढ़कर तो अपने देश के सिलसिले में किया है क्योंकि जो कुछ घटित होता है उसके लिए हम अमरीकी प्रमुख रूप से उत्तरदायी हैं और कारगर कार्रवाई की अधिकतम क्षमता भी हम ही रखते हैं।

विदेश नीति

इसमें शक नहीं कि सबसे फौरी खतरा इसमें निहित है कि हमारे सरकारी नेता, खासकर प्रमुख कार्यपालक और उनके प्रमुख सलाहकार अंतर्राष्ट्रीय संबंधों और विश्वव्यापी प्रतियोगिता के क्षेत्र में कुछ लाभ पाने के लिए अन्य परमाणविक शक्तियों के खिलाफ युद्ध छेड़ने या उसकी धमकी देने के लिए हमेशा तत्पर रहते हैं। इसका सबसे नाटकीय रूप 1962 के क्यूबाई प्रक्षेपास्त्रों संबंधी संकट में देखा गया जिसकी हमने कुछ विस्तृत विवेचना पहले की है। बाद में वियतनाम-युद्ध के बारे में अमरीकी नीति ने दिखा दिया कि दुर्भाग्य से युद्ध के लिए अमरीका की तत्परता पहले जितनी ही है। इस संबंध में यह बात बहुत शिक्षाप्रद है कि क्यूबाई प्रक्षेपास्त्र संकट के समय राष्ट्रपति केनेडी के एक प्रमुख सलाहकार थियोडोर सोरेनसेन ने 1972 में एक सार्वजनिक घोषणा की थी जिसके अनुसार राष्ट्रपति निक्सन ने उत्तरी वियतनाम के समुद्री क्षेत्र की बारूदी सुरंगों से जो नाकाबंदी कराई थी वह घोषित रूप से सोवियत संघ और चीन के खिलाफ थी और उनसे राष्ट्रपति केनेडी के कार्यों की अपेक्षा अंतिम ताप-नाभिकीय विनाशलीला आरंभ करने का अधिक खतरा था।

12 मई 1972 को *दि न्यूयार्क टाइम्स* में एक विशेष लेख में सोरेनसेन ने लिखा था कि राष्ट्रपति केनेडी द्वारा क्यूबा की समुद्री नाकेबंदी "राष्ट्रपति निक्सन द्वारा उत्तर वियतनामी बंदरगाहों के आसपास सुरंगें बिछवाने की ही तरह सोवियत जहाजरानी का प्रतिषेध थी और इसमें नाभिकीय युद्ध की विभीषिका का जोखिम था। (इन दोनों कार्यों

की) सारी समानता यहीं समाप्त हो जाती है।"

शक्ति के बल पर किसी और देश की जहाजरानी का प्रतिषेध करना निश्चित ही युद्ध की कार्रवाई है और अगर ये दोनों मामले ईस दृष्टि से तथा 'नाभिकीय युद्ध की विभीषिका के जोखिम' की दृष्टि से मिलते-जुलते थे तो यथार्थवादी पाठक तो यही सोचकर हैरान रह जाएगा कि 'सारी समानता यहीं समाप्त हो जाती है' वाले पुछल्ले को कितना महत्व दिया जा सकता है। कारण कि इतनी-सीं समानता का अर्थ भी दुनिया की हर चीज का खात्मा था।

कुछ भी हो, सोरेनसेन इन दोनों मामलों में अंतर स्थापित करने के प्रयास करते हैं और इन भेदों को ऐसा बताते हैं गोया ये राष्ट्रपति केनेडी की ताप-नाभिकीय विभीषिका के अधिक औचित्य के प्रमाण हैं। वे यह जतलाते हैं कि क्यूबा में स्थित प्रक्षेपास्त्र हमारे तट से मात्र 90 मील दूर थे जबकि सोवियत संघ उत्तरी वियतनाम को जो हथियार दे रहा था वे कोई 9,000 मील दूर थे और वे इस स्वाभाविक सोवियत इच्छा के सूचक थे कि 'हमारा देश अपने सैगान स्थित सहयोगियों को जो कुछ दे रहा था उसका कम से कम एक भाग' वह हनोई को उपलब्ध कराए।

इस प्रकार डेमोक्रेट सोरेनसेन एक मुख्य रिपब्लिकन कार्यपालक के कामों की चीड़-फाड़ करते हैं तो वे उन कारणों को भी ध्यान में रखते हैं जिनका संबंध परमाणविक शक्तियों के बीच अधिकारों की समानता से है। वे इस बात को भी ध्यान में रखते हैं कि हम एक बहुत बड़े पैमाने पर जो कुछ पहले से करते आ रहे थे उसी को सापेक्षतः छोटे पैमाने पर करने से अगर किसी और परमाणविक शक्ति को रोका जाए तो इसमें क्या भयानक खतरे हैं। लेकिन औचित्य और समान अधिकारों की जिस भावना का आग्रह निक्सन से किया गया है उसी भावना से सोरेनसेन अपने लेख में इसका कोई जिक्र नहीं करते और न ही उन्होंने राष्ट्रपति केनेडी से 1962 में यह बात जोर देकर कही थी कि जब सोवियत नेता क्यूबा में अपने प्रक्षेपास्त्र लगा रहे थे तब तुर्की में हमारे प्रक्षेपास्त्र पहले से मौजूद थे जो क्यूबा से अमरीका की दूरी की अपेक्षा सोवियत सीमा से 90 मील कम दूर स्थित थे। यहां हम इटली तथा सोवियत संघ के बहुत निकट स्थित देशों में मौजूद अपने प्रक्षेपास्त्रों की बात नहीं करेंगे। सच्चाई यह है कि इन दोनों राष्ट्रपतियों के कारनामे समान अधिकारों के घोर निषेध के सूचक थे, जो कुछ हम काफी बड़े पैमाने पर करते हैं उसी को एक सापेक्षतः छोटे पैमाने पर करने से एक अन्य परमाणविक शक्ति को रोकने के लिए असीम खतरों से भरे प्रयासों के सूचक थे। लेकिन सोरेनसेन को खतरा तब दिखाई पड़ा जब कोई और कार्यपालक इस नीति को लागू कर रहा था।

वे आगे कहते हैं : "राष्ट्रपति केनेडी ने अमरीकी राज्यों के संगठन से अपने कार्यों के लिए तथा घेरेबंदी में लातीनी अमरीकी जहाजों की भागीदारी के लिए एकमत से अनुमोदन प्राप्त किया। उन्होंने रियो की संधि तथा कांग्रेस के एक नए और विशेष संयुक्त प्रस्ताव का हवाला दिया। लेकिन राष्ट्रपति निक्सन ने अपने सहयोगियों या कांग्रेस का अनुमोदन और सहयोग लिए बिना अकेले कार्यवाही करने का रास्ता चुना।"

सोरेनसेन इस बात का जिक्र नहीं करते कि राष्ट्रपति निक्सन (और राष्ट्रपति जानसन) ने भी 'सहयोगियों', क्षेत्रीय 'संगठन', 'संधि', और 'कांग्रेस के प्रस्ताव' के खोखले मुखौटों का इसी तरह उपयोग किया था। उन्होंने हर चीज का उपयोग किया था, केवल संयुक्त राज्य अमरीका के संविधान को छोड़कर जिसमें युद्ध *आरंभ* करने के लिए एकमात्र कानूनी अधिकार का स्पष्ट शब्दों में निरूपण किया गया था : कांग्रेस में बहुमत द्वारा युद्ध की घोषणा। केनेडी की तरह राष्ट्रपति निक्सन (और जानसन) को भी छोटी शक्तियों से छोटी और निरर्थक सैनिक सहायता ही प्राप्त थी जिन्हें वाजिब तौर पर 'सांकेतिक योगदान' कहा गया है। केनेडी के पास अगर अमरीकी राज्यों का संगठन था तो निक्सन और जानसन के पास दक्षिण-पूर्व एशियाई संगठन था। केनेडी के पास अगर रियो की संधि थी तो उनके पास सिएटो नामक संधि थी। अगर केनेडी के पास संयुक्त प्रस्ताव था तो उनके पास टोंकिन खाड़ी संबंधी प्रस्ताव था। लेकिन अगर अमरीका द्वारा युद्ध का आरंभ किया जाना है तो कांग्रेस के ये प्रस्ताव, अन्य देशों के साथ ये संधियां किसी बाहरी संगठन की कोई भी कार्यवाही—इनमें से कुछ भी कांग्रेस द्वारा विशेष रूप से युद्ध की घोषणा का स्थान नहीं ले सकता। जब राष्ट्रपति निक्सन ने अपनी वह कार्यवाही आरंभ की जो आसानी से ताप-नाभिकीय युद्ध का रूप ले सकती थी और इसके लिए उन्होंने 'वैधानिकता' के एकदम स्पष्ट बहाने का सहारा लिया तो सोरेनसेन उनकी असलियत जानने में सफल रहे। तब उन्होंने कहा कि निक्सन ने वास्तव में एकतरफा कदम उठाया था और कांग्रेस का अनुमोदन उन्हें प्राप्त न था जैसाकि केनेडी को था। इनमें से कोई भी राष्ट्रपति कांग्रेस को वह भूमिका निभाने की छूट देने को तैयार न था जो संविधान ने विचार-विमर्श की राष्ट्रीय प्रातिनिधिक संस्था के रूप में उसे सौंपा था। यह भूमिका है—यह तय करना कि क्या विशिष्ट दशाएं सचमुच खून-खराबे और तबाही से भरी जंगों का तकाजा करती हैं और इसे भी *बहुमत से तय करना* ताकि, अब्राहन लिंकन के शब्दों में, *"किसी भी एक व्यक्ति के पास* ऐसी शक्ति न हो कि हमें उत्पीड़न का शिकार बना सके।" लिंकन के अनुसार, "सम्राट हमेशा ही अपनी जनता को युद्धों में झोंकते और तबाह करते रहे हैं।" उन्होंने कहा था कि हमारे संविधान-निर्माता पूर्वजों ने इसे "सम्राटों के सारे उत्पीड़न में सबसे बड़ा उत्पीड़न"[1] समझा था।

सोरेनसेन ने अपने लेख का समापन भविष्य संबंधी एक भविष्यवाणी से किया। वे लिखते हैं कि अगर "1972 में हम सबके भयभीत होने के पूरे-पूरे कारण थे" तो आज खतरा पहले से कहीं बहुत अधिक है। इसके कारण ये हैं : सोवियत संघ आज पहले से अधिक सशक्त है, इसका नेतृत्व समझौतों के प्रति कम उन्मुख है, विदेशों में हमारा समर्थन कम हुआ है, और "अंत में तथा स्पष्ट शब्दों में, संभव है हम इस बार उतने भाग्यशाली न रहें जितने 1962 में थे।" इसलिए "इससे पहले कि बहुत देर हो जाए, दोनों पक्षों से आग्रह किया जाना चाहिए कि वे 1962 के रास्ते पर, गुप्त वार्ताओं और संवादों, संयुक्त राष्ट्रसंघ में संपर्क, सार्वजनिक रूप से अधिक सावधानी भरी बयानबाजियों और सबसे बढ़कर सैन्य संयम के व्यवहार के रास्ते पर वापस आएं।

केवल एक गलती सब कुछ को तबाह करने के लिए काफी है और शर्मिंदगी बचाना इतना अहम नहीं जितना कि अपनी धरती को बचाना।"

1962 में हम सबके भयभीत होने के पूरे-पूरे कारण थे—सोरेनसेन के इस कथन में आश्चर्य की कोई बात नहीं। इस संकट के बारे में राबर्ट केनेडी के जो संस्मरण उनकी मृत्यु के बाद प्रकाशित हुए उनके अनुसार राष्ट्रपति केनेडी से *आशा थी*[2] कि सोवियत नेता उनकी इस चेतावनी को नहीं स्वीकार करेंगे कि वे प्रक्षेपास्त्रों को हटा लें या फिर अमरीकी बमबारी उन्हें नष्ट कर देगी। उन्हें *आशा थी* कि उनको बमबारी का आदेश देना पड़ेगा, फिर सोवियत संघ जवाबी बमबारी करेगा और फिर इससे उत्पन्न ताप-नाभिकीय विनाशलीला पूरी धरती को अपने घेरे में लेकर मानव-जाति का विनाश कर देगी। चूंकि वे और उनके घनिष्ठतम सलाहकार चेतन रूप से इसी बात की आशा कर रहे थे इसलिए ताज्जुब नहीं कि सोरेनसेन 1962 में हम सबके 'भाग्यशाली' होने पर जोर दे रहे थे। इसका मतलब यह है कि यह पूरी दुनिया का सौभाग्य था कि सोवियतों की संभावित प्रतिक्रिया के बारे में राष्ट्रपति केनेडी और उनके सलाहकारों ने एक परले दर्जे की गलती की थी। यह है वह सच्चाई जो कल्पना से भी अधिक अनोखी है। ताप-नाभिकीय अस्त्रों के बनने के बाद हमें इस प्रकार की कहानियां पढ़ने की आदत हो गई है कि किसी न किसी अप्रत्याशित गलती के कारण किस प्रकार ये मारक अस्त्र बेकाबू हो सकते हैं और किस प्रकार दुनिया तबाह हो सकती है। लेकिन नाभिकीय अस्त्रों के वास्तविक इतिहास में अब यह तथ्य भी दर्ज होना चाहिए कि 1962 में दुनिया एक गलती के कारण अप्रत्याशित रूप से तबाही से *बच गई* थी। तात्पर्य यह कि एक अमरीकी राष्ट्रपति को आशा थी कि सोवियत संघ अपने प्रक्षेपास्त्रों को बचाने के उपाय करेगा और फिर भी वह ऐसे बमों का विस्फोट करने के लिए तैयार था जिनसे उसे आशा थी कि सब कुछ समाप्त हो जाएगा। लेकिन हुआ यह कि वह सोवियत संघ के बारे में गलत सोच रहा था जिसने उन अड्डों को न बचाने का फैसला किया और इसलिए उस अवसर पर दुनिया विनाश से बच गई।

लेकिन सोरेनसेन एक ही सांस में इन सबके अंध-सौभाग्यपूर्ण होने की बात करते हुए अगली सांस में यह भी कहते हैं कि हमें उसी रास्ते पर वापस आना चाहिए जिसे वे 'गुप्त वार्ताओं' का रास्ता बतलाते हैं जो वह वास्तव में था। साथ ही वे 'सैन्य संयम' का रास्ता भी बतलाते हैं जो वह निश्चित ही नहीं था। यहां एक अन्य परमाणविक शक्ति प्रक्षेपास्त्रों पर बमबारी करने के फैसले को 'संयम' कहना शुद्ध बकवास है और वह भी इसलिए कि उसने आपके समुद्र-तट से 90 मील की दूरी पर एकदम कानूनी ढंग से प्रक्षेपास्त्र लगाए हैं जबकि आपके अड्डे ठीक उसकी सीमा पर हैं और इस बीच आप उसके इस प्रस्ताव को रद्द कर चुके हैं कि दोनों अड्डों को एक साथ हटाकर मामले को सुलझाया जाए जबकि आप स्वयं यह मानते हैं कि आपके अपने अड्डे 'पुराने' पड़ गए हैं।[3] इन हालात में जबकि आपको *आशा* है कि उन अड्डों पर आपकी बमबारी से नाभिकीय युद्ध आरंभ होगा और मानवता का विनाश हो जाएगा और फिर भी आप वह चेतावनी देते हैं जिससे आपको आशा है कि युद्ध आरंभ हो जाएगा, और यह सब

भी कांग्रेस द्वारा युद्ध की *घोषणा* किए बिना आप करते हैं तो निश्चित ही यह बात 'सैन्य संयम' से इतनी दूर है जितनी दूर कोई अन्य बात नहीं हो सकती। सीधी-सी सच्चाई यह है कि 'सैन्य संयम' का परिचय तो दूसरे पक्ष ने दिया है—प्रक्षेपास्त्रों के अड्डों के बारे में सैनिक ढंग से अपने समान कानूनी अधिकारों की रक्षा न करने का निश्चय करके।

सोरेनसेन के लेख का अंतिम वाक्य इस पूरे मामले की सबसे अहम सच्चाई को सामने रखता है, लेकिन वे इसे उस संकट पर लागू करने में सक्षम नहीं दिखाई देते जिससे बच जाना स्वयं उनका भी सौभाग्य रहा है। वह वाक्य यह है : "केवल एक गलती सब कुछ को तबाह करने के लिए काफी है और शर्मिंदगी बचाना इतना अहम नहीं जितना कि अपनी धरती को बचाना।"

वर्तमान संदर्भ में इसका अभिप्राय निक्सन के व्यवहार की निंदा करना है। जाहिर है कि सोरेनसेन को यह एहसास नहीं कि यह उसी सीमा तक कैनेडी के व्यवहार की भी निंदा है। कारण कि केनेडी का फैसला यह था कि अगर *तुर्की से अपने अड्डे हटाए बिना* क्यूबा से सोवियत प्रक्षेपास्त्रों को हटाने का एकमात्र उपाय धरती का विनाश है तो यह कीमत *चुकाने योग्य है*। राष्ट्रपति इस पर जोर दे रहे थे कि सोवियतों को अपने प्रक्षेपास्त्र बिना किसी "लेन-देन या किसी व्यवस्था के" हटाने होंगे[4]। *हालांकि एक साथ अड्डे हटाने के बारे में सोवियत प्रस्ताव को निजी तौर पर युक्तिसंगत माना जा रहा था और साथ ही राष्ट्रपति तथा उनके सलाहकार निजी तौर पर यह भी मान रहे थे कि तुर्की में स्थित हमारे प्रक्षेपास्त्र पुराने पड़ गए थे।* स्वयं राबर्ट केनेडी ने अपने संस्मरणों में यह बात कही है :

> सच्चाई यह थी कि रूसियों द्वारा रखा गया प्रस्ताव अनुचित नहीं था और उससे अमरीका या उसके नाटो सहयोगियों का कोई नुकसान भी न था। पिछले 18 माह में अनेक अवसरों पर राष्ट्रपति ने विदेश विभाग से कहा था कि वह तुर्की स्थित जुपिटर प्रक्षेपास्त्रों को हटाने के बारे में उस देश से कोई समझौता करे। ये स्पष्ट रूप से पुराने पड़ चुके थे और भूमध्य सागर स्थित हमारी पोलारिस पनडुब्बियां तुर्की को कहीं बहुत अधिक सुरक्षा देतीं।[5]

लेकिन राबर्ट केनेडी आगे यह भी कहते हैं कि राष्ट्रपति "सोवियत संघ की धमकी के आगे झुककर तुर्की से प्रक्षेपास्त्र हटाने का आदेश नहीं देना चाहते थे।"[6] केनेडी का इशारा यहां किसी खुली धमकी की ओर नहीं बल्कि मात्र प्रक्षेपास्त्रों के अड्डे बनाने की ओर है। इसलिए चेतावनी जारी करने का और दोनों तरह के अड्डों को एकसाथ हटाने के प्रस्ताव को ठुकरा देने का फैसला किसी औचित्य या प्रक्षेपास्त्रों-संबंधी वस्तुगत सत्य के आधार पर नहीं लिया गया बल्कि दुनिया की सबसे बड़ी शक्ति के प्रतीक-रूप में अमरीका की शर्म बचाने की इच्छा से लिया गया था। इस प्रकार राबर्ट केनेडी द्वारा छोड़े गए दस्तावेज से स्पष्ट है कि किसी नाभिकीय विनाशलीला का जोखिम उठाए या उसकी आशा किए बगैर तुर्की से अपने स्वीकृत रूप से पुराने पड़ चुके प्रक्षेपास्त्रों को साथ-साथ हटाकर सोवियत प्रक्षेपास्त्रों

को भी हटवाया जा सकता था। लेकिन हमारे नेतागण इस स्वीकृत रूप से 'युक्तिसंगत' कार्य के द्वारा अमरीका की प्रतिष्ठा में गिरावट आने की बात से इतने भयभीत थे कि उन्होंने जान-बूझकर एक समझौताविहीन रास्ता चुना, हालांकि उन्हें आशा थी कि इसका अंत व्यापक विनाश में होगा। इस प्रकार एक मूर्खतापूर्ण गर्व कुछेक पुराने पड़ चुके प्रक्षेपास्त्रों के लिए दुनिया को भी तबाह कर सकता था। इतने कम औचित्य के साथ इतना बड़ा जोखिम पहले कभी नहीं उठाया गया था।

यह समस्या जान केनेडी, रिचर्ड निक्सन, लिंडन जानसन, वाइट आइजेनहावर[7] या हैरी ट्रूमन नामक *व्यक्तियों* की समस्या नहीं है। यह एक ऐसी मानसिकता की समस्या है जो स्पष्टतः एक सतत विदेश नीति के आधार के रूप में, एक व्यापक यथार्थ के रूप में विद्यमान है। एक अर्थ में इस मानसिकता की समस्या का आरंभ इस तथ्य से होता है कि बहुसंख्य अमरीकी जनता का पाला अभी इस सच्चाई से नहीं पड़ा है कि यह मानसिकता हमें कहां ले जा सकती है। विशेष रूप से इसी मानसिकता के कारण एक प्रमुख कार्यपालक और उसके द्वारा नियुक्त कुछ सलाहकारों ने बंद कमरे में ऐसे फैसले लिए जिनसे उन्हीं की स्वीकृति के अनुसार उन्हें आशा थी कि पूरी मानवजाति का विनाश हो जाएगा, "इस देश और पूरी दुनिया के बच्चों की मृत्यु हो जाएगी; जिन युवाओं की इस टकराव में कोई भूमिका, कोई वाणी न थी और जो इसके बारे में कुछ भी नहीं जानते थे उनका जीवन भी दूसरों की तरह मिट जाएगा।"[8] राबर्ट केनेडी के अनुसार सोवियत संघ से नाभिकीय युद्ध के संभावित परिणामों के बारे में राष्ट्रपति जान केनेडी के ठीक यही विचार थे। वे आगे कहते हैं कि राष्ट्रपति और उनके कुछ शीर्षस्थ कार्यकारी सलाहकारों ने फैसला किया कि सोवियत संघ को क्यूबा से अपने प्रक्षेपास्त्र हटाने के आदेश दिए जाएं वरना राष्ट्रपति अमरीकी सेनाओं से उन पर बमबारी कराएंगे। वे फिर कहते हैं कि उनको तथा राष्ट्रपति केनेडी (और संभवतः अन्य शीर्षस्थ सलाहकारों) को 'आशा'[9] थी कि सोवियत संघ इस मांग को पूरा करेगा पर 'अंदेशा'[10] था कि नहीं करेगा और फिर राष्ट्रपति (कांग्रेस से परामर्श किए बिना) संभवतः बमबारी के आदेश देंगे जिससे युद्ध आरंभ होगा और विश्व का अंत हो जाएगा।

इन सबको कलम के हवाले करके राबर्ट केनेडी के हस्ताक्षरों से और थियोडोर सोरेनसेन की भूमिका के साथ नवंबर 1968 में *मैक्काल्स* में प्रकाशित कराया जा चुका है। इसे चमकदार लाल पृष्ठभूमि में बड़े-बड़े काले अक्षरों में जो शीर्षक दिया गया था उसका भावार्थ था : "तेरह दिन, ले. : राबर्ट एफ. केनेडी, विनाश के कगार पर दुनिया के पहुंचने की कहानी।" करोड़ों अमरीकी अभिभावकों ने *मैक्काल्स* में या शीघ्र ही प्रकाशित अजिल्द संस्करणों (नार्टन, न्यू अमेरिकन लायब्रेरी) में इस कहानी को पढ़ा। उन्होंने इसे पढ़कर समझा भी होगा। लेकिन समस्या यह है कि खुदा जाने क्यों, उन्हें इस पर विश्वास नहीं आया। उन्होंने राबर्ट केनेडी के कथन का अभिप्राय यह समझा कि राष्ट्रपति केनेडी तुर्की-स्थित अमरीकी प्रक्षेपास्त्रों को *पुराना* समझकर उनको हटाना *चाहते थे,* कि राष्ट्रपति केनेडी मानते थे कि क्यूबा से सोवियत और तुर्की से हमारे प्रक्षेपास्त्रों को एक साथ हटाने का सोवियत प्रस्ताव *अनुचित न था,* लेकिन राष्ट्रपति

केनेडी ने फिर भी इस प्रस्ताव को ठुकरा दिया और सोवियत संघ से कहा कि वे बिना किसी शर्त के अपने प्रक्षेपास्त्र हटाएं। उन्हें सोवियत संघ के ऐसा करने की आशा *नहीं* थी और वे उनके अड्डों पर बमबारी करने की *संभावना* देखते थे जिससे नाभिकीय विश्वयुद्ध आरंभ होता और एक-एक व्यक्ति नष्ट हो जाता। अमरीकी जनता ने राबर्ट केनेडी का अभिप्राय यह समझा कि इस पूरे प्रकरण में "उनको (राष्ट्रपति केनेडी को) जो बात सबसे अधिक विचलित कर रही थी और जिस बात ने युद्ध की संभावना को किसी अन्य स्थिति की अपेक्षा कहीं बहुत अधिक भयानक बना दिया था, यह थी कि इस देश के और पूरी दुनिया के बच्चों की मृत्यु हो जाएगी; जिन युवाओं की इस टकराव में कोई भूमिका, कोई वाणी न थी और जो इसके बारे में कुछ भी नहीं जानते थे उनका जीवन भी दूसरों की तरह मिट जाएगा।"[11] लेकिन अमरीकी जनता ने इसे यथार्थ से नहीं जोड़ा, न जोड़ सकती थी। उसे इस बात का *विश्वास नहीं आया* कि राष्ट्रपति केनेडी और उनके सलाहकारों के लिए दुनिया के सभी बच्चों और सभी वयस्कों का अंत क्यूबा में सोवियत प्रक्षेपास्त्रों की मौजूदगी से ही नहीं, क्यूबा से सोवियत प्रक्षेपास्त्रों और साथ ही तुर्की से अमरीका के पुराने प्रक्षेपास्त्रों के हटाए जाने से भी अधिक स्वीकार्य था। तात्पर्य यह कि केनेडी और उनके सलाहकारों ने सचमुच यह फैसला किया था कि "किसी लेन-देन या किसी व्यवस्था के बिना" अगर सोवियत संघ *एकतरफा तौर पर* अपने प्रक्षेपास्त्र नहीं हटाता तो दुनिया और मानवजाति सचमुच शेष रहने के काबिल नहीं थी। यही काफी *नहीं* था कि क्यूबा से सोवियत प्रक्षेपास्त्र तुर्की से 'स्पष्टतः पुराने पड़ चुके"[12] उन अमरीकी प्रक्षेपास्त्रों के बदले हटाए जाते जिन्हें राष्ट्रपति बहुत पहले से हटाना चाह रहे थे और "पिछले 18 माह में अनेक अवसरों पर" जिनको हटाने के आदेश वे विदेश विभाग को दे चुके थे[13] क्योंकि वे "पुराने पड़ चुके और अनुपयोगी हो चुके" थे।[14] लेकिन विदेश विभाग ने इसमें देरी कर दी थी और अब राष्ट्रपति 'नाराज'[15] थे क्योंकि तुर्की से इन प्रक्षेपास्त्रों को हटाने में हुई असफलता 'हमारी अपनी गलती' थी।[16] अमरीकी जनता ने राबर्ट केनेडी के कथन का यह अभिप्राय लगाया कि राष्ट्रपति और उनके सलाहकारों ने सोवियत प्रस्ताव को स्वीकार न करने का फैसला इसलिए किया कि उससे 'धमकी के आगे'[17] झुक जाने का प्रभाव पड़ने की संभावना थी। इसलिए बेहतर यह था कि अमरीकी बमबारी की *धमकी* देकर सोवियत प्रक्षेपास्त्रों को *बिना शर्त* हटाए जाने की मांग की जाए और उन्हें आशा न थी कि सोवियत संघ इस मांग को मान लेगा। उन्हें जिस बात की *सचमुच* आशा थी, वह यह थी कि वे सोवियत अड्डों पर बमबारी करेंगे और इस प्रकार वह युद्ध आरंभ होगा जो सभी बच्चों और अन्य लोगों का खात्मा कर देगा। इस प्रकार इस बात को सचेत ढंग से सोच लिया गया था कि इस सायास निर्णय के क्या परिणाम होंगे और इसमें हर तरह के परिणाम संभावित थे : मानवजाति का विनाश, दुनिया की समाप्ति। लेकिन उन्होंने वास्तव में तय किया कि यह कीमत चुकाने योग्य है। (मुझे विश्वास है कि पाठक मुझे इन मूलभूत तथ्यों को बार-बार दुहराने के लिए क्षमा कर देगा। मुझे अफसोस सिर्फ यह है कि इन पर विश्वास करना बहुत ही कठिन है।)

अमरीकी जनता समझती थी कि राबर्ट केनेडी जो राष्ट्रपति के घनिष्ठतम सलाहकार थे और जानकारी पाने के लिए बेहतरीन स्थिति में थे, सचमुच यही बात कह रहे थे। उन्होंने इसे समझा लेकिन उनमें से अधिसंख्य ने, जाहिर है कि, इस पर विश्वास नहीं किया। जो लोग भी सचमुच विश्वास करते कि ये घटनाएं इसी रूप में हुई थीं, वे इनको सामान्य, बुद्धिमत्तापूर्ण और सहनीय कभी नहीं मानते। हमारे प्रथम कार्यभार को बहुत दोटूक ढंग से सामने रखा जा सकता है : हमें उनको विश्वास दिलाना होगा कि हमारी विदेश नीति के संचालन के क्रम में ऐसी बातें सचमुच हुई थीं और केवल केनेडी प्रशासन के दौरान ही नहीं हुई थीं। हमें अमरीकी जनता से यह सुनिश्चित कराना होगा कि भविष्य (अर्थात् यह प्रश्न कि क्या हमारा कोई मानवीय भविष्य होगा भी) सबसे पहले और सबसे अधिक इस पर हो कि क्या अमरीका की विदेश नीति इसी ढंग से संचालित होती रहेगी और अगर इसी तरह होती रही तो मानवजाति शेष नहीं रहेगी। यह 'इस' या 'उस' का एक स्पष्ट दृष्टांत है।

जब हम अमरीकी विदेश नीति के 'इस ढंग से' संचालित होने की बात करते हैं तो हम लक्ष्यों या उद्देश्यों की बात नहीं करते। हम बात कर रहे हैं उन लोगों की मानसिकता की जो खासकर द्वितीय विश्वयुद्ध के बाद इसका संचालन कर रहे हैं। हम बात कर रहे हैं उनके द्वारा अपने लक्ष्यों और उद्देश्यों की प्राप्ति के लिए अपनाए जानेवाले *साधनों और विधियों* की। स्वाभाविक है कि इन लक्ष्यों और उद्देश्यों में अपने शत्रुओं और प्रतियोगियों से होनेवाली प्रतियोगिता में विजय की और इनमें मार्क्सवादी समाजवादी-साम्यवादी राजसत्ताएं सबसे शक्तिशाली हैं। लेकिन 'विजय' प्राप्त करने के इस प्रयास में प्रयुक्त साधन और विधियां कल्पना की सीमा तक मूर्खतापूर्ण हैं क्योंकि इससे न केवल वे सभी चीजें नष्ट हो जाएंगी जिनके लिए हम प्रतियोगिता कर रहे हैं, बल्कि साथ में पूरी मानवजाति भी नष्ट होगी और इस तरह होगी कि पूरे मानव-इतिहास के किसी भी काल की अपेक्षा अधिक कष्ट और क्लेश से ग्रस्त होगी। इसके अलावा इस मानसिकता में आदतवश उस बात की स्वीकृति भी शामिल है जो साफतौर पर गैरकानूनी और असंवैधानिक है, अर्थात् एक व्यक्ति, एक कार्यपालक द्वारा युद्ध के आरंभ की स्वीकृति। जैसाकि राबर्ट केनेडी ने लिखा है और जिसे अपनी स्वीकृति दी है : "...राष्ट्रपति फैसला कर रहे थे अमरीका के लिए, सोवियत संघ, तुर्की और नाटो के लिए और वास्तव में सारी मानवता के लिए।"[18] इस पूरी मानसिकता की जगह एक ऐसी मानसिकता की उत्पत्ति जो मानवता के भविष्य के लिए, हमारे बुनियादी कानून के सम्मान के लिए अधिक अनुकूल हो, न केवल जोरदार राजनीतिक प्रयास की बल्कि सामाजिक सरोकार के हरेक क्षेत्र में जोरदार प्रयास की मांग करती है।

शिक्षा

जिस प्रकार राजनीति वह सामाजिक प्रक्रिया है जिसमें विदेश नीति की प्रत्यक्षतम अभिव्यक्ति होती है उसी प्रकार शिक्षा वह सामाजिक प्रक्रिया है जिसमें मानसिक अवस्थाओं का प्रत्यक्षतम निर्धारण होता है। दूसरे विश्वयुद्ध के बाद केनेडी और अन्य

मुख्य कार्यपालकों के लिए उस मानसिकता को जो उनकी आदत बन चुकी थी, अपनाना, संभव न होता अगर अमरीकी शिक्षा के प्रभाव कल मिलाकर उसे उत्पन्न और प्रोत्साहित न करते होते।

ठोस रूप में इसका अर्थ यह है कि एक विचार के रूप में साम्यवाद और प्रभुतासंपन्न राष्ट्रों के रूप में साम्यवादी देश उनके सामने इस तरह प्रस्तुत किए गए होंगे गोया ये विचार और ये राष्ट्र मानव-संस्कृति और मानव-जाति के अंग न होकर उसके ऐसे शत्रु, दानव और अपराधी हैं जिनका प्रमुख उद्देश्य मानव-जीवन की सारी उत्तम बातों को नष्ट करना है। इसी के द्वारा इस तथ्य की व्याख्या की जा सकती है कि जब ये व्यक्ति अंततः अमरीकी राष्ट्रपति के पद तक पहुँचे तो उन्होंने और उनके अधिसंख्य देशवासियों ने आदतवश इस विचार को स्वीकार कर लिया कि साम्यवाद और साम्यवादियों से निपटने के लिए सामान्य मानवीय संयम बरतने की कोई जरूरत नहीं बल्कि कुछ भी किया जा सकता है। अगर आप यथार्थवादी हैं तो बुरे से बुरे की आशा कीजिए और पहले चोट करने में कभी न झिझकिए। परमाणु बम के निर्माताओं में एक थे अल्बर्ट आइंसटाइन और उन्होंने ही अत्यंत दुख के साथ यह तीखी टिप्पणी की थी कि इस बम के कारण हमारे सोचने के ढंग को छोड़कर शेष सबकुछ बदला है।

राजनीति की तरह शिक्षा में भी हमारे प्रथम और सबसे महत्वपूर्ण उद्देश्य को दोटूक ढंग से इस तरह सामने रखा जा सकता है : हमें लोगों को उनके बचपन से ही इस प्रकार शिक्षित करना चाहिए कि वे साम्यवाद और साम्यवादियों को समान अधिकार देने के बजाय मानव-जाति के विनाश को प्राथमिकता देने को स्वाभाविक न मानें। इसके साधनों और विधियों, शिक्षा के विस्तृत कार्यक्रमों की विवेचना करने की जरूरत नहीं क्योंकि ये साधन और विधियां किसी भी प्रकार कठिन या असाधारण नहीं हैं। जो कुछ कठिन है और जिसमें दिग्भ्रमित सृजनशील कल्पना के असाधारण प्रयासों की आवश्यकता है वह है साम्यवाद और साम्यवादियों के आचार-विचार के बारे में इस प्रकार 'शिक्षा' देते रहना गोया कि वे किसी प्रकार के अपराधी हों, प्रत्येक अच्छाई के जानी दुश्मन हों, न कि ऐसे प्रतियोगी समाज-दर्शन और शासन-प्रणाली जिनकी अपनी व्यावहारिक सफलताएं और असफलताएं, अपनी शक्तियां और दुर्बलताएँ हैं और जो बहरहाल हमारे साथ संयुक्त राष्ट्र के सदस्य हैं।

समस्या अध्यापन की नई तकनीकें निकालने की नहीं है, बल्कि एक मूर्खतापूर्ण और घातक मानसिकता की मूर्खता और घातक शक्ति को समझने की है। समस्या तथ्यों पर बिना कोई दोहरा मानदंड अपनाए गौर करने की और उनकी रौशनी में सामान्य रूप से व्यवहार करने की है। अगर हम इस शैक्षिक स्थिति का सामना करने के योग्य नहीं तो हम अपने राजनीतिक और खासकर विदेश नीति संबंधी निर्णयों के इतने यथार्थवादी होने की आशा नहीं कर सकते कि मानव-जाति, मानव की साहसिक प्रगति की निरंतरता बनी रहे। इस स्थिति का सामना करने में समर्थ बनने के लिए कतई यह जरूरी नहीं कि हम बलपूर्वक एक राजनीतिक रूप से मूलगामी राष्ट्र बन जाएं या शिक्षा के क्षेत्र में बड़े-बड़े नए प्रयोग करें। हमें करना कुल इतना है कि

आज की दुनिया में हम अपने इर्द-गिर्द देखें और साम्यवाद और साम्यवादियों के बारे में हमारी शिक्षा-व्यवस्था और राजनीति में जो कुछ हो रहा है उसकी तुलना फ्रांस, इटली, जापान, पश्चिम जर्मनी या ब्रिटेन जैसे अन्य अग्रणी पूंजीवादी देशों में हो रही घटनाओं से करें। कुल मिलाकर इसका संबंध आत्मघाती फंतासियों और यथार्थ की स्वीकृति के अंतर से है। अस्तित्व-रक्षा के लिए जिस एकमात्र 'देतां' की सार्थकता है उसमें शिक्षा व्यवस्था की भरपूर सफाई भी शामिल होनी चाहिए।

अर्थव्यवस्था

निश्चित ही युद्धों को जन्म देनेवाली फंतासियों समेत हर बात के कारण, मूल और स्रोत होते हैं। आधुनिक अर्थशास्त्र और समाजशास्त्र में यह बात सुस्थापित हो चुकी है कि राष्ट्रों के परस्पर युद्धों का एक प्रमुख कारण आर्थिक शत्रुता है। यह भी स्वीकृत हो चुका है कि पूंजीवाद एक ऐसी आर्थिक व्यवस्था है जो आर्थिक प्रतियोगिता पर जोर ही नहीं देती और उसे तेज ही नहीं करती, बल्कि इस क्रम में ऐसी सांस्कृतिक प्रणाली, ऐसी रूढ़ियों तथा ऐसी सामान्य मानसिकता को जन्म देती है जिसमें मानव-जीवन की प्रत्येक वस्तु अनुचित रूप से धनशक्ति की चेरी बन जाती है। व्यक्तिगत धन केवल सार्वजनिक शक्ति ही नहीं बल्कि अस्तित्व-रक्षा के लिए व्यक्ति की प्रमुख आवश्यकता भी बन जाता है। चूंकि धन जीवन की आवश्यकताओं और विलासिताओं की पूर्ति की जरूरी शर्त होता है इसलिए आश्चर्य नहीं कि इसको पाने के लिए जीवन को ही दांव पर लगा दिया जाता है। कहावत है कि धन सारी बुराइयों की जड़ है और पूंजीवादी सभ्यता के रचनात्मक साहित्य ने इसे हजारों गुना विस्तारित ढंग से दिखाया है।

समाजवाद और साम्यवाद के *सिद्धांतों* का *नैतिक* पक्ष यह है कि इन्होंने मानव के सभी आर्थिक संबंधों को इस अर्थ में सामाजिक सहयोग पर आधारित बना दिया है कि प्रतियोगिता की गुंजाइश तो रहती है मगर उसके विध्वंसकारी रूप कम या समाप्त हो जाते हैं। इस प्रयास का लक्ष्य विभिन्न मनुष्यों को संयुक्त रूप से स्वामी बनाना है, न कि उनको मालिक और नौकर में विभाजित करना, और इस प्रकार लोग जीवन की आवश्यकताओं और विलासिताओं की पूर्ति के लिए *लोगों* का शोषण नहीं कर पाते। चूंकि विज्ञान और प्रौद्योगिकी के कारण मनुष्य की आर्थिक उत्पादकता में अपार वृद्धि होती है, इसलिए यह मानना अधिकाधिक यथार्थवादी होता जाता है कि प्रत्येक दिन या प्रत्येक सप्ताह केवल कुछ घंटों का आवश्यक श्रम लगाकर भौतिक वस्तुओं, सामाजिक सेवाओं और सांस्कृतिक अवसरों की बहुलता उत्पन्न कर सकना संभव है ताकि ये सभी प्रत्येक को प्राप्त हो सकें। अगर सभी व्यक्ति संयुक्त रूप से संपत्ति के स्वामी हों तो अनैच्छिक बेरोजगारी और निर्धनता असंभव हो जाएं। अगर यह प्रणाली विश्वव्यापी बन जाए और बुद्धिसंगत आर्थिक और पर्यावरणीय योजना-कार्य किया जाए तो विध्वंसकारी प्रतियोगिता अनावश्यक हो जाएगी। वैज्ञानिक प्रगति जारी रहने पर संभवतः एक बिंदु ऐसा भी आ सकता है जहां बाहुल्य के कारण व्यक्तिगत धन अनावश्यक हो जाए। ऐसी किसी प्रणाली के आधार पर संगठित विश्व में राष्ट्रों के पारस्परिक युद्धों

का प्रमुख कारण संभवतः समाप्त हो जाएगा।

इस प्रकार की कोई बात संभवतः युद्ध की समस्या का दीर्घकालीन हल हो सकती है। यह संभवतः ऐसी मानव-संस्कृति, रूढ़ियों और सामान्य मानसिकता का आधार बन सकती है जहां भाईचारे का पुराना आदर्श उस आर्थिक यथार्थ से बाधित न हो जिसकी अभिव्यक्ति 'मनुष्य मनुष्य के लिए भेड़िया है' वाली कहावत में हुई है। लेकिन तुलनात्मक दृष्टि से देखें तो शांति की समस्या आज जिस रूप में विद्यमान है वह उतनी सरल नहीं है जितनी एक अर्थव्यवस्था की जगह दूसरी को स्थापित करने की समस्या है, हालांकि यह समस्या भी अपने-आपमें अपार जटिल है। आज जो वास्तविक स्थिति है उसमें पूंजीवादी राष्ट्रों का एक समूह साम्यवादी-समाजवादी राष्ट्रों के एक समूह का शत्रु ही नहीं है और उन दोनों समूहों के पास अत्यधिक विनाशकारी नाभिकीय शस्त्रागार ही नहीं हैं, बल्कि प्रत्येक समूह के अंदर भी ऐसे टकराव पाए जाते हैं जिनमें नाभिकीय विनाश की संभावनाएं निहित हैं।

दूसरे शब्दों में, अतीत में जिस प्रकार की आर्थिक शत्रुताओं ने हमेशा ही युद्धों को जन्म दिया है वे अभी जारी हैं जबकि अब ये युद्ध जिन शस्त्रास्त्रों से लड़े जाएंगे उनका प्रयोग किया गया तो विश्व का ही विनाश हो जाएगा। इतिहास ने विध्वंसकारी प्रतियोगिता से मुक्त एक अर्थव्यवस्था के द्वारा विश्व के एकीकरण की प्रतीक्षा नहीं की और ऐसे शस्त्रास्त्र उपलब्ध करा दिए जो मानवता का ही नाश कर सकते हैं। ऐसे शस्त्रास्त्रों के निर्माण से पहले यह आशा की जा सकती थी कि पुरानी और नई अर्थव्यवस्थाओं का प्रतिनिधित्व करनेवाले गुटों के बीच सबसे घातक अस्त्रों से भी कोई अंतिम और निर्णायक विश्वयुद्ध लड़ा गया तो नई व्यवस्था इसमें विजय प्राप्त कर सकती है और फिर उसके बाद वह पृथ्वी पर मानव के ऐसे भविष्य का आधार बन सकती है जो शांति और समृद्धि से भरपूर हो। लेकिन आज हम जानते हैं कि ऐसा कोई परिदृश्य असंभव है क्योंकि आज वैज्ञानिक ज्ञान के कारण स्थायी रूप से जो शस्त्रास्त्र उपलब्ध हैं उनके कारण सारा जीवन नष्ट हो जाएगा। पृथ्वी रहने योग्य नहीं रहेगी और न इस पर कोई विजेता निवास करेगा और न ही कोई विजित।

तो जिस संवेदनशील और उपजाऊ आर्थिक स्तर पर युद्धों के बीज खूब फलते-फूलते हैं उस स्तर पर हम किस बात के घटित होने की आशा कर सकते हैं? यथार्थ दृष्टि से हम इसकी आशा नहीं कर सकते कि किसी भी अर्थव्यवस्था के प्रमुख शक्तिशाली वर्ग बिना भारी संघर्ष के किसी अन्य व्यवस्था के पक्ष में अपनी शक्ति का त्याग कर देंगे। इसलिए अर्थव्यवस्थाओं की प्रतियोगिता का क्रम जारी रहेगा और पृष्ठभूमि में नाभिकीय युद्ध का खतरा भी मंडराता रहेगा। मानव के भविष्य की आशा इस बात पर निर्भर है कि दोनों पक्षों के नेता और जनता किस सीमा तक इस बात के कायल हैं कि नाभिकीय युद्ध या ऐसी ही मारक शक्तियोंवाले अस्त्रों से लड़ा गया कोई भी युद्ध सबसे घटिया विकल्प है और चाहे जो हो जाए, ऐसा कोई युद्ध आरंभ ही नहीं किया जाना चाहिए और अगर आरंभ हो जाए तो उसमें कभी शामिल नहीं होना चाहिए।

नेताओं और सबसे पहले पूंजीवादी नेताओं को इस बात का कायल होना चाहिए

(जिसके कायल वे नहीं प्रतीत होते) कि इससे दुनिया के खात्मे के अलावा कुछ भी हासिल नहीं होगा। उन्हें इसका विश्वास होना चाहिए कि संभवतः इससे कम फायदे की कोई बात नहीं हो सकती और इसलिए यह रणनीति कभी भी प्रतियोगिता का अंग नहीं बननी चाहिए। जनता को विश्वास होना चाहिए कि उसके नेता अभी भी इस मामूली सच्चाई के कायल नहीं हैं। इसलिए उसे, जनता को ही अपने नेताओं पर लगातार दबाव डालना होगा कि इन नेताओं को लगातार यह एहसास रहे कि वे जिस जनता के समर्थन का भरोसा कर रहे हैं वह इस क्षेत्र में हो चुकी घटनाओं से परिचित है तथा इसकी असीम आपराधिकता और मूर्खता को समझती है। जमे-जमाए नेताओं को यह एहसास दिलाते रहना होगा कि क्यूबाई प्रक्षेपास्त्र-संकट, उत्तर वियतनाम पर बमबारी में तेजी, कंबोडिया पर आक्रमण तथा उत्तर वियतनामी समुद्रों में सुरंगें बिछाने जैसे फैसलों के पुनरारंभ का संकेत अगर किसी बात से मिलता है तो जनता उसे बरदाश्त करने, उसे सहयोग और समर्थन देने तथा मानने से इनकार कर देगी।

इस समय ऐसे शक्तिशाली लोगों और साधारण जन की संख्या पर्याप्त नहीं है जो वास्तव में इस बात के कायल हों (जिसका कायल उन्हें होना चाहिए) ताकि मानव के भविष्य की थोड़ी-बहुत जमानत मिल सके। यह संख्या तभी पर्याप्त होगी जब इस बात के कायल लोग अधिकाधिक सीमा तक दूसरों को कायल करने में सफल हों। आर्थिक शक्ति के प्रमुख धारकों तक पहुँचने की प्रक्रिया अनेक प्रकार के रूप ले सकती है और लेगी। यह न केवल राजनीति और शिक्षा बल्कि नैतिकता और धर्म के क्षेत्रों में भी रचनात्मक प्रयासों, व्यावहारिक चतुराई और अडिग साहस के सामने एक चुनौती है।

नैतिकता और धर्म

विश्व में मानव का भविष्य सुनिश्चित करने के लिए नैतिकता और धर्म के क्षेत्र में जो कार्य आवश्यक है उसकी ठीक-ठीक प्रकृति क्या है? विरोधाभास यह है कि यह कार्य लोगों को यह विश्वास दिलाता है कि उनके अपने स्वार्थपूर्ण भौतिक और पार्थिव हित आज उनके सर्वोच्च मानवीय कर्तव्य से मेल खाते हैं। पूरे इतिहास में नैतिकता की शिक्षा में सबसे बड़ी कठिनाई यह रही है कि दुनिया ऐसे लोगों से भरी थी जो स्पष्टतः नैतिक शिक्षाओं का पालन नहीं करते थे और फिर भी, इसी कारण अच्छी जिंदगी जीते नजर आते थे। नीतिशास्त्रियों को यह सिद्ध करने में कठोर परिश्रम करना पड़ता था कि ये लोग अच्छा जीवन जीते, समृद्ध बनते और आनंद का उपभोग करते *दिखाई* तो देते हैं मगर यह वास्तव में सच नहीं है; कि सच्चाई यह है कि नीति की शिक्षाओं के उल्लंघन, पड़ोसियों के अधिकारों के हनन, हत्या, चोरी आदि के कारण उनकी *आत्मा* भ्रष्ट होती है, उनकी *आंतरिक* प्रसन्नता मारी जाती है, भले ही बाहर से जो कुछ लगे।

यह तर्क चाहे जितना सही रहा हो, इसके सीमित प्रभाव का एक प्रमुख कारण निःसंदेह बड़े पैमाने पर यह दिखाई देना रहा है कि नीति की शिक्षाओं का जितने बड़े पैमाने पर उल्लंघन किया जाता है, उतना ही अधिक फल प्राप्त होता है और उतना ही कम दंड मिलता है। कुछ मुख्य उदाहरणों को लें तो स्पष्ट है कि हत्या और चोरी विरोधी

शिक्षाओं के उल्लंघन के लिए राजसत्ता ने जो दंड तय किए हैं वे स्वयं राजसत्ता पर लागू नहीं होते। प्रत्येक व्यक्ति देखता है कि राजसत्ता स्वयं युद्धों के रूप में बड़े पैमाने पर दूसरों की हत्या करती है तथा उनकी भूमि और अन्य संपत्ति पर कब्जा करती है जबकि *इन्हीं* आदेशों के उल्लंघन पर दंड देती है। युद्धों के समाप्त होने, भूमि और संसाधनों पर सफलतापूर्वक कब्जा किए जाने तथा एक 'साम्राज्य' के स्थापित किए जाने के बाद पूरे राष्ट्र को इस सौभाग्य पर आनंद मनाने की शिक्षा दी जाती है और इन कारनामों को अंजाम देनेवालों के लिए सम्मान, महिमा और शक्ति के सर्वोच्च स्थान सुरक्षित होते हैं। धार्मिक नीतिशास्त्री मृत्यु के बाद दंड की शिक्षा देते हैं जिसके अनुसार इन शिक्षाओं का उल्लंघन करनेवालों को अनंत यातना भुगतनी पड़ती है। (यह भी न देखे जा सकने के कारण कम विश्वसनीय है।) मगर यह शिक्षा भी युद्ध में बड़े पैमाने पर होनेवाली उन हत्याओं, चोरियों और अधिकारों के हनन पर लागू नहीं होती जो राजसत्ता के नाम पर किए जाते हैं।

काश कि भौतिकशास्त्र, रसायनशास्त्र और इंद्रिय-प्रत्यक्ष पहले यह दिखाते होते कि अपने पड़ोसी की हत्या करनेवाला खुद भी अपने-आप और सबके सामने मारा जाता है, कि किसी अन्य राष्ट्र से युद्ध छेड़नेवाला और उपलब्ध घातकतम अस्त्रों से उसे नष्ट करनेवाला राष्ट्र अपने-आप स्वयं भी नष्ट हो जाता है! अगर ऐसा होता तो हमारे प्राचीन नीति-शिक्षकों को कितनी भारी मदद इससे मिली होती! "तू हत्या नहीं करेगा" के जिस आदेश-वचन पर मानव का अस्तित्व प्रत्यक्षतम ढंग से निर्भर है उसकी शिक्षा में यह बात सबसे अधिक सहायक होती। यह शिक्षा में सहायक तत्व, यह गोचर तथ्य आज यथासंभव विशाल पैमाने पर उपलब्ध है।

जिस सत्य को आज तक लोगों तक नहीं पहुंचाया जा सका है उसे अनेक दृश्य-श्रव्य सामग्रियों की सहायता से आज लोगों तक पहुंचा सकना संभव है। यही वह सत्य है जिस पर आज हर वस्तु का अस्तित्व निर्भर है। यही नैतिक सत्य आज भौतिक सत्य से एकाकार है तथा शुद्ध बुद्धि की तरह इंद्रिय-प्रत्यक्ष की रौशनी में भी निर्विवाद है और वह सत्य यह है कि आप अपने लिए विश्व का विनाश किए बिना अपने पड़ोसी के लिए उसका विनाश नहीं कर सकते। पूरे विश्व के विनाश की शक्ति, जो पहले नहीं थी, आज पूरे विश्व की एकता का कारण है। आज अगर मैं अपनी रक्षा करना चाहता हूं तो मुझे अपने भाई की भी रक्षा करनी *होगी*। चूंकि अतीत में अपनी दुनिया को तबाह किए बिना अपने पड़ोसी की दुनिया को तबाह कर सकना संभव था, इसलिए हम वास्तव में एक दुनिया के वासी न थे, वह वास्तव में मेरा भाई न था और मुझे वास्तव में उसकी आवश्यकता न थी। आज चूंकि अपनी दुनिया को तबाह किए बिना अपने पड़ोसी की दुनिया को तबाह करना असंभव है, इसलिए हम वास्तव में आज एक दुनिया के वासी हैं, वह वास्तव में मेरा भाई है और मुझे वास्तव में उसकी आवश्यकता है।

पुराने परमाणु-पूर्व विश्व को बेहतर बनने के लिए भाईचारे की नैतिक शिक्षा की *जरूरत* थी मगर अस्तित्व के लिए उसे इस शिक्षा की कोई जरूरत न थी। यह दुनिया

हजारों वर्षों तक अनेक अलग-अलग दुनियाओं के रूप में रही जिनमें प्रत्येक दुनिया अधिकाधिक घातक शस्त्रास्त्र के उपयोग से दूसरों की हिंसा करती रहती थी। और, यह स्थिति तब तक चली जब तक कि अंततः ऐसे शस्त्रास्त्र नहीं बने जिनसे जीवित प्राणियों की यह दुनिया ही पूरी तबाह हो सकती है। इसलिए इस परमाणविक विश्व को मात्र अपने-अपने अस्तित्व के लिए भाईचारे की नैतिकता चाहिए और वह भी सबसे अधिक शीर्षस्थ लोगों के लिए। इसमें शक नहीं कि अगर पुरानी दुनिया में ज्यादा लोग तमाचा खाकर मारने के लिए दूसरा भी गाल आगे बढ़ा देते, हिंसा का जवाब हिंसा से न देते तो वह एक बेहतर दुनिया होती। लेकिन जिस प्रकार हिंसा के बावजूद उस दुनिया का अस्तित्व बना रहा, उसी प्रकार नई दुनिया भी अस्तित्व में बनी रह सकती है, भले ही लोग अपने अंतर्वैयक्तिक संबंधों में अहिंसा को अपना स्वभाव न बना सकें। लेकिन जो सत्य आज शेष प्रत्येक सत्य को रेखांकित करता है, वह यह है कि अगर राष्ट्र *राष्ट्रों के रूप में* सामूहिक ताप-नाभिकीय हिंसा से दूर नहीं रहते तथा ताप-नाभिकीय हिंसा का जवाब ताप-नाभिकीय हिंसा से देने के बजाय सामूहिक रूप से दूसरा गाल आगे नहीं बढ़ाते तो इस नए, परमाणविक विश्व का अस्तित्व नहीं रहेगा।

यह नया परमाणविक विश्व क्यूबाई प्रक्षेपास्त्र संकट के रूप में अपने पहले संकट से पार पा चुका है जब एक परमाणविक शक्ति ने दूसरी पर अपनी श्रेष्ठता बनाए रखने के लिए उसे एक चेतावनी दी, यह जानते हुए भी कि दूसरी उसके आगे नहीं झुकेगी जिससे एक नाभिकीय युद्ध आरंभ होगा और दुनिया तबाह हो जाएगी। फिर भी दुनिया तबाह नहीं हुई क्योंकि दूसरी ने आशा के विपरीत वह चुनौती नहीं ली। अब दूसरा और इससे कहीं अधिक भयानक संकट तब आएगा जब कोई परमाणविक शक्ति कुछ लाभ पाने के लिए किसी अन्य परमाणविक शक्ति के खिलाफ सचमुच नाभिकीय अस्त्रों का प्रयोग कर बैठेगी। ऐसा कोई पहला हमला अपने-आपमें तो दुनिया को तबाह नहीं करेगा लेकिन जब उसका जवाब उसी ढंग से दिया जाएगा तो वह दुनिया के अंत का आरंभ होगा। इसमें देर तो नहीं लगेगी लेकिन इस अंत के पहले का एक-एक दिन उन अरबों मानव-प्राणियों को असीम यातना के समान लगेगा जो इस विश्वव्यापी ताप-नाभिकीय विनाशलीला के अवर्णनीय कष्टों के शिकार बनेंगे। संभव है कि पृथ्वी को नष्ट होने में कुछ बरस लगें और अधमरे मानव-प्राणी महीनों तक घिसटते, रेंगते, तड़पते, चीखते और गिड़गिड़ाते रहें लेकिन वही मानवता की कथा का अंत होगा। इसके नैतिक निहितार्थ उन सभी कल्पनाओं से भयानक होंगे जो दूसरी दुनिया की यातनाओं के बारे में की गई हैं। यह ऐसा निर्वचनीय अपराध है जिसका कोई नाम तक नहीं है; यह मानव के अतीत और वर्तमान का ही नहीं बल्कि मानव के भविष्य का भी पूर्णरूपेण विनाश है। चूंकि भविष्य में अनंत संभावनाएं निहित होती हैं, इसलिए यह एकमात्र अनंत अपराध है जिसे मनुष्य स्वयं अपने खिलाफ कर सकते हैं और यह अपराध भी वे कर सकते हैं तो केवल एक बार।

अगर शांति की क्रांति नहीं होगी, युद्ध और शांति के प्रश्नों पर चिंतन और कर्म की शैलियों में क्रांति नहीं होगी तो यह अपराध भी होकर रहेगा। वर्तमान स्थिति का बेपनाह

खतरा स्पष्टतम रूप में संभवतः इस तथ्य से परिभाषित होता है कि पूंजीवादी और साम्यवादी, दोनों ही परमाणविक खेमों के नेता एक-दूसरे के खिलाफ परमाणविक अस्त्रों से पहला हमला *स्वयं* न करने की बातें तो करते हैं मगर वे यह बात इस प्रकार कहते हैं जिससे यह ध्वनि निकलती है और अक्सर स्पष्ट भी हो जाता है कि अगर दूसरे पक्ष ने पहला हमला किया तो जवाब और उससे भी करारा जवाब दिया जाएगा। प्रत्येक पक्ष अपनी जनता की मानसिकता भी इस प्रकार ढाल रहा है कि वह इस रवैये को देशभक्तिपूर्ण, मर्दानगी से भरा, साहसपूर्ण और अत्यंत नैतिक समझे।

वास्तव में इस नाभिकीय दृष्टिकोण का नैतिक स्तर उसी व्यक्ति जैसा है जो अपनी पत्नी और पांच बच्चों को गाड़ी में बिठाकर हवाखोरी के लिए निकलता है और यूं कहता है : "अगर इस सड़क पर दो कारें आमने-सामने से टकराएं तो मैं समझता हूं कि उन दोनों के सारे यात्री मारे जाएंगे। मैं अपनी ओर से पहल करके किसी लेन में गलत दिशा में गाड़ी चलाने का काम कभी नहीं करूंगा। लेकिन अगर कोई मेरी लेन में गलत दिशा में गाड़ी चलाता है तो मैं अपनी लेन तो नहीं ही छोड़ूंगा। अगर वह किनारे नहीं होता तो मैं भी अपनी चाल बढ़ाकर उसकी गाड़ी पर अपनी गाड़ी चढ़ा दूंगा।" यह उसी आदमी जैसा नैतिक दृष्टिकोण है जिसके घर में चोर घुस आए हों और उनके चलाए हुए दस्ती बम से उसके घर का एक हिस्सा नष्ट हो गया हो और उसके दो बच्चे मारे गए हों; वह अपनी पत्नी और शेष तीन बच्चों को लेकर उस कमरे में चला जाए जहां उसने खुद भी कुछ दस्ती बम रख छोड़े हों; उसे पता हो कि अगर चोर उसका पीछा करते हुए इस कमरे तक आ जाएं और वह चोरों पर एक बम फेंके तो कमरे में मौजूद सारे लोग मारे जाएंगे; फिर चोर कमरे में घुसें, वह बम फेंके, उसके शेष परिवारजन समेत सभी लोग मारे जाएं और पूरा घर आग के शोलों में जलकर नष्ट हो जाए। अगर हम यह मानते हैं कि इस प्रकार का व्यवहार एक पिता, एक माता, पांच बच्चों, एक गाड़ी और एक घर के सिलसिले में अत्यंत मूर्खतापूर्ण है और अनैतिक है तो फिर पूरी मानवजाति और जीवन से युक्त एकमात्र ग्रह के सिलसिले में हम इस व्यवहार को क्या कहेंगे ?

सभी नाभिकीय अस्त्रों और उसी प्रकार घातक अन्य सभी अस्त्रों पर प्रतिबंध लगाने के लिए अगर बड़े देश केवल आपस में संधियां कर लें तो यह समस्या हल हो जाएगी—यह सोचना अगर यथार्थवादी होता तो सचमुच अत्यंत सुखद होता। ऐसी संधियां निश्चित ही होनी चाहिए और ऐसा करना सही दिशा में एक कदम होगा। लेकिन इन संधियों पर तभी भरोसा किया जा सकता है जब उनके साथ चिंतन और कर्म की शैलियों में भी एक गुणात्मक परिवर्तन आए। संधि के द्वारा हम चाहे जितने अस्त्रों को नष्ट कर लें, वास्तव में उन्हें स्थायी रूप से कभी नष्ट नहीं किया जा सकता। कारण कि नाभिकीय और जैव-रासायनिक अस्त्रों का विकास जिस वैज्ञानिक-प्रौद्योगिक प्रगति पर निर्भर है उसे रोकने का कोई भी व्यावहारिक रास्ता नहीं है। हमें आशंका होनी चाहिए कि समय के साथ, मात्र सामान्य और साधारण वैज्ञानिक-प्रौद्योगिक प्रगति की गौण उपज के रूप में, ऐसे अस्त्रों के एकदम नए-नए रूप विकसित होंगे जो अभी कल्पना से बाहर हैं

और उनकी मारक शक्ति अधिकाधिक बढ़ती जाएगी। इसके अलावा अगर चिंतन और कर्म की शैलियों में पर्याप्त परिवर्तन नहीं आते तो आशंका है कि किसी संकट के उभरने पर इन संधियों को ताक पर रख दिया जाएगा। संयुक्त राष्ट्रसंघ का घोषणापत्र मूलतः बड़े-छोटे सभी राष्ट्रों का एक संधि-पत्र है जिस पर हस्ताक्षर करनेवाले सभी राष्ट्र परस्पर व्यवहार में बल का प्रयोग न करने या उसकी धमकी न देने की शपथ ले चुके हैं। फिर भी क्यूबाई प्रक्षेपास्त्र संकट के समय हमारी सरकार ने इस घोषणापत्र की उपेक्षा की, हालांकि स्वीकार किया गया था कि इस उपेक्षा की कीमत नाभिकीय विनाशलीला होगी। यह केवल एक उदाहरण है। फिर अगर यह तर्क दिया जाता है कि दूसरी सरकारें भी कोई बेहतर नहीं हैं बल्कि बदतर ही हैं, तो यह सोचना और भी कम यथार्थवादी हो जाता है कि केवल नाभिकीय शक्तियों या सभी सरकारों की आपसी संधियों से यह समस्या हल हो सकती है। अगर विद्यमान सरकारें पहले से विद्यमान संधियों का पालन कर रही होतीं तो यह समस्या उठती ही नहीं। इसे तभी हल किया जा सकता है जब शांति की एक क्रांति घटित हो।

इस समय और निकट भविष्य में सबसे बड़ा खतरा यह नहीं है कि वैचारिक रूप से बंटी हमारी पृथ्वी के इस या उस पक्ष की कोई परमाणविक शक्ति किसी विरोधी के खिलाफ नाभिकीय अस्त्रों का उपयोग कर सकती है। यह मात्र पहला कदम है, अपने-आपमें बहुत विध्वंसकारी है, मगर इससे मानवता के विनाश की संभावना नहीं है जिस प्रकार चोरों द्वारा फेंके गए बम ने पूरे परिवार का सफाया नहीं किया। मानवजाति अगर समाप्त होगी तो प्रतिशोध, जवाबी प्रतिशोध आदि की बाद की कार्रवाइयों से। ऐसे ठीक-ठीक कितने कदम अंत के कारण बनेंगे, इसका निश्चय तो उस समय-विशेष में उपलब्ध अस्त्रों की प्रभाविता से होगा। इसलिए स्पष्ट है कि जो नैतिकता आवश्यक है वह केवल पहले कदम पर लागू होनेवाली, घातक रूप से सीमित नैतिकता नहीं है। यह वह मूर्खतापूर्ण नैतिकता नहीं हो सकती जिसके अनुसार "मैं तब तक दुनिया का नाश नहीं करूंगा जब तक कोई और इस कार्य का आरंभ नहीं करता", "मैं तब तक खुद को और अपने परिवार को नहीं मारूंगा जब तक कोई और इस काम का आरंभ नहीं करता", "मैं साठ मील फी घंटा की रफ्तार से अपनी गाड़ी की किसी और गाड़ी से भिड़ंत नहीं करूंगा जब तक कि मेरा रास्ता नहीं रोका जाता।" यह नैतिकता सामान्य बुद्धि की नैतिकता होनी चाहिए जिसके अनुसार "वह गलत है, उसने मुझ पर हमला किया है मगर फिर भी मैं *उस तरह से* जवाब नहीं दूंगा जिस तरह के जवाब से मेरे समेत सारी वस्तुओं का विनाश हो जाए।" नाभिकीय अस्त्रों के बारे में यही वह न्यूनतम शर्त है जिसकी मांग जनता को आज अपनी सरकारों से करनी चाहिए और जिसे प्राप्त करने के प्रयास करने चाहिए ताकि कल हमारा कोई भविष्य तो शेष रहे। आज गोचर जगत में एकाएक यह स्पष्ट हो चुका है कि बड़े से बड़े अपराध भी अगर राजसत्ता के नाम पर किए जाएं तो भी वे वांछित फल अब और नहीं दे सकते, कि व्यापकतम पैमाने पर पाप किए गए तो उनका नतीजा वास्तव में व्यापकतम पैमाने की मृत्यु होगी, और यह कि अगर शीर्षस्थ

व्यक्ति एक बेहतर नैतिकता का पालन नहीं करते तो शीर्ष और तल, दोनों ही नष्ट हो जाएंगे।

आज बौद्धिक अर्थ में यह बात स्पष्ट है और मानव-प्राणी इसे समझते हैं कि अगर उन्हें कोई भविष्य चाहिए तो वे आज उपलब्ध अस्त्रों से युद्ध नहीं कर सकते, ठीक उसी प्रकार जिस प्रकार *रास्ता मिलने पर भी* वे साठ मील फी घंटा की रफ्तार से अपनी गाड़ी की किसी और गाड़ी भिड़ंत कराके या अगर *उन पर कोई बम न फेंके तो भी* दूसरों पर बम फेंककर अपना भविष्य सुरक्षित नहीं कर सकते। फिर भी समस्या जब उनके आगे नाभिकीय रूप से प्रस्तुत होती है तो वे सचमुच हक्के-बक्के रह जाते हैं। इससे देशभक्ति, आत्मरक्षा के अधिकार, साहस, देश की रक्षा आदि से जो निर्धारण-प्रक्रिया जुड़ी है उसकी शक्ति का पता चलता है। इन धारणाओं की अपार मनोवैज्ञानिक शक्ति का निर्माण शताब्दियों और सहस्राब्दियों के काल में एक ऐसे संदर्भ में हुआ (और उसी से ये जुड़ी भी हैं) जिसमें मानवजाति के विनाश या पृथ्वी के परमाणवीकरण के भय के बिना अत्यंत घातक अस्त्रों का प्रयोग भी किया जा सकता था। अब वह संदर्भ हमेशा के लिए समाप्त हो चुका है मगर उससे जुड़ी भावनाएं नए संदर्भ के अनुसार रूपांतरित नहीं हुई हैं। स्पष्ट है कि इस रूपांतरण की प्रक्रिया असंभव नहीं है। वास्तव में इसे कठिन भी नहीं कहा जा सकता बशर्ते कि इसे गंभीरता के साथ आरंभ किया जाए। लेकिन इसके पूरा होने तक व्यक्ति सचमुच हक्का-बक्का रहेगा : वह इस बात को समझता है और नहीं भी समझता कि अगर उस पर और उसके देश पर सर्वाधिक शक्तिशाली अस्त्रों से आक्रमण हो तो वह क्यों अपने पास मौजूद ऐसे ही अस्त्रों से अपनी और अपने देश की रक्षा नहीं कर सकता। अगर किसी खुली सड़क पर गाड़ियों का या किसी छोटे कमरे में दस्ती बमों का मामला हो तो वह हक्का-बक्का नहीं होता, कम से कम इस सीमा तक नहीं होता और अक्सर सुरक्षित भी रहता है।

नाभिकीय अस्त्रों की स्थिति में व्यक्ति की हैरानी का एक और रूप है। वह इसकी कल्पना में भी कठिनाई महसूस करता है कि अगर उसके देश ने नाभिकीय आक्रमण के आगे 'समर्पण' कर दिया, अगर उस पर नाभिकीय आक्रमणकारियों ने 'कब्जा' कर लिया तो वह किस प्रकार एक सार्थक जीवन जी सकेगा। अधिकांश दूसरे जनगण की अपेक्षा अमरीकी शायद इसमें अधिक कठिनाई महसूस करते हैं। कारण कि हमारा अभी तक का राष्ट्रीय इतिहास बहुत संक्षिप्त रहा है और इसके दौरान हमने कम से कम अपने देश पर किसी आक्रमण और उसके समर्पण का अनुभव नहीं किया है। फिर भी शेष विश्व का इतिहास ऐसे उदाहरणों से भरा है कि आक्रमण और समर्पण के बाद भी जीवन की सार्थकता शेष रहती है। आज अमरीका को छोड़ दुनिया की हर बड़ी शक्ति इन प्रक्रियाओं से बार-बार गुजर चुकी है और यह तर्क देना ही मूर्खता है कि हरेक को ऐसे विकल्पों को स्वीकार करने के बजाय आत्महत्या कर लेनी चाहिए थी।

पूरे इतिहास से यही पता चलता है कि आक्रमण या समर्पण किसी राष्ट्र का अंत नहीं होता, बल्कि एक नए प्रकार के संघर्ष का, एक नए प्रकार के युद्ध का आरंभ होता

है जिसमें प्रयुक्त अस्त्रों से दुनिया का विनाश नहीं होता, लेकिन आक्रामक 'विजय' के सुफल से वंचित अवश्य हो जाता है। हमलावरों और कब्जावरों के खिलाफ सफलता के साथ प्रयोग करने के लिए शुद्ध भौतिक शक्ति एकमात्र अस्त्र नहीं है, बल्कि यह प्रमुख अस्त्र भी नहीं है। कुछ भी हो, शांति की क्रांति संघर्ष, प्रतिरोध, साहस या देश-प्रेम की विरोधी नहीं है। इसका विरोध उस मूर्खता से है जो सब बातों के साथ इन बातों को भी मिटा देगी और वह भी इन्हीं के नाम पर।

संदर्भ एवं टिप्पणियां

1. आर्थर बी. लैप्स्ले (सं.), *दि राइटिंग्स आफ अब्राहम लिंकन,* खंड 2, न्यूयार्क,: पुटनैम, 1905, पृ. 51-52.
2. राबर्ट एफ. केनेडी, *थर्टीन डेज : ए मेमायर आफ दि क्यूबन मिसाइल क्राइसिस,* न्यूयार्क : न्यू अमेरिकन लायब्रेरी, 1965, पृ. 109.
3. उपरोक्त, पृ. 94.
4. उपरोक्त, पृ. 104.
5. उपरोक्त, पृ. 94.
6. उपरोक्त, पृ. 95
7. यहां हम उस वक्तव्य पर ध्यान दें जो फ्रांसीसी संसद में जून 1954 में पियरे मेंदे-फ्रांस ने दिया था। इसमें उन्होंने दिएन बिएन फू में फ्रांसीसी फौजों को हार से बचाने के लिए (अगर कांग्रेस और ब्रिटिश सरकार सहमत हों तो) विएतमिन्ह फौजों पर परमाणविक आक्रमण करने के प्रति आइजेनहावर की तत्परता का हवाला दिया था। लेनिए सरकार के तत्कालीन विदेश मंत्री श्री बिदाउ पर हमला करते हुए अपने भाषण में मेंदे-फ्रांस ने कहा था : "आपकी एक योजना थी जिसका भांडा मई के आरंभ में फूट गया : चीन को हस्तक्षेप के लिए उत्तेजित करने का और इस प्रकार एक व्यापक युद्ध के आरंभ का जोखिम लेकर भी अमरीकी वायुसेना के व्यापक हस्तक्षेप की योजना। 10 अप्रैल को संसद स्थगित हुई लेकिन किसी नई और अहम बात के होने पर श्री लेनिए इसे बुलाने पर भी तैयार थे। अमरीकी हस्तक्षेप की योजना बनी और लागू होने भी वाली थी—वह भी आपकी प्रार्थना पर। हमला 28 अप्रैल को होना था और युद्धक विमान तथा परमाणु बम लेकर युद्धपोत रवाना हो चुके थे। राष्ट्रपति आइजेनहावर 26 अप्रैल को कांग्रेस से आवश्यक अधिकार दिए जाने के लिए आग्रह करनेवाले थे। फ्रांसीसी संसद के सामने तो मात्र एक संपन्न कृत्य प्रस्तुत किया जाता। सौभाग्य से ब्रिटेन ने और अमरीका में जनमत ने, फिलहाल के लिए ही सही, इस योजना को अस्वीकार कर दिया।" —अलेक्जेंडर वर्थ, *दि स्ट्रेंज हिस्ट्री आफ पियरे मेंदे-फ्रांस एंड दि ग्रेट कनफ्लिक्ट ओवर फ्रेंच नार्थ अफ्रीका,* लंदन,: बेरी, 1957, पृ. 82-83, में उद्धृत।

8. राबर्ट केनेडी, पूर्वोक्त, पृ. 106.
9. उपरोक्त, पृ. 109.
10. उपरोक्त.
11. उपरोक्त, पृ. 106.
12. उपरोक्त, पृ. 94.
13. उपरोक्त.
14. उपरोक्त, पृ. 95.
15. उपरोक्त.
16. उपरोक्त.
17. उपरोक्त.
18. उपरोक्त, पृ. 99.

• • •